Roman

Bibliografische Information der Deutschen
Nationalbibliothek:
Die Deutsche Nationalbibliothek verzeichnet diese
Publikation in der Deutschen Nationalbibliografie;
detaillierte bibliografische Daten sind im Internet über
http://dnb.dnb.de abrufbar.

© 2020 Angelika Burkhardt

Herstellung und Verlag:
BoD – Books on Demand, Norderstedt

ISBN: 9783752624304

Ist es Ein lebendig Wesen,
Das sich in sich selbst getrennt?
Sind es zwei die sich erlesen,
Dass man sie als Eines kennt?

Solche Frage zu erwidern,
Fand ich wohl den rechten Sinn,
Fühlst du nicht an meinen Liedern,
Dass ich Eins und doppelt bin?

Aus „Ginkgo biloba",
J.W. v. Goethe, 1815

Intro

Herforder Tageblatt
Sonnabend, 27. Mai 1972

Gestern Nachmittag ereignete sich gegen 16 Uhr auf der A2 ein schwerer Verkehrsunfall. Kurz hinter der Ausfahrt Exter in Fahrtrichtung Dortmund kam es im dichten Verkehr zur Explosion eines Tanklastwagens aus Osteuropa. Der LKW sowie mehrere PKW brannten vollständig aus. Mindestens 10 Menschen kamen dabei ums Leben. Weitere 19 Personen wurden nach Herford und Bad Oeynhausen in die Krankenhäuser gebracht. Es handelt sich um einen der schwersten Verkehrsunfälle in der Region.

Bei Redaktionsschluss war noch nicht bekannt, ob die Explosion in Zusammenhang mit dem gestrigen Terroranschlag der RAF steht.

Auf der A2 entstanden Staus in beide Fahrtrichtungen von mehr als 20 km Länge. Der Verkehr wurde am Abend über die umliegenden Straßen und Feldwege abgeleitet. Der Streckenabschnitt bleibt bis auf Weiteres voll gesperrt.

Herforder Tageblatt
Montag, 29. Mai 1972

Die Ermittlungen zu dem verheerenden Unfall, der sich am vergangenen Freitag auf der A2 bei Exter ereignete, dauern an. Wie aus Polizeikreisen verlautete, wird ein Zusammenhang mit den Anschlägen der RAF der vergangenen Wochen immer unwahrscheinlicher.

Spezialisten aus München und Braunschweig sind zurzeit vor Ort, um die Unfallursache aufzuklären. Dabei werden auch Antworten auf die Frage zu suchen sein, mit welchem Ziel und in wessen Auftrag der osteuropäische LKW mit einer hochexplosiven Flüssigkeit auf der bundesdeutschen Autobahn unterwegs war.

Augenzeugen berichten, dass sehr wahrscheinlich ein geplatzter Reifen Auslöser einer Karambolage gewesen sei, in deren Folge der Tanklaster explodierte. Zahlreiche Fahrzeuge wurden durch die entstandene Druckwelle ineinandergeschoben. 31 Fahrzeuge wurden schwer beschädigt, sieben von ihnen brannten vollständig aus.

Die Zahl der Todesopfer hat sich inzwischen auf 14 erhöht, acht Personen, darunter fünf Kinder, schweben weiter in Lebensgefahr. Wie erst heute bekannt wurde, sind unter den Todesopfern auch vier Herforder. Der Generalmusikdirektor der Nordwestdeutschen Philharmonie Albert Klinger, eine Tochter sowie seine Schwie-

gereltern waren auf der Rückfahrt vom Flughafen Hannover, als ihr VW Käfer Cabriolet von den Flammen erfasst wurde. Ihr Wagen hatte sich zum Zeitpunkt der Explosion vermutlich direkt neben dem Tanklaster befunden. Alle Insassen waren sofort tot.

Die Wiederherstellung des Autobahnabschnitts wird voraussichtlich noch die ganze Woche in Anspruch nehmen. So lange bleibt die Vollsperrung bestehen. Eine Umleitung ist eingerichtet.

1

Elly Klinger und ihre Enkelin Charlotte

Herford, Ostwestfalen, im Mai 2010

Das kleine Auto schnurrte mit hundertfünfzig Sachen über die A2 Richtung Westen. Es war eine gewisse Wut, die Charlottes Fuß fest auf das Gaspedal drückte. Sie blickte angestrengt nach vorn und scherte immer wieder zum Überholen aus. Nur keine Gelegenheit zum Nachdenken aufkommen lassen. Das hatte sie schließlich schon die halbe Nacht getan. Ganz unerwartet hatte ihr Julius gestern Abend eröffnet, dass er nicht mitkäme nach Herford, zu ihrer Großmutter Elly, und auch nicht nach Heidelberg, zur Silberhochzeit ihrer Eltern. Eine Familienfeier sei für ihn momentan nicht erträglich. Und überhaupt habe er das Gefühl, als sei ihm die Beziehung ein bisschen zu eng geworden. Er brauche Freiraum. Er sei jung, wolle Alternativen austesten. Vielleicht sei er ja doch ein Einzelgänger. Wenn sie aus Heidelberg zurückkomme, sei er nicht mehr da, jedenfalls nicht in dieser WG mit ihr, Valentin und Konrad. Er ziehe erstmal ins Studentenwohnheim, wo er die Bude eines Kommilitonen bekommen könne, der für ein paar Monate ins Ausland gehe. Es sei der Zeitpunkt gekommen, an dem er sich überlegen müsse, was er denn eigentlich vom Leben erwarte. Das gehe gar nicht gegen sie, sondern sei nur sein Problem.

Charlotte war aus allen Wolken gefallen. Was war denn falsch gewesen? Julius, Konrad und Valentin wohnten schon in der WG, als sie vor über einem Jahr am Damaschke-Platz in Berlin einzog. Die Vier kamen gut miteinander aus. Zwischen Julius und Charlotte hatte es von Anfang an geknistert und aus ihrer Freundschaft war bald mehr geworden. Sie hatte sich verliebt und die leichten, unkomplizierten Tage und Nächte in Julius' Gesellschaft sehr genossen. Er hatte immer den Eindruck vermittelt, dass er genauso fühlte wie sie. Sie gängelte ihn doch nicht, wie kam er plötzlich bloß auf solche Ideen? Dachte er etwa, sie habe bereits Heiratspläne geschmiedet oder gar heimlich an einer Wiege gebastelt? Blöder Kerl! Sie war dreiundzwanzig, studierte im 6. Semester Architektur und träumte davon, als Architektin zu arbeiten. Heiraten? Kinder? Sicher. Irgendwann. Auf jeden Fall später.

Innenspiegel, Außenspiegel, Blinker. Sie kam an dem bepackten Kleintransporter mit polnischem Kennzeichen nicht vorbei. Das Blinkzeichen nützte gar nichts, niemand ließ ihr kleines Auto heraus. Heute, am Mittwoch vor Pfingsten, herrschte auf beiden Spuren dichter Verkehr. Grünhügeliges Land mit eingestreuten Gruppen weißer Windräder lag neben der Autobahn. Zur ehemaligen deutsch-deutschen Grenze ging es leicht bergauf. Das Auto wurde langsamer, und mit den steifen Bewegungen einer Gliederpuppe schaltete Charlotte aus dem vierten einen Gang zurück. Der Motor heulte auf wie ein gequältes Tier. Zu früh geschaltet. Erschrocken trat sie die Kupplung, bis der Wagen so langsam geworden war, dass die Geschwindigkeit für den dritten Gang passte. Sie war unkonzentriert. Auf dem Rücken des Höhenzuges, den sie querte, konnte sie links die Baracken des Grenzübergangs Marienborn erkennen. An dieser Stelle fiel ihr regelmäßig die Ungeheuerlichkeit ein, die ihren Eltern ein paar Monate vor ihrer Geburt hier widerfahren war. Nur für ein Wochenende hatten sie nach Westberlin gewollt, und waren sieben Stunden an der Grenze festgehalten worden. Grundlos. Willkürlich. Blut und Wasser hatten ihre Eltern geschwitzt, wo heute neugierige Besucher durch eine Gedenkstätte schlenderten. Im Moment interessierte sie das alles herzlich wenig.

Julius hatte sie gedrängt, die Reise wie geplant anzutreten. ‚Denk an deine Eltern und an die Enttäuschung deiner Oma, wenn du nicht kommst, denk jetzt nicht an mich', hatte er gesagt. Eigentlich hätte sie dableiben wollen, mit ihm reden, um die Zweifel, die ihm gekommen waren, zu zerstreuen. Stattdessen hing sie hier auf der Autobahn. Womöglich ging ihr dadurch das, was sie für die Liebe ihres Lebens hielt, durch die Lappen. Andererseits hätte Julius den Zeitpunkt seiner Offenbarung nicht besser wählen können. Das war Absicht. Der Termin für die Silberhochzeitsfeier ihrer Eltern stand unumstößlich fest. Der Tag fiel auf den Pfingstsamstag und war gleichzeitig der fünfzigste Geburtstag ihrer Mutter. Ihr Besuch in Heidelberg war nicht abzusagen. Wie feige sich Julius aus der Affäre gezogen hatte! Charlotte hatte ihn stolz präsentieren wollen: ‚Julius, mein Freund, angehender Jurist'. Und wenn sie in Gedanken nun ‚mein Ehemann in spe' hinzugefügt hätte, wäre das so schlimm gewesen? Anscheinend ja. Dabei hatte sie nicht im Traum an so etwas gedacht. Was sollte sie nun sagen? Er sei plötzlich krank geworden, wie Julius vorschlug? Lächerlich. Jeder würde ihr sofort anmerken, dass es sich dabei um eine ziemlich schlechte Ausrede handelte.

Berlin lag jetzt seit fast drei Stunden hinter ihr. Leuchtend gelbe Rapsfelder säumten die Autobahn, darüber hing dunkelblau der Himmel. Komplementärfarben. ‚Der harte Kontrast kann die Farbrezeptoren im Auge überreizen, wenn man zu lange hinsieht', hatte sie der Vater einmal belehrt. Sie sah sowieso nicht hin. Aber die Duftmoleküle, welche die Blüten ausströmten, drangen über die Lüftung massenhaft ins Wageninnere und der aphrodisierende Honigduft setzte unwillkürlich, nur für Bruchteile von Sekunden, Erinnerungen an glückliche Momente frei. Dann nahm Charlotte den Duft als das wahr, was er sein sollte: Lockmittel für Insekten. Wie einfach es doch in der Natur zuging. Oder war Raps ein Windbestäuber? Papa wüsste das, dachte sie grimmig, der weiß ja immer alles.

In Julius' Augen hatte Verzweiflung gestanden, ehe er sich umwandte und sie verließ. Darüber hatte sie sich gewundert. Wenn es ihm um Selbstfindung ging, hätte er Entschlossenheit signalisieren können, oder

Trauer, weil es ihm leidtat, dass er seine Beziehung zu ihr, die doch schön war, opfern wollte. Aber Verzweiflung? Noch ehe die Tür hinter Julius ins Schloss gefallen war, hatte das einen Funken Hoffnung in Charlotte entfacht. Diese Gründe, die er genannt hatte, erschienen ihr vorgeschoben. Gab es ein Problem, von dem sie nichts wusste? Hätte man das nicht gemeinsam ausräumen können? Aber momentan war nicht mit ihm zu reden, daher war es auch besser gewesen, wie geplant abzureisen, anstatt der quälenden Ungewissheit so nah zu sein und sich im Schmerz zu suhlen.

Die Autobahn wurde dreispurig. Charlotte wechselte auf die mittlere Spur, zog endlich an dem polnischen Kleintransporter vorbei und beschleunigte. Irgendwo links lag Braunschweig. Von hier aus dauerte es noch anderthalb Stunden bis Herford.

Charlotte war gern in Herford bei ihrer Großmutter und sie versuchte, sich ein bisschen darauf zu freuen, bald da zu sein. Aber immer wieder fielen Bruchstücke der Erinnerung an gestern Abend zwischen ihre Gedanken. Sie lösten augenblicklich die Überflutung ihres Körpers mit Adrenalin aus, in deren Folge die Verlustangst unerträglich hochkochte und sich als bitterer Geschmack auf der Zunge niederschlug. Sie hatte letzte Nacht kaum geschlafen und fühlte sich wie in Trance, irgendwo zwischen Traum und Wirklichkeit. Wenn sie die Wahl hätte, würde sie am liebsten in ein schwarzes Nichts eintauchen und erst hervorkommen, wenn der Sturm vorbei und alles wieder so wäre wie vorgestern. Julius würde sie in die Arme schließen und sagen: Alles ist gut. Aber sie hatte diese Wahl nicht, sie befand sich auf der Autobahn und sollte sich besser auf den Verkehr konzentrieren.

Sie beruhigte sich etwas, als vor ihr die vertrauten Hügel des Weserberglandes auftauchten. Die Porta Westfalica, das Kaiser-Wilhelm-Denkmal am rechten Hang, die Weser. Wenn jetzt nichts dazwischenkam, würde sie es bequem schaffen, rechtzeitig zum Mittagessen da zu sein. Schon vor Wochen hatte sie den Plan gefasst, mit Julius über Herford zu fahren, ihre Oma zu besuchen und diese anschließend im Auto nach Heidelberg zur Feier ihrer Eltern mitzunehmen. Vor allem aber hatte sie den Wunsch verspürt, den Teil ihres Lebens, der ihre Kindheit umfasste, vor Julius auszubreiten. Er sollte selbst sehen und erleben, was sie geprägt hatte und in welchem Boden ihre Wurzeln gründeten.

Ich kann mich doch nicht so in ihm getäuscht haben, dachte sie, und wieder gewann Wut die Oberhand im aktuellen Gefühlscocktail.

Dass Charlotte nun ohne Julius kam, würde für ihre Großmutter keine Katastrophe sein. Hauptsache sie, Charlotte, war da.

Elly Klinger lebte seit langem allein in ihrem großen Haus am Herforder Stiftberg. Der angekündigte Besuch ihrer Enkelin hatte sie in Aufregung versetzt. Für die Vase mit den Pfingstrosen aus dem eigenen Garten hatte sie zehn Mal einen wirkungsvolleren Platz gesucht, und das alles für die wenigen Stunden, die ihr geliebtes Lotteken da sein würde. Zu Mittag sollte es

Gulasch geben, so eines, das man mindestens zwei Stunden beim Schmoren beaufsichtigen muss, damit eine gute Soße entsteht. Sie hatte lange geschwankt, ob sie nicht lieber Spargel zubereiten sollte, da der nach dem feuchtwarmen Wetter der letzten Woche üppig spross und in guter Qualität auf dem Markt zu haben war. Aber sie hatte sich dann doch für Gulasch mit Rotkohl entschieden, denn das kochte keine so wie sie.

Sie legte die Klöße ins sprudelnde Wasser, drehte den Temperaturregler am Herd auf die niedrigste Stufe und sah auf die Uhr. Gleich musste das Kind da sein.

Zwischen zwölf und halb eins, hatte Charlotte ihr vor ein paar Tagen versprochen. Um fünf nach zwölf wurde Elly unruhig. Sie prüfte, ob der Hörer ihres altmodischen Telefons richtig auf der Gabel lag, und sah noch einmal aus dem Fenster im Flur. Wenn sie Charlotte auf der Autobahn wusste, schlug ihr das Herz jedes Mal bis zum Hals. Ein Kloß nach dem anderen schwamm an die Oberfläche, aber das Kind kam nicht.

Charlotte nahm die Ausfahrt Herford-Schwarzenmoor. Vor ihr lag die kleinhügelige Ravensberger Mulde, die von den Mittelgebirgszügen Teutoburger Wald, Wiehengebirge und Lipper Bergland umschlossen wird. Die Vlothoer Straße führte leicht abwärts, zuerst an Feldern, Wiesen, kleinen Wäldchen und einzelnen Gehöften vorbei, dann, nach dem Ortsschild, an den Kasernen, in denen sich die Britische Rheinarmee seit dem zweiten Weltkrieg niedergelassen hatte, direkt auf die Kuppe des Stiftbergs zu, an dessen Fuß sich die Herforder Altstadt ausbreitete. Herford war heute ein kleines Provinznest am Flüsschen Werre und wenn man es nicht wusste, würde man nie darauf kommen, dass der Ort einmal Bedeutung besessen hatte. Nachdem hier der erste Frauenkonvent im Herzogtum Sachsen gegründet worden war, entwickelte sich Herford über das Mittelalter zu einem Zentrum von Geistlichkeit und Frauenbildung. Das Stift in der Stadt erlangte Mitte des 12. Jahrhunderts sogar die Reichsunmittelbarkeit und wurde ein selbstständiges Territorium im Heiligen Römischen Reich. Die Äbtissinnen avancierten damit zu Reichsfürstinnen. Mit fünf Stadttoren und vierzehn Türmen war Herford einst eine der am besten befestigten deutschen Städte, es hatte sich Reichsstadt und Hansestadt nennen dürfen.

Wie oft hatte Elly ihrer kleinen Enkelin aus der Geschichte Herfords erzählt, und immer waren es spannende Geschichten gewesen. Eine spielte an einem Augusttag im Jahre 1627, als über dreißig Frauen der Zauberei bezichtigt und der Wasserprobe unterzogen wurden. Jene, welche dabei nicht ertranken, galten als Hexen und waren hinterher auf dem Scheiterhaufen verbrannt worden. Charlotte hatte sich nicht satt sehen können an der unschuldigen Stelle, an der das Feuer gelodert hatte. Aber meistens waren es gute Geschichten gewesen, die sie zu hören bekam. Zum Beispiel die, welche auf dem Stiftberg spielte. ‚Vielleicht sogar bei uns im Garten', hatte Elly jedes Mal bedeutungsvoll angefügt. Im Mittelalter, als der von den Herfordern heute Stiftberg genannte Luttenberg noch vor den Toren der Stadt lag, war hier einem armen Schäfer die Jungfrau Maria erschienen. Diese ‚Herforder Vision', die seinerzeit wie ein Lauffeuer durch Europa eilte, ist als die siebenundzwanzigste in den Schriften verzeichnet und die älteste nördlich der Alpen. Die Äbtissin des ehrwürdigen Stifts unten in der Stadt veranlasste daraufhin den Bau der Marienkirche am Ort der Erscheinung und gründete dort gleichzeitig ein Tochterkloster, das ‚Stift auf dem Berge'. In diesem Stift wurden jahrhundertelang Töchter des niederen Adels ausgebildet, denen der Zugang zum hochadeligen Stift verwehrt war. Herford, eine Kaderschmiede für gebildete, emanzipierte Frauen – ein Gedanke, der Charlotte immer gefallen hatte. Schließlich hatte sie selber das Gymnasium am Stiftberg besucht. Auch ihre Mutter, ihre Großmutter, ihre Urgroßmutter und sogar ihre Ururgroßmutter waren in diese Schule gegangen, die im Laufe der Zeit mehrmals ihren Namen geändert hatte. Ihre Urugroßmutter besuchte die Städtische höhere Mädchenschule und ihre Urgroßmutter das Lyzeum, eine höhere Lehranstalt für begabte Töchter. Als Elly hier 1940 eingeschult wurde, war die Schule gerade im Zuge der nationalsozialistischen Reformen zum Staatlichen Oberlyzeum für Mädchen geworden und hieß nun Königin-Mathilde-Schule, benannt nach der heiliggesprochenen Königsgattin, die im Herforder Kloster erzogen worden war. Charlottes Mutter Annemarie war nur zwei Jahre in diese Schule gegangen, die inzwischen Neusprachliches Gymnasium hieß und auch Jungen aufnahm. Ab der 7. Klasse war sie an ein Gymnasium in der Stadt gewechselt. Auch Charlotte blieb nur zwei Jahre an der Schule und machte das Abitur später, nach dem Umzug ihrer Eltern, in Heidelberg.

Sie fuhr am Schulgebäude vorbei, über dessen Haupteingang noch immer der Schriftzug ‚Staatliches Oberlyzeum' eingemeißelt stand. Sie war auf dem Stiftberg angekommen. Da sie sich von noch höher gelegener Stelle genähert hatte, war er gar nicht als Erhebung auszumachen, aber seine einstige Kuppe war daran zu erkennen, dass hier die Marienkirche thronte, nicht mehr auf den Wiesen des Luttenbergs, sondern inmitten der dichten Bebauung des Herforder Stadtteils Stiftberg. Während die Vlothoer Straße um die Kirche herum in sanften Windungen ins Zentrum hinab führte, bog Charlotte vor der Kirche halblinks in eine schmale, steil abschüssige Straße ein, die von dickstämmigen Linden gesäumt wurde. Hier reihte sich eine Gründerzeitvilla an die andere. Jede stand auf einem eigenen Plateau, das man in den Berg gearbeitet hatte, um das Gefälle auszugleichen. Nicht mehr als acht oder zehn Häuser waren es auf jeder Straßenseite, die stufenförmig nach unten bis zur Werre angeordnet waren. Das vierte Haus auf der linken Seite war das Haus ihrer Großmutter. Charlotte fuhr langsam und hielt nach einem Parkplatz Ausschau. Jedes Mal, wenn sie zu Besuch kam, parkten mehr Autos in der schmalen Straße. Weiter unten sah man die Veränderungen, die in den letzten Jahren um sich gegriffen hatten, deutlicher. Breite Einfahrten führten jetzt auf die Grundstücke, und in die Vorgärten hatte man Carports oder Garagen gebaut. Hier aber, im oberen Teil der Straße, schien die Zeit stillgestanden zu haben.

Gegenüber dem Haus ihrer Großmutter stieg ein alter Herr in seinen Mercedes. Das passte ja gut, Charlotte hielt an und wartete darauf, dass die Parklücke frei würde. Sie ließ die Seitenscheibe herunter und atmete tief ein. Die Luft war klar und frisch und durch den Duft eines in der Nähe blühenden Flieders angenehm parfümiert. Aber schon zog ein Duftband von Bratensoße und Salzkartoffeln unter ihrer Nase her. Es roch nach Heimat und Sorglosigkeit. Das Blätterdach der Linden bewegte sich nur sacht und ließ tausend Lichtfunken durch das noch zarte Laubwerk auf die Straße fallen. Hier war ihre Kindheit. Die lag heute so weit zurück wie nie zuvor.

Das überlaute Aufheulen eines Motors setzte ihren nostalgischen Gedanken ein jähes Ende. Der alte Mann versuchte, rückwärts einen Meter bergan zu fahren, um die Parklücke leichter verlassen zu können. Dieselgestank breitete sich aus. Mit viel Mühe hatte der Mercedes es endlich geschafft und tuckerte davon. Charlotte nahm den Fuß von der Bremse und ließ ihr Auto vorwärts in die Parkbucht rollen. Noch während sie die Handbremse fest anzog, sah sie, wie sich die weiße Dauerwelle ihrer Großmutter aus der Haustür schob.

„Lotteken, da biste ja endlich!", rief sie von Weitem und lief den Plattenweg zwischen Haustür und Gartentor hinab, ihrer Enkelin entgegen. Sie hatte die Arme ausgebreitet, als wolle sie das Gleichgewicht ausbalancieren. Elly hatte sich aus Sicht ihrer Enkelin nur wenig verändert. Sie entsprach noch immer dem gemäßigten Tönnchentyp, einem von fünf Typen, die Charlotte mit ihren Schulfreundinnen zur Einordnung von Erwachsenen entworfen hatte: eher klein, gleichmäßig rundlich, und dabei die Taille leicht nach außen gewölbt.

„Hallo Oma, ich bin doch pünktlich." Charlotte musste sich ein wenig hinabbeugen, um ihre Großmutter in den Arm zu nehmen. Elly stand die große Freude über den Besuch ins Gesicht geschrieben. Rüstig konnte man die alte Dame nennen, wie sie nun voranging, zurück ins Haus. Sie trug ein gut geschnittenes, silbergrau und pink gemustertes Kleid mit einem weißen Spitzenkragen und Perlenstecker in den Ohrläppchen. Sie hielt auf sich, das sah man sofort.

„Komm erstmal rein, du hast bestimmt Hunger nach der langen Fahrt. Wie lange warste denn jetzt unterwegs? War viel Verkehr? Isste auch tüchtig in Berlin? Du bist so dünn geworden. Ich hab schon überlegt, ob ich nicht lieber Spargel mache. – Wo ist denn dein Freund? Ist er nicht mitgekommen?"

Während Elly redete, schloss sie die Haustür hinter sich, zog Charlotte durch die Eingangshalle in die Küche, setzte ihre Goldrandbrille auf und machte sich am Herd zu schaffen. Plötzlich hielt sie inne und sah ihre Enkelin fragend an. Das war die Aufforderung zur

Antwort, Charlotte kannte diese Geste und sagte schlicht: „Nein."

Elly nickte zufrieden und drückte sie auf die Eckbank. Auch früher hatten sie immer gemeinsam in der Küche gegessen. Die Küche war groß und gemütlich, mit alten Küchenschränken aus dunklem Nussbaumholz und mit einem großen Tisch und einer Eckbank. Auf der kurzen Seite der Eckbank war Charlottes Platz gewesen, sie hatte dort zusammen mit ihren Puppen gesessen. Manchmal waren auch ihre Mutter und ihr Vater dazugekommen, die im nahen Bielefeld arbeiteten. Sie wohnte seinerzeit mit ihren Eltern oben im Haus, aber eigentlich hatte sich ihr Leben unten bei Elly abgespielt.

Elly fischte die Klöße aus dem Kochwasser und füllte das Essen in Schüsseln vom guten Porzellan, während sie von den Neuigkeiten ihrer kleinen Welt erzählte. Der Mann von Tante Schürmann aus Nummer 3 war zum Pflegefall geworden, schreckliche Geschichte, der Pflegedienst kam nun jeden Tag morgens und abends vorbei, und Dr. Schmidt von nebenan bewohnte jetzt nur noch die kleine Einliegerwohnung im Haus, weil seine Kinder die anderen Räume an einen jungen Arzt vermietet hatten, der dort seine Praxis einrichten wird.

„Ist ja vielleicht ganz praktisch für mich, mal sehen. Dr. Schmidt kennste noch, nicht wahr? Hat mal spontan dein Fahrrad repariert, als du heulend mit einem Platten nach Hause kamst, weißte noch?"

Dass der alte Dr. Schmidt ihren Fahrradreifen geflickt hatte, wusste Charlotte natürlich noch. Ihre Großmutter ließ diese Begebenheit nicht in Vergessenheit geraten. Dr. Schmidt war damals schon lange Witwer und lebte allein im Haus nebenan. Er hatte Elly gefallen, das wussten alle.

Charlotte dachte daran, dass sie sich gern die verschwitzten Hände waschen würde. Früher hätte sie sich niemals an den Mittagstisch setzen dürfen, ohne vorher im Bad gewesen zu sein.

Mitten in diesen Gedanken hinein fragte Elly: „Lotteken, möchteste nicht schnell noch ins Bad, ein bisschen frisch machen und so?"

Charlotte sprang auf, dankbar, dem Redefluss ihrer Großmutter für ein paar Minuten zu entkommen.

Im Bad roch es nach Lavendelseife und Soir de Paris, dem Parfum, das in einem nachtblauen Fläschchen auf der gläsernen Ablage unter dem Spiegel stand, solange sie denken konnte. Sie drehte den vertrauten Wasserhahn auf und sah, während sie kaltes Wasser über die Hände laufen ließ, in den Spiegel. Sie sah müde aus, etwas bleich, was die Schatten um die ungeschminkten Augen hervorhob. Die dunklen Haare, die in der Sonne einen kupferroten Schimmer annahmen, hingen ihr glatt und strähnig bis auf die Schultern. Sie beugte sich dichter vor den Spiegel und blickte forschend in ihre blauen Augen. Charlotte Gerloff, wiederholte sie mehrere Male leise. Der Klang ihres Namens war noch derselbe wie damals. Ein glücklicher, kindlicher Klang. Und sie? War sie noch dieselbe? Diejenige, die sie da im Spiegel ansah, das war Charlotte, unverkennbar. Charlotte, der Name war für sie Personifikation ihres Selbstgefühls, er umfasste sie physisch und psychisch. An vielen Sonntagen hatte sie mit ihrem Vater in seinem mit Büchern vollgestopften Arbeitszimmer auf dem Boden gesessen und in Nachschlagewerken geblättert. Sie hatten immer eine andere der unzähligen Charlotten ausgesucht, welche die Geschichtsschreibung auflistete, und lasen und besprachen deren Lebensgeschichte. Über Charlotte Buff und Charlotte von Stein, die beiden Lotten Goethes, hatte ihr Vater am meisten zu erzählen gewusst. Nie aber hatte sie eine Gemeinsamkeit zwischen sich und anderen Charlotten entdecken können, außer der rein grafischen Identität der gedruckten Buchstaben.

Lottchen – das war sie auch, aber eigentlich nur aus der Perspektive ihrer Eltern.

„Lotteken, kommste …?"

Das war der Klang ihrer ostwestfälischen Großmutter. Charlotte durchquerte die von Elly schlicht Flur genannte quadratische Eingangshalle. Auf dem Konsoltisch unter dem großen Ölbild einer toskanischen Landschaft, das Ellys Großvater gemalt hatte, stand sehr geschmackvoll eine Vase mit roten und weißen Pfingstrosen.

Als sie die Küche betrat und sah, dass Elly drei Klöße auf ihren Teller gelegt hatte und gerade dabei war, die zweite Kelle Gulasch darüber zu häufen, packte sie das Entsetzen. Die jüngste Berliner Vergangenheit war plötzlich gegenwärtig und schnürte ihr die

Kehle zu. Mit Mühe gelang es ihr, ein paar Bissen hinunterwürgen. Nicht, dass es ihr nicht geschmeckt hätte, aber sie war einfach nicht in der Lage zu schlucken. Das war ihr schon immer so gegangen: Wenn irgendetwas, ihr existentiell Wichtiges, nicht zu haben war, konnte sie nicht schlucken. Sie hatte schon oft darüber nachgedacht, was der Grund dafür sein könnte, und war für sich zu der Erklärung gekommen, dass sie unbewusst wohl den Rest der Welt, einschließlich der Nahrung, die einen ja am Leben hält, verweigerte, wenn sie die gewünschte Zuneigung, denn um die ging es immer, nicht haben konnte. Das Leben für die Liebe. Sekt oder Selters. Alles oder nichts. Aber diese Erkenntnis allein hatte ihr noch nie genützt.

Sie konzentrierte sich darauf, nicht würgen zu müssen, denn das hätte Elly ihr nie verziehen. Sie begann hilflos, die Fleischstücke auf ihrem Teller umzuorganisieren, dachziegelartig übereinander zu schichten, damit es so aussah, als habe sich die Menge verkleinert. Aber natürlich hatte Elly längst bemerkt, dass sie im Essen nur herumstocherte.

„Schmeckt es dir nicht?"

Die Frage war unausweichlich, Charlotte zuckte unter ihr zusammen.

„Bei uns in der WG ging letzte Woche so ein Magen-Darm-Virus herum", stotterte sie, „deswegen ist Julius ja auch nicht mitgekommen, ihm geht es noch nicht wieder gut und ich muss auch noch ein bisschen vorsichtig sein – aber es schmeckt vorzüglich, wirklich, Gulasch mit Klößen ist bei dir am allerbesten."

Elly sah sie misstrauisch an, enthielt sich aber weiterer Kommentare.

„Das Eis brauche ich dann wohl nicht aus dem Gefrierfach zu nehmen, kaltes Eis tut einem verrenkten Magen nicht gut", dozierte Elly mit wichtiger Miene während sie den Tisch abräumte. „Ich koche dir lieber einen Tee."

„Oh ja, ein Tee wäre super."

Trinken ging immer. Als mit Julius' Vorgänger Schluss war, hatte sie sich wochenlang nur von Suppen, Milch und Säften ernährt. Elly setzte das Teewasser auf und lud die Essensreste in Plastiktöpfchen.

„Das hält sich im Kühlschrank ein paar Tage, wir nehmen es mit zu Mama, die wird sich freuen, dass so viel übriggeblieben ist", sagte sie, und man sah ihr an, dass sie dieser Gedanke wirklich tröstete.

Elly zog sich zu ihrem Mittagsschläfchen zurück und Charlotte nahm die Teekanne mit nach draußen, auf das im Hochparterre gelegene Mittelding zwischen Terrasse und Balkon, den ‚Freisitz', wie Elly zu sagen pflegte. So frei war das Plätzchen nicht mehr, denn sie hatte vor Jahren ein Glasdach anbringen lassen, damit sie im Sommer, unabhängig von der Witterung, draußen sitzen konnte. Charlotte schlug sich die bereitliegende Decke um die Hüften und streckte sich in Ellys bequemem Sessel aus. Der Garten, den man aus dieser erhöhten Position gut überblicken konnte, war ordentlich hergerichtet und um diese Jahreszeit besonders schön. Vor dem Freisitz lag eine Rasenfläche, so breit wie das Haus und beinahe doppelt so lang. Rechts und links wurde sie von Wegen aus rosa Natursteinplatten eingefasst. Die obere Begrenzung des Rasens bestand aus einem gut drei Meter breiten, mit Kopfsteinen aus dunkelgrauem Basalt gepflasterten Streifen, den die Eltern damals, als sie noch in Herford wohnten, als Terrasse genutzt hatten. Er schloss mit einer niedrigen Trockenmauer nach hinten hin ab und war zum Teil von einer Pergola überdacht. Früher hatte ein Rebstock dafür gesorgt, dass im Herbst schwarzrote Trauben aus dem bunten Laub hingen. Die Trauben hatte Charlottes Vater zu Wein verarbeitet. Sie erinnerte sich an den riesigen Glasballon, welcher der gleichbleibenden Temperatur wegen unten in Ellys Küche stehen musste. Ein gewundenes Gärröhrchen steckte in dem Gummistopfen, der den Ballon verschloss. Nach ein paar Tagen fing es in seinem Innern mächtig an zu blubbern und die Traubenmasse schob ihren Spiegel immer weiter nach oben.

Charlotte musste lächeln, als Ellys Stimme in ihrer Erinnerung erschien: ‚Sieh bloß zu, dass der Ballon nicht explodiert, die Farbe kriegen wir nie wieder ab!' Wie oft hatte ihre Großmutter das mit besorgtem Gesichtsausdruck wiederholt, aber es war nie etwas passiert. Stattdessen hatte sie eifrig geholfen, wenn der Wein ausgegoren war, gefiltert und abgefüllt wurde. Beinahe feierlich hatte sie die erste Kostprobe entgegengenommen. ‚Stiftberger Zaubertrank' nannten sie den Selbstgemachten.

Jetzt stand unter der kahlen Pergola nur noch eine Bank, ein verschnörkeltes, gusseisernes Gerippe, so grau wie das Basaltpflaster.

Auf dem Mäuerchen prangten aber wie eh und je die italienischen steinernen Schalen, die Elly jedes Frühjahr neu mit bunten Dauerblühern bepflanzte.

Die rechte Seite des Gartens dominierten zwei Bäume, die unterschiedlicher nicht sein konnten. Am oberen Ende des Rasens erhob sich eine imposante rote Trauerbuche mit einem bizarr ausladenden Geäst. Nahe am Stamm bildeten die herabhängenden, an ihren Spitzen peitschendünnen Zweige ein Gewölbe, in dem sich Charlotte gern versteckt hatte. Am unteren Ende der Rasenfläche, wo sie schon fast zu Ende war, gleich beim Haus, reckte sich ein Ginkgobaum in den Himmel. Obwohl er jünger war als die meisten anderen Gehölze des Gartens, hatte er bereits eine beachtliche Höhe erreicht. Seine fächerförmigen, in der Mitte tief gebuchteten Blätter waren um diese Jahreszeit noch winzig klein. Charlotte wusste, dass ihr Großvater den Baum gepflanzt hatte. Im Herbst verwandelte sich der Ginkgo in eine prachtvolle, leuchtend gelbe Pyramide. Elly hatte dann gedankenversunken am Fenster gestanden und auf den Baum geblickt. ‚Jetzt kommt der Winter', hatte sie jedes Mal gesagt. Die kleine Charlotte hatte sie dabei aufmerksam beobachtet und zu gern gewusst, woran die Oma in diesen Momenten dachte. An Albert, vermutete sie, den Großvater, den sie nie kennengelernt hatte. Nach den ersten kalten Nächten entledigte sich der Ginkgo innerhalb kürzester Zeit seiner Blätter und Elly hatte sich sofort daran gemacht, das Laub zusammenzuharken. Das Lotteken hatte ihr geholfen und währenddessen die schönsten Blätter mit dieser besonderen Form aufgesammelt und in einem alten Bilderbuch gepresst.

Das eigentliche Schmuckstück des Gartens aber war die achteckige Laube, die am linken oberen Ende des Rasens auf Höhe der gepflasterten Terrasse stand. Der linke Plattenweg führte direkt darauf zu. Sie war grün und weiß gestrichen und hatte ein Dachhütchen, auf dem ein Wetterhahn anzeigte, aus welcher Richtung der Wind kam. Heute, in der Sonne, sah die Laube ganz fremd aus, nicht mehr so eingewachsen in die Umgebung.

Unmittelbar hinter dem Mäuerchen mit den bunt bepflanzten Schalen begann der Wald. Ein Zauberwald war das für die kleine Charlotte gewesen, mit hohen Farnen und dickstämmigen Bäumen, an denen Efeu emporkletterte. Ein Ende des Klingerschen Gartens schien es nicht zu geben. Der Wald, der hier anfing, ging in den Hang der stadtabgewandten Seite des Stiftbergs über. Nur selten hatte sich Charlotte seinerzeit bis an den Zaun getraut, der das Grundstück irgendwo im Wald einfriedete. Über das Mäuerchen war sie hingegen oft geklettert, um die vorne stehenden jungen Farnwedel mit den eingerollten Spitzen zu pflücken. ‚Farne gehören, genauso wie der Ginkgobaum, zu den Dinosauriern unter den Pflanzen, die bis in unsere Zeit überlebt haben', hatte ihr der Vater erzählt.

Heute schimmerte es weiß und blau zwischen den Bäumen. Der Mai hatte im noch lichten Wald einen Teppich von Buschwindröschen mit lose eingewebten Blausternen ausgerollt.

Jenseits der Plattenwege, welche die Rasenfläche einrahmten, waren Beete angelegt, die Elly einst liebevoll arrangiert und dekoriert hatte. Hier lockten flache Schalen die Vögel zum Bad, dort lugten große weißgeäderte Steine zwischen den Pflanzen hervor. Pinienzapfen aus Terracotta, überzogen mit einer Patina aus Jahrzehnten, sonnten sich zusammen mit mooswachsenen Steinfiguren in den Blüten, die in wohldurchdachter Abfolge vom Frühjahr bis in den Herbst hinein erschienen. Die beiden Sträucher der Magnolia nigra, die sich im rechten und linken Beet gegenüberstanden, hatten ihre dunkelpurpurnen Blüten weit geöffnet und boten Stempel und Staubgefäße schamlos dar. Sträuße von späten Tulpen wechselten mit duftenden Maiglöckchen, rot blühenden Zwergrhododendren und Kissen königsblauer Lobelien ab. ‚Männertreu' nannte Elly die Lobelien. Ob Julius eine andere hatte? Eigentlich nicht vorstellbar. Bloß nicht daran denken. Jetzt nicht. Männertreu. Die Tränenden Herzen bogen ihre schlanken Stiele mit Trauben weiß- und rosafarbener Blüten weinend darüber.

Die Beete mit den Blühpflanzen grenzten auf der rechten Gartenseite an hohes Buschwerk, das den Nachbargarten verbarg, und auf der linken Seite an eine niedrige Buchsbaumhecke, hinter der das Gelände leicht anstieg. Dort befand sich der ehemalige Nutzgarten, in dem Elly früher allerlei Obst und Gemüse angebaut hatte. Emsig hatte die kleine Charlotte beim Säen, Jäten und Ernten geholfen und wenn es nichts für sie zu tun gab, hatte sie stundenlang am Wassertrog gespielt, der so tief war, dass sie ihren ganzen Arm hineinstecken musste, um mit den Fingern auf den Grund zu kommen. Welch ein Fest war es jedes Mal gewesen, wenn Charlotte eine Hucht Frühkartoffeln aufgraben, Möhren ziehen und Petersilie pflücken durfte, woraus Elly ein Mittagessen zauberte. Vom Gemüsegarten war heute nur noch ein kleines Hochbeet übrig, das der Gärtner nahe beim Küchenausgang gebaut hatte. Das erleichterte es Elly, ein paar Früchte zu ernten und die Kräuter zu pflegen, die sie zum Kochen für unabdingbar hielt. Obwohl sie nur noch dieses eine Beet bewirtschaftete, zog es sie im Frühjahr pünktlich in die Gärtnerei. Sie schritt die Tische in den Gewächshäusern mit den vorgezogenen Gemüsepflanzen ab und kaufte ein paar hiervon und ein paar davon und setzte sie bunt durcheinander ins Hochbeet. Der Kohlrabi gedieh neben den Erdbeeren, die Radieschen neben dem Blumenkohl, dazwischen wuchsen Zwiebeln, Sellerie und Salat. Im ehemaligen Gemüsegarten durften sich jetzt Obstbäume, Johannis- und Stachelbeersträucher, Him- und Brombeerhecken breit machen. In der Regel kamen die Kinder, Annemarie und Schwiegersohn Ron, im Herbst für eine Woche nach Herford, um in Haus und Garten nach dem Rechten zu sehen, und sie nahmen bei der Gelegenheit vom Obst mit, was sie verwerten konnten. Das meiste erntete Ellys Gartenhelfer für seine Familie und sie erhielt dafür fertiges Kompott, Marmelade oder auch mal ein Stück Obstkuchen zurück.

Das Bild des Ziergartens hatte sich nur wenig verändert. Größer geworden waren vor allem die Stauden und Sträucher, das konnte auch das jährliche Stutzen kaum verhindern. Schöne Stunden waren es gewesen, die Charlotte mit ihrer Großmutter im Garten verbracht hatte. Es hatte sie immer fasziniert, dass ihre Oma viele der alten Gewächse wie Individuen mit einer eigenen Geschichte behandelte, und sie hatte sich gern davon erzählen lassen. Sie mochte die seltsamen Gefühle, die sie beschlichen, wenn Elly von ihrer eigenen Kindheit in diesem Garten erzählte, von Menschen, die ganz selbstverständlich in diesem Haus ein- und ausgegangen waren, von Kindern, die in ihrem Kinderzimmer gewohnt und dieses Zuhause als das ihre betrachtet hatten, so wie sie es getan hatte und noch immer tat. Sie kannte niemanden von denen, außer ihrer Mutter und ihrer Großmutter, weil sie alle längst gestorben waren. Eine Ahnin hatte das Haus vor hundertzwanzig Jahren von ihrem Vater als Hochzeitsgeschenk erhalten und sie, Charlotte, war nun schon die fünfte Generation, die hier geboren worden war. Nach Ellys Tod würde ihr das Haus gehören. Welch ein Gegensatz war dieser wohlorganisierte Haushalt doch zu ihrem jetzigen, eher improvisierten Dasein in der WG in Berlin. Schon wieder Berlin. Der Kloß im

Hals schwoll an. Sie lenkte sich ab, indem sie an die ehemaligen Hausbewohner dachte und an die abgelebten Zeiten, die das Haus unbeweglich und ohne Rührung um sich und in sich hatte vorüberrauschen sehen.

Ihr Blick wanderte zur Gartenlaube. Komisch, dass sie heute so fremd wirkte. Dort in der Laube hatten sie oft in lauen Sommernächten mit Freunden gesessen und gefeiert: die Großeltern, die Urgroßeltern und auch schon deren Eltern. Charlotte hatte viele Fotos davon gesehen. Die Kulisse war immer dieselbe geblieben, über ein Jahrhundert hinweg. Die Menschen hingegen, die vor dieser Kulisse auftraten, hatten gewechselt und mit ihnen die Kostüme und Requisiten. Ein spannender Gedanke, sich vorzustellen, wie dieser Garten von immer neu nachwachsenden Generationen in Besitz genommen worden war. Elly hatte erzählt, dass ihre Eltern als junges Ehepaar oft Gäste hatten und dass sie ins Bett musste, ehe die fröhlichen Zusammenkünfte in der Laube begannen. Ärgerlich hatte sie versucht, von ihrem Zimmer aus in die erleuchteten Fenster der Laube zu spähen, um etwas vom Treiben darin zu erhaschen. Aber bald war der Krieg gekommen und hatte alle Fröhlichkeit beendet. Und als die schreckliche Zeit endlich vorüber war, war Elly es selber gewesen, die hier mit ihren Freundinnen und Freunden und auch mit ihrem Albert zusammensaß und Waldmeister-, Erdbeer- oder Pfirsichbowle trank, je nach Saison.

Daran, dass ihre Eltern in der Laube gefeiert hätten, konnte sich Charlotte nicht erinnern. Sie kannte das Häuschen nur als meist verschlossenen Abstellplatz für Gartengeräte und Gartenmöbel und sie vermutete, dass ihre Großmutter mit diesem Funktionswandel den guten alten Zeiten der Laube demonstrativ ein Ende gesetzt hatte. Vorbei ist vorbei! Der oft wiederholte Spruch Ellys galt auch in dieser Sache.

Charlotte schlürfte den Tee, der wohlig warm anzeigte, wo sich im Körper ihr Magen befand. Ob sie je mit Freunden in der Laube sitzen würde? Ob ihre Kinder hier aufwachsen würden? Ob auch ihre Tochter unter dem Gewölbe der schwarzblättrigen Trauerbuche eine Bude für sich und ihre Puppenkinder einrichten würde? Darüber hatte sie noch nie nachgedacht. Sie hatte sich selber immer als das Kind betrachtet und sich ein zukünftiges Leben als Ehefrau und Mutter nie vorgestellt. Oder hatte sie vielleicht doch unbewusste Signale gesendet, die Julius zu deuten verstand und in die Flucht geschlagen hatten? Das ungute Gefühl, diese Mischung aus Schmerz, Wut und Verzweiflung machte sich wieder breit, diffundierte unaufhaltsam bis in die Spitzen ihres Körpers, als müsse die Leichtigkeit der Stimmung, der sie sich eben hingegeben hatte, unbedingt mit Schwere ausgeglichen werden.

Ich werde es so nicht akzeptieren, nicht ohne eine plausible Begründung, dachte sie trotzig, und war plötzlich sicher, dass es eigentlich nur ein Missverständnis sein konnte, das Julius zu dieser überzogenen Reaktion veranlasst hatte.

Sie sah auf die Uhr: Halb drei, jeden Augenblick würde ihre Großmutter aufstehen.

Elly legte sich jeden Mittag für ein Stündchen aufs Ohr. Der Haushalt und vor allem der Garten, dem sie ihre meiste Zeit widmete, kosteten sie in ihrem Alter von achtzig Jahren viel Kraft und ohne diese Pause konnte sie nicht mehr auskommen. Fast immer machte sie es sich mit der Erinnerung an glückliche Tage gemütlich. Sie schloss die Augen und sah ihre Mädchen auf der Wiese herumtollen, und Albert, wie er winkend aus dem Auto stieg, seine Geige in der für ihn typischen Art und Weise unter den Arm geklemmt. Wie sie am Mittagstisch saßen oder einen Ausflug in den Teutoburger Wald unternahmen. Alltagsbilder einer Familie. Vierzig Jahre und älter waren diese Bilder, die sie beschwor, und sie waren schon ein bisschen abgenutzt, verschwommen, vielleicht auch nicht mehr ganz wahr, aber sie taten Elly gut.

Heute fand sie allerdings keine rechte Ruhe. Sie war viel zu aufgekratzt wegen des Besuchs ihrer Enkelin und vielleicht auch wegen der anderntags bevorstehenden Autofahrt nach Heidelberg.

Damals, in den fünfziger Jahren, als sie die erste Zeit verheiratet waren, hatten sie und Albert viele Reisen unternommen. Sie waren stolze Besitzer eines VW Käfers gewesen und waren im Sommer mit Vorliebe nach San Ettore in der Toskana gefahren, wo Ellys Großvater seinen Lebensabend als Maler verbracht und der Familie ein kleines Häuschen hinterlassen hatte. Mit Albert war sie auch in Rom, London, Paris und Wien gewesen, bevor die Töchter kamen. Später, nach dem verhängnisvollen Unfall, der Ellys Leben radikal verändert hatte, mied sie Autos konsequent. Sie war immer gut zu Fuß gewesen, erst seit kurzem genehmigte sie sich gelegentlich ein Taxi. Eigentlich waren es nur die monatlichen Konzerte der Nordwestdeutschen Philharmonie, zu denen sie sich bei schlechtem Wetter fahren ließ, oder aber Arztbesuche, seltener andere. Elly unterhielt keinen großen Bekanntenkreis, hatte aber einen guten Kontakt zu den Nachbarn, die schon ähnlich lange am Stiftberg wohnten wie sie. Man lebte ja sozusagen zusammen, traf sich beinahe täglich beim Bäcker oder auf der Straße, plauderte über Wetter und Vegetation, trank auch schon mal einen Kaffee zusammen.

Seit Annemarie mit Mann und Kind vor elf Jahren ihr Herforder Elternhaus verlassen hatte, war Elly allein. Kaum jemand ahnte, was das für sie bedeutete, und sie wunderte sich manchmal selbst darüber, dass sie so viele Tage des Alleinseins überlebt hatte. Mehr hatte es für sie nicht zu verlieren gegeben als die kleine Familie ihrer Tochter. Nun war Annemarie schon fünfundzwanzig Jahre verheiratet. Eine so lange Zeit war ihr und Albert nicht vergönnt gewesen. Wo waren die Jahre nur geblieben? Einerseits waren sie wie im Flug vergangen, andererseits schlich die Zeit nur dahin. Manchmal kam es Elly so vor, als sei dieses Leben, das sie auf Rosen gebettet und in Abgründe gestürzt hatte, für einen einzigen Menschen viel zu viel gewesen. Es gab Zeiten in ihrem Alleinsein, da meinte sie, das Wechselvolle ihres Lebens habe sich endlich auf einer Nulllinie eingependelt und in dem ewig Gleichen ihrer Tage würde sie sich irgendwann unbemerkt verlieren. So wie sie manchmal glaubte, Entbehrung, Entsagung, Verlust und Schmerz hätten ihr einen Panzer wachsen lassen und sie unempfindlich gemacht. Aber wenn dann der Frühling kam, die Vögel ihre Balzgesänge anstimmten, die ersten Blüten aufgingen oder wenn ihr der Duft des Gartens nach einem Sommerregen in die Nase stieg, dann liebte sie das Leben. Liebte es mit einer solchen Intensität, dass auch dies beinahe schmerzte. Sie war dick- und dünnhäutig, hin- und hergeworfen – eben Elly.

Gefühle der Dankbarkeit für das Schöne, das sie erlebt hatte, konnte sie nicht empfinden. Wem hätte sie danken sollen? Dem Schicksal? Was war das für ein Schicksal, das alles gibt und alles nimmt, das die Würfel fallen lässt, wie es ihm beliebt? Die Erinnerung an glückliche Augenblicke, an ihren Ehemann und ihre Töchter, erfüllte sie stets mit denselben Gefühlen, die sie in der erinnerten Situation auch empfunden hatte. Freude war das meistens. Manchmal, wenn die Einsamkeit unerträglich wurde, legte sie eine Schallplatte mit Wiener Melodien auf. Dann schloss sie die Augen, sah Albert die Geige spielen und war wieder fünfundzwanzig. Früher war die Erinnerung oft in quälende Sehnsucht umgeschlagen, heute schöpfte sie Kraft aus der Erneuerung der alten Bilder und den gedanklichen Reisen in die Vergangenheit. Wenn sie hätte dankbar sein sollen, dann dafür, dass es ihr gelungen war, ihr Los in seiner Unabänderlichkeit anzunehmen. Gott sei Dank, dachte sie manchmal, meinte das aber nicht wörtlich. Keiner wusste besser als sie selbst, wieviel Kraft sie die Aufrechterhaltung einer gewissen Alltagsnormalität gekostet hatte. Sie hatte dabei nur an Annemarie gedacht. Da war nie ein Gott gewesen, der ihr geholfen oder der ihr die Verluste als sinnhaft erklärt hätte.

Aber trotz allem war Elly keineswegs lebensmüde. Sie dachte sehr pragmatisch, hielt das Haus instand und sorgte mit einiger Leidenschaft dafür, dass der Garten gepflegt aussah, so als erwarte sie täglich, dass sich das Haus wieder mit Leben füllen würde. In der Tat war der heimliche Wunsch, dass Charlotte das Haus noch zu ihren Lebzeiten in Besitz nehmen würde, ihr erklärtes Ziel. Dieses Ansinnen, das Haus für ihre Enkelin zu bereiten, hielt sie wach und beweglich.

Endlich fiel sie in einen unruhigen und oberflächlichen Schlummer. Ihrem Unterbewusstsein war es in der Aufregung des Tages gelungen, der Großhirnkontrolle zu entschlüpfen, und es spulte nun, statt des schönen Films, einen zusammenhanglosen Bilderreigen vor ihrem inneren Auge ab: Charlotte stieg in ihr kleines Auto, rief winkend ‚bis bald' und fuhr davon, ein ähnliches Auto führte Annemarie und ihre Familie fort, sie sah Klein-Lotteken fröhlich durch die Rückscheibe winken – plötzlich erkannte sie in dem lachenden Blick ihrer Enkelin ihre Tochter, und Albert war es, der ‚bis bald' rief, ehe er einstieg und beide davonfuhren – sie stand am Gartentor, stumm, mit tonnenschweren Beinen und lahm herabhängenden Armen.

Im Halbschlaf versuchte Elly dem aufsteigenden schrecklichen Gefühl des Wollens und Nichtvermögens, des Versteinertseins zu entkommen. Es gelang ihr schließlich, sich auf die andere Seite zu wälzen, um damit auch diesen Bildern den Rücken zu kehren. Stattdessen erschienen ihr nun zwei gleiche kleine Mädchen in weißen Kleidchen, die über die Wiese hüpften und fragile, selbstgeflochtene Kränze aus Gänseblümchen in den Händen hielten. Sie riefen: ‚Sieh mal, Mama, Mama, Mama ...' Plötzlich bekamen sie Charlottes Gesicht und riefen: ‚Oma, Oma, Oma ...'

„Oma ...?"

Die Stimme ihrer Enkelin ließ die Traumbilder verblassen und das gute Gefühl, dass jemand nach ihr rief, gewann die Oberhand.

Charlotte hatte den Kopf zur Tür hereingesteckt.

„Oma? Ist alles in Ordnung? Du wolltest vor einer halben Stunde schon aufstehen."

„Was? Schon so spät? Bin sofort da!" Elly erhob sich schwungvoll, warf ihr Kleid über und richtete die verdrückte Dauerwelle an der Frisierkommode.

Charlotte hatte bereits Kaffee gekocht, und sie setzten sich zusammen nach draußen auf den Freisitz, wo es unter dem Glasdach angenehm warm geworden war. Elly genoss ihren Kaffee, den sie als Muntermacher nach dem Mittagsschläfchen schätzte, und

Charlotte nahm sich den letzten Tee aus der Warmhaltekanne.

„Warste schon im Garten?", fragte Elly und schenkte sich eine zweite Tasse Kaffee ein.

„Nein", antwortete Charlotte, „ich habe natürlich auf dich gewartet."

„Na dann komm!" Elly trank zwei schnelle Schlucke, stellte die halbvolle Tasse klirrend auf den Unterteller und stand mit unternehmungslustigem Gesicht auf. Die beiden Frauen stiegen die Wendeltreppe vom Freisitz in den Garten hinab und gingen langsam den linken Plattenweg aus rosa Sandstein hinauf. Elly bewegte sich so, wie es Charlotte kannte: Sie richtete hier etwas, hob dort etwas auf oder zog ein Unkraut heraus, dachte laut über den Kirschbaum nach, der in diesem Jahr so üppig geblüht hatte, oder half einem Marienkäfer aufs Blatt. Wie immer blieb sie auch diesmal bei der Pfingstrose stehen und nestelte liebevoll, aber überflüssigerweise, an Blättern und Blüten herum. Die Pflanze hatte Ellys Vater aus dem Garten seines Elternhauses mitgebracht, als er damals hier eingezogen war, und besonders gehütet. Elly erzählte das an dieser Stelle immer wieder. Es hatte Charlotte nie gestört, dass ihre Oma bei der Pfingstrose stets ihres Herrn Papas gedachte. Sie fummelt an der Pflanze herum wie die Politiker bei einer Kranzniederlegung an der Schleife, rein symbolisch, dachte Charlotte. Aber auf einmal meinte sie zu erkennen, dass es ihrer Großmutter ernst war mit dem, was sie da all die Jahre getan hatte. Nie zuvor war ihr in den Sinn gekommen, dass

Elly wirkliche Gefühle für diese Personen, mit denen sie früher einmal zusammengelebt hatte, hegen könnte. Sie war in kindlicher Naivität immer davon ausgegangen, dass sich die Liebe ihrer Großmutter nur auf sie, allenfalls noch auf ihre Eltern richtete und dass allein die gemeinsame Gegenwart Bedeutung besaß. Die Geschichte Ellys bestand für ihre Enkelin aus Geschichten, die in einer anderen Zeit und in einer anderen Welt spielten. Die in diesen Geschichten agierenden Personen waren für Charlotte Phantome geblieben. Wahrscheinlich war es heute das erste Mal, dass sie sich als in einer familiären Tradition stehend begriff und nicht als den Nabel der Welt. Die Großmutter hatte für sie auf einmal etwas Rührendes an sich, wie sie so klein vor ihr her tippelte. Charlotte hatte nie darüber nachgedacht, ob sich ihre Oma in dem riesigen Haus einsam fühlen könnte. Elly war für sie immer die Starke, die Sorgende gewesen.

Sie waren im hinteren Teil des Gartens angekommen, und Charlotte hatte gar nicht mehr richtig zugehört, was ihre Großmutter über die Befindlichkeiten der Pflanzen berichtete.

„Ich hoffe, dass mir die Hortensien das Umsetzen nicht verübeln", sagte Elly und zeigte auf die Gartenlaube, vor der nun zwei Büsche Bauernhortensien standen, deren Blütenansätze noch klein und grün waren. Elly liebte Hortensien. Überall im Garten fand man blau, rosa, weiß und rot blühende Bauernhortensien, Tellerhortensien mit zartrosa, sich flach ausbreitenden Großblüten oder hochwüchsige Samthortensien mit weiß-lila Blütenständen.

„Du hast ja die Laube herrichten lassen!", rief Charlotte überrascht. Jetzt war ihr klar, warum sich ihre Blicke so daran festgeheftet hatten, als sie vom Freisitz aus hinübergeschaut hatte. Neugierig stürzte sie auf die Tür zu. Sie war nicht verschlossen wie sonst. Die uralten klappbaren Gartenstühle, früher von Schmutz, Rost und Spinnweben überzogen, reihten sich nun einladend restauriert um einen runden Tisch. Eine kleine Topfrose in der Mitte des Tisches suggerierte, dass dies ein zumindest gelegentlich besuchter Ort sei. Über dem Tisch pendelte die Lampe aus verschlungenen Hirschgeweihen, die immer verstaubt in der Ecke gelegen hatte. Kleine Wandregale hingen an den weiß gestrichenen Holzwänden und waren mit Ziertellern, Bierhumpen und anderen rustikalen Dingen dekoriert. Charlotte blickte eine Weile sprachlos in den kleinen Raum, dann drehte sie sich mit leuchtenden Augen langsam zu Elly um.

„Oma ...!?"

„Es sollte eine Überraschung sein." Elly wirkte etwas verlegen. „Gefällt es dir?"

Sie konnte keinen Zweifel daran haben, dass ihr diese Überraschung gelungen war.

„Ich finde, die Laube gehört einfach zum Garten dazu, hätte ich sie nicht endlich renovieren lassen, wäre sie vermutlich bald verfallen. Und außerdem muss man mit manchen Dingen auch einfach mal aufhören, es ändert ja doch nichts. Vorbei ist vorbei! Ich möchte, dass alles vorbereitet ist für, für …"

Jetzt stotterte sie, das hatte sie nicht sagen wollen, sie wandte sich ab und vollendete den Satz dann doch: „… für eine neue Geschichte. Bestimmt werden in diesem Garten eines Tages wieder Kinder spielen."

Charlotte überhörte das, glücklicherweise, und hing ihren eigenen Gedanken nach.

„Ich hätte hier damals so gern mit meinen Puppen gewohnt oder mit meinen Freundinnen gespielt", warf sie eher nebenbei ein, während sie alles Neue an der Laube untersuchte. Man konnte jetzt ganz drum herumgehen, an der Hinterseite war ein praktischer kleiner Unterstand mit Platz für Gartengeräte, Blumentöpfe und andere Utensilien angebaut. Elly war es recht, dass Charlotte ihr nicht in die Augen schaute, als sie weitersprach.

„Weißt du, es gab Gründe, warum wir die Laube nur noch als Rumpelkammer benutzt haben. Dass Mama nicht wollte, dass du hineingehst, war nicht wegen der für Kinder gefährlichen Gegenstände, die angeblich dort lagerten. Es war wegen der Erinnerungen, die sie unangetastet dort ruhen lassen wollte. Und ich war vielleicht auch nicht bereit, kleine Mädchen in der Laube spielen zu sehen."

Charlotte horchte auf und kam hinter der Laube hervor. Natürlich war da manches gewesen, über das sie sich damals als Kind immer gewundert hatte. Sie hatte es hingenommen, dass die Laube, in der es sowieso ungemütlich aussah, verschlossen blieb, ebenso wie Teile des Dachbodens oder manche Schränke in Ellys Schlafzimmer. Es hatte ihr nichts ausgemacht, zu akzeptieren, dass das große Haus ein paar Geheimnisse zu haben schien, die ein kleines neugieriges Mädchen nichts angingen.

Aber heute war das anders. An der unbeschwerten Charlotte, die es immer allen recht machen wollte, nagte ein bisher unbekanntes Gefühl. Ihr war aufgegangen, dass sie wohl immer viel zu wenig hinterfragt und viel zu oft höflich geschwiegen hatte. Eine gesunde Portion Skepsis und Zweifel hatten ihr schlicht gefehlt. Denn sonst hätte sie die Zeichen dafür, dass Julius ihre Beziehung offenbar anders betrachtet hatte als sie, sicher bemerkt.

„Was sagst du da, Oma? Warum wollte Mama denn nicht, dass ich in der Laube spiele? Ich bin jetzt erwachsen und ich habe, ehrlich gesagt, keine Lust mehr auf diese Andeutungen und Halbsätze. Sag, warum warst du nicht bereit, kleine Mädchen in der Laube spielen zu sehen? Was hat diese kryptische Bemerkung zu bedeuten? Und wenn wir schon dabei sind: Warum blieb die linke Kammer des Dachbodens eigentlich immer abgeschlossen? Wenn ich danach fragte, hast du mich einfach überhört und geschwiegen. Das war eigentlich nicht deine Art und es hat mich verwirrt. Warum durfte ich die Fotoalben in deinem Zimmer nie durchblättern, sondern nur die Bilder ansehen, die du ausgesucht hattest? Meinst du, ich hätte nicht bemerkt, dass du mir etwas vorenthalten wolltest? Doch, das habe ich! Aber du hast die Alben immer wortlos in den Schrank zurückgestellt, wenn ich gebettelt habe, doch noch mehr Bilder anschauen zu dürfen. Und warum hat mir damals eigentlich niemand erklärt, was mit Mama los war? Ich hätte den Grund dafür, dass ich sie so oft Ruhe lassen musste, begreifen können. Ich habe so vieles nicht verstanden, es hat mir wenig ausgemacht, ich dachte, ich sei einfach zu klein, und eines Tages würde ich alles wissen. Später, als ich älter war, fand ich das nicht mehr so wichtig, aber vergessen habe ich das nie! Und jetzt ist es mal gut! Ich bin keine sechs mehr!"

Charlotte trug dies heftiger vor, als sie gewollt hatte. Elly reagierte denn auch erschrocken.

„Du hast ja recht, Lotteken. Es ging nie darum, etwas vor dir geheim zu halten, sondern es ging nur um uns, wir wollten vor uns etwas geheim halten. Wir wollten alles, was Erinnerungen an frühere Zeiten ausgelöst hätte, nicht sehen und haben es verbannt. Ich hab gar nicht bemerkt, dass du dich über so vieles gewundert hast."

Elly war nachdenklich geworden, sie hatte nicht vermutet, dass das Kind offensichtlich alles sehr fein beobachtet hatte, wie sollte sie nun, so viele Jahre später, reagieren. Sie nahm den Schlüssel von einem Nagel, der seitlich am Blumenkasten eingeschlagen war, und schloss die Laube zu.

„Deine Mama und ich, wir hatten eine sehr sehr schwere Zeit, damals, nach dem Unglück, von dem ich dir mal erzählt habe." Elly sprach stockend und blickte zu Boden. „Deine Mama lebte in der ständigen

Angst, dass die Erinnerungen sie überrennen könnten. Das hätte sie nicht ausgehalten, also hat sie die Erinnerung an unsere schöne Zeit als Familie verdrängt, um weiterleben zu können. Irgendwann war der Zeitpunkt gekommen, an dem die Distanz zu den Geschehnissen groß genug gewesen wäre, um darüber zu sprechen, mir hätte das geholfen, aber deine Mama wollte es partout nicht. Sie konnte es nicht. Ich musste sie schützen, sie ist mein Kind, und so habe ich immer geschwiegen."

Worüber denn geschwiegen, wollte Charlotte laut ausrufen, aber sie blieb stumm. Elly war ernst geworden, sie fasste Charlotte am Arm und beide gingen langsam zum Haus zurück.

„Deine Mama hat immer geglaubt, dass es für sie schwerer ist als für mich." Elly seufzte. „Nun ja – sie war ein Kind, gerade zwölf Jahre alt geworden. Sie war das Einzige, was ich noch hatte, und so habe ich immer auf sie Rücksicht genommen."

Sie waren vor der Stiege, die zum Freisitz hinaufführte, angekommen und Elly schüttelte aufmunternd Charlottes Arm, den sie den ganzen Weg festgehalten hatte.

„Das sind alles keine Geheimnisse", sagte sie. „Es ist bloß das Schicksal deiner Mutter und deiner Oma. Lass uns die Feier in Heidelberg abwarten, dann erzähle ich dir alles. Es ist an der Zeit. Dann holen wir alle Fotoalben aus dem Schrank und blättern sie durch. Du glaubst gar nicht, wie ich mich darauf freue, meine Erinnerungen zu teilen!"

Sie versuchte ein Lächeln, an dem ihre Augen jedoch nicht wirklich teilnehmen wollten.

Charlotte war still geworden. Über diesen Verkehrsunfall, der lange vor ihrer Geburt passiert war, hatte ihre Oma manchmal kurz und leise gesprochen, aber niemals in solch deutlichen Worten. Sie hatte sich also nicht getäuscht. Es gab tatsächlich etwas, über das in der Familie nicht gesprochen wurde. Es gab etwas zu erfahren. In Ellys Fotoalben, in der Laube und wohl auch auf dem Dachboden. Noch vorgestern war alles so unkompliziert, so leicht und schön gewesen. Und heute? Charlotte spürte plötzlich eine schwere Last, die auf ihre schmächtigen Schultern drückte, und der Kloß im Hals schwoll bedenklich an. Aber sie fragte auch jetzt nicht weiter nach.

Für den Nachmittag stand noch einiges auf dem Programm. Elly hatte ein paar Besorgungen aufgeschoben, die sie zusammen mit Charlotte erledigen wollte, vor allem aber musste das neue Kostüm aus der Änderungsschneiderei abgeholt werden. Das Wiedersehen mit dem Städtchen, seinen Fachwerkhäusern und Geschäften, den wohlbekannten Ecken und Gassen, besänftigte Charlottes Laune. Elly schlug gar nicht erst vor, zum Abendessen in ein Restaurant zu gehen, was sie gern mal wieder getan hätte, denn in Anbetracht der Magen-Darm-Probleme ihrer Enkelin war das nicht opportun. Sie betraten daher den kleinen Delikatessenladen neben der Sparkasse und jede suchte sich von den Leckereien, die in der Kühltheke präsentiert wurden, etwas aus. Elly entschied sich vor allem für die italienischen Antipasti aus Gemüse und war überrascht, dass sich Charlotte die Riesengarnelen in feuriger Soße zutraute.

„Ich brauche etwas Pikantes", sagte Charlotte entschuldigend, „das vertreibt hoffentlich mein flaues Gefühl im Magen."

Nach dem Abendessen, das die beiden entgegen der sonstigen Gewohnheit gemütlich im Wohnzimmer eingenommen hatten, sagte Elly: „So – zur Feier des Tages genehmigen wir uns jetzt ein Likörchen."

„Für mich nur halbvoll", erwiderte Charlotte als sie sah, dass Elly die viel zu großen Süßweingläser aus dem Schrank nahm.

Der Alkohol tat sein Gutes. Elly war glücklich, legte die Schallplatte mit Melodien von Fritz Kreisler auf und erzählte bestimmt zum hundertsten Male, wie sie den feschen Violinisten Albert Klinger kennengelernt hatte.

Sie plauderten wie eh und je. Vor allem Elly. Sie erzählte noch mehr vom Herforder Klatsch, den sie von den Nachbarn oder aus der Zeitung erfahren hatte, und fragte Charlotte über ihr Studium und ihre Vorstellungen von der Zukunft aus. Charlotte erzählte bereitwillig von ihren architektonischen Visionen, die sie baulich umsetzen würde, wenn sie dürfte, und dass sie davon träume, eines Tages ein eigenes Büro zu haben. Elly registrierte wohl, dass Familie und Kinder in den momentanen Überlegungen ihrer Enkelin keine Rolle spielten, aber sie maß dem keine besondere Bedeutung bei. Kommt Zeit, kommt der Richtige, sagte ihr die Erfahrung.

„Schütt' uns doch noch einen ein", sagte Charlotte zu ihrer Großmutter, „und erzähl mir von den Vorfahren, die auf der Kommode stehen."

Von Schluck zu Schluck hatte sie mehr Gefallen an dem süßen klebrigen Edelkirsch gefunden. Sie nahm einen Rahmen von der Kommode und studierte das Bild darin.

„Das hier waren deine Eltern, das weiß ich."

Elly goss die Süßweingläser voll und kippte ihren Likör in drei großen Schlucken. Sie leckte sich um die Lippen und begann mit Eifer die Fotografien zu erläutern, als machte sie das zum ersten Mal.

„Ganz recht, das sind meine Eltern. Das Foto ist bei bei meiner Hochzeit 1954 entstanden. Dies hier sind sie auch, als junge Leute bei ihrer Verlobung: Antonie Obermeier und Hans Hartleben. Aber lass uns mal vorne anfangen. 1880 wurde unser Haus im Auftrag des wohlhabenden Müllers Wilhelm Wiedebein gebaut, das weißt du. Der schenkte es dann seiner einzigen Tochter Amalie zur Hochzeit, das weißt du auch. Von Wilhelm haben wir kein Foto, dafür aber eine kleine Miniatur. Er hatte sein Konterfei auf diese Schnupftabakdose malen lassen, ich hatte sie immer sicher im Schrank aufbewahrt, aber ich finde, sie gehört hierher, in unsere Ahnengalerie."

Charlotte wollte nach dem Döschen greifen, aber Elly sagte: „Nee, lass mal lieber stehen, das Ding ist schon so klapprig. – Die kleine Lackdose und dieses

Haus sind das Einzige, was von Wilhelms Vermögen übriggeblieben ist. Er verwitwete früh und heiratete in zweiter Ehe eine Frau, die kaum älter war als seine Tochter. Hinter vorgehaltener Hand wurde immer gemunkelt, dass die zweite Frau alles durchgebracht habe. Jedenfalls hielt es Amalie wohl nicht lange mit der Stiefmutter aus und heiratete blutjung den fast doppelt so alten Apotheker Karl Sommer."

„Also eine Vaterfigur", stellte Charlotte fest und nippte am Likör.

„Schon möglich. Hier siehste die beiden bei uns im Garten. Erkennst du die Laube im Hintergrund?"

„Tatsächlich! Da habe ich noch nie drauf geachtet. Und aus dem dünnen Bäumchen neben den beiden ist unsere Trauerbuche geworden? Unglaublich!"

Charlotte nahm das Bild von der Kommode und betrachtete die Details.

„Ihr Kleid ist wirklich superschön, aber sein Schnurrbart – ich weiß ja nicht …"

„Der Karl musste jeden Abend mit Bartbinde ins Bett", sagte Elly spitzbübisch, „aber erst, nachdem er Amalies Korsett aufgebunden hatte."

Sie lachten ausgelassen und Elly füllte erneut die Gläser mit Edelkirsch.

Charlotte stellte die Fotografie zurück und zeigte auf die nächste, die eine fünfköpfige Familie im künstlichen Arrangement eines Fotostudios zeigte.

„Ist das Amalies Familie?"

„Jawoll, das ist Familie Sommer. Amalie und Karl hatten drei Kinder. Weißt du noch, wie sie hießen?"

Charlotte schüttelte den Kopf. „Es ist schon ewig her, dass wir zuletzt die Fotografien angeschaut haben, ich glaube, da wohnte ich noch hier."

„Meinst du, das ist schon so lange her? Also, Amalies Kinder hießen Friedrich, Gesine und Emilie", zählte Elly auf, „das Foto entstand etwa um die vorige Jahrhundertwende. Das Besondere ist, dass Amalie und ihre Töchter Reformkleider tragen. Reformkleider waren damals revolutionär, weil sie die Frauen nicht, wie es in Amalies Jugend und auch bei den meisten ihrer Zeitgenossinnen üblich war, in Fischbein quetschten. Da brauchte der Karl abends nämlich nicht am Korsett zu arbeiten. Du siehst ja, Amalies Kleid ist unter der Brust gerafft und fällt locker bis auf die Füße, ohne die Taille zu betonen. Sogar ihre Mädchen haben solche Hänger an."

„Wow, für Herford war das ganz schön fortschrittlich, oder?"

„Das kann man wohl sagen! In unserer Familie war man schon immer sehr kunstsinnig. Was meinst du, woher deine Mama ihr künstlerisches Talent hat? Die Sommers waren echte Avantgardisten und sind mehrmals nach Wien gereist. Diese Mode hatte Amalie von dort mitgebracht."

„Toll! Eine emanzipierte Frau war die Amalie also. Aber woher weißt du das eigentlich alles?"

Elly lachte. „Ich habe mit meiner Oma vor diesen Bildern gesessen, wie du mit mir. Sie hat mir viel aus der Familiengeschichte erzählt. Zum Beispiel auch, dass Amalies Tochter Gesine einen Engländer geheiratet hat und mit ihm nach Australien ausgewandert ist, da hat sich ihre Spur leider verloren. Friedrich fiel jung im ersten Weltkrieg und Emilie, die jüngste, verliebte sich passenderweise in Felix Obermeier, der Praktikant bei ihrem Vater war. Der Karl hatte ja eine Apotheke in der Stadt. Emilie heiratete den Felix, als sie von ihm schwanger wurde. Sie bekamen eine Tochter, Antonie, meine Mutter."

Elly zeigte auf das nächste Bild in der Reihe.

„Dies hier sind Emilie und Felix Obermeier mit Toni im Juni 1923. Das Datum hatte mein Großvater hinten drauf geschrieben. Wie gesagt, Emilie und Felix waren meine Großeltern."

„Ein tolles Kleid hat sie an", staunte Charlotte. „Das könnte man heute noch anziehen, und der Anzug vom Felix sieht auch total cool aus."

„Das trug man in den goldenen Zwanzigern. Es war eine turbulente Zeit damals; der furchtbare Krieg war vorbei, Kunst und Kultur blühten auf, und nur wenige ahnten, dass sie am Vorabend der nächsten Katastrophe tanzten. Oma Emilie kam später im zweiten Weltkrieg bei einem Bombenangriff ums Leben. Hier in Herford. Sie war gerade in der Apotheke in der Stadt, als eine Brandbombe einschlug."

„Das hast du mir ja noch nie erzählt!", rief Charlotte bestürzt aus.

„Hab ich nicht? Nun ja, solche schrecklichen Geschichten aus der Familie sind auch nichts für Kinder. Emilie ist im Keller der Apotheke erstickt. Das war eine Tragödie, sag ich dir! Ich war damals vierzehn, hatte gerade meine Notkonfirmation hinter mir. Ein Jahr später kam Opa Felix heil aus dem Krieg zurück und seine Emilie war tot. Er sprach kaum noch. Das waren keine guten Zeiten. Am 3. April 1945, ich werde es nie vergessen, war der Krieg in Herford vorbei. Die Kasernen an der Vlothoer Straße, in der die Wehrmacht gesessen hatte, wurden von den britischen Besatzern übernommen. Sie beschlagnahmten ringsum die Wohnungen und Häuser für ihre Familien. Wir hatten Glück, bei uns wurde nur ein Offizier mit seiner Frau einquartiert. Die beiden bekamen die ganze obere Etage und wir zogen nach unten, wohnten dort zusammen mit Opa. Aber nicht lange, denn Opa verließ Deutschland und ging nach Italien, in die Toskana. Er hatte es in Herford, wo ihn alles an seine Frau erinnerte, nicht mehr ausgehalten. Es war ihm egal, dass Deutsche seinerzeit in Italien nicht wohl gelitten waren. Gerade der toskanischen Bevölkerung hatten die Nazis übel mitgespielt. Es brauchte seine Zeit, bis Opa Felix von den Nachbarn akzeptiert wurde. In San Ettore lebte er zurückgezogen und bescheiden und machte sein Hobby, die Malerei, zu seinem Lebensinhalt. Aber schließlich hat er doch Freundschaft mit den Dorfbewohnern geschlossen, und man verkaufte ihm das kleine Häuschen, in dem er wohnte. Nur zu meiner Hochzeit ist er noch einmal nach Herford gekommen."

„Das große Bild im Flur hat dein Opa Felix gemalt, das weiß ich. Warst du denn mal in der Toskana zu Besuch? Es war früher bestimmt nicht üblich, ins Ausland zu reisen, oder?"

„Doch, ich war oft da. Als junges Mädchen mit meinen Eltern, und später haben Albert und ich mit den Kindern die Sommerferien dort verbracht."

Charlotte blieb der Mund offenstehen. Nicht nur ein Haus in Italien, auch noch eine Familienidylle am Mittelmeer? Nie war darüber ein Wort verloren worden. Die Kindheit ihrer Mutter war für sie immer ein grauer Zeitraum in der Vergangenheit gewesen, in den nun unerwartet ein farbiger Lichtstrahl schoss.

Elly sprach nicht weiter, ihre Unterlippe zuckte. Albert und ich mit den Kindern ... – Jahrzehnte hatte sie einen Satz, der ihre Kernfamilie umschloss, nicht mehr ausgesprochen. Und wie gut es tat, das zu sagen. Am liebsten hätte sie es laut herausgerufen: Wir hatten eine sehr glückliche Zeit, Albert und ich und die Kinder!

„Oma, was hast du mir nicht alles erzählt! Ich verstehe nicht, wie du so etwas wie ein Haus in Italien oder Ferien am Mittelmeer aussparen konntest? Auch von Mama habe ich nie ein Wort darüber gehört, dass sie als Kind schon in Italien gewesen ist. Erzähl mir davon. Jetzt. Bitte."

Elly fasste sich und lächelte verlegen. Ja, sie hatte ihrer Enkelin viel erzählt, aber einiges, vor allem ihre Zeit als Mutter zweier Töchter, hatte sie ihr bewusst verschwiegen. Dass Annemarie ihrer Tochter nichts aus ihrer Kindheit erzählt hatte, verstand sich von selbst.

„Ich hab das Haus von Opa Felix geerbt. Er starb ein Jahr, nachdem er noch einmal in Herford gewesen war. Meine Eltern, die sowieso oft bei ihm in San Ettore gewesen waren, blieben jetzt manchmal den ganzen Winter über im milden Klima. Wir waren mit den Kindern im Sommer da, mit unserem VW-Käfer fuhren wir hin. Das Meer lag nur wenige Kilometer von San Ettore entfernt. Das war für uns damals eine ganz andere, faszinierende Welt."

Unter halb geschlossenen Lidern hinweg wanderten Ellys Augen an einen zufälligen Punkt am Buffetschrank und hefteten sich dort fest, ohne etwas wahrzunehmen. Charlotte sah förmlich, wie die Gedanken ihrer Großmutter jetzt nach San Ettore wanderten. Sie verhielt sich mucksmäuschenstill. Das Leben der jungen Familie Klinger war für sie ein verschlossenes Buch mit sieben Siegeln, so hermetisch verschlossen wie Bodenkammer, Laube und Schränke im Schlafzimmer ihrer Großmutter.

„Eine Bruchsteinmauer umgab das große Anwesen, auf dem Opas Häuschen stand." Unentwegt blickte Elly auf diese Stelle am Buffetschank, als stünde dort geschrieben, was sie leise vor sich hinsprach. „Bouganvillen in tiefstem Violett bogen sich über das doppelflügelige Eingangstor, das in die Mauer eingelassen war. Das Haus war einfach, es hatte unten nur einen großen Raum, in dem man wohnte und kochte und in dem Opa früher auch gemalt hatte. Oben gab es zwei kleine Schlafkammern. Aber im Sommer spielte sich das Leben sowieso nur draußen ab. Ein uralter Zitronenbaum, der Früchte in allen Reifestadien und duftende weiße Blüten gleichzeitig trug, breitete seine

Arme über die Terrasse hinter dem Haus. Jeden Morgen deckten die Mädchen den Frühstückstisch im Schatten des Zitronenbaums. Im Garten gediehen Lorbeer-, Mandel- und Olivenbäume. Der kleine Granatapfelbaum hatte es mir besonders angetan. Albero di melograna hieß er auf italienisch. Oleander und Hibiscus blühten in allen Farben. Mehrmals habe ich einen Ableger der prächtigen Hortensien mitgenommen, ich dachte, sie könnten auch bei mir im Garten gedeihen, aber sie wollten nicht recht was werden. Nachmittags fuhren wir zum Meer. Türkisblau lag es vor uns und die Mädchen konnten nicht schnell genug ins Wasser kommen. Sie waren so braungebrannt, dass sie unter den italienischen Kindern gar nicht auffielen. Abends, wenn sie im Bett waren, holte Albert eine Flasche Chianti und ein Schälchen von den eingelegten Oliven, derweil ich im Liegestuhl unter dem Zitronenbaum auf ihn wartete. Manchmal blickten wir in den klaren Himmel, in dem Abermillionen von Sternen standen. Albert fragte sich oft, was da draußen in diesem unendlichen Weltall wohl sein mochte. Ich konnte das nicht gut vertragen, mich überfiel sofort ein schreckliches Gefühl der Kleinheit und des Alleinseins. Aber wenn Albert mich dann lachend in den Arm nahm, war alles wieder gut. Bei ihm fühlte ich mich sicher und beschützt. Ich dachte, daraus bezöge ich all meine Stärke. Niemals in meinem Leben wollte ich wieder ohne ihn sein. – Nun ja, dann kam es ganz anders."

Eine Stille trat ein, in der Charlotte den Atem anhielt. Weinte die Oma? Aber dann löste sich Ellys Blick vom Buffetschank, sie nahm ihre Goldrandbrille ab und rieb sich die Augen mit dem Handrücken. Sie sah Charlotte an, zuckte mit den Schultern, lächelte entschuldigend und trank in einem Zug ihr Glas aus.

„Als wir dann allein waren, deine Mama und ich, habe ich alles verkauft", fuhr Elly fort, und man hätte bemerken können, dass sie mit diesem Satz das Thema abschließen wollte.

„Aber warum denn das? Es war doch schön dort. Ich hätte es toll gefunden, wenn wir ein Häuschen in Italien gehabt hätten."

„Ach, das war damals nichts für uns", überging Elly Charlottes Neugier. „Lass uns davon aufhören, sonst werde ich noch sentimental, ich erzähle dir später mal mehr." Resolut zeigte sie auf das nächste Foto auf der Kommode.

„Das sind meine Eltern, Toni und Hans Hartleben. Mein Vater war noch Musikstudent, als er meine Mutter heiratete, und wenn man den Hochzeitstag und meinen Geburtstag vergleicht, dann war ich wohl bei der Hochzeit schon mit dabei."

„Sie hat es halt gemacht wie ihre Mutter, stimmt's? Darauf sollten wir anstoßen, Oma!"

Charlotte füllte beide Gläser mit Edelkirsch und war heilfroh, dass Elly wieder fröhlich dreinblickte, als sie die Gläser klingen ließen.

„Hoffentlich verträgst du das", sagte Elly und nahm einen genüsslichen Schluck.

„Mach dir mal keine Sorgen, das ist wie Medizin", antwortete Charlotte mit wegwerfender Handbewegung.

„Na dann", lachte Elly, „machen wir mal weiter im Text: Als frisch Vermählte bezogen meine Eltern die oberen Räume im Haus und mein Vater wurde später Orchesterleiter bei der Bielefelder Bühne. Er musste deshalb nicht Soldat werden. Volksbelustigung hielten die Nazis auch für wichtig. – Ja, und das ist bei unserer Hochzeit." Elly blickte zärtlich auf das Bild mit einem fröhlich winkenden Brautpaar. „In den Fünfzigern haben dein Opa und ich geheiratet. Die Campbells, nette Leute übrigens, waren nach England zurückgegangen, und die obere Wohnung wurde für uns generalüberholt. Als die Kinder kamen, zogen wir von oben nach unten, mit Freisitz und Ausgang zum Garten, und meine Eltern nahmen wieder die Wohnung im ersten Stock. Innerhalb des Hauses wurde ständig von oben nach unten und von unten nach oben gewechselt. Das war halt so."

„Albert Klinger", sagte Charlotte feierlich und blickte dem Großvater im Silberrahmen in der Mitte der Galerie in die papiernen Augen. „Nomen est Omen. Wenn man schon Klinger heißt, dann muss man Musiker werden. Und fesch war er ja, dein Albert, wirklich fesch."

Elly lächelte selig und seufzte tief und gedankenvoll.

„Weißt du eigentlich noch, was du an dem Abend anhattest, als du beim Konzert warst, wo der Albert als

Solist auftrat und wo du ihn zum ersten Mal gesehen hast?" Charlotte knüpfte damit an die Kennenlerngeschichte ihrer Großmutter an, welche diese so gern erzählte, und grinste dabei herausfordernd.

„Aber natürlich, welch eine Frage", antwortete Elly mit gespielter Entrüstung. „Ich war ja mit meiner Klasse zur Feier des bestandenen Abiturs nach Bielefeld zu dem Konzert gefahren. Der Herr Papa dirigierte das Jugendorchester und hatte für uns alle die Karten spendiert. Albert debütierte mit Max Bruchs Violinkonzert in g-Moll. Ich hatte ein neues Kleid bekommen, einen Traum in Himmelblau, aus Perlon. Perlonkleider waren schwer in Mode. Es hatte einen mehrstufigen weiten Rock, einen dunkelblauen Samtgürtel, kleine Puffärmelchen und einen in der Mitte geschlitzten Stehkragen."

Elly hatte verträumt die Augen geschlossen und atmete tief ein. Das Kleid stand ihr vor Augen, glasklar, sie fühlte das körpernahe Oberteil und den weichen Gürtel, wie sie ihn um ihre schmale Taille band, hörte das Knistern des Stoffs, als sie sich ins Runde drehte und der Rock dabei um ihre Beine schwang. Und sie spürte wie damals die Erwartung einer wunderbaren Zukunft, als läge sie heute noch vor ihr.

Sie öffnete die Augen und sah Charlotte strahlend an: „Todschick, sag ich dir!"

Sie lachten wieder und Charlotte schenkte beiden ungefragt den Rest aus der Edelkirschflasche ein. Sie deutete mit ihrem Glas auf die Bilder, die links auf der Kommode standen.

„Die da kenne ich alle gut. Mama und Papa an ihrem Hochzeitstag mit dir und Opa Gerloff. Mama und Papa mit mir als Baby. Ich mit Zuckertüte. Ich beim Abschlussball vom Tanzkursus. Ich als Abiturientin. Fortsetzung folgt. Vielleicht. Wahrscheinlich."

Sie verdrehte die Augen, schob ihre Zunge in das Glas, um den letzten Tropfen Likör herauszulecken, und fragte dann leise und verstohlen: „Du hattest doch außer Mama noch eine Tochter, die als Kind gestorben ist. Von ihr erzählst du auch nie. Ich habe noch nie ein Foto von ihr gesehen. Warum steht denn keines in dieser Galerie?"

Und wieder seufzte Elly tief und gedankenvoll.

„Ach, das ist eine traurige Geschichte, die erzähle ich dir ein anderes Mal."

Als Charlotte schließlich einigermaßen betrunken in ihrem Bett lag, das immer für sie bereit geblieben war, geisterten die Vorfahren in ihrem Kopf herum. Antonie, Emilie, Amalie und wie sie alle hießen. Sie haben auch hier geschlafen, dachte Charlotte, sie sollten mir nicht so fern sein. Im Halbschlaf sah sie Amalie und Karl mit ihren Kindern durch den Garten stolzieren, Emilie und Felix mit Freunden in der Laube feiern, die Männer schnurrbärtig, die Frauen in langen wallenden Kleidern, und sie sah Elly als pausbäckiges Kind unter der Trauerbuche spielen. Aber plötzlich war sie wieder hellwach. War es nicht so gewesen, dass ihre Großmutter doch wieder versucht hatte, sie in Watte zu packen? So, als könne sie nicht alles vertragen? Warum erzählte sie nie von ihrer anderen Tochter? Nichts, aber auch gar nichts wusste Charlotte von ihr! Die andere Tochter war nicht nur tot, sie wurde auch noch totgeschwiegen. Wie hieß sie überhaupt? Charlotte wollte nichts mehr ein anderes Mal erzählt bekommen, sondern jetzt! Was sollte das schon sein, das man von ihr fernhielt, im Verhältnis zu dem, was Julius ihr zumutete? Die nehmen mich alle nicht ernst, dachte sie trotzig, alle nicht! Die behandeln mich immer noch wie ein kleines Kind! Morgen, auf der Autofahrt, wenn Elly ihr nicht ausweichen konnte, sollte sie Rede und Antwort stehen und nicht erst nach der Feier. Wahrscheinlich gab es nichts Absonderliches zu erfahren, wahrscheinlich nur schöne Geschichten wie die vom italienischen Häuschen, aber sie wollte diesen Ausflüchten ihrer Großmutter endlich auf den Grund gehen. Und später kam Julius an die Reihe, dem würde sie es auch zeigen! Mit ihr spielte man nicht. So nicht, Julius, dachte sie, so nicht! Mit diesen Gedanken fiel sie in einen traumlosen Schlaf.

Am anderen Morgen erwachte Charlotte mit einem gehörigen Kater. Es hämmerte in ihrem Kopf, in dem für die Probleme und Fragen, die sie gestern noch hatte, im Moment einfach kein Platz war. Als ihr Kaffeeduft in die Nase stieg, stand sie auf und begab sich, barfuß und im Schlafanzug, langsam, ohne den Kopf zu bewegen, die Treppe hinab und in die Küche. Elly hatte schon Brötchen geholt und den Frühstückstisch gedeckt.

„Och, Lotteken", sagte Elly halb mitfühlend, halb amüsiert, „du siehst ja ganz elend aus. Ist dir der Likör doch nicht bekommen? Ist ja kein Wunder, wir haben die ganze Flasche leergemacht, hab ich gar nicht so bemerkt. Apfelsaft hilft gegen Kater. Ich habe bestimmt noch eine Flasche in der Vorratskammer. Hat der Gärtner selber gemacht, von unseren Äpfeln, den roten Paradiesäpfeln. Den Paradiesapfelbaum kennste, nicht wahr? Und iss tüchtig, du musst für die lange Autofahrt fit sein."

Während sich Charlotte mit dröhnendem Kopf an den Tisch setzte, kramte Elly in der Vorratskammer herum und förderte eine beschriftete Bügelflasche zutage. Apfelsaft 2008 stand auf dem Etikett. Der Saft tat wirklich gut, aber erst nach einem Aspirin und der zweiten Tasse Kaffee fühlte sich Charlotte wieder einigermaßen normal. Sie verspeiste mit Appetit zwei ganze Brötchen mit Butter und selbstgekochter Himbeermarmelade und freute sich darauf, gleich vier Stunden lang nichts tun zu müssen, als einfach nur im Auto zu sitzen und geradeaus zu schauen. Die Strecke nach Heidelberg führte ausschließlich über die Autobahn, das erste Stück würde gemächlich gehen, erst ab Kassel war mit mehr Verkehr zu rechnen. Und sprechen würde sie heute nicht mit Elly.

Ein gutes Stündchen später waren die beiden Frauen für die Abfahrt nach Heidelberg bereit. Elly hatte den Pfingstrosenstrauß aus der Vase genommen, die Stiele in eine Plastiktüte mit feuchtem Küchenkrepp gesteckt und das Ganze, in Zeitungspapier eingewickelt, auf ihrem kleinen Rollkoffer bereitgelegt. Daneben stand eine Papiertüte mit den Plastiktöpfchen, welche die Reste des gestrigen Mittagessens enthielten. Nur das neue Kostüm war für die Reise noch in eine Cellophanhülle zu schieben. Die beiden standen in der Eingangshalle und fummelten die Folie über den Kleiderbügel mit dem Kostüm, als es klingelte. Sie hielten inne und sahen sich erstaunt an.

„Die Post kommt doch erst um elf", sagte Elly.

„Ich sehe mal nach." Charlotte drückte ihr den Kleiderbügel samt Kostüm und Cellophanhülle in die Hand und sah aus der Haustür. Unten vor dem Eingangstor stand eine Frau mit gesenktem Kopf, neben ihr ein dunkelgelockter junger Mann. Jetzt sah die Frau hoch.

„Mama!", entfuhr es Charlotte, „Mama, was machst du denn hier?"

Der junge Mann guckte etwas betreten, die Frau rührte sich nicht, sie schien zu weinen.

Charlotte lief zum Tor.

„Mama …? Um Gottes Willen – ist was passiert? Ist was mit Papa?"

Sie öffnete das Gartentor, wollte die Frau, die doch ihre Mutter war, umarmen, aber die blieb seltsam steif, Tränen liefen ihre Wangen hinab und ihr Mantel roch fremd.

„Mama …!?"

Charlotte wurde weinerlich. Warum sah ihre Mutter so komisch aus und stand mit einem Fremden hier vor dem Tor, kam nicht rein und tat, als würde sie sie nicht kennen? Das war ja wie in einem Alptraum!

Elly hatte gehört, was Charlotte gerufen hatte, ließ das Kostüm fallen und hastete zur Tür. Die drei am Eingangstor sahen zu ihr hin. Charlotte mit panischem Blick, ein hübscher junger Mann mit einem etwas schiefen Lächeln und ihre Tochter, wie so häufig, mit großen traurigen Augen.

„Marie", rief Elly, so nannte sie ihre Tochter Annemarie. „Kind, was ist denn los? Wir wollten gerade aufbrechen, zu dir nach Heidelberg."

Da sich niemand von den dreien rührte, lief auch sie den Plattenweg hinunter zum Eingangstor.

Die Frau, ihre Tochter, hauchte: „Mama ..."

Elly verlangsamte ihre letzten Schritte, reckte den Kopf nach vorn, blickte ihrer Tochter angestrengt in die Augen, blinzelte, setzte die Goldrandbrille auf, die sie an einer Kette um den Hals trug – und erschrak, wie aus dem Nichts, so heftig, als habe sie den Leibhaftigen gesehen. Sie wich einen Schritt zurück, schnappte japsend nach Luft und sank im nächsten Augenblick ohnmächtig in die Arme des jungen Mannes, der geistesgegenwärtig herbeigesprungen war.

2

Ron Gerloff

Schottland 1961 bis Heidelberg 2010

Ron Gerloff war mit gemischten Gefühlen zu der Konferenz nach Edinburgh aufgebrochen, er hätte seine Frau jetzt nicht allein lassen sollen. Einerseits. Aber andererseits zog es ihn magisch dort hin. Ron war gern und viel auf Reisen, er brauchte es geradezu, andere Menschen zu treffen, in andere Umgebungen einzutauchen, im Zug oder im Flugzeug zu sitzen. Er liebte es, in Bewegung zu sein. Die dienstlichen Aufenthalte in fremden Städten waren ihm gute Gelegenheit, um deren Museen kennenzulernen und die Abende mit Konzert-, Theater- oder Kinobesuchen zu füllen. Wenn möglich, verband er seine Aushäusigkeiten mit Besuchen bei Bekannten, Kollegen, Freunden oder er traf seine aktuellen Liebschaften. Während der Reisezeiten las er die neueste Literatur, fachliche und belletristische, und war so immer bestens informiert. Er nutzte jede Minute optimal aus. Rastlosigkeit könnte man das nennen, aber er empfand das nicht so. Er konnte halt von allem mehr vertragen als andere. Auch von Frauen. Sie hielten ihn jung.

Ron arbeitete als Professor für Anglistik an der Universität Heidelberg, ein attraktiver Mittfünfziger, schlank, drahtig, mit kupferroten Haaren, in die sich noch kaum graue mischten. Er trug sein volles, leicht gewelltes Haar gut handlang und nach hinten gekämmt. Ständig lösten sich einzelne Strähnen und hingen ihm tief in die Stirn. Es gehörte deswegen zu seinen charakteristischen Handbewegungen, sich mit gespreizten Fingern durch die Frisur zu fahren, um sie zu richten. Dabei kam er mit dem Kopf seiner Hand entgegen und blickte mit gefurchter Stirn schräg von unten nach oben wie James Dean in seinen besten Zeiten. Die schmalen, stechend blauen Augen standen vielleicht ein wenig weit auseinander, und um seinen hübsch geschwungenen Mund hatte sich ein leicht ironisches Lächeln eingegraben. Ich will nur spielen, schien er der Welt damit signalisieren zu wollen. Dem Gesamtkunstwerk im zumeist taubenblauen Jackett zu heller Jeans lagen die Studentinnen zu Füßen. Professor Gerloff war zweifellos eine bemerkenswerte Erscheinung. Eben ein Mann in den besten Jahren.

Eine gute Woche nach seiner Rückkehr aus Edinburgh würde er mit seiner Ehefrau Annemarie Silberhochzeit feiern. Gleichzeitig war dieser Tag auch Annemaries fünfzigster Geburtstag. So lange er sie kannte, waren die Wochen um ihren Geburtstag von einer ungeheuren Spannung geprägt gewesen. Annemarie schwebte dann geisterhaft durch die Räume, sah in einem Augenblick aus, als stünde ein hysterischer Ausbruch bevor, im nächsten, als versänke sie apathisch in einem depressiven Zustand. Meistens hatten sie die Zeit aber gut herumbekommen. Es fiel Ron leicht, an kritischen

Tagen besonders nachsichtig mit seiner Frau umzugehen. Wenn sie ihn brauchte, war er zur Stelle. Sie war seine Mitte, unabhängig von den Frauengeschichten. In Außenansicht waren die beiden ein ideales Paar. Sie stritten nie. Der erfolgreiche und aufmerksame Ehemann und seine melancholische, künstlerisch begabte Gattin begegneten einander auf Augenhöhe.

Vor ihren Geburtstagen halste sich Annemarie immer viel Arbeit für Vorbereitungen auf, denn sie lud jedes Mal zu einer Party ein. Die Unruhe, welche im Hause herrschte, wenn die Gäste zwischen dem in der Küche aufgebauten Buffet, dem Wohnzimmer, ihrem Atelier und der Terrasse hin und her pendelten, ihr Geschnatter und ihr Lachen, schienen Annemarie wohltuend zu betäuben. Im Mai, dem Monat ihres Geburtstages, litt die ohnehin psychisch labile Annemarie ganz besonders. Ron wusste, dass dies in ihrer Biografie begründet lag. Als sie noch ein Kind war, hatte sich im Mai ein furchtbares Unglück ereignet. Der Vater hatte mit ihrer Schwester die Großeltern vom Flughafen Hannover abgeholt, als sein VW Käfer in einen schweren Verkehrsunfall mit einem Tanklastwagen geriet. Es war ein gewaltiges Inferno entstanden, in dem alle vier Autoinsassen bis zur Unkenntlichkeit verbrannten. Viel mehr wusste Ron nicht über diesen Unfall, denn es wurde darüber geschwiegen. Er war sicher, dass dies in erster Linie an seiner Frau, weniger an seiner Schwiegermutter lag. Er sprach das Thema nicht an, seine Kenntnis von Details der Todesumstände würde niemanden wieder zum Leben erwecken. Elly, seine Schwiegermutter, die auch sehr schwer an dem Verlust getragen haben musste, hatte es damals irgendwie geschafft, ihre Gefühle und Nöte zurückzustellen und sich bis zur Selbstaufgabe um ihre traumatisierte Tochter zu kümmern. Ron hegte schon lange die Vermutung, dass Annemarie ihren Geburtstag zu ihrem Hochzeitstag gewählt hatte, um ihn mit einem anderen oder zusätzlichen Inhalt zu füllen; so, als wollte sie das schreckliche Mai-Ereignis ihrer Kindheit mit einem großen, positiven Ereignis überbieten. Wenn es wirklich so war, dann war ihr das nur bedingt gelungen.

Nun saß er also im Flugzeug nach Edinburgh. Annemarie hatte ihm versichert, dass sie sich stabil fühle und er sich keine Sorgen zu machen brauche. Es stimmte, rückblickend musste Ron sich eingestehen, dass seine Frau schon eine ganze Weile geradezu ausgeglichen wirkte. Er hätte sich darüber wundern und sich darüber freuen können, stattdessen war er mit seinen Gedanken ganz woanders gewesen. Er hatte sich im vorigen Jahr in eine Situation manövriert, die ihn vollkommen absorbierte. Aber es war keine Absicht gewesen. Diesmal nicht.

Er sah aus dem kleinen Fenster der Kabine. Die Welt unter ihm war grau und wolkenverhangen. Er lehnte sich in seinem Sitz zurück und versuchte, die Augen zu schließen. Aber seine Lider zuckten unaufhörlich, sodass er den Versuch bald wieder aufgab. Er war nervös. Ich bin unterwegs nach Edinburgh, sagte er zu sich, als könne er es nicht glauben. Es war nicht der dienstliche Anlass, der ihn in Erregung versetzte. Es war die Erwartung Maries und der Heimat. Ja, Schottland war seine verlorene Heimat, sein Geburtsland. Fünf glückliche Kinderjahre, aber auch ein trauriges, hatte er hier verlebt.

Rons Vater, Gerrit Gerloff, ein Ostfriese von der deutschen Waterkant, Ingenieur, Eigenbrötler und Tüftler, war einige Jahre nach dem Krieg nach Schottland gekommen, um der Whiskyindustrie eine kleine Erfindung anzubieten, die das Mälzverfahren deutlich vereinfachte. Ein renommiertes Unternehmen aus Edinburgh, das sich durch die Herstellung eines besonders hochwertigen Single Malt einen Namen gemacht hatte, stellte Gerrit als leitenden Mälzer ein und er bezog eine kleine Werkswohnung, die zwischen Brennerei und Stadt gelegen war. Unter der Woche arbeitete er in der Whiskyproduktion, an den Wochenenden bastelte und tüftelte er in seinem Wohnzimmer, das mehr einer Werkstatt glich, und erwarb im Laufe der Jahre noch weitere Patente. Gerrit war mit sich und seinem Leben zufrieden, bis er in einer Ausstellung über Gustave Renoir Rose Meadow kennenlernte. Ron hatte sich oft gefragt, warum sich sein Vater ausgerechnet eine Ausstellung über Gustave Renoir angesehen hatte, das passte so gar nicht zu ihm, und warum sich seine lebenslustige Mutter ausgerechnet in diesen schnörkellosen, um einiges älteren Deutschen verliebt hatte. An seine Kindheit in dem Dörfchen Roslin, nahe der großen Stadt Edinburgh, dachte Ron gern zurück. In seiner Erinnerung war immer Sommer. Er sah die Mutter mit bloßen Armen einen Wäschekorb auf die Wiese tragen und leuchtend weiße Tücher aufhängen. Er tanzte dabei um sie herum und beide lachten und scherzten. Er sah sie in der Küche über dampfende Töpfe gebeugt, während er, in Knien auf dem Stuhl hockend, das Schnittlauch in kleine Ringe schneiden durfte. Und er sah sie, wie sie des Abends an seinem Bett saß und ihr von kupferroten Locken umrahmtes Gesicht im Schein der Nachttischlampe zu einem Heiligenbild wurde. Es war ihm bewusst, dass es sich dabei nur um eine kitschig-verklärte Erinnerung handeln konnte, aber sie fühlte sich gut an, und niemand außer ihm wusste davon. Auch den warmen Duft der Mutter, den er eingesogen hatte, wenn sie sich herabbeugte, um ihm einen Gute-Nacht-Kuss auf die Stirn zu drücken, glaubte er noch immer in der Nase zu haben. Schön ist es gewesen, einfach schön. Dann war plötzlich alles anders gekommen. Er war fünf Jahre alt, als ihm die Mutter freudestrahlend eröffnet hatte, dass bald ein Geschwisterchen ankommen würde. Ihre Freude konnte ihn ganz und gar nicht anstecken, er brauchte weder ein Brüderchen noch ein Schwesterchen, mit dem er die Mutter würde teilen müssen. Schon bald darauf brachte ihn der Vater gleich morgens in die Familie seines Spielkameraden Dennis in der Nachbarschaft. Er solle dableiben, bis er ihn wieder abhole, sagte der Vater, und dann gebe es eine Überraschung. Ron wartete Stunde um Stunde, aber der Vater kam nicht. Ob er ihn vergessen hatte? Langsam begann die Sonne zu sinken. Wenn sie hinter dem Wald verschwand, würde es bald dunkel sein. Mutter hatte ihm eingeschärft, dass er allerspätestens nach Hause kommen müsse, wenn die Sonne den Wipfel der großen Eiche, die allein in der Wiese stand, berühre. Es war nur noch ein kurzes Stück bis dahin, bald würde es Abendbrot geben, er musste doch nach Hause, wo blieb der Vater bloß?

Sie spielten mit mehreren Kindern am Bach, der gleich hinter Dennis' Garten verlief, als er sich unauffällig aus der Gruppe löste und nach Hause stahl. Im Haus herrschte große Aufregung. Die Wohnzimmertür ging auf und er konnte einen Blick auf die Mutter erhaschen. Man hatte ihr ein Bett auf dem breiten Sofa gerichtet. Erschöpft und mit schweißnassen Haaren lag sie in ihrem Kissen. Der Doktor hielt ihr Handgelenk und der Vater und Nachbarsfrauen standen dabei.

‚Mummy …', hatte er erschrocken gerufen und zu zittern begonnen. Aber eine der Nachbarinnen packte ihn und schleppte ihn die Treppe hinauf in sein Zimmer. Er solle unbedingt dort warten und es nicht wagen, nach unten zu kommen, sagte sie in solch scharfem Ton, dass er sich völlig verschüchtert in sein Bett verkrochen hatte. Unten herrschte ein hörbares Treiben. Türen wurden geöffnet und geschlossen. Er hatte das Gefühl, schon eine Ewigkeit in seinem Bett verharrt zu haben, draußen war es längst dunkel geworden, als ein Auto vor der Haustür hielt. Sein Blaulicht warf gespenstische Lichtblitze in Rons Fenster. Er hatte unsägliche Angst und sein Herz hämmerte so heftig, dass er bei jedem Schlag zusammenzuckte. Das Blaulicht erlosch bald und das Auto entfernte sich wieder. Noch ein paar Mal ging die Haustür und dann wurde es still im Haus. Als er endlich leise Schritte auf der Treppe hörte, löste sich seine Anspannung und er knipste die Nachttischlampe an. Mutter würde jetzt kommen, sagen, dass der Spuk vorbei sei, und man würde zu einem verspäteten Abendessen unten am Tisch sitzen. Aber in der Tür erschien nicht die Mutter, sondern der Vater. Mit hängendem Kopf und ausdruckslosen Augen berichtete er seinem kleinen Sohn, dass die Mutter während der schweren Geburt eines Bruders gestorben war. Der Bruder sei auch tot, es gebe jetzt nur noch sie beide.

Ron wusste nicht, was das bedeutete; er hatte keine Erfahrung mit dem Tod. Er wusste nur eines, nämlich, dass er seine Mutter in diesem Augenblick ganz furchtbar vermisste. Er hatte Hunger und war müde. Sie würde nie wiederkommen? Das konnte nicht sein, das würde sie ihm doch niemals antun. Niemals! Wie sollte er künftig einschlafen können, ohne die feuchte Stelle des warmen Mutterkusses auf seiner Stirn trocknen zu fühlen?

Der Vater brachte ihn wieder in die Familie seines kleinen Freundes in der Nachbarschaft, wo man sich sehr liebevoll um ihn bemühte. Aber Ron wollte diese Fürsorge nicht, er wollte, dass alles wieder so wird wie früher. An den Wochenenden holte ihn der Vater nach Hause, aber ohne die Mutter war es in allen Räumen kalt und leer. Der Garten verwilderte zusehends, die gewohnte Ordnung im Haus war bald nicht mehr zu erkennen, und selbst sein Kinderzimmer mit dem ungemachten Bett und den verstaubten Spielsachen erschien Ron schon nach wenigen Wochen fremd.

So verging ungefähr ein Jahr. Ein trostloses, trauriges Jahr. Dann verkaufte der Vater seine Patente an die schottische Whiskyindustrie und ging mit seinem Sohn nach Deutschland. Ron wurde in einem internationalen Internat bei Hamburg eingeschult und langsam, ganz langsam, kehrte wieder eine Normalität in sein Leben zurück. Das Internat wurde im Laufe der Jahre, die er dort verbrachte, sein Zuhause.

Der alte Gerloff jedoch wurde immer wortkarger und knöcherner. Er hatte sich in Hamburg niedergelassen, aber Ron besuchte ihn eigentlich nur an den Feiertagen und den wenigen Ferientagen, an denen er nicht an einer Schulfreizeit teilnahm. Beide waren damit zufrieden.

An dem Tag, an dem Ron sich an der Goethe-Universität in Frankfurt einschrieb, konnte er seine Glücksgefühle kaum im Zaum halten. Freiheit lag vor ihm. Freiheit und ein selbstbestimmtes Leben. Er hatte sich für ein Anglistik-Studium entschieden, um seiner Muttersprache, und die war das Englische im wahrsten Sinne des Wortes, nahe zu sein.

Als er aus dem Gebäude des Immatrikulationsamtes trat und in die Sonne blinzelte, war ihm einen Augenblick lang, als straffe sich sein Körper und seine beim Einatmen schwellende Brust sprenge einen

Kokon auf, in dem er bisher beengt gesessen hatte, ohne es zu wissen.

Ron hatte sich von dem kleinen, schüchternen Ronny zu einem selbstbewussten jungen Mann entwickelt. Durch die kupferrote Haarpracht, die er von seiner Mutter geerbt hatte, hob er sich schon äußerlich von der durchschnittlich dunkelblonden Masse seiner Kommilitonen ab. Er kleidete sich lässig im Modestil der ausgehenden 1970er Jahre. Zu Bundfaltenhose und Turnschuhen trug er T-Shirt und entweder einen schwarzen Lederblouson oder einen dunkelgrauen verknitterten Leinenblazer mit langgezogenen Revers. Mit seinem Haar machte er keine Experimente, das blieb über alle Trends hinweg handlang und nach hinten gekämmt.

Was ihm vielleicht an Schönheit fehlte, glich er durch seinen unwiderstehlichen Charme mehr als aus. Der Ruf, ein Frauenschwarm zu sein, eilte ihm voraus. Er verstand es, jeder das Gefühl zu geben, einzigartig zu sein. Er war einfühlsam und leidenschaftlich, klug und ehrgeizig, und die zahlreichen Kommilitoninnen, die um ihn herum waren, sonnten sich gern in seiner Gegenwart.

Die letzten beiden Studienjahre absolvierte Ron an der Universität Bielefeld. Der Professor, der ihn seit seiner glänzenden Zwischenprüfung protegierte, war einem Ruf dorthin gefolgt und hatte Ron mitgenommen. In Bielefeld war es, wo er Annemarie zum ersten Mal sah. Sie gehörte zu den Erstsemestern, die man leicht daran erkennen konnte, dass sie mit einem

Lageplan auf dem Campus herumliefen. In der Mensa sah er sie beinahe täglich wieder, denn sie saß immer an demselben Platz, ganz in der Nähe des Tisches, den er mit seiner Entourage bevölkerte. Zur dunklen Jeans trug Annemarie eine Art Gehrock, der aus lauter verschiedenfarbigen und verschieden gemusterten Stoffflicken zusammengenäht war. Etwas Vergleichbares hatte er noch nie gesehen. ‚Patchwork heißt das, daraus macht man eigentlich einen Bettüberwurf', hatte eine seiner Kommilitoninnen abschätzig erklärt. Er fand jedoch, dass Farben und Muster ausgesprochen harmonisch aufeinander abgestimmt waren, und musste immer wieder hinsehen. Die Jacke war trotz ihrer Buntheit weder aufdringlich noch schrill, schon gar nicht die junge Frau, die darin steckte. Sie war schlank, gertenschlank, hatte glatte, bis zur Taille reichende, in der Mitte gescheitelte braune Haare, die sie hinter die Ohren klemmte, wenn sie aß. Mit einem dunklen Lidstrich umrahmte sie ihre Augen, die dadurch noch größer wirkten, und ihre Lippen glänzten zartrosa. Ihr Gesicht erschien ihm makellos. Es war der ebenmäßige Gegenpol zu ihrer gemusterten Jacke. Sie schien die Ruhe selbst zu sein, nie ausgelassen oder übermütig, wie die anderen zuweilen. Sie lachte nur verhalten, war aber allen zugewandt und freundlich. Er meinte, in ihren gesprenkelten, grün schimmernden Augen eine tiefe Traurigkeit zu erkennen, und die zog ihn an. Er wollte sie ergründen, er wollte die ganze dazugehörige Frau ergründen. Er wollte ihr tröstend übers Haar streichen und sie beschützen. Aber das ging alles nicht so leicht, wie er es gewohnt war, denn Annemarie war eine Person, die ihren Mitmenschen distanziert gegenüberstand. Ein Semester lang blieb es beim Augengruß, und er verliebte sich mehr und mehr in diese unnahbar wirkende junge Frau. Erst als sie sich nach den Semesterferien wiedertrafen und er sah, dass sie sich freute, ihn zu sehen, nutzte er das sofort aus und sprach sie an. Er sagte nur Belanglosigkeiten, Hauptsache er sagte etwas. Das ging zwei Wochen so, ehe er seinen Mut zusammennahm und sie auf einen Kaffee einlud. Sie zögerte, willigte aber ein. Sie verabredeten sich für den kommenden Samstagnachmittag an der Bielefelder Kunsthalle. Als er eine halbe Stunde zu früh dort ankam, war sie schon da. Zusammen überquerten sie den Adenauerplatz und marschierten eine schmale Straße bergan, ehe sie nach zehn Minuten, ziemlich außer Atem, das Areal der Sparrenburg erreichten. Ron war noch nie hier oben gewesen und war überrascht, wie schnell sie aus der City in diesen Park gelangt waren. Zwei Kilometer erstreckte sich von hier aus in östliche Richtung ein grüner Streifen mit Panoramaweg durch diesen Rest des Teutoburger Waldes, der ehemals das ganze Gebiet großflächig bedeckt hatte. Ron hatte mit Stadtplan und Telefonbuch nach einem abgelegenen Café gesucht, denn er wollte mit Annemarie allein sein. In das Café am Panoramaweg würden sich bestimmt keine Bekannten verlaufen, hoffte er. Lange saßen sie dort beim Kakao zusammen, der Rotschopf mit dem verknitterten Leinensakko und die Langmähnige mit der rauchigen Stimme in einer Patchworkjacke, zwei Fremdkörper zwischen wenigen, durchweg älteren Ausflüglern in einem Lokal mit altmodischem Mobiliar. Sie sprachen zuerst über Unverfängliches, über die Uni, das Studium, über das vermutliche Alter der Kaffeehausstühle, auf denen sie saßen, und über den viel zu süßen Kakao. Schließlich sprachen sie auch über sich. Als sie voneinander erfuhren, dass sie beide in ihrer Kindheit herbe Verluste erlitten hatten, glaubten sie, das Schicksal habe sie zusammengeführt. Sie trafen sich nun häufig zu Ausflügen ins Grüne. Das Johannisbachtal mit seiner Auenlandschaft lag nicht weit von der Universität entfernt und bot sich für spontane Spaziergänge an. Manchmal kam Annemarie des Sonntags aus Herford, wo sie wohnte, zu einem Ganztagesausflug mit Picknick. Dann erwartete Ron sie am Bahnhof, und sie fuhren mit dem Bus ein paar Stationen bis an den Rand des Teutoburger Waldes, der, wenn auch zerhackt, zerstückelt und bebaut, noch immer Gelegenheit für lange Wanderungen bot.

An Rons Seite ging es der stillen und zurückhaltenden Annemarie gut, sie blühte buchstäblich auf.

Ein halbes Jahr nach ihrem ersten Treffen legte Ron sein Examen ab und bekam die Stelle als Wissenschaftlicher Mitarbeiter in der Anglistik, die ihm sein Professor schon in Frankfurt in Aussicht gestellt hatte.

Das Leben lag verheißungsvoll vor den beiden jungen Leuten, als sie, ein gutes Jahr später, Anfang November 1982, eine gemeinsame Wohnung in Annemaries Herforder Elternhaus einrichteten. Dort war Platz genug. Sie bezogen den ersten Stock, die

Beletage, wie Annemaries Mutter Elly scherzhaft gesagt hatte. Annemaries Mutter war eine aufgeschlossene und pragmatische Person, es störte sie herzlich wenig, dass ihre Tochter ohne Trauschein mit ihrem Freund zusammenwohnte und dass darüber getuschelt werden könnte. Für Ron war der Einzug in Ellys Haus ein Quantensprung in puncto Wohnen. Jahrelang hatte er sich ein karges Internatszimmer mit einem Mitschüler geteilt und in Frankfurt im Studentenwohnheim in einem Zimmer mit abgewetzten Möbeln gelebt. Die winzige, teilmöblierte Einzimmerwohnung mit eigenem Bad, die er sich in Bielefeld geleistet hatte, war schon Luxus gewesen und nun dies: eine helle, großzügige Wohnung in einem schönen Haus, einer Villa, mit einem gepflegten, zauberhaften Garten. Es war nicht nur eine Wohnung, es war ein Zuhause, das Ron bei Elly und Annemarie gefunden hatte.

Zu Weihnachten, Ostern, an den Geburtstagen und manchmal auch zwischendurch kam der alte Gerrit Gerloff nach Herford. Elly und er verstanden sich ausnehmend gut und Gerrit blieb stets eine Woche, denn es gab in Haus und Garten immer etwas zu reparieren, zu streichen, zu schneiden, zu fegen und Dinge zu tun, die ein handwerklich geschickter Mann tun musste. Wenn sie zu viert einen Ausflug unternahmen oder im Restaurant zusammensaßen, fühlten sie sich, ausnahmslos, wie eine richtige Familie.

1985 wurde ein sehr ereignisreiches Jahr. Im Januar wurde Ron zum Doktor phil. promoviert und schon am 1. Februar trat er die Stelle als Hochschulassistent in seinem Bielefelder Institut an. Im April beendete Annemarie ihr Studium in Kunstgeschichte mit dem Diplom und für Mai war die Hochzeit der beiden jungen Leute angesetzt. Am fünfundzwanzigsten Geburtstag der Braut sollte geheiratet werden.

Sie waren nur zu viert auf dem Standesamt, aber allen war nicht weniger feierlich zumute, als wenn es eine große Hochzeitsgesellschaft gegeben hätte. Annemarie trug ein schlichtes cremefarbenes Kleid, das bis zu den Waden reichte, dazu das mit dunkelrotem Granat und Diamanten besetzte Collier ihrer Urgroßmutter sowie einen kleinen Strauß aus roten Rosen mit weißem Schleierkraut. Die seitlichen Haarsträhnen hatte sie locker nach hinten geführt und am Hinterkopf mit einer Spange befestigt, so dass die zum Collier gehörenden Ohrstecker mit Gehänge gut zur Geltung kommen konnten. Ron hatte sich den Spaß erlaubt, bei ‚Suits', einem Mietservice für Festtagskleidung, einen Cutaway mit Stresemannhose und hellgrauer Weste zu leihen.

Die Zeremonie war kurz und schmerzlos, nach nur zwanzig Minuten im Trauzimmer waren Ron und Annemarie verheiratet. Und obwohl schon das nächste Hochzeitspaar vor der Tür wartete, ließen es sich die beiden Frischvermählten nicht nehmen, nach ihrer Unterschrift feierlich die Ringe zu tauschen und sich ewige Verbundenheit zu versprechen. Dass es eine schmerzliche Erinnerung gab, die Annemarie bei diesem Versprechen zittern ließ, ahnte niemand.

Vom Rathaus aus gingen sie zu Fuß zum Restaurant Lübbertor am Fuße des Stiftbergs, wo sie einen Tisch für das Mittagessen reserviert hatten. Vielleicht war es Elly, die diesen Spaziergang am meisten genoss. An Gerrits Arm schritt sie hinter dem Brautpaar her, das viele Glückwünsche von Passanten entgegennahm, und war so unerhört froh über das Glück ihrer Tochter, dass sie am liebsten laut gejubelt hätte.

Die Hochzeitstorte, vom Bäcker um die Ecke liebevoll dekoriert, servierte Elly selbst auf dem blumengeschmückten Freisitz, auf dem die vier bequem Platz fanden. Gerrit, der Eigenbrötler, der nie ein Wort zu viel verlor, ließ seinen Kaffeelöffel an der Tasse klingen, erhob sich umständlich, knöpfte sein Jackett zu und versicherte in wenigen, aber rührenden Worten, dass er sehr dankbar sei, dass sein Sohn hier am Stiftberg bei Elly und Annemarie das Zuhause gefunden habe, das er ihm nicht habe geben können, und dass er inständig hoffe, dass dem Brautpaar eine längere gemeinsame Zeit beschieden sei, als er sie mit seiner Rose und Elly mit ihrem Albert gehabt habe.

Gerrit holte damit die so schmerzlich Vermissten in die Gedanken der kleinen Runde, die sich an diesem besonderen Tag zusammengefunden hatte. Ron lächelte seinem Vater dankbar zu, Elly verdrückte ein Tränchen, und Annemarie versuchte krampfhaft, an nichts zu denken.

Am späten Nachmittag brachen die Brautleute nach Hamburg auf, von wo aus sie am anderen Morgen für drei Wochen auf die Seychellen fliegen wollten. Gerrit nahmen sie im Auto mit. Elly blieb allein zurück, sie stand am Tor und winkte dem abfahrenden Auto hinterher.

Beim Tierpark Hagenbeck verließen sie kurz die A7, um Gerrit bei sich zu Hause abzusetzen. Zum Abschied bedankte er sich noch einmal für die schönen Tage in Herford und umarmte Sohn und Schwiegertochter herzlich.

„Was ist bloß mit Daddy los", sagte Ron hinterher im Auto zu Annemarie. „Ich weiß nicht, wann er mich das letzte Mal so innig umarmt hat. Ich glaube, das war, als er mich im Internat abgegeben hat."

Für die Hochzeitsnacht hatte Ron ein Zimmer im Radisson Blu am Flughafen vorgemerkt. Er ließ Champagner und Canapés aufs Zimmer bringen und sie stießen im Bett auf Annemaries fünfundzwanzigsten Geburtstag und das zukünftige gemeinsame Leben an.

Die Hochzeitsreise hatte das Paar in ein Paradies geführt. Ihr Hotel lag direkt an einem weißen, mit Palmen bewachsenen Sandstrand. Von der Terrasse aus, die zu jedem Zimmer gehörte, sahen sie auf das türkisfarbene Meer, das sich am Horizont durch einen tiefblauen Strich vom Himmel schied. Sie verbummelten die Tage, liefen durch das seichte Wasser bis zu den Granitfelsen, die ungefähr zwei Kilometer entfernt eine Klippe bildeten, tollten wie die Kinder im warmen Meerwasser herum, schnorchelten den bunten Fischen nach oder lagen einfach faul im Liegestuhl. Am Abend ließen sie sich mit landestypischen Köstlichkeiten und fruchtigen Cocktails verwöhnen.

Alles Problematische, das Annemarie für gewöhnlich beschwerte, lag weit weit entfernt.

Die Flitterwochen neigten sich dem Ende zu, sie saßen eng beieinander auf ihrer kleinen Terrasse und beobachteten einen Sonnenuntergang, der den Indischen Ozean in Flammen setzte, als sie ein Telegramm aus Deutschland erreichte. Gerrit war gestorben.

Drei Tage später empfing Elly die beiden auf dem Hamburger Flughafen. In Gerrits Wohnzimmer, das Ron noch nie so behaglich vorgekommen war wie jetzt, wo Elly ihnen hier Kaffee einschenkte, erfuhren sie, dass Gerrit in der Woche nach ihrer Hochzeit noch einmal in Herford gewesen war. Er hatte Elly darum gebeten, sie für den Fall der Fälle bevollmächtigen zu dürfen, weil er sehr krank sei und niemanden sonst habe außer seinem Sohn.

„Er hat es nicht übers Herz gebracht, dich in deiner momentanen Lebensphase mit solch unangenehmen Dingen zu belasten. Er wusste, dass ihm nur wenig Zeit blieb und hat mir deshalb den Schlüssel zu einem Bankschließfach anvertraut", berichtete Elly ihrem Schwiegersohn, „darin würde ich alle Verfügungen, ein Sparbuch und einen Brief an dich finden, in dem all das stehe, was er dir nie habe sagen können. Natürlich habe ich ihm versprochen, was er wünschte, er gehörte doch zur Familie. Wir hatten einen schönen Abend zusammen und ich habe nicht im Traum daran gedacht, dass es so schnell so kommen würde. ‚Bis bald', hat er zum Abschied gesagt, und das habe ich geglaubt! Aber nur ein paar Tage später, Anfang der Woche, meldete sich das Klinikum Eppendorf bei mir. Mit Gerrit gehe es zu Ende, hieß es, man wolle mir das mitteilen, weil der Patient unsere Adresse hinterlegt habe mit der Bitte, nach seinem Ableben dort Bescheid zu geben. Ich bin natürlich hin, so schnell ich konnte, und ich habe ihn auch noch lebend angetroffen. Er war ganz ruhig. ‚Gerrit', habe ich gesagt, ‚was machst du denn für Sachen?' Ich habe fest seine Hand gedrückt, er hat mich angelächelt und ist gestorben."

Elly schnäuzte laut und heftig in ihr Taschentuch, Ron rannen stille Tränen die Wangen hinab, und Annemarie saß wie versteinert.

„Im Krankenhaus hat man mir eine Tasche mit seinen Sachen überreicht", schluchzte Elly, „darin fand ich seine Hausschlüssel. Er hatte einen Zettel daran gebunden, auf dem seine Adresse notiert war, und: ‚Ich habe ein Gästebett, es ist frisch bezogen. Du bist herzlich willkommen. Danke für alles.'"

Elly lachte unter Tränen. „Der Gerrit. Das ist mir einer. Er hat seinen Abgang so was von penibel geregelt. Ich brauchte nichts weiter zu tun, als die Generalvollmacht aus dem Bankschließfach zu holen und die Liste abzuhaken, die auf dem Küchentisch lag. Seine Sachen gehen an eine Unterkunft für Wohnungslose, bis auf das Teeservice. Das legt er dir ans Herz, Ron, es ist von deiner Mutter, die es von ihrer Mutter bekommen hat. Ich habe es schon eingepackt und in den Flur gestellt."

Sie stand auf und nahm einen Schuhkarton von der Anrichte. „Das hier ist auch für dich."

In dem Karton steckte ein schmales Fotoalbum mit Bildern aus der schottischen Zeit, das Ron noch nie gesehen hatte, ein Sparbuch mit einer Summe, die ihm astronomisch hoch vorkam, und zwei Umschläge. Der kleinere enthielt wohl den Brief an ihn, den wollte er später in Ruhe lesen, den größeren öffnete er und holte die Taschenuhr seines Vaters hervor sowie ein Schmuckkästchen mit einem Rubinring. Auf der beigelegten Karte stand: Zur Erinnerung an deine Eltern.

Ron schluckte schwer und sagte nichts. So wenig hatte ihn viele Jahre mit seinem Vater verbunden, und nun war es plötzlich so unfassbar viel.

Elly spülte das Geschirr ab und räumte es wieder ordentlich in den Küchenschrank. Es tat ihr leid, dass dieses traurige Ereignis so unvermittelt auf die Flitterwochen der Kinder geprallt war.

„Es gibt im Moment nicht mehr viel zu tun", sagte sie und setzte sich Ron gegenüber an den Tisch. „Ich war gestern den ganzen Tag im Taxi unterwegs und konnte das persönlich erledigen, was nicht per Telefon oder schriftlich zu erledigen war. Ich muss nur noch den Leiter des Wohnheims anrufen und mit ihm einen Termin ausmachen, das wollte ich nicht ohne dich entscheiden. Vielleicht möchtest du noch etwas aus der Wohnung mitnehmen?"

Sie beugte sich vor und tätschelte voller Mitgefühl Rons Hände, die vor ihm auf dem Tisch lagen.

„Er hat es immer gut gemeint mit dir, Ron. Er wusste, dass du anders bist als er und dachte, es wäre besser für dich, wenn du nicht bei ihm aufwächst. Die Angst, dass dies die falsche Entscheidung war, hat ihn nie losgelassen – bis er sehen konnte, dass du bei uns gut aufgehoben bist." Elly zog ihr Taschentuch hervor, hob die Brille an, und wischte sich die Tränen aus den Augenwinkeln. „Ach, der arme Gerrit! Ich glaube, er konnte erst nach deiner Hochzeit sterben. Der Arzt hat gesagt, dass es an ein Wunder grenze, dass er mit seinem Krebs so lange durchgehalten hat. Ich finde, es war richtig, dass dein Vater zu mir gekommen ist. Behalte ihn in guter Erinnerung, das hat er verdient. Er hat sich gewünscht, unter einem Baum im Friedwald beigesetzt werden. Das Beerdigungsinstitut wird uns benachrichtigen, wenn die Einäscherung vollzogen ist."

„Danke", sagte Ron mit bebender Stimme und seine fein geschwungenen Lippen zitterten.

Bis auf die Sachen, die sein Vater ihm zugedacht hatte, wollte Ron nichts aus der Wohnung mitnehmen. Er rief selber beim Leiter des Wohnheims an, der als Gegenleistung die Räume besenrein an Gerrits Vermieter zurückgeben würde.

Die Heimfahrt nach Herford war mühsam. Seit dem Morgen regnete es so heftig, dass die Scheibenwischer die Wassermassen kaum bewältigen konnten. Nur langsam kamen sie bei der eingeschränkten Sicht voran und ihre Konzentration auf die Verkehrslage verhinderte weitere trübe Gedanken an Gerrit und sein plötzliches Ende.

Der Sommer war schon vorbei, als sie zur Beisetzung von Gerrits Urne nach Hamburg fuhren. An einem freundlichen Nachmittag, das Laub der Bäume im Friedwald leuchtete rot und golden, trug Ron die Urne seines Vaters selbst zum Grab. Elly ging neben ihm. Sie hatte ihre Tochter bei der Hand genommen und zog sie hinter sich her.

Der Gedanke, dass sie ihre Füße auf die letzten Ruhestätten wer weiß wie vieler Menschen setze, ließ Annemarie schaudern. Die schräg stehende Sonne, die durch das prächtig gefärbte Laub blinzelte, erinnerte sie an das Plakat im Schaufenster des Reisebüros, das für eine Reise in den Indian Summer am Eriesee warb. Aber auch der Gedanke an eine USA-Reise tat weh. Was sollte sie sich bloß vorstellen, um nicht daran denken zu müssen, dass sich Gerrit, zu Asche verglüht, in dieser Urne befand?

Einen Trauerredner hatte Ron abgelehnt, und so wurde die Urne mit den sterblichen Überresten seines Vaters still in das enge Loch gesenkt. Nicht anders hätte Gerrit es haben wollen.

Kaum zurück in Herford, änderte sich das Wetter schlagartig. Es wurde stürmisch und kalt. Elly beeilte sich, den Garten winterfest zu machen, und schon im Oktober fiel der erste Schnee auf die letzten Rosenblüten.

Am Ende dieses ereignisreichen Jahres trat Annemarie ein Volontariat an der Kunsthalle Bielefeld an. Ron und sie kamen nun abends gemeinsam nach Hause, wo Elly mit einer warmen Mahlzeit auf sie wartete. An den Wochenenden gingen sie aus, oder Ron und Annemarie übten sich im Küchendienst. Sie luden dann Elly zur Verkostung ein, und Elly schaffte es tatsächlich, nicht mit guten Ratschlägen aufzuwarten, sondern es zu genießen, dass man sie verwöhnte.

So vergingen zwei schöne Jahre. Ron war inzwischen einunddreißig und vertrat eine Professur in Osnabrück, das eine Autostunde entfernt lag, Annemarie war knapp siebenundzwanzig und arbeitete als Kuratorin in der Kunsthalle, als ihre Tochter Charlotte zur Welt kam – ein tief bewegendes Ereignis, das Annemarie aus der Bahn warf.

Während sich für Ron im Laufe der Jahre die Erinnerung an die früh verlorene Mutter und den Vater in ein liebevolles Andenken gewandelt hatte, schien Annemarie den Schmerz über ihren Verlust in der Kindheit zu kultivieren. Er hatte eine Weile nur geruht und brach jetzt, nach der Geburt ihrer Tochter, wieder auf. In den folgenden Jahren wechselten die guten mit den schlechten Stimmungslagen ab. Manchmal hatten sich Annemaries depressive Anwandlungen derart verschlimmert, dass stationäre Aufenthalte notwendig wurden. Wenn sie Elly nicht gehabt hätten – Ron wüsste nicht, was geworden wäre. Elly war der ruhende Pol im Haushalt am Stiftberg, sie kümmerte sich um alles, vor allem auch um die kleine Charlotte.

Längst war Ron zu der Überzeugung gelangt, dass das melancholische Lebensgefühl seiner Frau keine angeborene Charaktereigenschaft war, sondern mit den Verlusten zusammenhing, an denen jenes tragische Unglück in ihrer Kindheit die Schuld trug. Aber alle seine Versuche, sie dazu zu bewegen, sich helfen zu lassen, verliefen ergebnislos. Selbst Elly schwieg, wenn er dieses Thema anschnitt.

„Sie ist wie ist", sagte Elly immer nur und seufzte jedes Mal tief.

Vierzehn Jahre hatten sie bei Elly am Herforder Stiftberg gelebt, als Ron auf einen Lehrstuhl in Heidelberg berufen wurde und die kleine Familie an seine neue Wirkungsstätte übersiedelte. Von dem Geld, das Gerrit ihnen hinterlassen hatte, konnten sie sich ein schönes Haus in Hanglage und mit einem fantastischen Blick über die Stadt leisten. Töchterchen Charlotte war mit ihren zwölf Jahren wenig begeistert von dem Wechsel, sie wäre gern in Herford geblieben. Rons anfängliche Bedenken, ob Annemarie mit der neuen Situation allein zurechtkäme, wurden schnell zerstreut. Annemarie ging es in Heidelberg gut, man konnte sogar sagen, es ging ihr hier besser als in Herford. Sie wurde wieder so freundlich und zugewandt, wie Ron sie kennengelernt hatte, aber auch so distanziert. Wenn er schlecht gelaunt war, nannte er das ‚aalglatt' oder ‚maskenhaft'. Und es ärgerte ihn dann, dass er nicht hinter ihre Stirn sehen konnte. Er hatte seine Frau noch immer nicht ergründet. Aber beschweren mochte er sich nicht. Seit sie in Heidelberg lebten, war die Stimmung im Hause recht entspannt. Annemarie nahm jetzt jeden Herbst an einem Kurs teil, der ihr half, sich nicht von depressiven Zuständen überrollen zu lassen. Wahrscheinlich waren es nur die Rituale in dieser regelmäßigen Therapiegruppe, die ihr guttaten, aber das war Ron egal, wenn sie bei seiner Frau nur zu einer guten Verfassung führten.

In Heidelberg hatte Annemarie keine neue Stelle gefunden. Ein paar Gelegenheiten hätte es gegeben, aber sie hatte sich nur halbherzig beworben und war eigentlich froh darüber, sich nicht in einen betrieblichen Organismus einordnen zu müssen. Sie kümmerte sich, wie Ron es von Elly kannte, sehr pragmatisch um das Haus und verwandelte den Garten in einen idyllischen Ort. Vor allem aber hatte sie zu malen begonnen und fand Erfüllung in dieser Beschäftigung. Wie von selbst entwickelte sich ihre Malerei vom anfänglichen Hobby zu einer lukrativen Tätigkeit. Ihre Ausstellungen waren gut frequentiert, ihre Bilder gefragt. Sie hatten daraufhin den Wintergarten vergrößert und zu einem Atelier ausbauen lassen, in dem Annemarie besonders in der kühleren Jahreszeit ihre Tage zubrachte.

Mit jedem Jahr, das sie in Heidelberg lebten, war Ron häufiger unterwegs. Er ließ keine Konferenz, keine Tagung aus und bekleidete Posten in Vorständen wissenschaftlicher Gesellschaften, die ihn zu regelmäßigen Sitzungen verpflichteten. Abende zu zweit, im Winter gemütlich am Kamin bei einem guten Rotwein oder im Sommer auf der Terrasse bei einem kühlen

Weißwein, erschienen ihnen beiden wie seltene Lichtpunkte, die wie Sternschnuppen zufällig herabfielen – oder auch nicht. Dabei hätten sie solche Abende öfters haben können, Ron hätte es in der Hand gehabt, aber Zeiten, an denen nichts auf der Agenda stand, machten ihn unruhig und trieben ihn wenigstens in den Lesesessel. Immer gab es vermeintlich Unaufschiebbares und Wichtiges zu tun. Nicht, dass er zu keinem Müßiggang fähig gewesen wäre, aber der musste ordentlich in seine Tages- und Wochenpläne eingeordnet werden. Zwischen die dienstlichen Verpflichtungen platzierte Ron Treffen im Freundeskreis, Essen mit Kollegen und deren Gattinnen oder Theater- und Konzertbesuche mit Annemarie, aber auch Familienausflüge, Kurzurlaube und die Stunden, in denen er sich seiner Tochter widmete.

Es freute ihn, wenn Annemarie ihn zu universitären Feiern oder offiziellen Anlässen begleitete, denn er präsentierte seine intelligente und hübsche Gattin gern. Fast immer waren gleichzeitig Damen anwesend, mit denen er schon im Bett gewesen war, aber das wusste Annemarie glücklicherweise nicht. Ron, der seine Amouren ganz unverbindlich betrachtete, waren solche Zusammentreffen überhaupt nicht peinlich. War Annemarie bei ihm, zählte nur sie.

Ron, Annemarie und selbst Charlotte waren der Ansicht, dass sie in Heidelberg gute und spannungsarme Jahre zu dritt hatten. Und als Charlotte auszog, um in Berlin zu studieren, gelang es Ron und Annemarie sogar, sich wieder stärker als Paar wahrzunehmen.

Ron hatte nie den Wunsch verspürt, seine schottische Heimat wiederzusehen. Er wollte das Glück, das er empfand, wenn er an Kindertage dachte, nicht antasten. Er wollte sein Neverland nicht dadurch desillusionieren, dass er es mit Erwachsenenaugen ansah. Früher, in seiner Internatszeit, hatte Schottland für ihn unerreichbar weit entfernt gelegen, es schien ihm verloren, und in seinen mittleren Jahren war er viel zu sehr mit Karriere, familiären Erfordernissen und Privatvergnügen beschäftigt gewesen, als dass er die Zeit gehabt hätte, sentimentalen Gedanken nachzuhängen. Aber als er die fünfzig überschritt, dachte er plötzlich häufiger an seine schottischen Wurzeln zurück. Der Wunsch, seinen Heimatort Roslin wiederzusehen, wuchs langsam, aber stetig. Wenn er ehrlich war, waren es höchsten zwei schottische Jahre, die er erinnern konnte. Oder war es nur ein einziger Sommer, der in seinem Kopf spukte? Oder gar nur einzelne Bilder und nur ein Gefühl? Ein Kindergefühl?

Er war häufig Gast englischer Universitäten gewesen, aber es hatte ihn doch nie an die Universität in Edinburgh geführt, in deren Nähe Roslin liegt. Anstatt dem wachsenden Wunsch einfach nachzukommen, zögerte er, legte sich selbst immer wieder Hemmnisse in den Weg oder sann im Gegenteil auf Gründe, die eine solche Reise rechtfertigen würden. Schließlich reifte in ihm der Entschluss, eine Kooperation zwischen seinem Institut in Heidelberg und dem

Department of Linguistics and English Language der Universität von Edinburgh zu initiieren.

Die schottischen Kollegen hatten diese Idee großartig gefunden, denn sie suchten ihrerseits gerade nach einer Möglichkeit, ihren Studierenden Auslandssemester anzubieten. Und so war Ron im letzten Frühjahr zum ersten Mal nach Edinburgh geflogen. Der Empfang durch die Kollegen war sehr herzlich gewesen; sie hatten sich rührend um ihn gekümmert, erst recht, als sie erfuhren, dass Ron eine halbe schottische Seele besaß. Danach war er noch drei Mal nach Schottland gereist, aber das hatte rein private Gründe gehabt. Und in wenigen Minuten würde er zum vierten Mal innerhalb eines Jahres auf dem Edinburgh Airport landen.

Die Maschine begann zu sinken. Seine Hände wurden feucht. Irgendwo unter ihm musste Roslin liegen. Zwischen Wolkenfetzen sah er schon Edinburgh, unverkennbar durch die imposanten Erhebungen von Arthur's Seat und dem Castle Rock. Nach einer Schleife über dem Firth of Forth begann der Landeanflug.

Ron wartete in der Halle an der Gepäckausgabe auf seinen Koffer. Der Flug aus Frankfurt war voll besetzt gewesen, und ungeduldige Touristen drängelten sich mit den Gepäckwagen um das Förderband. Ein abgeschabter Koffer mit rotem Band am Griff war schon mehrmals ins Runde gefahren, ohne dass ihn sein Besitzer abgeholt hätte. Nach einer gefühlten Ewigkeit kam endlich seiner. Eine dicke Reisetasche lag halb darauf. Mit zittrigen Fingern bekam er den Griff seines kleinen Rollkoffers zu fassen und riss ihn mit solcher Wucht vom Band, dass ihn der Rückstoß zwang, zwei unkontrollierte Schritte nach hinten zu tun. Er stieß dabei mit dem Knöchel an einen Gepäckwagen, was einen höllischen Schmerz verursachte. Beim Versuch, der sturen Schar von Wartenden so schnell wie möglich zu entkommen, trat er einer älteren Dame versehentlich auf den Fuß. Die protestierte laut, und während er sich hastig entschuldigte, rutschte ihm sein Mantel von der Schulter und fiel auf den schmutzigen Boden der Flughafenhalle. Ron war spanungsgeladen wie nie zuvor in seinem Leben. Sein Herz schien mit erbitterten Pulsationen pures Adrenalin durch die Adern zu pumpen.

Er hätte den Express-Bus der Linie 100 nehmen können, der kaum länger in die City brauchte als das Taxi, aber der Gedanke, in einem Bus voller Menschen zu sitzen, war ihm im Augenblick unerträglich. Das Black Cab brachte ihn ins Hotel Margaret Tudor in der New Town, in dem er schon bei seinem ersten Besuch gewohnt hatte. Anders als die letzten Male war er ja diesmal wieder Gast der Universität. Das Department richtete eine dreitägige internationale Konferenz mit dem Thema ‚Sir Walter Scott – The Reception of his Work Abroad' aus. Ron würde als eingeladener Gastredner über die Scott-Rezeption im Englischunterricht deutscher Gymnasien sprechen.

Das zwanglose Treffen mit Kollegen aus aller Herren Länder, das in der Bar seines Hotels stattfand, verscheuchte seine Nervosität kaum. Er erwartete Marie noch heute Abend. Gegen zehn verließ er die Bar und ging auf sein Zimmer. Der Whisky hatte ihn nicht ruhiger gemacht, aber als er sich angezogen auf sein Queensize-Bett legte, breitete sich endlich dieses unbeschreibliche, verjüngende Gefühl in ihm aus, nach dem er süchtig zu werden drohte. Ihm war, als habe er sich seit seinem Weggang vor fast fünfzig Jahren in einem Vakuum weiterentwickelt, während seine ganze Existenz, ohne dass er das bemerkt hätte, zielstrebig auf einen Punkt zusteuerte: die Rückkehr nach Roslin. Natürlich hatte das mit Marie zu tun. Marie. Die Begegnung mit Marie war der Paukenschlag in seinem Leben gewesen.

Am 28. März des vorigen Jahres, während seines ersten Aufenthaltes in Edinburgh, hatte er sich an einem regnerischen Nachmittag von den Kollegen verabschiedet, um seinen Geburtsort Roslin zu besuchen. Der Ort lag nur fünfzehn Kilometer südlich von Edinburgh und Ron hatte ein Taxi genommen, obwohl es wegen der Rosslyn Chapel, die der Reiseführer als sehenswert auswies, eine gute Busverbindung gab.

Auf den Straßen herrschte mehr Verkehr als an einem Adventssamstag in Heidelberg, und es dauerte eine ganze Weile, bis sie endlich die Stadt hinter sich gelassen hatten. Auf der Fahrt über Schnellstraßen und unzählige Kreisverkehre hatte Ron bald die Orientierung verloren. Keine halbe Stunde waren sie unterwegs gewesen, als neben ihnen die Silhouette der kahlen Pentland Hills auftauchte. Die schwarzgrünen

Hänge mit den zartgelben Tupfern von Ginsterbüschen lagen unter dem weißen Schleier des trüben Tages. Jetzt konnte es nicht mehr weit sein. Der Taxifahrer bog denn auch im nächsten Kreisverkehr auf eine schmale und kurvige Straße ab. Es ging rechts- und linksherum, hoch und runter, wie in einer Berg- und Talbahn auf der Kirmes, vorbei an Wiesen mit Schafen, die wie weiße Steine ins Gras gestreut lagen, und an Gruppen knorriger Bäume mit ausladenden Kronen. Bisher hatte Ron reglos und schweigsam im Fond des Taxis gesessen und aufmerksam aus dem Fenster geblickt. Jetzt taute er auf, wendete den Kopf interessiert nach den Schildern, die an den Toren kleiner Einfahrten angebracht waren, konnte aber im Vorbeifahren nicht entziffern, was darauf stand.

„Das ganze Gebiet rechts und links der Straße gehört der Universität von Edinburgh", sagte der Taxifahrer in seinem besten Englisch. Er hatte darauf gewartet, mit seinem Fahrgast endlich ins Gespräch zu kommen. „Die Tore führen alle zu veterinärmedizinischen und naturwissenschaftlichen Instituten. Da vorne am Ortseingang befindet sich das Roslin Biocenter, der Geburtsort von Dolly. Kennen Sie Dolly, das geklonte Schaf?"

„Kenne ich", antwortete Ron kurz angebunden, denn schon tauchten die ersten Häuser des Ortes auf. Sie sahen eigentlich so aus, wie er sie sich vorgestellt hatte. So, als verschmölzen sie mit der Farbe des Landes. Und dennoch war alles fremd.

„Wo darf ich Sie denn absetzen?", fragte der Taxifahrer.

„Bringen Sie mich zum Old Roslin Inn am Friedhof", sagte Ron und nestelte seine Geldbörse schon mal aus der Brusttasche seiner Jacke.

Sie waren durch die Main Street gefahren, bis sie am Ortsende die Manse Road kreuzte, und dann geradeaus weiter auf einem schmalen Weg, der Chapel Loan, die direkt auf Rosslyn Chapel zuführte. Schon nach zweihundert Metern endete der Weg vor einer großen Baustelle. Entgeistert blickte Ron auf das, was vor ihm lag. Rosslyn Chapel, der eigentlich verbotene, aber geheimnisvollste Spielplatz der Welt, stand unter einem riesigen Blechdach. Daneben halbfertige moderne Gebäude, Baumaschinen und Haufen von Baumaterialien.

„Über zehn Jahre steht der metallene Baldachin jetzt schon", erzählte der Taxifahrer ungefragt, „damit das feucht gewordene Gemäuer langsam und gründlich austrocknen konnte. In Kürze kommt das Ding weg. Meine Schwiegereltern wohnen in Roslin, wissen Sie? Nächstes Jahr soll das Besucherzentrum mit Café, Toiletten und Souvenirshop eröffnet werden. Das wird auch nötig sein, Sie glauben ja gar nicht, was hier los ist, seit Rosslyn Chapel durch den Brown-Roman zu einer Berühmtheit geworden ist!"

Ron wartete ungeduldig auf eine Atempause des Taxifahrers, um ihm rasch die fünfundzwanzig Pfund zu reichen, die er schon in der Hand hielt. Er kannte den Brown-Roman nicht und wollte auch nichts darüber wissen. Er wollte jetzt allein sein, einfach nur dastehen, in Roslin, der Mutter nahe sein, sich von Nebelschwaden und Nieselregen schützend umhüllen lassen, und den Augenblick des Hierseins ungestört verinnerlichen. Gerne hätte er über die östliche Mauer des kleinen Kirchhofs in das Flusstal der Esk geschaut, wie er es früher mit den Eltern oft getan hatte, aber ein hoher Bauzaun riegelte Kapelle und Baustelle ab. Er würde also noch einmal wiederkommen müssen. Irgendwann.

Er stand neben dem eingerüsteten Old Roslin Inn, in dem einst berühmte Besucher von Rosslyn Chapel abgestiegen waren. Ein Gasthaus war das Gebäude schon lange nicht mehr, nur der Name war ihm geblieben. Von hier aus waren es nur ein paar Schritte bis zum Friedhof. Der Pfad führte unmittelbar neben dem Old Roslin Inn steil abwärts. Die tropfnassen Wipfel der Bäume und Sträucher, die ihn säumten, schlugen über seinem Kopf zusammen und bildeten eine hohle Gasse, die von zahlreichen Rinnsalen gefurcht wurde und in der, trotz der Kühle, Hunderte von Mücken tanzten.

Der Friedhof, der sich unterhalb der westlichen Mauer, die Rosslyn Chapel umschloss, den Hang hinab erstreckte, wurde durch einen Weg in zwei Hälften geteilt. Der Weg, das wusste Ron, führte zur Ruine von Roslin Castle. Es war den Kindern des Ortes strengstens verboten gewesen, dort zu spielen. Einmal hatten die Eltern ihn hingeführt, damit er sah, wie tief und gefährlich die Schluchten um die Burgruine waren.

Mutter lag auf der kleineren oberen Hälfte des Friedhofs, direkt an der Mauer. Er war nur kurz mit den Augen die Reihe der Grabsteine durchgegangen, als sein Blick schon auf das schlichte Grabkreuz mit dem Namen der Mutter fiel. Ohne Schmuck stand es im sattgrünen Gras. Davor lag ein größerer runder Kieselstein, in den die Umrisse eines Engels gehauen waren. Er lag also auch hier. Bei der Mutter. Der Bruder, mit dem er sie nicht hatte teilen wollen. Der unschuldige Grund für den Verlauf seines Lebensweges.

Er hatte immer gedacht, an die Beerdigung keine Erinnerung zu haben, aber jetzt, hier an diesem Ort, zogen dunkle, vage Bilder und Empfindungen von damals vorüber. Er spürte plötzlich wieder den Drang, weglaufen zu wollen, und die Panik, weil auf der einen Seite die Mauer aufragte, auf der anderen Seite ein Erdloch gähnte, und dazwischen unzählige schwarze Beine ein Entkommen verhinderten. In einer Momentaufnahme sah er den hilflosen Blick des Vaters, den er aufgefangen hatte, als er sich zu Boden warf, um nicht sehen zu müssen, wie der große Kasten mit der Mutter in das Loch gesenkt wurde. Und er spürte wieder die Arme von Dennis' Mutter, die ihn weggetragen und dabei so fest gedrückt hatte, dass er keine Luft zum Schreien bekam.

Er legte den mitgebrachten Strauß von weißen Chrysanthemen ab und unwillkürlich erschienen die Bilder, die er von seiner Mutter im Kopf hatte.

Es hatte aufgehört zu nieseln, Ron sog mit einem Seufzer die frische und kühle Luft in die Lunge und machte sich zu Fuß auf den Weg zurück in den Ort. Am Gasthaus mit dem unvergesslichen Namen The Blue Horseshoes in der Main Street bog er in den Brunswick Crescent ein. Das bescheidene ehemalige Elternhaus, das durch An- und Umbauten kaum noch wiederzuerkennen war, konnte er ohne große Rührung betrachten. Der Garten, von dem aus man früher in die Wiesen laufen konnte, grenzte mit seiner Hinterseite nun an ein veterinärmedizinisches Institut, eine schmale Einfahrt neben dem Haus führte dorthin. Nur einen Steinwurf entfernt wohnte noch immer Dennis. Der Kontakt zwischen ihnen war nie ganz abgerissen. Zuerst schrieb Dennis' Mutter für den Freund, schickte Fotos, und als beide selber schreiben konnten, unterrichtete Dennis Ron über das Leben im Dorf. Dem kleinen Ronny hatte das anfangs gutgetan, es hatte ihm das Gefühl gegeben, nicht endgültig fort zu sein, wenigstens nicht in Gedanken.

Ron hatte sein Kommen schon von Heidelberg aus angekündigt. Er wusste, dass Dennis kürzlich einen Schlaganfall erlitten hatte, aber so hatte er ihn sich nicht vorgestellt. Dennis lag bewegungsunfähig in einem Spezialbett, seine Gesichtszüge waren vollständig entgleist, sprechen konnte er nicht. Ron hielt es keine halbe Stunde am Krankenbett des Freundes aus und verabschiedete sich von Lilly, Dennis' Frau, mit allen guten Wünschen für die Zukunft. Schon während er es aussprach, merkte er, dass er kaum etwas

Deplatzierteres hätte sagen können, aber ihm war in seiner Bestürzung einfach nichts anderes eingefallen.

Draußen dämmerte es. Vielleicht war es auch nur der sinkende Nebel, der alles so trübe erscheinen ließ. Aus den Fenstern des Blue Horseshoes konnte er schon von Weitem warme Gemütlichkeit leuchten sehen. An diesen Pub erinnerte sich Ron noch gut. Er hatte an Sonntagmittagen seinen Vater vom Frühschoppen abgeholt, wenn das Essen fertig wartete, aber der Vater über Gesprächen die Zeit vergessen hatte.

Neugierig darauf, wie es drinnen aussehen mochte, trat er ein. Im Schankraum war es einerseits genau wie früher, andererseits völlig anders. Das lag daran, dass die originalen Wände, teils aus grobem Naturstein, teils mit dunkler Holzvertäfelung, von vielen übereinander und nebeneinander aufgehängten Bildern geschmückt waren, die ihm irgendwie bekannt vorkamen. Vielleicht lag das aber einfach nur an der Harmonie, die dieses gesamte Ambiente ausströmte, er dachte nicht weiter darüber nach. Ein Künstler schien den Pub als Galerie zu nutzen. Ron fand, dass das den alten Raum belebte und ihm einen Hauch von Moderne verlieh. Vor der Theke gab es nur wenige Barhocker, dafür eine größere, freie Fläche, die wie ein Tanzboden aussah. Man konnte sich vorstellen, dass hier dereinst wirklich mit wippenden Kilts zu Pipes and Drums getanzt worden war. Er hatte an den Sonntagen aber nur in Grüppchen stehende Männer angetroffen, ihr Glas in der Hand haltend. Mit der Erinnerung daran erschien in seinen Ohren der Klang vieler

Stimmen, die gleichzeitig durcheinander plauderten, und in seiner Nase das typische Geruchsgemisch aus Scottish Ale vom Fass, Whisky, Zigarettenrauch und frischgebadeten Männern. Festlich hatte das gerochen. Sonntäglich. Jetzt roch es hier anders. Vornehm. Teuer. Unmengen verschiedenster Whiskyflaschen standen in verspiegelten Regalen hinter der Theke und glitzerten wie bunte Leuchtreklame der großen weiten Welt. Rechts bereitete ein Kamin, in dem ein kleines Feuer glomm, Behaglichkeit. Ein schweres, eisernes Gitter schützte davor, sich an den Flammen zu verbrennen. Links war ein Raum hinzugekommen, freigelegte Fachwerkbalken trennten ihn vom Pub. Er war mit zierlichen Sofagarnituren und Sesseln eingerichtet. Aus zwei schmalen Öfen strömte eine angenehme Wärme. Ron nahm den Zweiertisch mit den Art-Deco-Sesselchen nahe einem der Öfchen. Auf einer Schiefertafel wurde ein schottisches Gericht angeboten, aber er wollte doch lieber einen Blick in die Karte werfen. Sein Herz hing nicht an schottischen Spezialitäten. Ganz im Gegenteil war er entschlossen, die undefinierbaren Schmortöpfe, in die oft auch Innereien gelangten, zu meiden. Er blieb lieber beim Steak. Ein junger Mann erschien und fragte höflich nach seinen Wünschen. Eine Karte gebe es nicht, und er wolle gern in der Küche fragen, ob ein Steak da sei, erfuhr Ron von ihm. Seit seine Mutter den Pub führe, koche sie höchstselbst täglich nur ein Gericht, das sei dann aber vom Feinsten, eigentlich müsse immer vorbestellt werden, denn es gebe ja, wie man sehe, nur wenige

Tische, erläuterte der junge Mann weiter. Er trug ein körpernah geschnittenes weißes Hemd und hatte eine knöchellange bordeauxrote Schürze umgebunden. Edel sah das aus. Als er sich entfernte, sah Ron belustigt hinter ihm her. Auch er kam ihm bekannt vor. Seltsam. An wen erinnerte er ihn nur? An Charlotte? Wirklich seltsam, aber die Art und Weise, wie er sein Sprüchlein aufgesagt hatte, seine Mimik und Gestik, erinnerten ihn tatsächlich ein bisschen an seine Tochter. Charlotte war äußerlich ihrer Mutter sehr ähnlich, nur wenn ihr braunes Haar in der Sonne einen rötlichen Schimmer annahm, verriet das die väterlichen Gene. Der junge Mann war eher ein dunkler Typ mit schwarzen lockigen Haaren, die er in einer Art Bubikopf trug, und einem dunklen, fein ausrasierten Dreitagebart. Eine ziemlich attraktive Erscheinung, befand Ron, römisch klassisch.

Der junge Mann kam zurück und teilte Ron mit, dass zu seinem Bedauern heute kein Steak da sei, es gebe Moorhuhn mit Bratkartoffeln und einem bunten Salat – und Moorhuhn bereite niemand besser zu als seine Mutter. Es sei auch genug da, so dass es kein Problem wäre, ohne Vorbestellung etwas davon zu bekommen.

Nun gut, also das Moorhuhn. Als Aperitif ließ sich Ron einen doppelten Glenmorangie servieren. Er fand, dass er sich diesen Drink nach dem emotionsgeladenen Wiedersehen mit Roslin, einschließlich der ernüchternden Begegnung mit Dennis, redlich verdient hatte.

Die wenigen Plätze im Restaurant waren schnell belegt. Auch nebenan im Pub hatten sich inzwischen einige Bauern und Handwerker eingefunden – und plötzlich war die Geräuschkulisse die gleiche wie die, die er aus seiner Kindheit kannte.

Das Moorhuhn war wirklich vorzüglich, die Bratkartoffeln so, wie sie sein sollten, kross aber nicht fettig, und der Salat entpuppte sich als eine vielfarbige Überraschung in einem Himbeerdressing. Die Gäste hatten den Hauptgang beendet, als die Dame des Hauses erschien. Sie ging von Tisch zu Tisch, begrüßte die Gäste persönlich und sprach mit allen ein paar nette Worte. Sie kam auch zu Ron, der sie mit weit aufgerissenen Augen anstarrte.

„Hat es Ihnen nicht geschmeckt?", fragte sie lächelnd, aber doch ein wenig verdutzt.

Ihre letzte Silbe ging in dem Klirren unter, mit dem Rons Bierglas auf seinem leeren Teller zerbarst.

„Annemarie…", stieß er heiser hervor.

Die Wirtin lächelte nachsichtig, nahm seine Serviette und tupfte damit das Bier vom Tisch.

„Wie bitte?"

„Annemarie – du hier?" Sein Mund quälte die drei Wörter von selbst und auf Deutsch hervor, während er die Wirtin weiterhin schockiert anstarrte.

„Ich heiße nicht Annemarie", antwortete sie ebenfalls auf Deutsch und fuhr auf Englisch fort, „aber sie sind nahe dran, ich heiße nämlich Marie, und ich bin hier, weil dies mein Laden ist. Beruhigen Sie sich. Sie verwechseln mich. Ich bringe Ihnen ein neues Bier. Sie hatten Brown Ale, stimmt's?"

Ron antwortete nicht. Marie nahm den Teller mit den Scherben seines Glases vom Tisch, legte die tropfnasse Serviette dazu und ging in Richtung Küche. Sie ging mit Annemaries federndem Gang, sie sprach mit Annemaries rauchiger Stimme, das waren Annemaries Haare, dunkelbraun mit silbernen Fäden, bis auf die Schultern reichend, Mittelscheitel, fransiger Pony. Das war Annemarie, wie sie leibte und lebte. Annemarie in ihren besten Zeiten, mit offenem Blick, kein bisschen depressiv.

Marie kam aus der Küche und er sah gebannt zu ihr hinüber, als sie sein Bier zapfte. Wie sie das Glas hielt, während sie es füllte, die Blume mit einem Schaber abhob und noch ein wenig nachschenkte, bis das Glas randvoll war und leicht tropfte, als sie damit an seinen Tisch kam, das waren Annemaries Bewegungen.

„Ist nicht so schlimm", sagte sie sanft, als sie das Glas vor ihn hinstellte und noch ein paar Splitter vom Tisch sammelte. „Gleich servieren wir das Dessert."

Sie sprach leise und beugte sich etwas zu ihm herunter. Dabei rutschte eine goldene Kette aus ihrem Ausschnitt, an der ein runder Anhänger hing. Der Anhänger, in den ein M eingraviert war, pendelte direkt vor Rons Augen, und ihm lief ein eiskalter Schauer den Rücken hinab. Annemarie besaß die gleiche Kette mit einem A im Anhänger. Mit einem A für Annemarie.

„Mein Gott...!", murmelte Ron tonlos und blickte in die gesprenkelten, grün schimmernden Augen seines Gegenübers.

Marie hatte leider keine Zeit, sich länger mit dem offensichtlich verwirrten Gast zu befassen, sie musste das Dessert servieren. Sie stellte ein köstliches schottisches Cranachan aus Himbeersahne, gerösteten Haferflocken, Whisky und Honig mit einem aufmunternden Lächeln auch vor Ron hin. Er rührte es nicht an, er nahm es nicht einmal zur Kenntnis. Wilde Gedanken jagten durch seinen Kopf. Was ging hier vor? War das Annemarie? Ausgeschlossen! Ein Doppelleben hätte sie nie und nimmer durchgestanden. Aber konnte jemand eine solch perfekte Kopie von sich haben? Unmöglich! Es gibt Zufälle, aber doch nicht solche! Hier waren irrationale Dinge im Gange. Und die Kette? Wieso trug diese Marie eine fast identische Kette. Zwischen den Frauen gab es einen Zusammenhang! Zweifellos! Marie hatte mit ihm in sauberem Englisch gesprochen, mit den anderen Gästen sprach sie schottisches Englisch, in die Küche hatte sie etwas auf Scots gerufen. Aber hatte er in ihrem britischen Englisch nicht einen winzigen, aber untrüglichen Akzent herausgehört? Hatte sich das nicht so ähnlich angehört, als wenn Annemarie Englisch sprach? Oder bildete er sich das nur ein? War der Whisky schuld? Oder diese phänomenale Ähnlichkeit? Annemarie sprach mehr schlecht als recht Englisch, sie hatte die Sprache nie gepflegt, weil sie ja einen

Anglisten zur Seite hatte. Er sah nicht die Spur einer Erklärung für die Situation, in der er sich befand.

Die anderen Gäste löffelten noch ihr Dessert, als Ron bei dem jungen Mann, der ihm so bekannt vorgekommen war, zahlte.

„Ich komme morgen wieder, bitte reservieren Sie mir denselben Tisch", sagte Ron knapp, nickte dabei zu Marie hinüber und verließ beinahe fluchtartig das Lokal.

Der junge Mann winkte noch hinter ihm her, wollte sagen, dass man mindestens zwei Tage im Voraus vorbestellen müsse, aber Ron war schon in der Dunkelheit verschwunden. Mechanisch bewegten sich seine Beine unter seinem Körper. Draußen hatte wieder ein feiner Nieselregen eingesetzt. Er zog den Reißverschluss seiner Jacke bis unters Kinn hoch und hielt nach einem Taxi Ausschau. Der kleine Ort lag still und dunkel. Im dünnen Schein der Laterne war nichts als die vom Wind getriebenen Schwaden des Regens zu erkennen. Er hätte sich im Blue Horseshoes ein Taxi bestellen lassen sollen, aber im Prinzip war es ihm völlig gleichgültig, ob er fuhr oder ging. Die feuchte kühle Luft wirkte beruhigend auf sein erhitztes Gemüt.

Es mögen schon etliche Kilometer gewesen sein, die er zu Fuß, zuerst auf der gewundenen Berg- und Talbahn, und dann auf der Hauptverkehrsstraße Richtung Edinburgh zurückgelegt hatte, als es ihm gelang, ein Taxi anzuhalten. Es brachte ihn aus den unwirklichen dämmrigen Stunden, die er eben erlebt hatte, zu den wirklichen Lichtern der Stadt zurück.

Im Hotelzimmer angekommen, nahm Ron als erstes einen Whisky aus der Minibar, ehe er sich aufs Bett setzte und seine Gedanken zu ordnen versuchte. Hatte er das eben wirklich erlebt? Hatte er Annemarie gesehen, oder hatte er nur geglaubt, sie zu sehen? Sagte man einem guten Whisky nicht nach, dass er die Sinne täuschen könne? Hatte das Erinnern seines frühkindlichen Traumas in seinem Oberstübchen etwas durcheinandergebracht? War er gar in einen Zeitsprung geraten? Am liebsten hätte er Annemarie angerufen und eine Erklärung von ihr gefordert, aber das wäre natürlich Blödsinn gewesen. Annemarie konnte ja gar nicht ahnen, dass sie eine Doppelgängerin hatte. Oder doch? Er war kein Freund von voreiligen Entschlüssen, er wollte erst einmal beobachten, selbst herausfinden, ob irgendwo das Ende eines Fadens war, den er packen und an dem er sich entlang hangeln konnte. Bislang war nichts davon in Sicht. Er fasste für sich zusammen: Hier in Schottland lebte eine Frau, die seiner in Deutschland aufgewachsenen Frau Annemarie aufs Haar glich, die ihre schlanke Figur, ihr makelloses Gesicht mit den gesprenkelten Augen, ihre Stimme, ihre Haarfarbe, ja sogar ihren Haarschnitt hatte, die denselben blassrosa Nagellack verwendete und eine bis auf die Gravur identische goldene Kette um den Hals trug. Ihre Kette hatte Annemarie zur Taufe bekommen. Sie hatte sie getragen, als er sie kennenlernte, und sie trug sie heute noch, sie legte sie eigentlich nie ab; sie war ihr Markenzeichen oder ihr Talisman, wie immer man es nennen wollte. Als Antwort auf diese Sachlage sah Ron nur zwei Möglichkeiten: Entweder es handelte sich bei der Person, die sich Marie nannte, um Annemarie, was aber ausgeschlossen war, oder es handelte sich um einen Klon von ihr. Aber auch das war praktisch ausgeschlossen, denn die Methode des Nukleustransfers, bei der der Zellkern des zu klonenden Organismus in eine andere kernentleerte Zelle eingesetzt wird, gab es bei Säugetieren erst seit den 1990er Jahren. Er wusste das deshalb so genau, weil das erste geklonte Säugetier der Welt, nämlich das Schaf Dolly, im Roslin Institute der Universität Edinburgh, gleich hinter seinem Elternhaus, entstanden war. Er hatte das in den Medien peinlich genau verfolgt, immer in der Hoffnung, außer dem Schafstall etwas vom Ort Roslin zu sehen. Aber beim Menschen war ein reproduktives Klonen doch gar nicht möglich, oder? Vor fünfzig Jahren schon gar nicht, oder? Und selbst wenn es theoretisch möglich wäre, dann war es aber sicher verboten, oder? Es machte ihn kribbelig, nichts Genaues darüber zu wissen. Hatte da jemand frühe Versuche des Klonens von Menschen probiert und Annemarie als Versuchskaninchen missbraucht? Nein, so funktionierte das nicht, man hätte dafür befruchtete Eizellen gebraucht. Von Elly. Das waren absurde Gedanken, Elly hätte da nie und nimmer mitgemacht. Er hatte offensichtlich zu viel Alkohol getrunken, mit dem Ergebnis, dass sich seine Gedanken unaufhörlich im Kreis drehten und schließlich verirrten. Er hätte sich zu gern betäubt, aber in der Minibar war nur dieses eine Portionsfläschchen Whisky gewesen. Skandalös für diese Gegend! Er zog sein Jackett über und nahm den Fahrstuhl nach unten in die Hotelbar. Nach zwei weiteren doppelten Glenmorangie schwankte er betrunken auf sein Zimmer zurück, sank aufs Bett und fiel in einen komatösen Schlaf.

Als er nach sieben Stunden erwachte, schien sein Kopf wie leergefegt, seine Gemütslage gleichgültig, so, als habe der Whisky ihn innerlich aufgeräumt und alle sinnlosen Fragen aus dem Hirn geworfen. Er duschte lange und frühstückte ausgiebig. Seine gestrigen Erlebnisse in Roslin lagen im Augenblick weit entfernt in einer nebulösen Vergangenheit.

Am frühen Abend nahm er den Bus nach Roslin. Selbstverständlich war das kleine Tischchen mit den beiden Art-Deko-Sesselchen nahe einem der Öfen für ihn reserviert. Der junge Mann, der ihn an seine Tochter erinnert hatte, erschien und sagte, dass seine Mutter ihm heute Abend ausnahmsweise ein Steak braten würde, wenn er es wünsche. Er wünschte es und als Aperitif auch einen Glenmorangie. Ron hatte sich fest vorgenommen, seine spekulativen Gedanken im Zaum zu halten, sie führten jetzt sowieso zu nichts. Er wollte erst einmal abwarten. Schließlich musste es eine plausible Erklärung geben, und die würde sich schon irgendwann zeigen. Keine von Maries Bewegungen entging ihm, und er war über ihre Ähnlichkeit zu seiner Frau, nein, die Gleichheit der beiden, immer wieder aufs Neue erschüttert.

Marie beachtete ihn kaum, warf nur ab und zu einen scheuen Blick in Rons Richtung. Sie ging am Ende des Abends nicht von Tisch zu Tisch, wie sie es gestern getan hatte, sondern begleitete ihre Gäste zur Tür, wenn sie aufbrachen. Es war erst kurz vor zehn, als die letzten das Lokal verließen, nur zwei junge Männer lehnten noch an der Theke. Marie schenkte sich ein Glas Wein ein und kam an Rons Tisch. Er wich erschrocken zurück, antwortete nicht auf ihr ‚Darf ich?', bevor sie sich setzte. Wie dämlich musste er ausgesehen haben mit dem herabhängenden Kinn und den geweiteten Augen!

Warum tat sie das? Warum war er ihr mit seinem gestrigen dummen Benehmen nicht lästig? Warum hielt sie ihn nicht schlicht für überspannt?

„Wir kennen uns nicht", sagte Marie nachdrücklich und auf Deutsch mit der sanften, rauchigen Stimme, die er an Annemarie so liebte, „aber ich scheine jemandem ähnlich zu sein, den Sie kennen."

Ron wusste nicht, was er antworten sollte. Er mochte sie auch nicht ansehen. Diesen Klon seiner Frau so dicht vor sich zu haben, verschlug ihm den Atem. Als er bemerkte, dass ihr Blick auf ihn geheftet blieb, resignierte er und wagte es, in ihre gesprenkelten Augen zu sehen, in Annemaries Augen. Er versuchte ein Lächeln und war sicher, sich damit komplett zum Idioten zu machen.

„Du siehst aus wie meine Frau, verstehst du? Du siehst ihr nicht ähnlich, du siehst aus wie sie, du bist eine Kopie von ihr, abgesehen davon, dass meine Frau nicht so gut Englisch spricht. Das ist unglaublich, ich weiß, aber es ist wahr."

Er konnte sie beim besten Willen nicht siezen.

Marie runzelte die Stirn, aber sie tat es nicht als Unsinn ab, was er sagte, sondern lehnte sich zurück, sah gedankenverloren in ihr Weinglas und hatte plötzlich denselben traurigen Ausdruck in den Augen, den er von Annemarie nur allzu gut kannte.

„Was soll ich dazu sagen." Ihre Stimme klang nicht mehr so selbstsicher wie vorhin. „Ich kenne Sie nicht. Und so lange ich denken kann, gab es keine Doppelgängerin von mir. Vielleicht ist mir Ihre Frau nur sehr ähnlich, so etwas kommt ja vor. Die Natur kann schließlich nicht unendlich viele grundverschiedene Typen produzieren. Was hat Ihre Frau, woran Sie sie unter Hunderten sofort erkennen würden?"

Ron lachte spöttisch. „Sie hat dein Gesicht, deine Augen, deine Lippen, deine Haare, deinen Gang, deine Stimme – und sie trägt das gleiche goldene Kettchen um den Hals …"

Aber dann hielt er plötzlich inne. Da war etwas, das er von Annemarie nicht kannte. Vorsichtig zeigte er auf Maries Arm.

„Ist das … eine Narbe?"

„Ja, das ist eine Narbe", antwortete Marie, „eine Brandnarbe."

Marie war also nicht Annemarie, so viel war wenigstens klar. Annemarie hatte sich nicht nach Schottland gebeamt, um hier gelegentlich in eine andere Identität zu schlüpfen.

„Das Ganze ist extrem mysteriös", sagte Ron kopfschüttelnd. „Darf ich fragen, woher du dieses goldene Kettchen hast, das du trägst?"

Marie zögerte für den Bruchteil einer Sekunde, tastete nach dem Anhänger, senkte den Blick, sah Ron dann aber direkt in die Augen.

„Ich habe die Kette nach dem Tod meiner Mutter in ihrem Sekretär gefunden. Ich hatte das Gefühl, sie gehöre mir, sie hat ja auch den Anfangsbuchstaben meines Namens im Anhänger." Sie zögerte noch einmal kurz und ergänzte: „Vielleicht habe ich sie als kleines Kind getragen, ich erinnere mich nicht mehr. Wahrscheinlich hat meine Mutter die Kette irgendwann in ein Kästchen gelegt und einfach vergessen."

„Die Kette ist doch wertvoll, aus Gold, so etwas vergisst man nicht einfach. Meine Frau hat eine Kette, die genauso aussieht, von ihren Eltern als Taufgeschenk bekommen. In den Anhänger ist der Anfangsbuchstabe ihres Namens eingraviert: ein A für Annemarie. Sie legt ihre Kette praktisch nie ab."

Hatte er in Maries Augen ein Flackern beobachten können, als er dies sagte? War sie erstaunt oder entsetzt, dies zu hören? Wenn Marie der Ansicht war, dass er hier nur seinen Halluzinationen Ausdruck verlieh, wenn sie ganz sicher war, dass er bloßen Unsinn redete, warum saß sie dann hier und nahm sich Zeit für ihn?

„Warum sprichst du so gut Deutsch? Kennst du Familie Klinger aus Herford?"

Marie blickte erschrocken hoch.

„Du kennst sie!?" Ron war ebenso erschrocken.

Maries Augen flackerten jetzt deutlich, und sie atmete schwer. Ihr Mund war halb geöffnet, aber sie schwieg.

„Wo wurdest du geboren? Und wann? Erzähl aus deinem Leben …"

Marie wandte sich ab und vergrub ihr Gesicht in den Händen. Ron hatte sie zu sehr bedrängt. Aber warum diese Nachdenklichkeit bei ihr? Warum ging sie nicht, und warum sagte sie nicht ‚Alles Quatsch!', wenn sie wirklich keine seiner Fragen beantworten konnte?

Unbemerkt war der junge Mann an den Tisch getreten.

„Alles in Ordnung, Mum?"

„Ja, es ist alles okay", sagte Marie nun wieder im Englisch der Gegend und fasste ihm dankbar lächelnd an den Arm.

„Das ist übrigens mein Sohn Charles, er studiert in Edinburgh und hilft mir ab und zu im Lokal."

Charles! Natürlich! Wie anders sollte der Sohn dieser Frau heißen? Warum nicht gleich Charlotto? Das konnte doch alles nicht wahr sein! Ungläubig schüttelte Ron den Kopf und stand auf.

„Hi Charles, ich bin Ron Gerloff aus Heidelberg", sagte er betont gefasst und auf Englisch, „ich habe meine ersten sechs Lebensjahre in Roslin verbracht, meine Mutter stammte von hier."

Er sah dabei auch Marie an, der er sich bisher gar nicht vorgestellt hatte.

„Nice to meet you", sagte der junge Mann und lächelte ihn mit Charlottes Lächeln an.

Diese Begegnung mit Marie hatte Rons Leben komplett auf den Kopf gestellt. Zum vierten Mal war er heute nach Schottland gereist. Eine ganze Woche lag vor ihm, die Konferenz in Edinburgh, aber eigentlich eine Woche mit Marie. Eine Woche, in der er den Mut finden musste, mit ihr zu sprechen. Über Annemarie. Aber nicht nur er würde zu erklären haben, er würde auch Erklärungen einfordern müssen. Es gab mindestens so viel zu fragen wie zu offenbaren. Würde die Zeit überhaupt ausreichen, um Lebenslügen zu sezieren und das Ganze neu geordnet wieder zusammenzufügen? Eigentlich dürfte er sich keinen Tag, keinen Abend, keine Nacht Galgenfrist gewähren, sondern müsste sofort mit der Tür ins Haus fallen. Er hatte ein paar Fotos eingesteckt, das Hochzeitsbild von Albert und Elly, Fotos vom Herforder Haus und von Annemarie. Was würde Marie sagen, wenn er sie damit konfrontierte?

Es klopfte an der Tür seines Hotelzimmers. Das war Marie. Er sprang auf, öffnete und schloss sie in die Arme. Nach der Tagung spreche ich mit ihr, dachte er. Jetzt nicht. Aber danach ganz bestimmt.

3

Marie

Schottland 1972 bis 2009

In dieser Märznacht bekam Marie kein Auge zu. Sie lag regungslos auf dem Bett und starrte hellwach in das Dunkel ihres Schlafzimmers. Tausend Gedanken und Erinnerungen sausten selbständig durch ihre Hirnwindungen. Sie hatte schon immer das Gefühl gehabt, dass an ihrem Lebenslauf irgendetwas nicht stimmte, ganz abgesehen von diesem Bruch in der Kindheit, der ja ganz objektiv da war. Sie war sicher, dass ihre Eltern ihr etwas verschwiegen oder sie vielleicht sogar belogen hatten. In ihrem tiefsten Innern zweifelte sie an ihrer Identität als Marie MacLean. In ihrer Jugend hatte sie dieser Gedanke furchtbar gequält. Dann hatte sie Steven kennengelernt und geheiratet und der wollte sie genau so haben, wie sie war, und schließlich akzeptierte sie sich selbst so, wie sie war, samt der Tatsache, dass sie sich an keinen Tag vor einem Ereignis erinnern konnte, das sich ungefähr in ihrem zwölften Lebensjahr abgespielt hatte.

Und nun war dieser Mann in ihrem Lokal aufgetaucht, der behauptete, sie gliche seiner Frau bis aufs Haar. Das war eine verrückte Geschichte, aber die Betroffenheit des Mannes war echt gewesen. Hätte sie sich nie selber diese existenziellen Fragen gestellt, hätte sie über ihn gelacht. Aber zum Lachen war ihr im Augenblick ganz und gar nicht zumute. Morgen würde er wiederkommen, er hatte im Lokal reserviert. Sie war unsicher, wie sie ihm begegnen sollte. Sie konnte ihm unmöglich gleich ihre Lebensgeschichte erzählen, ihre eigenen Zweifel vor ihm ausbreiten – und doch, am liebsten würde sie genau das tun und ihm bohrende Fragen stellen. Dass es eine Frau gab, die ihr ähnlich sah, konnte auf eine unbekannte Verwandtschaft hindeuten. Vielleicht ergab sich hier eine Spur. Eine Spur in ein früheres Leben, in ein anderes Leben, in ihre wahre Identität. Denn es hatte sie nie die Gewissheit verlassen, dass es eine Vergangenheit gab, die aus Schottland hinausführte. Dumpf und drängend lag sie in einer Schublade ihres Hirns, die nicht aufzuziehen war. Sie hatte gelernt, mit diesem Gefühl, denn mehr war es nicht, umzugehen. Mit den Jahren waren die Fragen und Zweifel weniger wichtig geworden. Manchmal erschienen sie noch in ihren Träumen, aber sie hinterfragte sie nicht mehr. Sie hatte sich mit Stevens Unterstützung zu einem zuversichtlichen, glücklichen Menschen entwickelt und sich in ihrem Leben gut eingerichtet.

In dieser Nacht, nach dieser Begegnung, stieg jedoch alles wieder in ihr hoch. Anders als sonst ließ sie die verdrängten Erinnerungsbilder jetzt auf sich zukommen, auch und vor allem die schmerzlichen. Im Gegenteil, sie lauschte tief in sich hinein, ob sie da vielleicht immer etwas übersehen, vergessen oder falsch interpretiert haben könnte.

Sie mochte an dem Punkt, an dem ihre Erinnerung ansetzte, elf oder zwölf Jahre alt gewesen sein. Sie lag auf einer Chaiselongue in einem Zimmer des Whitecottage genannten Hauses von Sarah und Connor MacLean in Roslin. Es ging ihr schlecht. Ihr Körper war in starren Verbänden gefangen und schmerzte. Sie konnte sich kaum bewegen, ihr rechter Arm, in dem eine Nadel steckte, war auf einer Schiene festgebunden. Der Schmerz saß überall, vor allem ganz tief in ihr drin. Sie fühlte sich äußerlich und innerlich verwundet. Halbbewusst war sie dahingedämmert. Tage, vielleicht Wochen. Sie hatte kein Gefühl für Zeit. Da waren nur Schmerz und eine neblige Leere im Kopf.

Irgendwann begannen ihre Augen, die Umgebung wahrzunehmen, eine Umgebung, die ihr ganz fremd erschien. Ein Mann und eine Frau, die sie nicht kannte, waren stets um sie. Sie wusste nichts. Tabula rasa. Später hatte sie sich manchmal gefragt, ob es ihre Geburt gewesen sei, an die sie sich in dieser seltsamen Weise erinnerte. Aber nein, sie war schon ein großes Mädchen, als ihr Bewusstsein erwachte.

Die Frau versuchte, ihr Flüssigkeiten einzuflößen, mal süße, mal salzige. Dass es da Unterschiede im Geschmacksempfinden gab, gehörte zu ihren frühesten Erkenntnissen. Die Frau wickelte sie wie ein Baby, wusch sie, kämmte sie, zog sie um und verband sie neu. Der Mann stand oft an ihrem Bett, mit besorgtem Blick, nahm ihr Handgelenk und sah dabei auf seine Armbanduhr. Die beiden Menschen, die sich um sie kümmerten, waren ihr so fremd wie der Ort, an dem sie sich befand, die Laute, die sie ausstießen, inhaltsleer. Sie war froh, wenn Müdigkeit und Schwäche sie wieder übermannten und in den Schlaf flüchten ließen. Sie träumte nichts.

Irgendwann kulminierte ihr Bewusstsein zu einer Frage, die war aber nicht mehr als das Fragezeichen, unmöglich zu formulieren. Sie vermisste etwas ganz stark, aber sie wusste nicht, was. Sie sehnte sich ganz stark, aber sie wusste nicht, wonach. Eiskalt lag eine Leerstelle neben ihr. Der Schmerz begann sich allmählich zu verändern, er zentralisierte sich in der Brust und schwoll langsam an. Und als sie dachte, ihn nicht mehr aushalten zu können, explodierte er und verschwand. Sie schwebte im Nichts. Der Nebel im Kopf lichtete sich, es wurde hell und klar. In dieser Klarheit wuchs ein Wort heran: Marie. Mit dem Gedanken Marie ebbte der Schmerz ab. Aber nach einer Weile schwoll er erneut an, und das Spiel wiederholte sich. Tagelang, vielleicht wochenlang lebte sie in den Gezeiten von Marie.

Die fremde Frau jaulte sie oft mit lächelndem Gesicht an, aber sie wusste nicht, was das zu bedeuten hatte. Irgendwann konnten ihre Lippen einen Laut formen, der wohl nichts anderes als ‚Hilfe!' heißen sollte, aber es kam nur das Wort ‚Marie' aus ihrem Mund. Marie. Immer nur Marie, Marie, Marie!

Sie spürte, dass sie kräftiger wurde, die Verbände wurden abgenommen, und man brachte sie jetzt täglich nach draußen in den Garten. Der Herzschmerz und die Sehnsucht blieben gegenwärtig. Die beiden Menschen, die um sie waren, nannten sie nun Marie, lehrten sie Wörter, die ihr fremd vorkamen und nicht zu den Dingen passten, die sie bezeichnen sollten. Aber die Namen, die sie für richtig hielt, waren ihr abhandengekommen, obwohl sie dachte, sie lägen ihr auf der Zunge. Sie bemerkte, dass sie nicht wirklich fremd war in dieser Welt, sie kannte alles. Den Tag, die Nacht, sie wusste von Frühling, Sommer, Herbst und Winter, dass man abends die Zähne putzt und ins Bett geht, aber sie wusste keine Wörter für all dies. Sie wusste hingegen, dass es nicht ihr Bett war, in dem sie schlief, nicht ihr Haus, in dem sie lebte, und dass sie den Mann und die Frau, die sie nicht verstehen konnte, nie zuvor im Leben gesehen hatte.

Mit der Zeit begann sie, die Wörter, welche die beiden ausstießen, begierig aufzunehmen, denn sie hoffte, dass sie ihr helfen könnten, der inneren Isolation zu entkommen. Und bald fühlte sie, dass eine Sprache in ihr schlummerte, die nur geweckt werden wollte. Es war, als säßen die Wörter und Sätze störrisch in einer Ecke ihres Kopfes und wollten einzeln hervorgeholt werden. Das ging eigentlich ganz leicht, und dennoch war jeder Begriff, jeder Satz, den sie lernte, eine Überraschung, weil er jedes Mal anders war, als sie vermutet hätte.

Sie lernte sehr schnell, den Gegenständen die richtigen Bezeichnungen zuzuordnen, den Mann und die Frau halbwegs zu verstehen und Wörter und Sätze hervorzubringen, die sie halbwegs verstanden. Die innere

Isolation war damit nicht überwunden, sie fühlte sich einsam in einer Fremde.

Den Garten verließ sie nie. Sie blätterte in den Bildbänden, die sich im Hause befanden, und sah ferne Länder, Berge, Seen und Meere. Eine Seite schlug sie immer wieder auf. Sie zeigte eine Stadt mit Häusern, die in den Himmel ragten, in den Straßenschluchten waren viele gelbe Autos unterwegs und Menschen wimmelten auf den Gehwegen. ‚Das ist New York', hatte man ihr gesagt, ‚da warst du nie'. Trotzdem strömte dieses Bild etwas Vertrautes aus, weshalb sie es immer wieder ansehen musste. Auch wenn sie auf der Wiese Gänseblümchen pflückte und zum Kranz flocht, stellte sich dieses Gefühl von Vertrautheit ein.

So gingen die Wochen und Monate dahin, und Marie fand sich täglich besser in ihrer Umgebung zurecht. Der Sommer hatte sich längst verabschiedet, draußen war es kühl geworden, und die Bäume hatten ihr Laub verloren. Der Wind peitschte Regen an die Fenster und die Tage verloren sich in einem grauen Einerlei. Manchmal mischten sich Schneeflocken unter die Regentropfen, dann blickte sie auf und wartete am Fenster, dass der Garten weiß werden würde, aber das geschah nicht. Der Garten, den sie von den bodentiefen Fenstern des Wohnzimmers aus sah, war schlicht gestaltet. Vor einer kleinen Terrasse dehnte sich eine weite Rasenfläche, die an der Grundstücksgrenze von hohen Heckensträuchern eingerahmt wurde. In zwei runden Beeten standen Rosen, längst gestutzt und zum Schutz gegen die Kälte mit Jutehauben eingepackt.

Den Blick aus dem Fenster begrenzten in der Ferne die Umrisse eines schwarzgrünen kahlen Höhenzugs, der immer mal wieder im Dunst verschwand. Das Haus lag am Waldrand, Nachbarn gab es nicht.

Jetzt kamen täglich junge Leute aus der nahen Stadt, Studenten, eine willkommene Neuigkeit für Marie. Zuerst waren es Pädagogikstudenten, die sie behandelten wie ein kleines Kind. Sie übten das Sprechen, das Lesen und das Schreiben mit ihr. Das kann ich doch längst, hatte sie gedacht und dann festgestellt, dass das gar nicht stimmte. Sie war sehr gelehrig. Ihr Denken bekam Struktur, und das wattige Gefühl im Kopf schwand mehr und mehr. Der Zugriff auf Erinnerungen an die Zeit vor dem schrecklichen Erwachen in Whitecottage blieb ihr allerdings verwehrt. Ihr Leben schien eben erst begonnen zu haben.

Das Weihnachtsfest war nah, und Haus und Garten wurden stimmungsvoll illuminiert. Von allem, was vorging, hatte sie eine Ahnung in sich, sodass sie sich darüber nicht wunderte. Das Lernen hatte sie zuletzt abgelenkt, aber der Blick in die weihnachtlichen Lichter ließ den Schmerz in der Brust wieder unerträglich werden. Am Weihnachtsmorgen lag ein Paket für sie am Kamin. Eine Puppe war darin, mit blonden Zöpfen und einem rosa Kleid. Marie freute sich über alle Maßen, erstmals verzog ein Lächeln ihren Mund, und sie drückte die Puppe innig an sich. Die Frau strich ihr liebevoll übers Haar und forderte sie auf, der Puppe einen Namen zu geben.

„Das ist Lonely", antwortete Marie.

Lonely war von nun an bei ihr und nichts und niemand war ihr näher als diese Puppe.

Dann kam der Frühling und mit ihm eine neue, straffere Organisation des Tages. Lehramtsstudenten unterrichteten sie nun täglich in Dingen, die ein Mädchen in ihrem Alter angeblich wissen musste. An einem warmen Tag im Mai waren nachmittags alle ihre studentischen Lehrer und Lehrerinnen in den Garten eingeladen, und es gab eine Torte. Eine Geburtstagstorte. Ihre Eltern teilten ihr mit, dass sie nun zwölf Jahre alt sei. Ja, ihre Eltern teilten das mit, denn Marie hatte gelernt, dass es sich bei den beiden fremden Wesen, die stets um sie waren, um ihre Eltern handelte, um Mutter und Vater. Sie hingegen hatte noch immer das Gefühl, von einem Stern gefallen und gewaltsam in die Gestalt dieser Tochter der MacLeans gepresst worden zu sein.

Ihr Vater war schon ein älterer Herr, der als Landarzt nur noch den halben Tag arbeitete und das meiste seinem Assistenten Dr. Smith überließ, der sein Nachfolger werden würde. Er hatte daher genug Zeit, die häufig wechselnden Studenten mit dem Auto von der Bushaltestelle in Roslin abzuholen und sie wieder dorthin zu bringen. Die Studenten erledigten den Job in dem modernen weißen Haus am Waldrand nicht ungern, denn MacLean entlohnte sie gut.

An einem Nachmittag im Sommer kam es zum Eklat. Miss Crawford, Maries Grammatiklehrerin, berichtete den Eltern davon, wie leicht ihre Schülerin lerne und wie gut sie im Unterricht vorankämen.

„Ach, das freut mich, dass sich meine Tochter so gut macht", sagte die Mutter und wollte Marie in die Arme ziehen.

Die aber wehrte sich heftig, schrie und trat um sich.

„Lass mich los, ich bin nicht deine Tochter", kreischte sie, stürmte in ihr Zimmer und schlug die Tür laut hinter sich zu.

Miss Crawford war bestürzt, sie hatte es gut gemeint und mit einem solchen Gefühlsausbruch ganz und gar nicht gerechnet.

„Machen Sie sich keine Gedanken, das hat mit ihrer Krankheit zu tun", sagte der Vater beschwichtigend. „Sie hat ein Problem mit körperlicher Nähe."

Die Mutter sah ihn an, drehte sich auf dem Absatz um und rauschte gekränkt in die Küche, der Vater verließ mit Miss Crawford das Haus, um sie zum Bus zu bringen, und Marie weinte, bis es draußen dunkelte. Sie drückte Lonely an sich, und der Herzschmerz schwoll furchtbar an. Seit sie selber den Namen Marie trug, half der Gedanke an das Wort nicht mehr so gut wie früher, es dauerte länger, bis der sich aufbauende schmerzhafte Druck in der Brust sich endlich entlud.

Sie hatte die Haustür ins Schloss fallen hören, als der Vater zurückgekommen war, danach drang kein Laut mehr in ihr Zimmer. Sie wurde auch nicht zum Abendessen gerufen, aber die Kehle war ihr sowieso wie zugeschnürt.

Am anderen Morgen frühstückten sie, wie immer sonntags, am Esstisch im Wohnzimmer. Schweigend knabberte Marie an einem Toast mit Orangenmarmelade, während die Eltern in Ruhe ihr sonntägliches ‚full scottish breakfast' mit Haggis, Blutwurst, Bohnen, Eiern und Speck verzehrten. Mit ernsten Gesichtern saßen sie Marie gegenüber, ganz auf ihre Frühstücksteller konzentriert. Als sie fertig gegessen hatten, brachte die Mutter nicht wie üblich das Geschirr in die Küche, sondern schob es einfach beiseite.

„Es ist jetzt wohl an der Zeit", sagte sie bedeutungsvoll, „dass wir dir etwas mitteilen, das du wissen musst." Sie wirkte befangen und erregt zugleich, gab dem Vater ein Zeichen, nahm ihre Papierserviette und zupfte daran herum. Allein, wie eine Delinquentin, saß Marie den Eltern gegenüber, die zu zweit eine Mauer bildeten, eine Übermacht. Der Vater sah Marie nicht an, sondern richtete den Blick auf seine Hände, die er vor sich auf dem Tisch gefaltet hatte, als er zu sprechen begann:

„Vor anderthalb Jahren hattest du einen schweren Unfall. Du erinnerst dich nicht daran. Ich werde dir jetzt erzählen, was damals geschehen ist, hör mir gut zu, Marie, und unterbrich mich nicht. Wir waren für das Wochenende in die Highlands gefahren. Zum Wandern. Wir haben in einer kleinen Pension gewohnt, in der wir schon häufiger waren. Mit den beiden Söhnen unserer Gastgeber hast du dich immer gut verstanden. An jenem Tag sind Mutter und ich allein zur Wanderung aufgebrochen, weil du lieber mit den beiden spielen wolltest. Du bist mit den Jungs und anderen Kindern nachmittags zur Klippe gegangen. Ihr habt dort ein Feuer angezündet, um Marshmallows zu grillen. Das Feuer breitete sich in dem trockenen Heidekraut rasch aus und geriet schließlich außer Kontrolle. Ihr habt versucht, es mit euren Jacken auszuschlagen, dabei hast du dich schmerzhaft verbrannt. Du warst erschrocken, hast nicht mehr aufgepasst, wohin du tratst – und dann passierte es, keiner konnte hinterher genau sagen, wie es dazu kam, du bist gestrauchelt und den Steilhang hinabgerutscht. Fast 50 Meter. Als wir von der Wanderung zurückkehrten, brachten sie dich gerade ins Haus zurück, die ganze Nachbarschaft war auf den Beinen. Du hingst schmutzig, mit zerrissenem Kleid und von Schürfwunden übersät in den Armen unseres Gastgebers, Blut tropfte aus einer Wunde am Kopf. Alle dachten, du würdest das nicht überleben. Deine Verletzungen schienen uns bei genauerem Hinsehen aber nur oberflächlich zu sein, und du warst auch ansprechbar, daher haben Mutter und ich entschieden, noch am selben Abend nach Roslin zurückzufahren. Dr. Smith und ich haben dich in der Praxis gründlich untersucht. Wir haben die Brandwunden und die Hautabschürfungen versorgt, haben einen Schlüsselbeinbruch gerichtet und eine größere Platzwunde am Kopf genäht. Du bist uns langsam weggedämmert und wir sind davon ausgegangen, dass du dir auch noch eine schwere Gehirnerschütterung zugezogen hattest. Du kamst erst nach Tagen ganz langsam wieder zu dir, und wir mussten feststellen, dass du dich weder an den Unfall noch an alles, was davor gewesen war, erinnern konntest. ‚Retrograde Amnesie' ist der medizinische Fachausdruck für diese Form des Gedächtnisverlusts. Wir haben einen Spezialisten zugezogen, wahrscheinlich kannst du dich auch daran nicht erinnern. Er hat ein klassisches Schädel-Hirn-Trauma diagnostiziert, meinte aber, dass das aufgrund der Art der Kopfverletzung nicht so schlimm sein könne und mit viel Ruhe gut auszukurieren sei. Wir sollten geduldig abwarten, die Gedächtnislücke schließe sich bald wieder."

Erst jetzt blickte der Vater auf und sah ihr in die Augen. Braun waren seine Augen, genauso dunkel wie die der Mutter, so ganz anders als Maries.

„Wir haben das nun eine ganze Weile beobachtet, und es hat sich nichts verändert", fuhr er fort. „Du erinnerst dich nicht mal daran, dass wir deine Eltern sind. Vielleicht kannst du nun verstehen, warum wir drei es so schwer miteinander haben."

Die Mutter hatte unterdessen ihre Serviette vollständig zerrupft, knüllte die Fetzen zusammen und sagte vorwurfsvoll: „Noch im Krankenbett hast du angefangen zu menstruieren. Das muss man sich mal vorstellen – als Kind!"

„Lass gut sein, Sarah", sagte der Vater mit scharfem Ton zur Mutter. „Ich habe dir doch schon gesagt, dass das in ihrem Alter nicht so ungewöhnlich ist, wie du denkst, der Schock kann die Sache höchstens ein klein wenig verfrüht haben."

Marie hatte es schlicht die Sprache verschlagen. Sie wollte sich aber nichts anmerken lassen und verzog keine Miene. Worüber redeten die Eltern da? Warum guckte die Mutter so, als sei es an Marie, mit diesem ermüdenden Spiel des Vergessens aufzuhören? Maries grüngesprenkelte Augen wanderten unruhig im Raum umher. Sie erinnerte sich tatsächlich an nichts. Sie hatte nicht mal eine Ahnung, dass ihr so eine Geschichte widerfahren sein könnte. Dass sie jeden Monat ihre Periode bekam, wie die Mutter es nannte, fand sie ganz normal, sie kannte es gar nicht anders. Alle Frauen bekämen ihre Periode, nur nicht schon als Kind, hatte die Mutter schon mehrmals wiederholt. Marie hatte nicht nachgefragt, sondern sich im Gesundheitsbuch über den menschlichen Körper und seine Funktionen informiert. Sie fand es nicht übel, dass sie sich an solchen Tagen nach dem Unterricht in ihr Zimmer zurückziehen durfte.

Marie bemerkte ein deutliches Widerstreben, die Geschichte, die der Vater erzählt hatte, als Erklärung hinzunehmen. Andererseits passte sie zu der körperlichen Verfassung, in der sie sich am Anfang ihrer Erinnerungen tatsächlich befunden hatte. Aber konnte man wirklich sein Leben vergessen? Seine Eltern, seine Sprache, den Ort, an dem man aufgewachsen ist? Konnte ein drastisches Erlebnis den Kopf so gründlich auskehren? Musste nicht wenigstens eine noch so blasse Ahnung, ein leisestes Gefühl übrigbleiben, dass das, was man nicht mehr erkennt, einmal gut war? Die Differenz zwischen ihrem Innern und dem Außen empfand Marie als gewaltig und als verwirrend. Außen war alles fremd, sie mochte es nicht. Innen jedoch gab es etwas, das schön war, das guttat. Das waren die

Träume, die seit einiger Zeit nachts in ihrem Kopf herumspukten. Sie fühlten sich wie Erinnerungen an vergangene Kindertage an. In den Filmen, die sich Nacht für Nacht in ihren Träumen abspulten, sah sie Szenen aus einem Stück, das jedoch nicht in Roslin spielte.

Marie legte den Kopf in den Nacken und kniff die Augen zusammen.

„Ich träume von früher", sagte sie bewusst provokant.

Die Mutter atmete erschrocken ein und sprang auf.

„Bleib ruhig und setz dich wieder, Sarah!", sagte der Vater mahnend. „Wir besprechen das heute ein für allemal!"

Er senkte die Stimme, als er sich beinahe liebevoll an Marie wandte: „Das gehört zum Krankheitsbild, mein Kind. Der Spezialist, von dem ich eben sprach, hat uns darauf vorbereitet, dass so etwas passieren kann. Amnesie-Patienten suchen nach alten Erinnerungen und konstruieren sich schließlich ein Vorleben, das aus aktuellen Erfahrungen, Zeitungsberichten, Fernsehsendungen, Bildern, Gelesenem oder Gehörtem, aber auch Wünschen und Hoffnungen zusammengesetzt ist. Der Vorgang geschieht ganz unbewusst und ist in seiner Intensität nicht vorhersagbar. Man hat uns geraten, unserer Tochter möglichst viel aus ihrem Leben vor dem traumatischen Ereignis zu erzählen, damit sich Bilder aus dem eigenen Leben und nicht etwa erdachte Konstrukte festsetzen. Verstehst du, was ich meine? Frag uns nur, wir erzählen dir gern von früher und erklären dir, was wahr ist und was dir nur wahr erscheint."

Marie biss grimmig die Zähne aufeinander. Kalt spürte sie wieder diese Leerstelle neben sich, so eiskalt, dass sie zu zittern begann.

„Das war jetzt ein bisschen viel für dich", sagte der Vater versöhnlich. „Wir wussten nicht, wann der richtige Zeitpunkt sein würde, um mit dir darüber zu sprechen. Wir haben bis zuletzt gehofft, es würde sich alles von allein wieder einrenken, aber das ist offensichtlich nicht der Fall. Du bist unsere Tochter und sollst wissen, dass wir dich so lieben wie immer – lass dir von Mutter einen heißen Tee kochen, du zitterst ja."

„Ich möchte an den Ort, an dem das damals passiert ist." Marie rührte sich nicht von ihrem Stuhl, sie blickte auf ihre Hände, die sich in ihrem Schoss verkrampft hatten. „Ich möchte die Geschichte von diesen Jungs erfahren, ich möchte sie mit eigenen Ohren hören."

„Die Familie ist verzogen", sagte der Vater barsch und wischte mit großer Geste ein paar Krümel vom Tisch.

„Trotzdem möchte ich dort hin. Du sagtest, das ganze Dorf sei auf den Beinen gewesen. Irgendwer wird schon etwas wissen, vielleicht auch die neue Adresse der Familie …"

„Genug jetzt!", donnerte der Vater. „Willst du anzweifeln, was ich dir gerade erzählt habe? Du bist ein undankbares Geschöpf!"

Marie erschrak. Ein undankbares Geschöpf war sie in den Augen des Vaters? Konnte er denn ihre Not nicht verstehen? Sie wartete nicht auf den Tee, den die Mutter in der Küche aufgoss, und verzog sich wortlos in ihr Zimmer. Sie kroch vollständig unter die Bettdecke, rollte sich so klein zusammen, wie es eben ging, und ganz langsam kehrte die Wärme in ihre Glieder zurück. Sie war ganz bei sich unter dem dicken Federbett und atmete in den kleinen schwarzen Hohlraum vor dem Gesicht, als ihr klarwurde, dass sie tatsächlich kein Wort von der Geschichte des Vaters glaubte. Sie hatte sich angehört wie eine von den Dutzendgeschichten aus den Frauenzeitschriften, welche die Mutter las. Diese Geschichte hatte nichts mit ihr zu tun.

Marie hatte in den folgenden Wochen viel gefragt. Aber die Antworten der Eltern erschienen ihr seelenlos, die Episoden, die sie erzählten, unlogisch aneinander gereimt und manchmal widersprüchlich. Hatte sie nur immer in diesem Garten dahinvegetiert? War sie nie zur Schule gegangen? Hatte sie keine Freundinnen gehabt? Ein Bild ihrer früheren Kindheit erschloss sich ihr nicht. Sie machte die Erfahrung, dass man sie zwar zum Fragen ermunterte, ein Hinterfragen aber verboten blieb. Welch ein wohliges Gefühl bereitete es ihr hingegen, wenn sie vor dem Einschlafen die Bilder heraufbeschwor, die sich aus ihren Träumen herausgelöst hatten. Sie sah ein großes Haus, einen schönen Garten und Menschen darin, die ihr ganz und gar nicht fremd vorkamen. Sie sah sich selbst als kleines Mädchen in dieser Szenerie spielen, und gleichzeitig sah sie alles aus den Augen eines Betrachters, der zweifellos auch sie selber war. Kam sie doch von einem anderen Stern? Oder gab es tatsächlich ein früheres Leben, das ihr immer wieder in das gegenwärtige hineinblitzte? Waren die Träume nur Wunschträume? Oder war die einfache Erklärung für alles Unerklärliche, dass sie von den Verletzungen einen Schaden zurückbehalten hatte und nicht ganz richtig im Kopf war?

Mit jedem Tag, mit dem Marie selbständiger wurde, fühlte sie sich mehr von ihren Eltern bevormundet. Sie waren immer neben ihr, besonders die Mutter behandelte sie wie ein Kleinkind, steckte sie in Kleidung, in der sie sich nicht wohlfühlte, ließ ihr einen praktischen Kurzhaarschnitt verpassen, der ihr nicht gefiel, und wusste genau, was gut für sie war und was nicht. Sie nannte das Liebe und Fürsorge, aber Marie zweifelte daran, dass das stimmte.

Sie war vierzehn, als die Eltern eine Überraschung versprachen und mit ihr im Auto nach Edinburgh fuhren. Bis dahin hatte sie Whitecottage nur zu Spaziergängen in die nähere Umgebung verlassen. Im nahen Edinburgh, das Marie aus einem der Bildbände, die sie häufig betrachtete, gut kannte, war sie noch nie gewesen. Freude keimte auf, als sie in dem Kleid, das die Mutter als Sonntagskleid bezeichnete, ins Auto einstieg.

Der Vater besaß ein besonderes Auto, es war groß, alt und verbeult und hatte das Lenkrad nicht wie andere Autos auf der rechten Seite, sondern links. Eine halbe Stunde waren sie unterwegs gewesen, als es städtisch wurde. Große Parks und kleine gepflegte Grünanlagen, umfriedet mit schwarzen, verzierten Zäunen, wechselten mit stolzen hohen Häusern ab. Alles so groß, so hoch, so weit, so schön! Marie saß auf dem Rücksitz, drückte die Nase an der Seitenscheibe platt und sog gierig auf, was sie sah. Und welch ein Treiben auf den Gehwegen und in den Straßen! Das Auto fuhr viel zu schnell an allem vorbei.

Sie hatten Glück und fanden im Zentrum der New Town mit ihren imposanten georgianischen Gebäuden eine freie Parklücke.

„Heute ist ein großer Tag für dich", sagte die Mutter feierlich, nachdem sie ausgestiegen waren. „Heute bekommst du deine Schuluniform, aber nicht irgendwo, sondern im Jenners Department Store in der Princes Street."

„Und du wirst Edinburgh kennenlernen", ergänzte der Vater eifrig, „unsere Hauptstadt."

„Erst die Schuluniform", sagte die Mutter wichtigtuerisch, lächelte aber dabei.

Marie wusste, dass alle Schüler und Schülerinnen in Schottland eine Schuluniform trugen, war jedoch nie auf die Idee gekommen, dass das auch für sie gelten könnte. Sie würde aber alles in Kauf nehmen, auch eine Schuluniform, um zur Schule gehen zu dürfen und damit aus Whitecottage herauszukommen. Aber erstmal brannte sie darauf, die große Stadt mit eigenen Augen zu sehen. Ja, ein großer Tag war heute, seine

Größe lag für Marie vor allen Dingen darin, hier zu sein.

Die Hanover Street, die sie hinuntergingen, führte steil abwärts und stieß schon nach ungefähr zweihundert Metern auf die Princes Street. Welch ein Anblick eröffnete sich dort! Edinburgh Castle, auf einem erloschenen Vulkan erbaut, dominierte das Panorama und sprang als erstes ins Auge. Von der Burg aus zog sich die Altstadt am Rande einer tiefen Senke entlang, auf deren gegenüberliegender Seite sie standen. In diese Senke, die beinahe wie eine Schlucht zwischen den beiden Stadtteilen Old und New Town lag, befand sich einst das jetzt trockengelegte Loch Nor, das wusste Marie. Jetzt war der Graben in eine einladende Parkanlage, die Princes Street Gardens, verwandelt worden. Viele Menschen, unter ihnen Männer in karierten Röcken, Schülergruppen und Touristen, flanierten auf den Spazierwegen des Parks.

„Zuerst gehen wir ins Jenners", mahnte die Mutter und zog Marie mit sich.

Bis zum altehrwürdigen Jenners Department Store an der Princes Street waren es nur wenige Schritte. Das mehrstöckige Gebäude war reich verziert, mit filigranen Balkonen, Erkern, steinernen Figuren zwischen den Fenstern und vielen kleinen spitzen Türmchen auf dem Dach. Sie betraten eine Halle, ein Atrium, das prächtiger war als alles, was Marie bisher gesehen hatte. Durch eine Glaskuppel fiel Sonnenlicht auf die Verkaufstresen herab. Zwei weitere Etagen des Kaufhauses konnte man von hier unten einsehen. An den

Balustraden, welche die oberen Etagen gegen das Atrium abgrenzten, lehnten Männer und Frauen, Kinder sahen ehrfürchtig in die Tiefe. Die Eltern schoben sie vor sich her zu einem Fahrstuhl, mit dem sie in die zweite Etage hinaufschwebten. Hier wuselten Dutzende von Kindern und Jugendlichen mit ihren Eltern umher. Die Mutter sprach mit einer der in dunkelblaue Kittel gekleideten Verkäuferinnen, dann nahmen die Eltern stolz lächelnd in den aufgereihten Ledersesseln zwischen anderen Eltern Platz. Die freundliche Verkäuferin führte Marie in eine geräumige Umkleidekabine. Dort musste sie sich bis auf die Unterwäsche ausziehen und auf ein Podest stellen. Marie war angespannt, ihre Unterwäsche war ihr unangenehm, vor allem, dass sich ihre Brüste so deutlich unter dem dünnen Unterhemd abzeichneten. Mit flinken Bewegungen legte die Dame das Maßband an verschiedene Stellen von Maries Körper an und murmelte Worte wie Rückenlänge oder Schulterbreite und trug Zahlen in eine Liste ein. Etwas verstohlen fragte sie Marie, ob sie denn keinen Bra trüge. Marie errötete beschämt und presste die Lippen aufeinander.

„Für die Schule würde ich dir unbedingt raten, einen Büstenhalter zu tragen", empfahl die Verkäuferin noch einmal und sah Marie fragend an.

„Kann ich hier einen bekommen?", wisperte Marie leise.

Die Verkäuferin stutzte einen Augenblick, legte ihr dann aber verständnisvoll die Hand auf die Schulter und sagte: „Ich sorge dafür, dass du bekommst, was du brauchst."

Sie verschwand für zehn Minuten und kam mit einem roten Rock, einer weißen Bluse und einem blauen Blazer zurück. Die neuen Sachen passten wie angegossen. Marie wurde den Eltern vorgestellt, die eifrig zustimmten. Die Verkäuferin sprach noch ein paar leise Worte mit der Mutter, ehe sie Marie in die Umkleidekabine zurückbegleitete und ihr dabei half, die schöne Schuluniform gegen die ungeliebten Kleidungsstücke zu tauschen. Als sie den drei MacLeans die Hand gab, um sich zu verabschieden, zwinkerte sie Marie zu und rief eine junge Kollegin, welche die Familie in eine andere Abteilung führte. Hier wurden Marie neue Schuhe aus braunem Leder angepasst, nicht hübsch, aber bequem, und die Mutter suchte eine Schultasche für sie aus.

„Gefällt dir diese Tasche?", fragte die Mutter, obwohl die Entscheidung längst gefallen war. Marie beantwortete die Frage nicht. Sie fühlte sich unecht in der Rolle des Mädchens, das mit seinen Eltern die Utensilien einer schottischen Schülerin einkauft. Das Mädchen, das mit neuen Kleidungsstücken behängt worden war und demnächst diese Tasche tragen sollte, und sich selbst, empfand sie als zweierlei.

„Das hat ja ein Vermögen gekostet", berichtete der Vater gutgelaunt, als er von der Kasse zurückkam. In jeder Hand trug er eine große Papiertüte mit dem Aufdruck ‚Jenners Department Store Edinburgh'. Sie brachten die Einkaufstüten zum Auto, gingen anschließend zurück zur Princes Street und schoben sich mit Hunderten von Touristen, welche die roten Hopp-on-hopp-off-Busse eben ausgespuckt hatten, über die Waverley Bridge in Richtung Altstadt. Die Brücke überspannte die Senke des ehemaligen Lochs Nor und hatte einen großen, zum Teil in die Senke eingelassenen Kopfbahnhof zur Linken und die Princes Street Gardens zur Rechten. Sie stieß an ihrem Ende senkrecht auf die Royal Mile, die sich gegenüber der New Town vom Castle Rock bis Holyrood House, dem schottischen Sitz der englischen Könige, erstreckte. In dem engen Straßengeflecht der Altstadt reihte sich ein Schaufenster an das nächste. Marie warf begehrliche Blicke auf schönste Sachen in den Auslagen: elegante Kostüme, jugendliche Nietenhosen, schicke Handtaschen, Accessoires, aber auch verlockende Süßigkeiten und Souvenirs, vor allem Tartans in allen möglichen Farben und Mustern. Marie stolperte hinter den Eltern her, während sich ihr Kopf nach allem Neuen drehte und ihr Staunen kein Ende nahm. Bei St Giles, der Kathedrale von Edinburgh, bogen sie in eine schmale Nebenstraße ein und betraten ein Café, von dem aus man einen phantastischen Blick über die Princes Street Gardens hinweg auf die prächtigen Häuser der New Town hatte. Im Café duftete es nach Schlagsahne, gerösteten Kaffeebohnen und dem Parfum der Damen, die miteinander schwatzten und üppige Tortenstücke verdrückten. Wieder stellte sich bei Marie ein Gefühl von Vertrautheit ein, ihr war, als kenne sie diese Atmosphäre im Café ganz genau.

„Geh nach vorn und such dir ein Stück Torte aus", sagte die Mutter großzügig lächelnd.

„Danke, Mum", antwortete Marie freudig und sprang auf.

Welch ein Festtag war das heute! Marie betrachtete die zehn, nein, zwanzig, reich verzierten Torten, die in einem Kühltresen aufgereiht standen. Ein prickelndes Gefühl war es, selber entscheiden zu dürfen! Sie kostete den Augenblick so lange aus, bis die Bedienung ein zweites Mal nach ihren Wünschen fragte, diesmal ein bisschen lauter.

„Butterkrem hätte ich gerne", sagte Marie in einer plötzlichen Eingebung, „haben Sie Butterkremtorte?"

„Selbstverständlich", antwortete die Bedienung und schnitt ein Stück von einem hohen ringförmigen Kuchen ab, der mit hellgelber Creme und gehackten Nüssen überzogen war.

„Setz dich nur wieder, der Teller wird gleich an den Tisch gebracht."

„Na, was hast du dir ausgesucht?", empfing die Mutter sie neugierig.

„Butterkremtorte", antwortete Marie feierlich und eine Woge süßer Erwartung rollte über sie hinweg, während sie das feine Aroma von Butterkrem schon auf der Zunge schmeckte.

„Butterkremtorte? Woher kennst du Butterkremtorte?" Die Mutter war verdutzt. „Ich glaube, ich war Kind, als ich das letzte Mal Butterkremtorte gegessen habe. Wenn meine Großmutter aus Köln zu Besuch kam, machte sie für uns immer eine Butterkremtorte.

Frankfurter Kranz. Den aß mein Vater so gerne. Daran habe ich ja ewig nicht mehr gedacht."

Die Mutter lachte ausgelassen über diese Erinnerung.

Die Torte kam und schmeckte so himmlisch, wie Marie es sich ausgemalt hatte. Vielleicht wird jetzt alles anders, dachte sie hoffnungsfroh, vielleicht bin ich jetzt verständig genug, um am Leben teilnehmen zu dürfen. Anders als in Roslin würde sie sich hier, in dieser pulsierenden Stadt, heimisch fühlen können.

Wieder zu Hause in Whitecottage entdeckte Marie in den Tüten aus Jenners Kaufhaus nicht nur die Schuluniform, die Schuhe und die Schultasche, sondern auch Sportzeug, mehrere Paar Strümpfe, mehrere Garnituren Unterwäsche und zwei rosafarbene Bras. Die Verkäuferin hatte also Wort gehalten. Marie warf sich entspannt aufs Bett und war glücklich – ein unbekanntes neues Gefühl war das. In Gedanken ging sie noch einmal durch Edinburghs Straßen, begab sich unter die vielen Menschen, bestaunte das Jenners und genoss den Trubel in der Altstadt und im Café. Ein eindrucksvoller Tag lag hinter ihr. Und vor ihr lag die Hoffnung, diese atemberaubende Stadt jetzt öfters besuchen zu dürfen.

In der folgenden Woche wurde Marie in die zwischen Roslin und Edinburgh gelegene Privatschule, die ein alter Freund ihres Vaters leitete, eingeschult. Da ihre Tage bisher ausschließlich aus Lernen bestanden hatten, konnte sie mit den anderen Schülern ihres Jahrgangs mithalten. Der Einsamkeit des Elternhauses entkommen zu sein, war eine großartige Sache. Aber das Auto, mit ihrem Vater als Chauffeur, wartete immer pünktlich vor der Schule, um sie abzuholen, auch dann, wenn sie mit den anderen gern noch ein Eis essen oder ins Kino gegangen wäre. Nie erlaubten es die Eltern, zusammen mit anderen Mädchen in die City zu fahren, obwohl die kleine Bahnstation unmittelbar neben der Schule lag und der Vorortzug sie in fünf Minuten bis zur Waverley Station mitten ins Zentrum bringen würde. Der Vater behauptete, sie müsse an ihre schwache Gesundheit denken, er als Arzt wisse, dass es besser für sie sei, mit nach Hause zu kommen, anstatt sich den Gefahren der Stadt und der Gesellschaft unerzogener Kinder auszusetzen. Sie sah das anders, aber sie wusste wie die Kämpfe mit den Eltern ausgingen. Sie war ihnen ausgeliefert, zumindest äußerlich. Innerlich schwor sie Rache. Weggehen würde sie eines Tages, einfach weggehen. Das war das Schlimmste, was sie ihren Eltern antun konnte.

Der aufregende Besuch in Edinburgh blieb eine Ausnahme. Monate strichen ins Land, aber die Eltern sahen keine Veranlassung, in die Stadt zu fahren. Wenn Marie darum bat, hatten sie immer eine andere Ausrede, entweder war es zu warm oder zu kalt, zu regnerisch oder zu windig.

Ein halbes Jahr ging Marie nun schon zur Schule, als Clarissa, das Mädchen, das neben ihr saß, sie zu ihrer Geburtstagsfeier einlud. Wie erwartet, machten die Eltern ein Drama aus der Sache. Aber diesmal gab Marie nicht nach. Fünf Tage lang bettelte sie immer wieder aufs Neue darum, Clarissa besuchen zu dürfen. Am sechsten Tag hörte sie zufällig durch die halb offene Küchentür, wie die Mutter leise zum Vater sagte, dass man sie doch nicht ewig der Welt vorenthalten könne, es wäre doch eigentlich nicht schlimm, wenn sie an einer Geburtstagsfeier teilnähme. Der Vater hatte sorgenvoll geseufzt und gemeint, dass immer die Gefahr bestehe, dass das Kind durch zu viele Außenreize wach würde. Marie hatte nicht verstanden, was diese Bemerkung bedeuten sollte, aber sie verstand so manches nicht, was ihre Eltern taten und sagten. Hauptsache, sie ließen sie gehen. Erst am siebten Tag nach der Einladung erlaubten die Eltern den Besuch der Geburtstagsfeier, die schon übermorgen stattfinden würde, und Marie fieberte dem Ereignis mit unbändiger Freude entgegen.

Bei Clarissa war alles ganz anders als bei ihr zu Hause. Allein, wie Clarissa mit ihren Eltern umging, dieses herzliche Miteinander, berührte Marie. Auf dem Kaminsims im Wohnzimmer standen Fotos von Clarissa und ihrem Bruder: die beiden als Babys, der Bruder im Matrosenanzug, Clarissa im Ballettkleid, die beiden bei ihren Einschulungen, mit Oma und Opa oder am Strand. Marie hatte noch nie ein Bild von sich als Baby gesehen, und als sie des Abends von ihrem Vater abgeholt wurde, bestürmte sie ihn noch im Auto, ihr aus ihrer Kinderzeit zu erzählen. Es gebe doch bestimmt auch Fotos von früher, die würde sie gerne anschauen dürfen. Vielleicht kommt dann die Erinnerung zurück, dachte sie, die Erinnerung daran, dass ich meine Eltern genauso lieb habe wie Clarissa die ihren. Aber das sagte sie nicht.

Zu Hause angekommen, wurde sie gleich auf ihr Zimmer geschickt. Sie hörte die Eltern noch lange reden. Sie zog die Bettdecke über die Ohren und fühlte sich alleingelassen, elend und entmutigt. Was war denn falsch gewesen? Warum verstand sie die Welt nicht?

Ihr fiel wieder ein, dass ihre Eltern sie am Anfang ihrer Erinnerung immer mit Jenny angesprochen hatten. Sie hatte das nicht einordnen können, aber sie hatte die Eltern ja sowieso nicht verstanden. Die Wörter und Sätze waren als Klang an ihr vorbeigerauscht. Irgendwann hatte sie angefangen ‚Marie' zu sagen, sie erinnerte sich daran, wie ihre Lippen beinahe selbsttätig dieses Wort geformt hatten. Immer wieder nur dieses eine Wort: Marie, Marie, Marie. Ihre Eltern waren dann dazu übergegangen, sie Marie zu nennen. Meistens sagten sie ‚Mary', aber der Name Marie, und zwar mit einem französischen, im Rachen erzeugten ‚r' und mit Betonung auf der letzten Silbe, war in sie eingebrannt. Unabänderlich. Sollten doch die Eltern es aussprechen, wie sie wollten.

Marie kroch unter die Bettdecke und flüchtete sich in Gedanken an einen anderen Ort mit anderen Menschen, zu den schönen Bildern ihrer Träume. Das gab ihr Trost.

Auch an den folgenden Tagen sah sie kein Babyfoto von sich. Die Mutter sagte, sie hätten damals keinen

Fotoapparat besessen, nur einmal wären sie für ein Familienbild beim Fotografen gewesen. Sie habe dieses Bild schon länger nicht mehr gesehen, würde aber bei Gelegenheit danach suchen. Die Gelegenheit kam nicht. Die Eltern taten so, als seien sie beleidigt. Sie sprachen nur das Nötigste mit ihr. Warum? Weil sie es gewagt hatte, den Besuch in einer anderen Familie durchzusetzen? Weil sie plötzlich so impulsiv nach ihrer Vergangenheit fragte? Wer sollte ihr denn davon erzählen, wenn nicht die Eltern? Es sei schon alles gesagt, hatten die gemeint, sie solle Ruhe geben und sich auf ihre Schularbeiten konzentrieren.

Mit Clarissa verstand sich Marie gut. Und es hatte sie sehr beruhigt, als sie erfuhr, dass Clarissa sich an die meisten Gelegenheiten auch nicht erinnern konnte, bei denen die Fotos, die auf dem Kaminsims im elterlichen Wohnzimmer standen, aufgenommen worden waren. ‚Man kann sich doch gar nicht so weit zurück erinnern', hatte die Freundin gesagt. Was Clarissa da so leicht hingeworfen hatte, besaß für Marie ein hohes Gewicht. Ging es allen so wie ihr? Fehlte ihr nur ein klein wenig mehr an Erinnerung als den anderen? War nur die altmodische Erziehung in der Abgeschiedenheit von Whitecottage schuld an ihrer Weltfremdheit? Oder war sie tatsächlich schwerfälliger im Denken als andere?

Marie begann, sich mehr und mehr von ihren Eltern zu emanzipieren. Im Umgang mit Clarissa war ihr klargeworden, dass sie sich nicht von den anderen

Jugendlichen ihres Alters unterschied, auch wenn die Eltern ihr das einreden wollten. An ihrem fünfzehnten Geburtstag beschloss sie, ihr eigenes Leben zu leben und die häusliche Situation davon abzuspalten. Trotz ständiger Nachfragen erzählte sie immer weniger von dem, was in der Schule vorging. Sie verlor die Angst, durch Anderssein bei anderen unangenehm aufzufallen, und sie glaubte ihren Eltern schon lange nicht mehr, dass ihre Gesundheit angeschlagener sei, als die anderer Jugendlicher und sie daher so vieles nicht durfte. Als Clarissas Mutter die Eltern beim Elternabend fragte, ob sie Marie zweimal die Woche nach der Schule mit zu sich nehmen dürfe, die Mädchen verstünden sich doch so gut, und sie freue sich über die herzliche Freundschaft der beiden, waren die so überrumpelt, dass sie zustimmten.

Marie genoss die Normalität des Alltags in Clarissas Elternhaus. Mit der Freundin sprach sie über alles, was sie bewegte. Es sei nicht unnormal, dass Eltern und Kinder nicht zusammenpassten, hatte Clarissa sie beschwichtigt. Über ihre Cousine würde in der Familie auch immer gelästert, weil sie angeblich aus der Art geschlagen sei. Aber ihre Mum habe ihr erklärt, dass manche Charaktereigenschaften erst in der übernächsten Generation wieder zum Vorschein kämen. Und die Uroma sei genauso gewesen wie ihre Cousine. Dass Marie einen Unfall hatte, über dessen Hergang sie nichts Konkretes wusste, fand Clarissa zwar schlimm, aber in den fehlenden Kindheitserinnerungen sah sie kein Drama.

„Vergiss das Kapitel! Was kann dir das schon geben?", sagte Clarissa. „Sieh nach vorn, das Leben liegt vor und nicht hinter uns!"

Mit sechzehn schloss Marie das General Certificate of Secondary Education mit guten Noten ab. Sie konnte jetzt in das Berufsleben eintreten oder in weiteren zwei Jahren das A-Level erwerben, das sie zum Studium an einer Universität berechtigte. Eigenes Geld verdienen und unabhängig sein, das waren überaus verlockende Aussichten, aber andererseits schreckte sie der Gedanke, jetzt schon das zu beginnen, was sie den Rest ihres Lebens tun würde. Es gab noch so viel zu lernen und zu wissen für sie. Auch ihre Lehrer gingen selbstverständlich davon aus, dass Marie später ein Studium aufnehmen würde. Längst war sie durch eine ausgeprägte künstlerische Begabung aufgefallen. Ihre Eltern waren allerdings von der Idee, Marie weiter die Schule besuchen zu lassen, überhaupt nicht begeistert. Sie wünschten, dass Marie eine Ausbildung in ihrer Nähe beginnen sollte, damit sie weiterhin in Whitecottage wohnen bleiben könne, um ihnen eine Hilfe in Haus und Garten zu bleiben. Arzthelferin, Altenpflegerin oder Krankenschwester seien doch ehrbare und erfüllende Berufe. Und wenn sie denn schon unbedingt ihre künstlerischen Ambitionen ausleben müsse, dann könne sie das doch als Floristin im Binden hübscher Sträuße tun. Sie stellten ihrer einzigen Tochter in Aussicht, ihr nach der Lehre das Blumenlädchen der alten Mrs. Carter in Roslin zu kaufen. Das Angebot könne sie nicht ausschlagen, meinten die Eltern. Panik erstickte Maries Ehrgeiz im Keim, und sie blieb zwei Tage bei Clarissa, um sich trösten zu lassen.

Gott sei Dank kam es doch anders. Der Leiter ihrer Schule und Freund des Vaters aus Jugendjahren besuchte die Eltern zu Hause, um ihnen klarzumachen, dass sie sich am Talent ihrer Tochter versündigten, wenn sie sie aus der Schule nähmen. Die Eltern resignierten schließlich. Allerdings musste Marie die Privatschule verlassen und die letzten beiden Schuljahre an einer öffentlichen Secondary School absolvieren. Die Eltern hatten gemeint, dass sie schon genug Geld für sie ausgegeben hätten und nun für ihr Alter vorsorgen müssten, denn man wisse ja nicht, ob ihre Tochter sich am Ende um sie kümmere.

Das war ganz und gar keine Strafe für Marie. Von Roslin aus fuhr sie nun in den Süden Edinburghs zur Firrhill High School, die von allen Secondary Schools Roslin am nächsten lag. Im Sommer schaffte sie die Strecke mit dem Fahrrad in einer halben Stunde, im Winter oder bei schlechtem Wetter stand sie mit drei anderen Rosliner Schülern morgens um halb acht an der Haltestelle und wartete auf den Bus.

Diese Schuljahre brachten Marie eine beinahe grenzenlose Freiheit. Damals, als sie als Neue in die Klasse der teuren Privatschule gekommen war, war sie verschüchtert und von Selbstzweifeln geplagt gewesen. Als ein Mädchen, auf das Rücksicht zu nehmen sei, weil es lange krank gewesen war und daher zu Hause hatte unterrichtet werden müssen, war sie den

Mitschülern vorgestellt worden. Den Stempel, den man ihr damit aufgedrückt hatte, hatten ihre Mitschüler schon bald nicht mehr gesehen, aber sie hatte ihn immer gespürt. Das war jetzt anders. Sie kam mit einem guten Zeugnis und selbstbewusst in die neue Klasse. Sie wählte Kunst als einen Schwerpunkt und wechselte im Fremdsprachenunterricht von Französisch zu Deutsch. Und sie machte eine ungeheure Entdeckung: Nichts an dieser neugewählten Fremdsprache war ihr fremd. Sie war in der Lage, die Wörter akzentfrei auszusprechen. Mr. Cox, der Deutschlehrer, fragte sie nach ihren Vorkenntnissen, aber Marie antwortete wahrheitsgemäß, dass sie keine habe. Mr. Cox behielt sie ungläubig im Auge. Vokabeln brauchte Marie nicht zu lernen, es war, als bliese sie nur den Staub von längst Bekanntem. Und so kam es, dass es nur ein Trimester dauerte, bis sie mit dieser, bei den Mitschülern als so schwierig gefürchteten Sprache, perfekt umgehen konnte.

Am Ende des Schuljahres, nach der Zeugnisvergabe, nahm Mr. Cox sie beiseite und fragte noch einmal nach ihrer Beziehung zur deutschen Sprache. Und obgleich er es nun wohl für einen miesen Charakterzug von ihr hielt, dass sie nicht zugeben wollte, Vorkenntnisse gehabt zu haben oder möglicherweise sogar ein paar Jahre zweisprachig erzogen worden zu sein, musste sie beteuern, vor der ersten Unterrichtsstunde in Firrhill kein Wort Deutsch gesprochen zu haben. Mr. Cox erregte sich, meinte, solche Naturtalente gebe es nicht. Er ging sogar so weit zu behaupten, dass sie einen deutschen Akzent in ihrer englischen Aussprache habe, zwar klein, aber doch vorhanden. Er habe ein feines Ohr für so etwas. Hochrot vor Aufregung und mit wild pochendem Herzen war Marie davongestürmt.

Es war ja nicht so, dass sie nicht selbst überrascht gewesen wäre, als sie feststellte, dass sie die deutsche Sprache im Prinzip beherrschte. Das Lernen der Sprache war wie ein reines Wiederbeleben gewesen. Und noch mysteriöser war, dass die inzwischen wohlbekannten Figuren ihrer Träume angefangen hatten zu sprechen. Sie sprachen Deutsch.

Es kam Marie nicht in den Sinn, die Eltern in all dies einzuweihen. Sie bemühte sich darum, eine gute Tochter zu sein, und ging allem, was Konfliktpotential bergen könnte, aus dem Weg. Sie beschränkte die Gespräche mit den Eltern auf das gegenwärtige, praktische Leben, und die waren damit zufrieden. Sie bemerkten nicht, dass ihre Welt nicht mehr länger die Welt ihrer Tochter war. Die Wochenenden verbrachte Marie meistens mit Clarissa, die auf der Privatschule geblieben war.

Sarah und Connor MacLean kämpften täglich ein bisschen mehr mit den Widrigkeiten des Alters. Connor litt seit Neuestem unter rheumatischen Schmerzen in allen Gliedern und schon kleinste Arbeiten in Haus und Garten fielen ihm schwer. Sarah wurde mit aller Härte von den Beschwerden des Klimakteriums getroffen. Die beiden beschäftigen sich schließlich nur noch mit ihren Unpässlichkeiten und meckerten und mäkelten an allem herum. Marie dachte mit Schrecken daran, dass sie eines Tages pflegebedürftig werden könnten, sah sie sich doch trotz allem in einer moralischen Verpflichtung den Eltern gegenüber. Dr. Smith, der Nachfolger des Vaters, kam regelmäßig vorbei, um die Eltern mit Medikamenten oder aufbauenden Spritzen zu versorgen. Er war es auch, der die Eltern davon überzeugte, eine Haushaltshilfe einzustellen. Der Gärtner kam schon seit längerem wenigstens zweimal im Jahr, um die wichtigsten in Frühjahr und Herbst anfallenden Arbeiten zu erledigen.

Nach ihrem Abschluss an der Firrhill High School schrieb sich Marie an der renommierten Universität von Edinburgh entgegen allen Erwartungen nicht für Kunst ein, sondern für Psychologie. Sie verfolgte diesen Plan, seit sie die Fähigkeit an sich entdeckt hatte, Deutsch zu sprechen, und vor allem, seit sie den Eindruck hatte, dass die tröstlichen Träume, die sich regelmäßig einstellten, in einem unverkennbar deutschen Umfeld spielten. Sie wollte wissen, wie die menschliche Psyche funktioniert, und sie wollte ihr Unterbewusstsein kennenlernen, aber auf eine möglichst seriöse Art und Weise. Natürlich hatte sie schon darüber nachgedacht, ob es sich bei ihren Träumen, in denen sie sich stets als jüngeres Kind sah, um Erinnerungen handeln könnte, aber auch darüber, ob sie vielleicht paranoid sei. Eigentlich hielt sie sich für recht bodenständig und realistisch, aber es war auch nicht von der Hand zu weisen, dass irgendetwas in ihr vorging, das sie nicht begriff. Es war ihr daher ein Anliegen geworden, in das Fach Psychologie einzudringen und die Grundlagen des Denkens und Fühlens, des Erlebens und Verhaltens aus wissenschaftlicher Sicht kennenzulernen. Mit großer Erwartung sah sie der spannenden Zeit entgegen, die nun auf sie zukommen sollte. Der einzige Wermutstropfen war, dass Clarissa Schottland verlassen hatte, um in Kanada, wo die Eltern ihres Vaters lebten, zu studieren.

Schon an ihrem ersten Universitätstag lernte Marie Peter kennen. Er rempelte sie versehentlich an, als sie sich für den Einführungskurs eintragen wollte. Später, im Kurs, sahen sie sich wieder. Wenigstens einen kannte sie also. Peter, der aus York kam, ging es wohl ähnlich, denn er nickte ihr freudig zur Begrüßung zu. Nach der Veranstaltung, als sie beim Verlassen des Seminarraums nicht so zufällig, wie es aussah, in der Tür zusammentrafen, kamen sie in ein kurzes Gespräch. Von da an saßen sie nebeneinander, verabredeten sich zum Essen in der Mensa, diskutierten über die Vorlesungen, trafen sich schließlich auch abends auf ein Bier oder gingen ins Kino. Es dauerte nicht lange und in Marie breitete sich das großartigste Gefühl aus, das sie jemals verspürt hatte. Sie hatte sich verliebt. Nie zuvor hatte sie zu jemandem ein solch uneingeschränktes Vertrauen gefasst wie zu Peter. Mit ihm drang sie in Bereiche des Zwischenmenschlichen vor, deren Existenz sie nicht einmal geahnt hatte. Das belebte sie, und das machte sie stark. Die Begegnung mit Peter emanzipierte sie vollends von den Eltern. Sie bewarb sich für eines der begehrten Studentenzimmer in Pollock Halls und bekam im folgenden Semester den Zuschlag. Sie war bester Dinge, als sie ihre wenigen persönlichen Sachen in Whitecottage einpackte, während die Mutter ihr argwöhnisch dabei zusah. Natürlich passte es den Eltern nicht, dass sie nun ganz nach Edinburgh übersiedelte und aus diesem Grund auch um ihre Papiere bat. Die Mutter kramte einen großen Umschlag aus dem Sekretär im Schlafzimmer, der in einer steilen Handschrift einmal an den Vater adressiert worden war, und zog mit zittrigen Fingern ein paar Blätter hervor.

„Deine Geburtsurkunde und die beiden Abschlusszeugnisse, mehr habe ich hier nicht", sagte die Mutter niedergeschlagen und stopfte den leeren Umschlag mit fahrigen Bewegungen wieder in die Schublade des Sekretärs – und auf einmal tat sie Marie leid.

„Ich bin doch nicht aus der Welt", sagte sie tröstend zu ihrer Mutter und überwand sich zu einer flüchtigen Umarmung.

MacLean war schon seit einigen Wochen bettlägerig, und es war zusammen mit Dr. Smith organisiert worden, dass täglich eine Pflegerin ins Haus kam. Einmal hatte Dr. Smith Marie zugeraunt, dass er es richtig fände, dass sie das Haus verlasse und in die Stadt ziehe, für ein junges Mädchen sei es hier draußen nichts, sie solle ihren eigenen Weg gehen und sich nicht beirren lassen.

Natürlich würde sie ihren eigenen Weg gehen, und sie würde sich auch nicht beirren lassen. Verblüfft hatte sich Marie gefragt, wieso sich Dr. Smith bemüßigt fühlte, ihr diesen Rat zu geben.

Die Geschichte mit Peter war lange vorbei, als in ihrem vierten Studienjahr, kurz nacheinander, ihre Eltern starben. Zuerst der Vater. Seine rheumatische Arthritis war zuletzt schlimm geworden, und er hatte sich praktisch nur noch von starken Schmerzmitteln ernährt. Marie hatte das erst bemerkt, als sie zu Weihnachten drei Tage in Roslin zubrachte. Anders sei es eben nicht auszuhalten, hatte der Vater gewettert, und wenn er an dem Gift krepiere, dann sei es eben so.

Zu seiner Beerdigung an einem frostigen Tag Ende Januar waren außer Marie, der Mutter, Dr. Smith und dem pensionierten Direktor der Privatschule, die Marie besucht hatte, eine Handvoll alter Leute gekommen, bei denen es sich um dankbare ehemalige Patienten handeln musste. Marie kannte sie nicht.

Bei der Beerdigung ihrer Mutter, fünf Monate später, stand sie an einem sonnigen Junitag mit Dr. Smith allein am Grab. Nach der kurzen Beerdigungszeremonie verabschiedete sich Dr. Smith schnell, denn in seiner Praxis warteten die Patienten. Marie setze sich noch einen Augenblick auf eine Bank in der Nähe der Gräber ihrer Eltern, die im Schatten von Rosslyn Chapel lagen. Die Sonne wärmte schon sommerlich, und die letzten lila Blütenbälle der hohen Rhododendren, die in dieser Gegend prächtig gediehen, leuchteten.

Es war ihr nie gelungen, eine innige Beziehung zu ihren Eltern aufzubauen, aber wie immer ihr Verhältnis zu ihnen gewesen sein mochte, sie hatten ihr damals ins Leben zurückgeholfen und das für sie getan, was sie für das Beste hielten. Dafür wollte Marie ihnen dankbar sein, und sie trauerte auch um ihre Eltern. Niemand hatte es verdient, so früh aus dem Leben gerissen zu werden. Ihre Mutter hatte die Mitte fünfzig kaum überschritten, als sie sich bei der Gartenarbeit verletzt und mit dem Wundstarrkrampferreger infiziert hatte. Erst nach einer Woche hatte sie Marie angerufen, die sofort die Einlieferung ihrer Mutter in ein Krankenhaus in Edinburgh veranlasste. Aber es war schon zu spät gewesen, die Infektion ließ sich nicht mehr bremsen. Marie stand ihrer Mutter in deren letzten qualvollen Stunden bei.

Nach dem Tod von Sarah MacLean war Marie allein. Sie konnte das Kapitel ihres Lebens, in dem sie die Tochter der MacLeans gewesen war, endgültig abschließen. Sie war frei.

Den beiden Brüdern ihrer Mutter, die in Israel lebten, teilte sie den Tod der Eltern brieflich mit. Sie hatte ihre Onkel, Tanten, Cousins und Cousinen nie kennengelernt. Auch das alte verschrammte Fotoalbum, das sie im Sekretär der Mutter gefunden hatte, schickte sie nach Israel. ‚Familie Blau' stand mit weißer Tinte auf die erste Seite aus dunkelgrauem Karton geschrieben. Das Album enthielt Fotos einer glücklichen Familie mit drei Kindern aus den 1930er und 1940er Jahren.

Das Mädchen musste die Mutter sein, die beiden kleinen Jungs ihre Brüder. Die Fotos waren in einem Garten, aber auch auf Ausflügen entstanden. Mit ‚Windsor', ‚Sevenoaks', ‚Brighton' oder ‚Portsmouth' waren die Bilder beschriftet. Neben einem Bild, das ein älteres Paar zeigte, stand: ‚Ehepaar Blau senior, Köln 1938'. Marie hielt inne und besah lange das Bild. Waren Vater und Großeltern ihrer Mutter Deutsche gewesen? Gab es hier vielleicht eine Verbindung zu der Tatsache, dass sie die deutsche Sprache so schnell gelernt hatte? War sie vielleicht doch ein paar frühe Jahre lang in Deutschland erzogen worden, wie ihr damaliger Deutschlehrer behauptet hatte? Hatte sie deshalb das Englische als schon großes Kind praktisch neu lernen müssen? Handelte es sich bei dem Paar, dessen Gesichter sie in ihren Träumen nie erkennen konnte, um Herrn und Frau Blau? War es deren Garten in Köln, in dem sie sich spielen sah? Die Mutter hatte nur sehr wenig über ihre Familie erzählt. Oder hatte sie ihr nicht zugehört? Hatte die Mutter im Zusammenhang mit Butterkremtorte nicht mal ihre Kölner Großmutter erwähnt?

Auf dem postkartengroßen Foto auf der letzten Seite des Albums lächelte ein sympathisches junges Mädchen im Alter von vielleicht sechzehn oder siebzehn Jahren in die Kamera. In dem Gesicht erkannte sie die Züge der Mutter. Unbeschwert und fröhlich hatte sie dem Fotografen in einer unbekannten Vergangenheit zugewinkt.

Den Verkauf von Whitecottage überließ Marie einem Immobilienmakler. Bücher, Kleidung, Möbel und Hausrat spendete sie der Kirche. Einzig den antiken Sekretär aus dem Schlafzimmer der Eltern nahm sie mit in ihr neues Appartement, das sie sich in Edinburgh von ihrem Erbe geleistet hatte. Der Sekretär aus hellem Eschenholz hatte ihr schon immer gefallen, wenngleich er unter den darüber gehängten Decken und den darauf abgestellten Körben und Kästen kaum zur Geltung gekommen war. Er hatte nur unbrauchbares Gerümpel enthalten und erfuhr nun bei Marie einen Funktionswandel. Flankiert von geradlinigen, modernen Schleiflackmöbeln sollte er das Schmuckstück ihres Wohnzimmers werden. Sie wusch alle Fächer und Schubladen gründlich aus, bestrich das schön gemaserte Holz mit einem besonderen Holzbalsam und polierte es anschließend, bis es samtig schimmerte. Der alte Geruch war verflogen, und das Holz atmete nun den Honigduft der Politur aus. Marie hatte sich bei der emsigen Arbeit das Möbelstück Zentimeter für Zentimeter angeeignet. Sein Vorleben hätte sie interessiert. Wem hatte es gehört, bevor es nach Whitecottage kam? Sie wusste über die frühe Zeit des Sekretärs so wenig wie über ihre eigene. Vielleicht verbindet mich das mit dem alten Teil, dachte sie, vielleicht haben wir beide nur eine bestimmte Zeit bei den MacLeans verbracht, ihnen aber nie wirklich gehört. Sie wischte die Gedanken fort und platzierte eine Vase mit gelben Rosen auf der heruntergeklappten Schreibplatte. Nach einem passenden Stuhl aus dem gleichen Holz würde sie noch Ausschau halten müssen.

Marie richtete sich nicht nur eine neue Wohnung ein, sondern auch ein neues Leben. Sie nahm sich vor, die Vergangenheit ruhen zu lassen und keine sinnlosen Fragen mehr zu stellen. Zu Beginn des Wintertrimesters gab sie eine Einweihungsparty, und die große Anzahl der Kommilitonen, die sich in der kleinen Wohnung drängten, zeugte von der Fülle ihrer sozialen Kontakte. Während der weibliche Teil der Gäste die schicke und moderne Ausstattung der Küche bestaunte und half, letzte Hand an das Buffet zu legen, umringte der männliche Teil den antiken Sekretär. Einer hatte die Parole ausgegeben: Jeder Sekretär hat ein Geheimfach, suchen wir es doch einmal bei diesem! Unter großem Gelächter der Umstehenden wurde der Sekretär, in den Marie zum Glück noch nicht viel eingeräumt hatte, aufs Genaueste inspiziert. Köpfe verschwanden in den Schrankfächern, Hände in den Schubladen, Finger suchten in jede Lücke, in jeden Spalt zu dringen. Aber nichts deutete auf einen doppelten Boden oder auf ein verstecktes Fach hin. Die meisten hatten sich bereits dem Buffet zugewandt, als Steven lauthals Vollzug meldete. Während alle den Atem anhielten, zeigte er, dass eine Leiste des Rahmens, welcher das zentrale Türchen an seiner Innenseite zierte, beweglich war, sie klemmte nur ein wenig. Drehte man diese Leiste um 90°, wurde ein von außen nicht sichtbarer Mechanismus in Gang gesetzt, der die rückwärtige Wand des Schrankfachs aufspringen ließ.

Dahinter befand sich ein schmaler Hohlraum, der zwischen den vielen kleinen Schubladen, die sich rechts und links des mittleren Türchens übereinander türmten, nicht zu ahnen gewesen war. Marie trat näher, schob ihre Hand tastend in das geheime Fach, und brachte schließlich ein kleines rotes Kästchen aus Pappe zum Vorschein. Die Umstehenden reckten neugierig die Hälse, als sie es öffnete. Darin lag eine Kette mit einem schmutzverkrusteten Anhänger. Laute der Enttäuschung gingen durch die Gruppe. Bloß ein kleines Kettchen, nichts Spektakuläres, vielleicht nicht mal echt. Die Geräuschkulisse schwoll wieder an, man diskutierte die Genialität des Tischlers, der dieses Geheimfach konstruiert hatte, griff zum Glas und bediente sich am Buffet. Marie verschwand in ihrem Schlafzimmer. Wie ein Hieb war es durch ihren Körper gefahren, als sie die goldenen Kettenglieder und die Umrisse des Anhängers gesehen hatte. Warum hatte sie der Fund so bis ins Mark erschüttert? Sie warf das Kästchen in ihre Wäschekommode. Das musste jetzt warten. Sie mischte sich wieder unter die Gästeschar, aber den Gedanken an das rote Kästchen konnte sie den ganzen Abend nicht mehr verdrängen. Ihre Wangen hatten sich vor Erwartung schon gerötet, als die letzten Gäste noch in der Tür standen. Sie schloss die Tür hinter Steven Sandringham, dem sie angesehen hatte, dass er gern geblieben wäre. Zwischen ihr und Steven bahnte sich etwas Großartiges an, das sie sensibel behandeln wollte, aber jetzt musste sie allein sein.

Sie nahm das Kästchen aus der Kommode, öffnete es zögerlich und blickte lange auf den Anhänger, von dem man unter der schmutzigen Kruste nur erkennen konnte, dass er rund war. Dann nahm sie die Kette heraus und schrubbte sie im Bad unter fließendem Wasser mit ihrer Zahnbürste ab. Noch ehe sie den Anhänger vom Schmutz befreit hatte, wusste sie, dass ein A erscheinen würde. Aber sie hatte sich getäuscht! Es erschien ein M in dem runden Anhänger. Natürlich! Ein M für Marie. Sie kannte den Schwung des Buchstabens M, der eingraviert war, ganz genau. Es war ihre Kette. Es war ihre goldene Kette, ganz sicher! Aber soweit sie sich erinnern konnte, hatte sie die Kette in Whitecottage nie gesehen. Hatte sie sie in jener vergessenen Zeit getragen? War sie damit in den Schlamm gefallen? Aber warum hatte die Mutter sie nicht gesäubert? Warum wurde sie so verschmutzt beiseitegelegt? Gar versteckt! Im Geheimfach des Sekretärs! Sollte sie für immer und ewig unauffindbar bleiben? Aber warum? Warum hatten ihr die Eltern die Kette vorenthalten? Sie hatte sie doch früher getragen, das fühlte sie jetzt ganz intensiv, früher, in der Zeit ihres Lebens, an die sie sich nicht erinnerte.

Plötzlich schoss ihr das Blut in den Kopf: Sie sollte sich gar nicht erinnern! Nie hatten ihre Eltern etwas unternommen, was ein Wiederkommen alter Erinnerungen gefördert hätte. Und zwar, weil ihnen nicht daran gelegen war! Daher hatten sie ihr auch nichts, keinen einzigen Gegenstand gezeigt, der aus der Zeit vor dem angeblichen Unfall, an den sie sich auch nicht erinnern konnte, stammte und der ihr hätte helfen können, Erinnerungen wachzurufen! Keine Puppe, keinen Teddy, kein einziges Spielzeug, kein Foto. Nichts als langweilige, unglaubwürdige Geschichten hatte sie stattdessen gehört. Und ihre Kette mit dem M im Anhänger, die bewies, dass sie Marie war und nicht etwa Jenny, hatten sie auch weggenommen.

Wut stieg in ihr hoch, und sie wünschte, sie könnte den Eltern die Pistole auf die Brust setzen und verlangen: sprecht endlich! Aber wahrscheinlich hätten sie sich lieber erschießen lassen, als den Mund aufzutun. Warum in aller Welt? Es konnte nur eine einzige Erklärung geben, die sich Marie siedend heiß offenbarte: Die Eltern hatten ihr nichts erzählt, weil sie selber nichts wussten. Sie hatten sie Jenny nennen wollen, weil sie ihren wirklichen Namen nicht kannten. Hätte sie nicht immer und immer wieder ‚Marie' ausgestoßen, das einzige Wort, das sie hinübergerettet hatte, hätten sie ihr einen anderen Namen gegeben. Und sie hatten die Kette, die sie offenbar bei jenem Unfall getragen hatte, versteckt, damit sie kein Mittler in die vergessene Zeit werden konnte. Sie konnten nur einen Grund gehabt haben, um so zu handeln: Sie war nicht ihre Tochter. Sie war nicht das Kind der MacLeans. Hatte sie das nicht eigentlich immer gewusst? Trotz und Trost beherrschten sie, als sie sich mit zitternden, feuchten Fingern die goldene Kette umlegte.

Das Chaos in Wohnzimmer und Küche sah Marie nicht, als sie sich ein Glas Wasser holte. Draußen wurde es schon hell, sie löschte das Licht und legte sich aufs Bett. Die Ahnung, die sie schon immer gehabt hatte, war ihr zur Gewissheit geworden. Von den widerstreitenden Gefühlen, die diese Erkenntnis auslöste, setzte sich schließlich die Zuversicht durch. Nach vorne blicken! Sie rief sich die Maxime ihrer Freundin Clarissa in Erinnerung. Was gewesen ist, ist vorbei! Vielleicht würde sie eines Tages auch erfahren, wer diese lieben Menschen waren, die in dem großen Haus mit dem schönen Garten wohnten – und wenn nicht, dann war es auch gut.

Mit diesem Gedanken schlief sie schließlich ein. Im Traum lebte sie, wie schon so oft, ihr vergessenes Kinderleben. Sie sah sich im Garten herumtollen und spielen. Diesmal konnte sie sogar unter die herabhängenden Zweige der roten Trauerbuche am Ende des Rasens blicken. Dort lagen zwei Puppen und zwei Bären in zwei kleinen Spielzeugwägelchen. Ein Mann und eine Frau, deren Gesichter sie nicht erkennen konnte, saßen lachend in Korbsesseln auf einer erhöhten Terrasse. Eine eiserne Wendeltreppe führte von dort in den Garten hinab. ‚Mama', hörte sie das kleine Mädchen rufen, das sie war, ‚schau, was wir gemacht haben', und sie hielt der Frau einen fragilen Kranz aus Gänseblümchen hin. Die Person, aus deren Augen sie das alles sah, war sie auch. Sie spielte also mit sich auf der Wiese? Im Traum ist alles möglich. Und als sie auf sich zugelaufen kam, sah sie am Hals des Kindes, das sie ja auch war, ein goldenes Kettchen hüpfen. Je näher es kam, umso deutlicher konnte sie sehen, dass in den Anhänger ein M eingraviert war, ein M für Marie.

Sie war also wirklich das Kind, das sie im Traum im Garten spielen sah. Sie sah sich ganz nah, wie mit einem Teleobjektiv herangezoomt. Im Gesichtchen des Kindes, im Gesichtchen von Marie, wurde alles rund. ‚Oooh', sagte ihr Mund zum Betrachter, und das war sie ja auch, ‚du hast deine Kette verloren'. Wie wenn eine Kamera nach unten schwenkt, sah sie nun grünes Gras. Nein, nicht grün, es war ein Schwarz-weiß-Film, der ablief. Suchen, suchen, suchen. Füße raschelten im Gras. Die Kamera schwenkte nach oben und nahm Marie in den Fokus, die lachend ein goldenes Kettchen hochhielt. ‚Ich habe es gefunden, ich habe es gefunden', sang sie, und hüpfte näher und näher auf den Betrachter der Szene zu, der sie ja auch war. Der runde Anhänger des wiedergefundenen Kettchens baumelte jetzt dicht vor der Nase des Betrachter-Ichs. Ein A war in den Anhänger graviert. Ein A! Ihre Augen blieben an diesem A im goldenen Anhänger kleben und etwas Schweres und Schmerzendes legte sich quälend auf ihre Brust. Das betrachtende Traum-Ich stöhnte und weinte, und Marie erwachte schweißgebadet von ihrem eigenen Stöhnen und Weinen.

So klar hatte sie ihr Gegenüber noch nie vor Augen gehabt. Das Mädchen, das sie im Traum gesehen hatte, war sie gewesen, ganz unzweifelhaft. Sie trug die goldene Kette mit dem M im Anhänger, dem M für Marie. Aber sie hatte eine zweite Kette gesehen und die hatte ein A im Anhänger. Die gehörte offenbar dem Betrachter-Ich. Sah sie, wenn sie träumte, nicht aus ihren eigenen Augen? Auch den Schwung des Buchstabens A kannte sie gut, so, als habe sie ihn schon oft gesehen. Wie seltsam. Ihr Herz klopfte heftig. Wenn sie träumte, sah sie sich spielen, oder nicht? War sie doppelt? Schwer atmend und verstört blieb sie liegen, bis die fernen Glocken von St Giles' verkündeten, dass es Mittag war.

Das trübe Licht der Morgendämmerung drang in Maries Schlafzimmer. Wenigstens fünfundzwanzig Jahre hatte sie an all das nicht mehr gedacht. Mit Steven, der ihr Ehemann geworden war, hatte sie immer nur in der Gegenwart gelebt und die Vergangenheit, die von Bedeutung war, war ihre gemeinsame Vergangenheit gewesen. Zufrieden hatten sie erst zu zweit und nach Charles' Geburt zu dritt in Edinburgh gelebt. Seit fast fünf Jahren waren sie nur noch zu zweit: Charles und sie. Steven war in seinem sechsundvierzigsten Lebensjahr unerwartet einen plötzlichen Herztod gestorben. Es geschah an einem Samstag in den Sommerferien. Eigentlich hatten sie zu dritt in die Stadt gehen wollen. Charles benötigte neue Kleidung, er war im vergangenen Jahr noch einmal gute fünf Zentimeter gewachsen, und sie wollten anschließend im O'Olivieri, einem angesagten italienischen Restaurant, zu Mittag essen. Aber Steven hatte sich morgens nicht wohlgefühlt. Er befürchtete, eine Sommergrippe auszubrüten und wollte den Tag lieber in der Horizontalen verbringen.

Ohne Sorge hatte sich Marie mit Charles auf den Weg gemacht, sie wusste genau, dass Steven sowieso nur die Aussicht auf das gute Mittagessen in die Stadt gelockt hätte. Mutter und Sohn verzichteten nach ihrem erfolgreichen Einkauf auf das italienische Menü und aßen eine Pizza, was Charles sowieso viel besser gefiel. Sie stöberten anschließend noch in einigen Schuhgeschäften, fanden aber nichts und beschlossen, sich zum Trost darüber, noch einen Cappuccino im Café Noir zu gönnen. Für den daheimgebliebenen Steven kauften sie eines von den sündhaft teuren, aber unübertrefflichen Himbeermascarponetörtchen, die im Café Noir angeboten wurden.

Es war schon später Nachmittag, als sie nach Hause gekommen waren. Steven lag reglos und mit grauem Gesicht auf dem Sofa im Wohnzimmer. Charles wählte sofort die Notrufnummer, während Marie entsetzt auf Steven einredete. Was denn los sei, wollte sie wissen, aber Steven reagierte nicht, er atmete flach und sah sie aus rotunterlaufenen Augen an. Als der Notarzt nur wenige Minuten später eintraf, war Steven bereits tot.

„Wahrscheinlich ein schwerer Herzinfarkt", sagte der Arzt und notierte ‚plötzlicher Herztod' auf dem Totenschein.

Monatelang blieb Marie daraufhin in einer Art Schockstarre. In der Woche tat sie nichts, an den Wochenenden ging sie mit Charles ans Meer oder sie fuhren in die Cairngorms, den wilden Nationalpark, wo sie lange Wanderungen unternahmen. Sie sprachen über die gemeinsamen vergangenen Jahre und über die Zukunft, die für sie beide sehr verschieden sein würde. Das tat beiden gut und in den Stunden, die sie bei Wind und Wetter unterwegs waren und an Steven dachten, verabschiedeten sie sich vom Ehemann und Vater, der so plötzlich und unvorbereitet aus dem Leben und ihrer Mitte gerissen worden war.

Dass es Charles gab, half Marie sehr in dieser schwierigen Zeit. Aber Charles konnte kein Ersatz für die verlorene Partnerschaft sein. Schon bald würde er die Schule beenden, vielleicht Edinburgh verlassen, und in nicht allzu ferner Zukunft würde eine andere Frau in sein Leben treten. Marie würde ihn loslassen müssen, auch wenn das weh tat, und sie musste sich darauf vorbereiten, eines Tages allein zu sein. Sie hatte nach Stevens Tod mehr als sonst mit Clarissa, die in Kanada geblieben war, telefoniert.

„Marie, du stehst mitten im Leben", sagte Clarissa, deren jüngste von fünf Töchtern gerade erst eingeschult worden war, „du bist jung, du bist finanziell unabhängig, und du hast noch viele Jahre vor dir, geh in deinen Beruf zurück, es ist für nichts zu spät."

Das mochte alles richtig sein, aber Marie fehlte jede Energie, um aktiv zu werden.

Das erste Jahr nach Stevens Tod war herum, als Charles ein Studium an der Universität zu Edinburgh aufnahm. Es kam für ihn nicht in Frage, seine Mutter in der momentanen Situation allein zu lassen. Er war aber unregelmäßiger zu Hause und blieb abends häufig lange aus. Langsam aber sicher würde er dem Elternhaus entwachsen, egal wie eng das Mutter-Sohn-Verhältnis sein mochte. Die Stunden, die Marie abends darauf wartete, dass Charles nach Hause kam, mahnten an, darüber nachzudenken, was sie von ihrem Leben noch erwartete. Sollte sie reisen? Allein? Sollte sie sich ein Mountainbike kaufen und Touren unternehmen? Vielleicht in einer Gruppe mit Gleichgesinnten? Sollte sie sich einen Job suchen? Halbtags unter Menschen gehen und halbtags malen? In ihren Beruf als Psychologin mochte sie nicht zurück, sie verspürte wenig Neigung, sich mit den Problemen anderer Leute auseinanderzusetzen. Sie hatte bis zu Charles' Geburt als Schulpsychologin gearbeitet und den Job danach aufgegeben. Sie hatte stattdessen zu malen begonnen. Sie hatte Talent, und ihr Interesse an Kunst hatte nie aufgehört, obwohl sie sich seinerzeit gegen ein Kunststudium entschieden hatte. Sie malte am liebsten in Öl, klassisch auf Leinwand, in den Maßen ein Meter mal ein Meter. Manchmal waren ihre Bilder abstrakt, manchmal waren Landschaften oder Tiere zu erahnen, dann wiederum schäumte konkret die weiße Gischt eines Meeres unter tiefblauem Himmel oder die gelben Iris verschmolzen mit ihrem Spiegelbild im trüben See. Manchmal trug sie mit dickem Pinsel großzügig die Farbe auf, aber im selben Bild konnte man auch kleine Areale entdecken, die wie ein filigranes, fadenscheiniges Gewebe aussahen, durch dessen winzige Risse etwas Feuriges, Gleißendes drang. Manche Bilder erinnerten an den Stil der Expressionisten, das war zwar im Moment unmodern, aber es gefiel ihr und anderen. Egal welche Technik sie wählte und was das Bild ausdrückte, die Farbkomposition allein schmeichelte dem Auge des Betrachters.

Schon ihre erste Ausstellung im bescheidenen Rahmen einer Sparkassenfiliale war ein voller Erfolg gewesen. Sie hatten daraufhin das Dachgeschoß ihres Reihenhäuschens zu einem Atelier ausgebaut, in dem Marie ungestört wirken konnte. Die Malerei hatte ihr im Laufe der Zeit ein gutes finanzielles Polster verschafft, aber ums Finanzielle ging es jetzt nicht. Das Malen war eine einsame Tätigkeit, die sie nach Stevens Tod nicht für die verlorene Zweisamkeit entschädigte.

„Gründe eine Jugendkunstschule", schlug Clarissa vor.

„Beginne ein Studium in Kunstgeschichte", riet Charles.

Marie hingegen verspürte noch immer wenig Neigung, sich Hals über Kopf in Projekte jedweder Art zu stürzen.

Erst allmählich begann sie damit, die Anzeigen in der Samstagsausgabe von The Scotsman aufmerksam zu lesen. Vielleicht wurde ja ein Job angeboten, der sie unter Menschen führte, der ihr spontan zusagte, der ein bisschen anspruchsvoll war, der versprach, Spaß zu machen, und der ihr gleichzeitig Freiheit über ihre Zeit ließe.

Aber einen solchen Job fand sie nicht.

Das zweite Jahr nach Stevens Tod ging zu Ende, als Charles auf einer Party hörte, wie Kommilitonen darüber sprachen, dass der alte und traditionsreiche Pub The Blue Horseshoes in Roslin schon seit längerem zum Verkauf stünde und sich bedauerlicherweise niemand dafür interessiere. Der Besitzer war verstorben, seine Erben lebten irgendwo in der Welt, und niemand wollte in einen alten Dorfkrug investieren. Dabei könnte das eine Goldgrube werden, waren die jungen Burschen sicher. Wenn Rosslyn Chapel erst restauriert und hergerichtet sei, würden noch mehr Touristen kommen, als es ohnehin schon der Fall war, vermuteten sie. Und wo bekämen die ihr Bier und eine Kleinigkeit zu essen, wenn nicht im Blue Horseshoes? Es gab bis Edinburgh keinen anderen Pub.

Ein paar Tage trug Charles den Gedanken mit sich herum, ob es nicht eine gute Idee wäre, wenn seine Mutter den Laden übernähme. Sie würde damit nicht bloß einen Job, sondern eine Aufgabe finden. Sie könnte sich die Arbeitszeit einteilen und Personal einstellen oder nur an bestimmten Tagen oder zu bestimmten Zeiten öffnen. Und sie könnte vielleicht ein kleines Restaurant angliedern und sonntags kochen, sie kochte gern und göttlich. Daran, dass seine Mutter genau die richtige wäre, den alten Schuppen wieder in Schwung zu bringen, hegte Charles keinen Zweifel.

Marie war überrascht, als Charles ihr von seiner Idee erzählte. Einen Pub zu führen, lag jenseits all dessen, was sie sich jemals vorgestellt hatte. Und ausgerechnet in Roslin. Sie ließ sich dennoch zu einer Besichtigung des kleinen Anwesens überreden. Was Marie nicht erwartet hatte, war, dass sie beim Anblick von Haus und Garten augenblicklich die Lust überfiel, an diesem Objekt ihre Kreativität auszulassen. Den völlig zugewachsenen Garten um das alte Natursteinhaus konnte man sehr gut gestalten. Hier wäre eine Terrasse schön, auf der sie Tee servieren könnte, dort an dem großen Apfelbaum könnte man eine Schaukel für Kinder aufhängen, der alte Rosenbogen müsste gestrichen und der Brunnen neu gegraben werden. Als sie den urigen Schankraum betrat, blickte sie sich nur kurz um und phantasierte gleich weiter: Die alten Holz- und Steinwände würden aufpoliert werden müssen, dann würde sie dort ihre Bilder aufhängen, damit Farbe in den düsteren Raum käme, und dort würde sie die Wand durchbrechen lassen und ein kleines Sofazimmer einrichten. Gemütlich sollte es sein. Gemütlich und gediegen, klein aber fein. Und sie würde kochen. Vielleicht nur sonntags oder zweimal die Woche, mal sehen. Und im Sommer würde sie im Garten bei den alten Rosen sitzen und malen. Vielleicht würde sie im Winter schließen, eine Kreuzfahrt machen oder ein paar Wochen auf den Kanarischen Inseln im milden Klima verbringen, sie wäre ja ihr eigener Herr.

Aber sobald sie wieder vor die Tür des Gasthauses trat, meldeten sich Bedenken, die schwer zu überwinden waren. Sollte sie wirklich nach Roslin zurückkehren? Würde das gutgehen? War sie stark genug, wieder hier zu leben? Ohne Steven an ihrer Seite?

Marie kaufte das im Ortskern gelegene Haus mit Garten samt Pub und machte sich sofort mit Begeisterung ans Werk der Neu- und Umgestaltung.

Roslin lag idyllisch, aber nicht abgelegen, nahe der großen Stadt, die ihre Grenzen immer weiter nach außen schob. Immer mehr Touristen verirrten sich hierher, um Rosslyn Chapel, dieses Kleinod gotischer Baukunst, zu besichtigen oder um im Roslin Glen zu wandern.

Bereits drei Jahre später wurde die Küche des Blue Horseshoes bis nach Edinburgh als Geheimtipp gehandelt. Marie hatte das Stadthaus am Portobello, das sie mit Steven bewohnt hatte, behalten, sich aber in der oberen Etage des Blue Horseshoes eine Wohnung eingerichtet. Bis auf Montag und Dienstag kochte sie täglich. Die Arbeit erfüllte sie, und langsam eroberte eine neue Zufriedenheit ihr Gemüt.

An der Abzweigung, die hinaus nach Whitecottage führte, hatte sie lange stets nur geradeaus geschaut. Irgendwann aber war sie dort abgebogen. In dem Haus ihrer Eltern lebte nun eine junge Familie mit zwei Kindern und einem großen Hund. Die Kinder hatten sie beobachtet, als sie an der Hecke stand, und deren Mutter hatte sie schließlich angesprochen. Als Marie erzählte, dass sie früher in dem Haus gewohnt hatte, lud man sie ein hereinzukommen. Haus und Garten waren nicht wiederzuerkennen. Den Geist von Connor und Sarah MacLean hatten die neuen Besitzer komplett verscheucht. Für einen Augenblick taten Marie die beiden Alten leid. Ihr Whitecottage hatte ihnen viel bedeutet, und was konnten sie schon dafür, dass sie so merkwürdig geworden waren. Es mochte mit den Erlebnissen in ihren jungen Jahren zu tun gehabt haben, von denen sie an seltenen Abenden erzählt hatten.

Der Besuch von Whitecottage hatte Marie mit den MacLeans, die in ihrem Leben keine Rolle mehr spielten, versöhnt.

Gut war alles geworden. Eigentlich. Und nun war dieser Mann ins Restaurant gekommen und hatte ihren inneren Frieden jäh zerstört. Sie hatte sich um Contenance bemüht, hatte versucht, sich nicht anmerken zu lassen, wie sehr es hinter ihrer ruhigen Fassade brodelte. Viel zu schnell war der Mann plötzlich verschwunden gewesen. Aber er hatte für den nächsten Abend einen Tisch reserviert. Er würde also wiederkommen.

4

Ron und Marie

Schottland 2009/2010

Die große Freude, die Marie empfand, als sie sah, dass jener Mann, der sie mit seiner Frau verwechselt hatte, tatsächlich wiedergekommen war und am selben Platz nahe einem der kleinen Öfen saß, verwirrte sie. Sie wollte ihn diesmal keinesfalls einfach gehen lassen und hatte ihn nach dem Essen mutig angesprochen. Plötzlich war sie gar nicht mehr so sicher, was es war, das ihr Blut in Wallung brachte: die alten, aufgerissenen Wunden oder Ron Gerloff selbst.

Marie hatte gelernt, Gelegenheiten, die sich boten, zu ergreifen, und hier war nicht nur ein Mann, der ihr außerordentlich gut gefiel, sondern hier gab es auch etwas Undurchsichtiges, in das sie dem Anschein nach sogar verwickelt war. Mr. Gerloffs Frau, die ihr angeblich so sehr glich, dass er die Fassung verloren hatte, besaß eine Kette, die aussah wie jene, welche die Mutter vor ihr versteckt hatte. Der Unterschied war, dass in ihren Anhänger ein M eingraviert war, ein M für ihren Vornamen Marie, und in Mrs. Gerloffs Anhänger ein A, denn sie hieß Annemarie. Marie war sofort der Traum eingefallen, den sie in der Nacht nach dem Fund ihrer Kette geträumt hatte. Sie hatte in diesem Traum tatsächlich zwei gleiche goldene Anhänger gesehen. In den einen war ein A graviert gewesen, in den anderen ein M. Sie wusste, dass in Träumen häufig ungewöhnliche Verknüpfungen hergestellt und irreale oder bizarre Bilder erzeugt werden und dass die geträumten Geschehnisse keine innere Logik besitzen müssen, aber dieser Traum hatte den altbekannten Herzschmerz ausgelöst, und sie hatte die Traumbilder daher nie vergessen. Heute fragte sie sich jedoch nachdrücklicher als je zuvor, ob diese Traumbilder, die ihr in ihrer Jugend so häufig erschienen waren, reale Erinnerungsbilder gewesen sein könnten. War ihr goldenes Kettchen tatsächlich der Schlüssel zur verschlossenen Welt ihrer Kinderjahre?

Bei dieser zweiten Begegnung mit Ron Gerloff hätte sie die Chance gehabt, eine Antwort zu erhalten oder der Wahrheit zumindest ein gutes Stück näher zu kommen. Sie hätte diesen Mann ausfragen müssen. Die merkwürdigen Zusammenhänge zwischen seiner Frau und ihr waren doch mehr als bloßer Zufall! Sie konnten eine Fährte in das Kinderleben sein, das sie nicht erinnern konnte. Aber sie hatte nichts gefragt, und als Ron Gerloff sie mit Fragen bedrängte, deren Antworten ihr unaussprechlich auf der Zunge lagen, hatte sie erschrocken geschwiegen, anstatt sich zu erklären. Sie hatte plötzlich Angst davor bekommen, ihr bisheriges Leben, das sie sich nicht ohne Mühe so eingerichtet hatte, dass sie darin zufrieden war, in Scherben liegen zu sehen. Ron Gerloff war gegangen. Er war nur zu Gast in Schottland gewesen. Sie würde ihn wohl nie wiedersehen.

Nach der unglaublichen Begegnung mit Marie hatte Ron das Gefühl, nicht mehr derselbe zu sein. Marie war eine Kopie seiner Frau Annemarie und dennoch anders. Sie war ihm vertraut und gleichzeitig fremd. Eine betörende Mischung, die ihm den Verstand raubte. Er liebte mit der ganzen Inbrunst seines Herzens. Marie? Annemarie? Je öfter er Annemarie ansah, die er zu lieben glaubte, umso stärker sehnte er sich nach Marie, die er nicht zu lieben glaubte, weil er sie ja doch gar nicht kannte.

Kaum zurück in Heidelberg hatte sich das Mysterium der Gleichheit beider Frauen wie von selbst aufgelöst. In Schottland war er geradezu vernagelt gewesen, aber hier zu Hause, wo er wieder mehr Kopf als Bauch war, führten ihn nur wenige logische Gedankengänge zu der Erkenntnis, dass die eine der Frauen wirklich ein Klon der anderen war, beziehungsweise dass beide Frauen genetisch identisch sein mussten. Und dafür gab es eine ganz einfache und natürliche Erklärung: Sie waren Zwillinge. Eineiige Zwillinge. Es konnte gar nicht anders sein. Annemarie hatte nicht nur eine Schwester gehabt, sondern eine Zwillingsschwester. Es gab einen Menschen, der so war wie sie, und das war Marie.

Diese Entdeckung empfand er als gar nicht so ungeheuerlich, wie sie es doch eigentlich war. Natürlich stellten sich viele Fragen: Warum wussten die beiden nichts voneinander? Warum hatte Annemarie nie gesagt, dass sie ein Zwilling ist? Warum glaubte Elly, dass ihre andere Tochter bei jenem tragischen Verkehrsunfall vor langer Zeit ums Leben gekommen war?

Annemarie hatte nur einmal, ganz am Anfang ihrer Beziehung, kurz darüber gesprochen. Was er wusste, wusste er von Elly, aber viel war das nicht. Albert, Ellys Ehemann, hatte mit einer seiner Töchter seine Schwiegereltern vom Flughafen in Hannover abgeholt, als es passierte. Die Ursache des Unfalls mit vielen Toten und Verletzten blieb damals ungeklärt, alle Ermittlungen waren ins Leere gelaufen. Ein terroristischer Anschlag wäre seinerzeit, Anfang der 1970er Jahre, nicht auszuschließen gewesen, aber niemand hatte sich dazu bekannt. Die vier Herforder waren bei dem verheerenden Unglück verbrannt. Sie hätten nicht einmal ein richtiges Grab, an dem sie trauern könnten, hatte Elly einmal leise gesagt, es gebe auf dem Friedhof einen Gedenkstein für alle vier, aber ob das, was sie davor beerdigt hatten, zu ihren Lieben gehörte, wüsste niemand. Besonders Elly hatte ihm leidgetan, Annemarie war noch ein Kind gewesen, sie hätte das schreckliche Erlebnis eigentlich besser verarbeiten müssen, als es der Fall war. Sie trauerte noch heute. Und zwar, weil sie nicht nur ihre Schwester, sondern ihr Alter ego verloren hatte! Das wurde ihm jetzt glasklar. Nicht einmal den Namen der anderen Klinger-Tochter hatten Elly und Annemarie je erwähnt, sie sprachen nie über sie, und er hatte nie gefragt. Das verdammte Schweigen der beiden! Aber wie konnte Annemaries Zwillingsschwester diesen schweren Unfall unbemerkt überlebt haben? Ihr Tod war doch schwarz auf weiß bescheinigt worden. Und wie kam sie überhaupt nach Schottland? Warum wusste sie nichts über ihre Herkunft? Marie wusste offensichtlich nicht, dass sie eine Zwillingsschwester hatte, während Annemarie glaubte, ihre Schwester verloren zu haben. Wie ging all das zusammen? Was wusste Elly? Das waren existenzielle Fragen, deren Antwort Ron hätte erforschen sollen, aber sie beherrschten ihn im Moment weitaus weniger als der Rausch der Begegnung mit Marie.

Ron hielt es genau vier Wochen aus, dann reiste er erneut nach Edinburgh. Er ließ sich im Black Cab vom Flughafen direkt nach Roslin bringen. Es war Sonntagabend und auf den Straßen war nicht viel los. Gegen halb elf erreichte er sein Ziel. Als er aus dem Taxi stieg, sah er Marie, die die letzten Gäste vor dem Blue Horseshoes verabschiedete. Sie blieb wie angewurzelt in der Tür stehen, ungläubige Verwunderung im Blick – und so wahnsinnig vertraut. Er wartete ebenso reglos wie sie, bis die Gäste in ihre Autos gestiegen und abgefahren waren, dann ging er langsam auf sie zu und sah ihr dabei forschend in die Augen, die in der Dunkelheit ganz undurchsichtig grau wirkten. Er war nur noch einen Schritt von ihr entfernt, als er seine Tasche fallen ließ und sie einfach in die Arme nahm. Sie ließ es geschehen. So, als sei dieses Wiedersehen das normalste von der Welt, gingen sie hinein. Drinnen war Charles damit beschäftigt, Geschirr in die Küche zu tragen. Auch er war überrascht, Mr. Gerloff so unerwartet schnell wiederzusehen, vor allem zu dieser späten Stunde und so dicht bei seiner Mutter. Ron nahm einen der Barhocker an der Theke und Charles schenkte ihm einen Glenmorangie ein. Charles stellte keine Fragen, ebenso wenig Marie. Beide räumten weiter auf und waren in der Küche verschwunden, als Ron meinte, einen leisen, aber heftigen Wortwechsel zwischen beiden zu hören. Charles kam in den Gastraum zurück, er hatte bereits die lange Schürze abgelegt und seine Jacke übergezogen.

„Ich habe Feierabend und fahre nach Edinburgh zurück, Mr. Gerloff", sagte er und sah Ron eindringlich und prüfend an.

„Mach dir keine Sorgen", entgegnete Ron, legte ihm seine linke Hand auf die Schulter und griff mit der rechten in die Brusttasche seines taubenblauen Jacketts. Er zog seine Karte hervor, zuckte entschuldigend mit den Schultern und überreichte sie Charles. „Das bin ich. Mehr kann ich im Augenblick nicht bieten."

Charles war für einen kurzen Moment verwirrt. Es hätte ihn nicht verwundert, wenn Ron eine Pistole aus der Brusttasche gezogen hätte, aber es war nur eine Visitenkarte gewesen. Er ließ sich von seiner Mutter, die liebevoll seine Taille umfasst hatte, zur Tür führen.

„Es ist alles in Ordnung, Charles, ich rufe Dich morgen an", flüsterte sie, „versprochen."

Charles wandte sich noch einmal zu Ron um und verließ das Lokal.

Marie schloss hinter ihm ab. „Er macht sich Sorgen, weil ich mit einem fremden Mann hier allein bleibe."

„Und du? Machst du dir Sorgen?", fragte Ron. Sie sprachen wieder Deutsch miteinander.

„Nein", antwortete Marie leichthin und zog mit Annemaries Bewegungen mehrere Flaschen aus dem Weinregal, sah auf das Etikett und steckte sie wieder zurück. Schließlich schien sie gefunden zu haben, was sie suchte, und hielt Ron mit Annemaries fragendem Gesichtsausdruck eine Flasche Brunello hin. Er kannte diese Geste auch von Elly und antwortete: „Aber gern, wenn du den heute Abend für uns opfern willst."

Marie lächelte nur, löschte das Licht, und er ging wie selbstverständlich hinter ihr her nach oben. Nicht einmal ihr Wohnzimmer kam ihm fremd vor: zwei helle Ledersofas, antike Tischchen, zwei Bücherschränke im Landhausstil, großformatige Bilder an cremefarbenen Wänden, dezente Beleuchtung. Ein schöner Sekretär aus honiggelbem Eschenholz thronte biedermeierlich zwischen den beiden Sprossenfenstern. Freigelegte Fachwerkbalken trennten einen Raum ab, der Esszimmer und Küche zugleich war. Der modernen Küchenzeile aus mahagonifarbenem Holz stand ein altenglischer Buffetschrank gegenüber, dazwischen befand sich ein runder Esstisch mit zwei komfortablen Chesterfieldstühlen. Die Räume atmeten schlichte Eleganz bei einladender Gemütlichkeit. Hier musste man sich wohlfühlen. Auch bei ihm zu Hause kombinierte Annemarie sehr geschickt moderne und antike Einrichtungselemente. Avantgarde und Tradition, nannte sie das. Sie hielt die Wände meistens in Weiß, damit sie einen neutralen Hintergrund für ihre

Bilder abgaben. Schlagartig wurde Ron bewusst, dass die Bilder, die hier im Hause hingen, von Maries Hand stammen mussten. Oder von Annemaries? Die frappierende Ähnlichkeit zwischen Maries und Annemaries Arbeiten hatte er im ersten Augenblick schlicht weggefiltert. Ein Phänomen, diese Übereinstimmung zwischen zwei Menschen, die keinen Umgang miteinander haben; er hätte das vorher nie und nimmer für möglich gehalten.

Marie hatte die Weinflasche geöffnet, nahm zwei langstielige Gläser aus dem Buffetschrank und rückte ein Beistelltischchen zurecht. Dann setzten sie sich auf eines der Sofas. Nebeneinander.

Ihre Nähe war wundervoll. Sie sprachen über sich, ihre Wünsche, ihre Pläne, ihre Empfindungen und ihre Sicht auf die Welt. Aber darüber, dass Ron Marie mit seiner Ehefrau verwechselt hatte, sprachen sie nicht. Auch nicht über Steven oder über Charles und Charlotte, nicht über den Alltag, der normalerweise zu ihnen gehörte. Nur darüber, wer sie in genau diesem Augenblick waren. Sie fühlten sich abgehoben von der Wirklichkeit, außerhalb von Raum und Zeit, in einer anderen Dimension, in der nur sie beide existierten und in der ihre Zweisamkeit eine naturgegebene war. Als Ron vor ihr auf die Knie sank und die Hände faltete, war es ihm ernst: Er betete sie an.

Ron erwachte von ihrer Stimme. Durch die offene Tür hörte er sie telefonieren, sie sprach mit Charles. Es trat nicht ein, wovor er ein bisschen Angst gehabt hatte, nämlich dass er aus einer Trance erwachen und dann von Gewissensbissen gepeinigt werden würde. Er hatte nicht das Gefühl, seine Frau mit ihrer Schwester betrogen zu haben. Marie und Annemarie waren dieselben, nur dass Marie die Leichtigkeit besaß, die Annemarie verloren hatte.

Marie klapperte in der Küche mit dem Frühstücksgeschirr. Sie wunderte sich über sich selbst, weil sie sich so schnell auf einen Mann eingelassen hatte. Er war ihr komischerweise gar nicht fremd. Mit Steven hat sie erfüllte Jahre gehabt, sie waren jung gewesen, hatten mit Pflichten und Nöten der Gegenwart gekämpft, einander blind vertrauend Hand in Hand gearbeitet und dabei immer auch ein Später im Blick gehabt. Sie hatte sich vorgestellt, mit Steven in tiefer, über die Zeit gefestigter Verbundenheit alle Krisen meistern zu können und mit ihm alt zu werden. Aber das Schicksal hatte ihnen einen Strich durch die Rechnung gemacht. Dies hier mit Ron war etwas anderes. Es war reifer, spielte auf einer anderen Ebene. Es war ohne jede Notwendigkeit, ohne Bedingung und ohne Grund, einfach Freude, magische Anziehung, Leidenschaft, Selbstlosigkeit, Verschmelzung – Kunst.

Ron war verheiratet, aber das berührte Marie nicht. Es war ihr gleichgültig, was immer er tun und sein würde, wenn er nicht bei ihr war.

Ron blieb die zwei Tage, an denen das Blue Horseshoes üblicherweise geschlossen war, und flog mittwochs zurück. Kein Wort hatten beide darüber verloren, was an den beiden Abenden ihrer ersten Bekanntschaft geschehen war. Es besaß in diesen Tagen keine Bedeutung. Ihre Motive, darüber zu schweigen, waren die gleichen.

Das Taxi wartete schon draußen, als Ron sagte: „Ich komme wieder. Aber ich weiß noch nicht, wann."

„Ja", antwortete Marie nur.

Dann stieg er ein und das Black Cab trug ihn fort, zum Edinburgh Airport, und das Flugzeug brachte ihn in wenigen Stunden in sein reales Leben zurück.

Kurz vor Beginn des Wintersemesters, als Annemarie ihre seit Jahren übliche Herbstwoche im Sanatorium Bad Kissingen verbrachte, flog Ron zum dritten Mal nach Schottland und blieb großartige fünf Tage. Maries Küchenhilfen erledigten in dieser Zeit die Vorbereitungen für das Abendmenü weitgehend allein. Ron begleitete Marie zu den Einkäufen, sie kochte mit saisonalen und regionalen Produkten, und er lernte so die Umgebung kennen, verwurzelte schnell und tief mit Land und Leuten – und mit Marie. Abends stand er hinter der Theke. Marie und Ron zwinkerten sich lächelnd zu, als Charles unerwartet schon am Mittwoch im Pub auftauchte und seine Hilfe anbot. Mit Charles verstand Ron sich prächtig, obwohl der keinen Hehl daraus machte, dass er sich für seine Mutter eine beständigere Beziehung gewünscht hätte.

Für Donnerstagabend stand Haggis auf dem Speisezettel, und zwar nicht diese moderne Version im Kunststoffbeutel, sondern das traditionelle schottische Gericht, bei dem Schafsmägen mit Herz, Leber, Lunge,

Nierenfett, Zwiebeln und Hafermehl gefüllt werden. Das richtige Mischungsverhältnis der Zutaten wollte Marie persönlich überwachen, denn Hafermehl ist zwar der Hauptbestandteil der Haggiskugel, es durfte also nicht zu wenig hinein, aber auch keinesfalls zu viel, sonst würde die Füllung klebrig werden. Schon der Anblick der Zutaten drehte Ron den eigenen Magen um, auf die Verarbeitung der Innereien wollte er unbedingt verzichten. Er nutzte daher die Gelegenheit, um bei Dennis vorbeizuschauen.

„Keine Sorge, du bekommst heute Abend dein Steak", hatte Marie ihm lachend nachgerufen.

Der Brunswick Crescent, in dem Dennis wohnte, lag nur wenige Gehminuten entfernt. Dennis ging es deutlich schlechter als im Frühjahr. Der Arzt hatte Lilly darauf vorbereitet, dass es jeden Tag zu Ende sein konnte. Ron ertrug es kaum, an Dennis' Krankenbett zu stehen. Sie waren gleichaltrig, Dennis, Lilly und er. Dennis würde sterben, Lilly würde allein sein, und er, Ron, steckte gerade voller Lebensenergie. Das Elend, das er hier sah, kollidierte empfindlich mit seinen Hochgefühlen. Am liebsten hätte er sich sofort wieder verabschiedet, aber er mochte es Lilly nicht abschlagen, eine Tasse Tee mit ihr zu trinken. Sie servierte den Tee im Wohnzimmer und fragte nicht, weshalb er schon wieder in Roslin war, nachdem er sich Jahrzehnte nicht hatte blicken lassen.

„Die Kinder kommen heute Abend aus Liverpool, um sich von ihrem Vater zu verabschieden", sagte Lilly mit Tränen in den Augen.

Ron warf ihr einen mitfühlenden Blick zu und griff verlegen nach seiner Teetasse. Er war gekommen, um nach Dennis zu sehen, aber auch, weil er Lilly fragen wollte, ob sie etwas über Marie wusste. Das war jetzt sicher nicht der richtige Augenblick, aber wenn er die Gelegenheit nicht ergriff, würde sie so schnell nicht wiederkommen, vielleicht nie.

Er stellte langsam die Teetasse ab, räusperte sich und sagte: „Ich war im Blue Horseshoes; ich habe gehört, die Besitzerin hätte früher schon einmal in Roslin gelebt, kennst du sie?"

„Nicht direkt", antwortete Lilly und wischte sich die Tränen mit dem Handrücken von den Wangen. „Sie ist die Tochter unseres früheren Arztes, Dr. MacLean, und wuchs sehr behütet auf, wir haben sie kaum zu Gesicht bekommen, außerdem war sie ein paar Jahre jünger als wir, weshalb sich unsere Wege nicht gekreuzt haben. Später ist sie weggezogen. Wir haben sie erst wiedergesehen, als sie das Restaurant eröffnet hat. Sie hatte die Rosliner zu einem Tag der offenen Tür mit Barbecue eingeladen. Dennis und ich waren auch da. Wir waren alle ganz begeistert."

Ron schluckte schwer. An Dr. MacLean, den großen hageren Mann im weißen Kittel, der ihm manchmal wehgetan und vor dem er deshalb Angst gehabt hatte, erinnerte er sich genau. Er hatte ihn auch an jenem schicksalhaften Abend am Lager der Mutter gesehen.

„Marie Sandringham?", stammelte er ungläubig.

„Ja, so heißt sie jetzt", fuhr Lilly fort, „soweit ich weiß, ist sie schon länger verwitwet. Kannst du dich eigentlich noch an Dr. MacLean erinnern? Er hat uns Kinder im Ort geimpft und unsere Kinderkrankheiten kuriert. ‚Knochendoktor' nannte meine Mutter ihn, weil er wohl eigentlich Orthopäde war, aber hier in Roslin war er für alles zuständig. Wenn jemand ernsthaft krank war, ging er jedenfalls nicht zu Dr. MacLean, sondern fuhr zu einem Facharzt nach Edinburgh. Seine Frau war ganz nett, am Ende etwas schrullig. Die MacLeans sind schon lange tot. Ihnen hat früher das weiße Haus gehört, das eine halbe Meile hinter der Arztpraxis oben am Waldrand liegt, du hast es vielleicht gesehen."

Ron hielt seine Hand über die Teetasse, als Lilly die Kanne hob, um nachzuschenken. Er wollte jetzt weg, so schnell wie möglich.

„Sei tapfer", sagte er zum Abschied zu Lilly, umarmte sie und trat in den grauen Vorabend hinaus.

MacLean. Marie MacLean. Ihn fröstelte. Die Pentland Hills waren hinter weißer Gaze fast unsichtbar. Schnellen Schrittes nahm er den Weg die Main Street hinab, überquerte die Manse Road und ging geradeaus auf der schmalen Chapel Loan weiter. Nebel waberte in den Wiesen neben ihm. Die gotischen Strebebögen und Fialen von Rosslyn Chapel konnte man von hier aus über den Baumwipfeln sehen. Mit Marie hatte er gestern das Innere des Kirchleins besichtigt, obwohl es nach den Restaurierungsmaßnahmen eigentlich noch nicht wieder für Besucher zugänglich war. Marie hatte aber als Mitglied des Rosslyn Chapel Trusts eine Sondergenehmigung bekommen. Er war von den kunsthistorischen Details, die sie ihm erläutert hatte, fasziniert gewesen – und auch von den Spekulationen, Gerüchten und Legenden, die sich um diese mit geheimnisvollen Symbolen ausgeschmückte Kirche rankten. Aber das lag ihm im Moment alles fern, die Vergangenheit, die ihn jetzt einholte, war eine sehr persönliche.

Es war still in der Chapel Loan, außer ihm war niemand unterwegs. Der Nebel verschluckte entfernte Geräusche, nur seine eigenen Schritte hallten dumpf wider.

Marie war also die Tochter des damaligen Rosliner Doktors. Nein, das war sie natürlich nicht, aber er muss sie als seine Tochter ausgegeben haben.

Ron bog in den steil abschüssigen Weg zum Friedhof ein. An den mannshohen Schneebeerensträuchern des Hohlweges hingen dicke weiße Früchte. Die ganze Landschaft schien im Moment aus Schattierungen zwischen schwarz und weiß zu bestehen. Er brach einen Zweig ab, an dem die weißen Beeren dicht an dicht saßen und nahm ihn mit zum Grab der Mutter.

Lange war Ron in dem Glauben geblieben, seine unbeschwertesten Tage zusammen mit der Mutter in Roslin begraben zu haben. Und ausgerechnet an diesem Ort hatte er sich fünfzig Jahre später wieder so gänzlich unbeschwert gefühlt, wie damals als kleiner Junge. Das hatte natürlich mit Marie zu tun.

Der Blumenstrauß, den er letztes Mal mitgebracht hatte, war weggeräumt. Er legte den Schneebeerenzweig auf das Steinkreuz. Ein Lachen wehte in diesem Augenblick vorüber. Kaum, dass er es wahrgenommen hatte, war es auch schon verklungen. Das war Mutters Lachen! Eine schemenhafte Erinnerung tauchte auf: Die Mutter warf eine Handvoll Schneebeeren auf den Boden, trat darauf und lachte bei dem schmatzenden Geräusch, mit dem sie zerplatzten.

‚Mummy', huschte es durch seinen Kopf. Durch die halb offene Wohnzimmertür hatte er damals den gequälten Blick seiner Mutter aufgefangen. Der Vater war bei ihr – und ebenso Dr. MacLean.

Der Arzt, die Hebamme und erfahrene Nachbarinnen haben sich um sie bemüht, und als endlich der Geburtshelfer aus Edinburgh eintraf, war es zu spät gewesen, hatte in dem langen Brief gestanden, den sein Vater ihm hinterlassen hatte. Der Arzt, der seiner Mutter nicht hatte helfen konnte, war Dr. MacLean. Marie konnte nichts dafür. Aber dass Marie bei MacLean aufgewachsen war, dem Arzt, dem seine Mutter unter den Händen weggestorben war, verstörte ihn.

Und da waren sie plötzlich wieder, die Fragen, die er nicht ewig würde vor sich herschieben können. Warum litt Marie nicht unter dem Verlust der Schwester, der Eltern, der Heimat? Jeder Tag, den er mit Marie verbrachte, verdichtete das Geflecht des Nichtgesagten. Der Punkt, an dem er mit ihr über ihre Vergangenheit hätte sprechen sollen, war längst überschritten. Gleichwohl konnte er mit seinen beiden Frauen nicht ewig so weitermachen. Diesmal nicht! Oder doch? Warum nicht einfach weiterhin zwischen den Frauen pendeln? Nein, das konnte er auf gar keinen Fall. Er musste die Sache aufklären. Wenn tatsächlich weder Annemarie noch Elly wussten, dass Marie hier in Schottland lebte, dann musste er ihnen sagen, was er herausgefunden hatte. Nicht jetzt. Später. Wenn er wieder in Heidelberg wäre, würde er darüber nachdenken, wie er die Sache am besten angehen sollte.

Er schlug den Kragen seiner Jacke hoch, berührte wie zum Abschied das Grabkreuz und machte sich auf den Weg zum Blue Horseshoes. Es wurde schon dunkel, und Ron beschleunigte seinen Schritt. Während er durchs Fenster des Gasthauses Maries Bewegungen beim Eindecken der Tische beobachtete und eine Woge von Glücksgefühlen alle vorherigen Gedanken wegspülte, starb Dennis.

Ron betrat den warmen und heimeligen Gastraum des Blue Horseshoes, und Charles nahm die Flasche Glenmorangie aus dem Regal. Wie gut alles war!

Wieder zu Hause in Heidelberg kam es Ron so vor, als lebe er ein Doppelleben und beide Teile seien ihm unverzichtbar. Hier war seine Arbeit am Institut, ein wichtiger Inhalt seiner Tage, hier waren seine Tochter und Annemarie, die sich in ihrer Herbstwoche gut erholt hatte und so angenehm entspannt war wie Marie. Und hier waren Bettina und Julika, die treu ergebenen Gespielinnen, die seine erotische Abenteuerlust befriedigten, wann immer er Bedarf verspürte. Im Moment vermisste er eigentlich nichts in dieser Hälfte seines Lebens. Aber auf der anderen Seite wog Marie alles Diesseitige auf. Irgendwann würde er wieder nach Schottland reisen und Marie wiedersehen. Irgendwann.

Die ersten Wochen des Wintersemesters banden Ron stark in die Institutsarbeit ein, und er war froh, dass ihm keine Zeit blieb, über seine persönliche Situation nachzudenken. Wie immer kam Weihnachten plötzlich und überraschend. Elly reiste an, und natürlich auch das Kind, der inzwischen erwachsen gewordene Mittelpunkt der Familie.

An den Weihnachtstagen, wenn sie abends gemütlich zusammensaßen, oder bei den Spaziergängen im Schnee, der seit Menschengedenken an Weihnachten nicht mehr so reichlich gefallen war, dachte er an Marie. Daran, dass er sie im Moment gar nicht sehr vermisste. Aber wie sollte er auch. Nicht so selten, wie er es gern gehabt hätte, meldete sich nun doch ein schlechtes Gewissen. Marie gegenüber, die nicht wusste, dass er ohne sie ganz gut lebte, weil er ihr Double immer um sich hatte, und Annemarie gegenüber, der er etwas verschwieg, was für sie von höchster Bedeutung war. Gar nicht zu reden von Elly, die er weiterhin glauben ließ, eines ihrer beiden Kinder sei tot, obwohl er es besser wusste.

Zwischen den Jahren kam die Einladung nach Edinburgh zu einer Konferenz. Sie sollte im Mai stattfinden, kurz vor Annemaries fünfzigstem Geburtstag und ihrem gemeinsamen Silberhochzeitstag. Wenn er an der Konferenz teilnähme, würde er gern auch noch ein paar Tage in Roslin bleiben. Ob das passte? Und wenn es Annemarie vor ihrem Geburtstag diesmal besonders schlecht ging? Bisher hatte er sie im Mai nie allein gelassen. Andererseits schmeichelte es ihm, dass man ihn als Hauptredner eingeladen hatte. Er würde also hinfahren. Zur Not würde er Elly bitten, herzukommen. Es würde schon alles gut gehen. Natürlich würde er hinfahren!

Bei seinem nächsten Besuch in Roslin wollte er die Beziehungen zwischen den Frauen aufklären, das hatte er sich vorgenommen. Nun stand fest, wann das sein würde. Spätestens im kommenden Mai. Zeit genug, sich einen Plan zurechtzulegen. Bei wem sollte er beginnen? Bei Elly? Unmöglich! Bei Annemarie? Kurz vor der Silberhochzeit? Ebenso unmöglich, er würde alles ruinieren. Er würde zuerst mit Marie sprechen.

Die zweiundzwanzig Wochen waren dahingeflogen. Nun zum vierten Mal in Schottland. Zum vierten Mal Marie. Er lag auf dem Queensize-Bett im Hotel Margaret Tudor, fixierte die Stuckverzierung an der Zimmerdecke und wartete auf Marie. Sie würde kommen, nachdem in ihrem Restaurant das Dessert serviert worden war, und sie würden die nächsten drei Tage zusammen hier im Hotel wohnen. Er hatte es immer sehr geliebt, Tagungen mit einer Kollegin zu verbringen: zusammen frühstücken, dieselben Vorträge hören, nebeneinandersitzen, in den Pausen zusammenstehen, einer Meinung beziehungsweise seiner Meinung sein, zusammen zu Abend essen, eventuell noch einen Cocktail nehmen und dann zusammen in dasselbe Hotel gehen, meist auch in dasselbe Bett. Ganz unverbindlich natürlich. Diese Kombination von Offiziellem und Privatem verursachte einen Nervenkitzel, von dem er nicht lassen konnte. Mit Marie würde es unvergleichlich werden. Einmal noch wollte er sie als Geliebte voll auskosten. Einmal noch, bevor er mit ihr über Annemarie sprach. Die moralische Instanz, die sich in ihm nicht zum ersten Mal zu Wort meldete, wollte ihm einreden, dass diese Affäre für ihn bloß ein egoistisches Den-Neigungen-Nachgehen sei, eine männliche und daher schwer zu zügelnde Lust, der in Erfüllung gegangene Wunschtraum, die blass gewordene Ehefrau plötzlich in bunten Farben schillern zu sehen. Er wollte nicht darüber nachdenken, ob es so war. Die Sache mit Marie war ja nicht bloß eine Affäre. Und sie war nicht allein seine Sache. Sie hatte mit Wohl und Wehe Annemaries zu tun, und seine Schwiegermutter hatte geradezu ein Recht darauf, zu erfahren, dass ihre Tochter lebte.

Ron wusste, dass die Wahrscheinlichkeit sehr groß war, dass er Marie bei Offenlegung seiner Entdeckung verlöre. Nein, das war ganz sicher. Was zweifelte er hier noch. Würde sich auch Annemarie von ihm abwenden, wenn sie erführe, dass er eine amouröse Beziehung zu ihrer Zwillingsschwester eingegangen war? Ja, das konnte passieren. Wie würde er vor seiner

Tochter dastehen! Und vor Charles! In welch eine Situation hatte er sich da nur gebracht! Vielleicht würde Annemarie aber auch von ihrer Trauer um die verloren geglaubte Schwester genesen, und dann wäre sie so wie Marie. Das wäre wunderbar. Und Marie? Nicht nur er würde sie, sie würde vor allem ihn verlieren. Dürfte er ihr das antun? Würde sie, wenn sie wählen könnte, ihn und nicht Mutter und Zwillingsschwester wählen, die sie, aus welchem Grund auch immer, gar nicht kannte? Würde sie ihm verzeihen können, dass er die Wahrheit so lange verheimlicht, oder aber, dass er sie ans Licht gezerrt hatte?

Er musste die Frauen zusammenführen und selbstlos zurücktreten. Er hatte keine Wahl. Sollten sie über ihn richten.

Es klopfte an der Zimmertür und Ron sprang auf. Zwei Sekunden später hielt er Marie in seinen Armen und drückte sein Gesicht in ihr Haar.

Er hatte keine Bedenken gehabt, den Kollegen der Konferenz Marie als seine Frau vorzustellen. Wie reizvoll sich diese Lüge anfühlte, so jugendlich verrückt und verboten. Bis zur letzten Sekunde wollte er das genießen. Nach der Tagung würde er noch ein paar Tage in Roslin bleiben, und da würde sich schon eine Gelegenheit ergeben, endlich mit Marie zu sprechen.

Aber die Gelegenheit ergab sich nicht. Alles in ihm sträubte sich dagegen, Maries Schwager zu werden, er wollte ihr Geliebter sein. Es war Montag, sein letzter Abend in Roslin, das Blue Horseshoes hatte heute und morgen geschlossen. Ron saß auf dem Sofa in Maries Wohnzimmer, und Marie war nach unten gegangen, um eine Flasche Wein zu holen. Es war zu spät, heute Abend das Gespräch ihrer ersten Begegnung wieder aufzunehmen. Vielleicht täusche ich mich, und Elly und Albert sind gar nicht Maries Eltern, ging ihm durch den Kopf, und Annemarie ist nicht ihre Schwester. Faule Ausrede für deine Feigheit, schob sich der nächste Gedanke sofort hinterher. Kein Mensch konnte einen solchen Doppelgänger haben wie Marie und Annemarie, ohne dass beide miteinander verwandt wären. Nicht einmal das würde ausreichen, um die Gleichheit der beiden Frauen zu erklären. Sie mussten eineiige Zwillinge sein.

Was wäre, wenn er jetzt die Fotos hervorzöge? Würde Marie ihre Eltern und ihre Schwester erkennen? Und was, wenn nicht? Er hörte Schritte auf der Treppe, stand auf und nahm zwei Rotweingläser aus dem Buffetschrank. Die mitgebrachten Fotos wogen bleischwer in der Brusttasche seines Jacketts, er zog es aus und hängte es über die Lehne eines der beiden Chesterfieldstühle.

Aus Rons Sicht hatte es bisher keinen einzigen Augenblick gegeben, der geeignet gewesen wäre, um mit Marie zu sprechen. Morgen Vormittag ging sein Flug zurück nach Frankfurt. Zum Abendessen würde er bereits in Heidelberg am Tisch sitzen.

Öfter als zuvor hatte Marie in dieser Woche daran gedacht, dass Ron verheiratet war. Aber nicht mit ihr, wie er seinen Kollegen schamlos unterbreitet hatte, sondern mit einer Frau, die ihr angeblich glich. Zu gern hätte sie Näheres darüber gewusst. Glich sie ihr wirklich? Oder war sie ihr nur sehr ähnlich? Eine zufällige Ähnlichkeit? Oder gab es hier doch eine Spur in die vergessene Vergangenheit außerhalb Roslins, von deren Existenz sie überzeugt war? Immer wenn Ron gegangen war, hatte sie sich vorgenommen, ihm beim nächsten Mal Fragen zu stellen, aber immer, wenn er da war, wollte sie, dass alles zwischen ihnen so blieb, wie es war. Sie brachte den Mut nicht auf, eine Wahrheit zu erfahren, die alles ändern könnte.

Rons letzter Morgen in Roslin brach an. Nach dem Frühstück würde er abreisen und zu seiner Frau zurückkehren, um mit ihr Silberhochzeit zu feiern. Marie hob die Kleidungsstücke auf, die sie gestern Abend zwischen Wohnzimmer und Schlafzimmer verstreut hatten, als ihr Blick auf sein Jackett fiel, das ordentlich über der Stuhllehne hing. Ron war im Bad, sie hörte das Wasser der Dusche rauschen. Und aus einem plötzlichen Impuls heraus griff ihre Hand in seine Jackentasche. Wie ferngesteuert tat sie das, und Marie war beinahe entsetzt darüber. Sie fühlte Papier, es war die Quittung des gestrigen Cafébesuchs. Schnell schlug sie die linke Seite des Jacketts auf und zog seine Brieftasche hervor. Sie wusste nicht, was sie suchte und zu finden hoffte, ehe Ron wieder für unbestimmte Zeit verschwand. Vielleicht ein Foto seiner Familie in Deutschland? Als sie die Brieftasche öffnete, fielen ihr gleich fünf oder sechs Fotografien entgegen. Sie sah sich auf dem obersten Bild. Ein Passbild aus jungen Jahren. Sie konnte sich nicht daran erinnern, wann und wo das aufgenommen worden war und wieso sich das überhaupt in Rons Besitz befand. Sie hörte ihn aus dem Bad kommen und schob erschrocken die Brieftasche zurück. Ohne die Fotos. Die ließ sie in eine Schublade des Buffets fallen. Sie würde warten müssen, bis er fort war. Déjà vu. Es war wie damals, als sie das rote Kästchen aus dem Sekretär ihrer Mutter in ihrer Wäschekommode wusste und darauf wartete, dass der letzte Gast ihrer Party gegangen war. Steven war das gewesen. Jetzt war es Ron.

Nach dem Frühstück kam das Taxi, das Ron zum Flughafen bringen sollte. Sie sprachen wenig. Sie sahen einander beim Abschied lange in die Augen und hatten beide das unbestimmte Gefühl, dass sich etwas verändert hatte und dass es sein könnte, dass sie sich nie wiedersehen, zumindest nicht so, wie bisher.

Während Rons Flugzeug heftig vibrierend über die Startbahn raste, zog Marie endlich, innerlich bebend, die Schublade am Buffetschrank auf und nahm die Fotografien heraus. Das Flugzeug hob ab, und Ron schwebte einen Augenblick in Stille und Schwerelosigkeit, ehe er die Kraft spürte, die ihn nach oben zog. Auch Marie war, als hinge sie in stiller Schwerelosigkeit im Raum, als sie auf das zuoberst liegende Foto blickte. Sie sah ein winkendes Hochzeitspaar, Elly und Albert Klinger, ihre Eltern, Mama und Papa. Solch ein

Foto hatte auf der Kommode im Wohnzimmer gestanden. Sie erkannte das Haus aus ihren Träumen als ihr Elternhaus in Herford. Sie war das nicht auf dem Passbild, sondern Marie, ihre Zwillingsschwester. Nicht so, wie sie sie gekannt hatte, schon älter, aber es war zweifelsfrei Marie. Auf dem Bild trug Marie eine goldene Kette, in deren Anhänger ein A graviert war, ein A für Anne. Es war jene Kette, die sie einst mit ihrer Schwester getauscht hatte, damit jede ein Stück der anderen bei sich trüge, wann immer sie getrennt sein sollten. Unwillkürlich suchten ihre Finger nach der Kette, die um ihren Hals hing. Sie fühlte die Gravur eines M im Anhänger, sie trug die Kette ihrer Schwester Marie. Und sie wusste in diesem Augenblick ganz selbstverständlich, dass sie Anne war. Ihre Kette mit dem eingravierten A im Anhänger trug nun Marie, Ron Gerloffs Frau, die sich Annemarie nannte. Warum hatte sie beide Namen zu einem zusammengezogen? Weil sie dachte, dass sie nur noch allein sei?

Es war nicht so gewesen, dass sie sich in ihren Träumen selber zugeschaut hatte, sondern sie hatte als Traum-Ich ihre Zwillingsschwester gesehen. Es war also alles wahr, was ihr Gehirn des Nachts heimlich und ganz selbständig gedacht hatte. Die Traumbilder waren Erinnerungsbilder gewesen, aber den letzten Schritt zur Verknüpfung, zur Erkenntnis, hatte ihr Gehirn nicht getan.

Marie, das Wort, das sie nach ihrem Erwachen im Hause der MacLeans immer wieder hervorgebracht hatte, war nichts anderes als der verzweifelte Ruf nach der Schwester gewesen. Und diese Sehnsucht, die sich so schmerzhaft auf ihre Brust gelegt hatte, war die Sehnsucht nach Marie gewesen, nach der Hälfte ihres Ichs, ohne die sie dachte, nicht leben zu können. Alles war wieder da! Die Schwelle zur Erinnerung an das zuvor Verborgene war zusammengeschrumpft und im Begriff, ganz zu verschwinden. Sie konnte plötzlich einfach über diese Schwelle gehen und ganz leicht an ihre Zeit als Anne Klinger denken. Sie erinnerte sich des feierlichen Moments, in dem sie mit Marie ihre Kette getauscht hatte, weil sie beide zum ersten Mal in ihrem Leben getrennt sein würden. Sie sollte mit dem Vater im Auto, in dem es nur ein einziges schmales Plätzchen für eine von beiden gegeben hatte, nach Hannover fahren dürfen, Marie wollte verzichten, sie hatte ihr das zum zwölften Geburtstag geschenkt. Sie hatte ihrer Mutter und Marie, die am Eingangstor standen, zum Abschied durch die Rückscheibe des Autos zugewinkt. Ganz wohl war ihr nicht gewesen, Marie zurückzulassen. Dann riss ihre Erinnerung ab. Es war ein Abschied für immer geworden. Nein, nur beinahe wäre es ein Abschied für immer geworden, wenn nicht Ron, der Ehemann ihrer Schwester, sie hier in Roslin zufällig aufgespürt hätte. Kein Wunder, dass er fassungslos gewesen war, eine Frau zu sehen, die seiner in Deutschland lebenden Ehefrau so sehr glich. Sie hatte sofort die Chance erkannt, hier eine Spur in ihre kindliche Vergangenheit, nach der sie so lange gesucht hatte, entdecken zu können. Aber sie hatte nicht nachgehakt, sie hatte es gar nicht mehr wissen wollen, weil

Ron sie viel mehr interessiert hatte als alles andere. Und Ron? Der musste gewusst haben, wen er gefunden hatte. Hatte er deswegen nie wieder von seiner Frau gesprochen, weil auch er wollte, dass zwischen ihnen alles so blieb, wie es war? Hatte er diesmal vorgehabt, sie auf ihre Identität anzusprechen und deswegen die Fotos mitgebracht? Sie betrachtete das Bild der Eltern – sie waren ihr nah und doch fern. Hätte man ihr vor dreißig Jahren gesagt, dass die Möglichkeit bestünde, ihre Zweifel aufzulösen, sie wäre vor Aufregung zersprungen. Jetzt gelang ihr die Gelassenheit. Es war alles so lange her.

Die Gelassenheit hielt nicht einmal bis zum Mittag. Zuerst spürte sie nur eine wachsende Unruhe. Was sie anfasste, glitt ihr aus den Händen. Sie ging ins Schlafzimmer, setzte sich aufs Bett, zog die Beine an und legte ihren Kopf auf die Knie. Ich muss das sacken lassen, dachte sie, ich muss mich ausruhen, ich muss mich sammeln, ich darf mich nicht überrennen lassen von Gefühlen, ich muss klar und logisch denken, ich muss darüber sprechen, mit Charles. Ihr Puls begann von innen an die Schläfen zu hämmern, als wolle er den Kopf sprengen. Zum Hämmern gesellte sich bald ein Rauschen und Brummen, das immer lauter wurde. Feine Nadelstiche schmerzten in der Brust. Ihre Hände wurden feucht und fingen an zu zittern, und dann zitterte ihr ganzer Körper, er bebte geradezu. Die Nadelstiche steigerten sich zu dem heftigen Herzschmerz ihrer ersten bewussten Tage. Sie atmete schwer, ihr schwindelte. Sie war gefangen in diesem heftigen

Schmerz, der jetzt ihre ganze Aufmerksamkeit erforderte. Sie griff nach dem Kopfkissen, umklammerte es fest und ließ sich zur Seite fallen. Sie schloss die Augen; die Schwärze, die sie überfiel, tat gut. Aber nur für einen Augenblick und schon spürte sie, wie der Herzschmerz auf seinen Höhepunkt zusteuerte und sich nur in der befreienden Explosion durch ein Wort würde entladen können:

„Mariiiie!"

Ihr jämmerlicher Schrei verhallte ungehört. Endlich konnte sie weinen. Das Schluchzen schüttelte ihren Körper. Sie kroch unter die Bettdecke und atmete in die kleine dunkle Höhle vor ihrem Mund, wie sie es früher oft getan hatte, um sich zu beruhigen. Schließlich schlief sie vor Erschöpfung ein. Sie träumte nichts. Stille. Leere. Ihr Kopf rückte sich in den Stunden des tiefen Schlafs zurecht.

Als sie am Nachmittag erwachte, fühlte sie sich erfrischt. Der morgendliche Abschied von Ron und die Stunden danach erschienen ihr Tage entfernt. Sie traf die Entscheidung, auch die letzte Unklarheit ausräumen zu wollen und den Tatsachen mutig ins Auge zu sehen, egal wie sie sein mochten. Sie rief Charles an und bat ihn, wenn er es irgend einrichten könnte, nach Roslin zu kommen. Morgen würde sie ihre Mitarbeiter darüber informieren, dass sie das Restaurant aus privaten Gründen für vierzehn Tage schließen werde und nur der Pub geöffnet bleiben sollte. Die Reservierungen für die kommende Woche mussten abgesagt und eine kleine Karte für den Pub ausgearbeitet werden.

Ihre Mitarbeiter würden allein gut zurechtkommen, da hatte sie keine Bedenken.

Charles kam erst gegen neun. Sie setzen sich an den Esstisch und Anne erzählte ihm bis tief in die Nacht hinein bei zwei Flaschen Primitivo alles, was sie in ihrem Leben seltsam gefunden und was sie nun entdeckt hatte. Charles glaubte kaum, was er zu hören bekam. Nie hatte seine Mutter über die Zweifel an ihrer Identität als Tochter von Connor und Sarah MacLean gesprochen. Und nun hatte sich also herausgestellt, dass sie mit ihren Ahnungen Recht gehabt hatte. Unglaubliche Geschichte! Seine Mutter hieß nicht Marie, sondern Anne, ein ebenso ungewöhnlicher Name, und sie hatte deutsche Eltern und eine Zwillingsschwester.

„Echt krass!", sagte Charles und schüttelte unwillkürlich den Kopf.

„Mein Lebensmittelpunkt ist da, wo du bist", sagte Anne, „aber jetzt muss ich erstmal nach Hause, zu meinen Eltern und zu meiner Schwester. Ich kann dir nicht beschreiben, wie sehr ich mich danach sehne, sie wiederzusehen."

Charles sah Anne beinahe erschrocken an. Das Zuhause seiner Mutter war plötzlich nicht mehr hier, sondern im Ausland? Sie sehnte sich nach einer Schwester, die es gestern noch gar nicht gab?

Er legte ihr die Hand auf den Arm. „Mum, das verstehe ich, aber lass uns nichts überstürzen. Möglicherweise gab es Gründe, warum Ron seine Entdeckung nicht sofort kommuniziert hat."

„Wir hatten uns verliebt. Das ist der einfache Grund", erklärte Anne lapidar, „ich hätte ihn ja auch ausfragen können. Habe ich aber nicht. Ich wollte ihn, sonst nichts."

„Trotzdem, Mum, wenn du nach so langer Zeit plötzlich bei deinen Eltern vor der Tür stehst, werden sie dich fragen, wo du herkommst und warum du nicht eher gekommen bist. Was wirst du sagen?"

Anne blickte ihren Sohn aus großen Augen an.

„Eben! Dazu kannst du nichts sagen, also lass uns zuerst überlegen, wie wir vorgehen wollen und alle Informationen, die wir haben, abwägen. Auf einen Tag mehr oder weniger kommt es jetzt auch nicht mehr an. Meines Erachtens kannst du nicht sicher sein, dass deine Eltern genauso wenig über deinen Transfer von Deutschland nach Schottland wissen wie du. Wenn Rons Frau deine Schwester ist, weiß sie sicher von dir. Vielleicht war es ja kein Zufall, dass Ron hier aufgetaucht ist."

„Worauf willst du hinaus?", Anne war entrüstet. „Meine Eltern und meine Schwester hätten mich von überall her abgeholt, wenn sie gewusst hätten, wo ich bin!" Ihre Augen füllten sich mit Tränen. „Sie müssen gedacht haben, ich sei tot. Etwas anderes ist undenkbar."

„Wir finden heraus, was geschehen ist", sagte Charles tröstend. „Ich lass dich mit dieser Sache nicht allein, gleich morgen fangen wir an, jetzt sollten wir erst mal Schlafengehen, es ist spät und wir haben viel getrunken."

„Wenige Tage nach unserem zwölften Geburtstag muss etwas passiert sein", Anne überhörte Charles' Vorschlag, sie fixierte die Maserung der Tischplatte und ihr war, als sähe sie darin einen blassen Film flimmern. „Ich war mit Papa und den Großeltern auf der Rückfahrt vom Flughafen Hannover. Das Plätzchen für mich im Auto war extrem schmal, ich saß mit Oma und einem großen Koffer hinten in Papas weißem Käfer Cabriolet. Das letzte, das ich erinnere, ist das monotone Rattern des Automotors auf der Autobahn. Das nächste, das ich erinnere, sind die physischen und psychischen Schmerzen, die mich vollständig beherrschten, als ich in Whitecottage zu mir kam. Wahrscheinlich hat es mich so sehr vereinnahmt, die Schmerzen auszuhalten und diese fremde Welt, in der ich mich befand, zu verstehen und mich darin zurechtzufinden, dass alles Frühere durch die neuen Inhalte verschüttet wurde. Ich war schon lange bei den MacLeans, als sie mit mir den zwölften Geburtstag gefeiert haben. Es war im Mai, nach einem langen und ungemütlichen Winter. Ich wurde da schon unterrichtet, aber es ging mir noch nicht gut. Ich hatte wirklich im Mai Geburtstag, aber ich war längst zwölf Jahre alt."

Charles blieb diese Nacht in Roslin. Er lag noch lange wach und dachte über die Geschichte nach, die ihm seine Mutter erzählt hatte. Er überschlug, dass es im Mai 1972 gewesen sein musste, als die Erinnerung seiner Mutter an ihre deutsche Kindheit erlosch. Der Auslöser für solch eine totale Amnesie musste etwas sehr

Dramatisches gewesen sein. Da eine Fahrt im Auto das letzte war, das sie aus ihrem alten Leben erinnerte, könnte sie in einen Autounfall verwickelt gewesen sein. Die MacLeans hatten die Geschichte von dem Absturz in den Highlands bloß erfunden, so viel stand wohl fest. Morgen würde er daran gehen, die Fühler in verschiedene Richtungen auszustrecken. Er fand die Sache absolut spannend und freute sich geradezu darauf, mit den Recherchen beginnen zu können.

Schon bei ihrem späten Frühstück hatten sie das Notebook auf dem Tisch. Sie googelten das deutsche Städtchen Herford, das eher unscheinbar daherkam. Auf der Homepage der Stadt stießen sie unter dem Stichwort ‚Kultur' auf die Nordwestdeutsche Philharmonie.

„Da hat unser Vater gearbeitet!", rief Anne aufgeregt und legte ihr Toastbrot beiseite. Charles klickte den Link an. Die Seite der Nordwestdeutschen Philharmonie öffnete sich mit der Ankündigung des Klavierkonzerts Nr. 1 von Frédéric Chopin am nächsten Wochenende. In der Navigationsleiste gab es das Dropdownmenü ‚Über uns' und darunter den Menüpunkt ‚Chefdirigenten'. Ein Klick und eine Reihe von Abbildungen ehemaliger Orchesterchefs wurde sichtbar. Unter ihnen Albert Klinger, Generalmusikdirektor 1967–1972, mehr erfuhren sie hier nicht. Bei der Suche nach Albert Klinger verwies Google auf Wikipedia, und tatsächlich wurde ihm hier ein Artikel gewidmet: Albert Klinger wurde am 29. Oktober 1927 in Freiburg geboren, nach dem Abitur am Kepler-

Gymnasium in Freiburg folgte 1948 ein Musikstudium zunächst in München, später an der Hochschule für Musik in Detmold. In Detmold studierte Klinger Violine bei Anton Goldmann. Ab 1953 spielte er im Orchester der Bielefelder Bühne und wurde vier Jahre später Konzertmeister des Johann-Sebastian-Bach-Orchesters in Minden. Ab 1967 bekleidete Klinger den Posten des Generalmusikdirektors der Nordwestdeutschen Philharmonie. 1954 Heirat mit Elly Hartleben, der Tochter des Direktors der Bielefelder Bühne. Mit ihr hatte Klinger Zwillingstöchter. Er starb im Mai 1972 bei einem Verkehrsunfall.

Wortlos starrten die beiden auf den Bildschirm des Notebooks. Charles schluckte unauffällig den Bissen Toast hinunter, den er noch im Mund hatte. Er wusste beim besten Willen nicht, wie er sich verhalten sollte.

„Papa starb bei einem Verkehrsunfall. – Es gab also tatsächlich einen Verkehrsunfall …", sagte Anne leise.

„Und zwar 1972, in dem Jahr, in dem du hierhergekommen bist, vermutlich mit Verletzungen, die eine Amnesie ausgelöst haben," ergänzte Charles.

„Du meinst also, es gibt einen direkten Zusammenhang zwischen dem Verkehrsunfall und meiner ‚Entführung', oder was immer das war?" Anne sackte traurig in sich zusammen. „Schon möglich, dass es so gewesen ist. Ich denke jetzt an meine Mutter und Marie. Wir beide wissen ja nur allzu gut wie es ist, Ehemann und Vater zu verlieren. Wie alt mag Mama jetzt sein? Achtzig müsste sie sein. Und die Großeltern? Ob sie auch umgekommen sind? Wahrscheinlich ja, sonst hätten sie gewusst, dass ich überlebt habe und man hätte nach mir gesucht. – Ach, meine Phantasie reicht einfach nicht aus, um mir vorzustellen, welche Rolle ich in dieser Tragödie gespielt habe." Sie blickte Charles hilflos an. „Meinst du, dass wir das herausfinden können?"

Charles rieb sich mit Daumen und Zeigefinger übers Kinn. „Ob deine Mutter dir etwas über den Unfall erzählen kann, ist die Frage, sie war ja, wie es aussieht, nicht dabei. Ich könnte mir vorstellen, dass die MacLeans zufällig zur entsprechenden Zeit am entsprechenden Ort gewesen sind und dich mitgenommen haben. Du sagst ja selber, dass es ausgeschlossen ist, dass man dich vorsätzlich verschachern wollte."

„Charles …!" Marie warf ihrem Sohn einen vorwurfsvollen Blick zu.

„Tut mir leid, Mum." Charles tätschelte entschuldigend Annes Schulter und grinste verlegen. „Ich meinte, dass wir einen Vorsatz bei deiner Verschleppung sehr wahrscheinlich ausschließen können, aber wir sollten dennoch in alle Richtungen ermitteln. – Lass mich mal überlegen, wie wir jetzt am besten vorgehen …"

Plötzlich begann Charles eifrig auf die Tastatur seines Notebooks einzuhämmern, aber schließlich schüttelte er den Kopf und klappte das Notebook zu.

„Ich komme hier nicht weiter, ich fahre jetzt nach Edinburgh. Die Zeitungsarchive, die ich online einsehen kann, sind zu ungenau. Über die Unibibliothek habe ich mehr Möglichkeiten."

„Was hast du vor?", fragte Anne und sah zu, wie Charles seine Sachen zusammenpackte.

„Über Entführungen wurde auch in den 1970ern in den Medien groß berichtet, ebenso sind Verkehrsunfälle meistens eine Zeitungsnotiz wert, vor allem, wenn es einen Generalmusikdirektor erwischt, …äh, trifft. Ich werde mir mal den Mai 1972 vornehmen und ein wenig in den Berichterstattungen stöbern."

Er nahm im Vorbeigehen seine Jacke, die er gestern Abend aufs Sofa geworfen hatte, und machte sich davon.

Am Treppenabsatz dreht er sich noch einmal um.

„Ich würde dir empfehlen, in der Zwischenzeit den alten Dr. Smith zu besuchen. Der muss doch etwas wissen. Hoffentlich gibt es den überhaupt noch."

Anne sah fragend hinter ihrem Sohn her, als der die Treppe hinuntersprang. Am Fenster stieg eine Staubwolke hoch, als Charles in seinem Auto davonbrauste.

Dr. Smith gab es noch, und er war auch nicht so alt und vergreist, wie man hätte vermuten können. In seiner ehemaligen Praxis hatte Anne erfahren, dass er jetzt in einem Altenheim im Nachbarort Bilston lebte. Er freute sich sehr darüber, ‚Mary' MacLean wiederzusehen, aber das Lächeln erstarb auf seinem Gesicht, als sie den Grund ihres Besuchs vortrug.

Er seufzte. „Ich will dir gerne sagen, was ich weiß, aber viel ist es nicht. Wahrscheinlich wird es dir nicht weiterhelfen."

Stockend erzählte er vom unerfüllten Kinderwunsch der MacLeans, der im kleinen Bekanntenkreis, den die beiden damals noch unterhielten, kein Geheimnis gewesen war. Eines Tages seien sie nach Deutschland gereist, in der Hoffnung, dass ihnen dort eine neuartige Methode zu einem eigenen Kind verhelfen würde.

„Es müssen Komplikationen aufgetreten sein, Genaues weiß ich nicht, aber die MacLeans sind lange fortgeblieben und schließlich mit einem schon großen, verletzten Mädchen nach Roslin zurückgekehrt. Mit dir. Der Chef und ich haben dich noch in der Nacht eurer Ankunft einer umfangreichen Diagnostik unterzogen. Du hattest einen Schlüsselbeinbruch, Prellungen, Schürf- und Brandwunden, die aber schon zuvor von deinen …äh… Eltern gut versorgt gewesen waren. Besorgniserregend fand ich aber deine Verletzung am Kopf, denn du warst die meiste Zeit bewusstlos. Man hätte das wenigstens röntgen müssen. Damals kam gerade die Computertomografie auf, in der Universitätsmedizin in Edinburgh hatten sie die ersten dieser neuartigen Geräte. Hätte man dich damit untersucht, hätte man vielleicht mehr Sicherheit in der Diagnose gehabt. MacLean bestand aber darauf, dass die Wunde nur oberflächlich sei, er wolle das selber beobachten. Selbst als es mit deiner Genesung nicht voran ging, hielt er die Konsultation eines Facharztes für überflüssig. Er gab dir Infusionen und Sauerstoff, ich weiß nicht, was noch. Ich habe weggeschaut, wollte das gar nicht so genau wissen. Wie gesagt, ich hatte damals große Bedenken, aber MacLean gab auf meine Meinung nichts. Ich war nur sein Assistent und hoffte, eines Tages die Praxis übernehmen zu können."

Den letzten Satz flüsterte Dr. Smith fast und sah zu Boden. „Das war falsch, ich weiß, es hat mich auch belastet. Ich habe nichts gefragt, und die MacLeans haben nichts erklärt. Du hast dich nur sehr langsam erholt. Bald stellte sich heraus, dass du unter einer retrograden Amnesie littest. Du konntest dich an nichts erinnern und hieltest die MacLeans für deine Eltern. Sie haben nie eine Therapie angestrengt, stattdessen deine fatale Lage ausgenutzt und dich als ihre Tochter ausgegeben. Sie haben sich mit dir ihren Traum vom eigenen Kind erfüllt. Alle haben gedacht, sie hätten dir aus einer misslichen Lage geholfen und dich adoptiert. Ich war mir da nie so sicher, diese Nacht-und-Nebel-Aktion bei deiner Ankunft gab mir zu denken. MacLean hatte viele dankbare Patienten in der Gegend, es wäre für ihn jedenfalls kein Problem gewesen, an Papiere jedweder Art zu gelangen. Es tut mir so leid, Mary. Aber als ich sah, dass du dich nicht hast unterkriegen lassen, habe ich gedacht, ich hätte kein Recht, dein Leben noch einmal auf den Kopf zu stellen, indem ich Zweifel äußerte, die ich nicht begründen konnte. Ich wusste ja auch nicht, woher du kamst und ob sie dich nicht wirklich rechtmäßig adoptiert hatten. Also schwieg ich."

Anne saß wie betäubt, diese Geschichte, die sie da hörte, war einfach unfassbar. Wer weiß, wen es noch gab, der mehr über sie wusste als sie selbst. Sie musste jetzt raus hier aus diesem stickigen Zimmer. Dringend. Sie stand auf, reichte Dr. Smith die Hand zum Abschied und sagte gefasst:

„Ich danke Ihnen für Ihre Offenheit, Dr. Smith, machen Sie sich keine Vorwürfe, Sie hätten nichts ändern können."

Als sie den Satz aussprach, war Anne nicht sicher, ob Dr. Smith wirklich nichts hätte ändern können. Sie nickte ihm noch einmal mit einem gequälten Lächeln zu und verließ sein Zimmer. Im Flur roch es penetrant nach Desinfektionsmitteln und im Laufschritt eilte sie zur Eingangstür. Draußen schlug ihr frische Frühlingsluft entgegen. Sie atmete gierig ein, während sie auf ihr Auto zulief. Eilig stieg sie ein und schlug die Tür hinter sich zu, als sei jemand hinter ihr her. In ihrem Auto herrschte wohltuende Gegenwart. Da war der typische Geruch der Ledersitze, vermischt mit ihrem Parfum, da lagen Papiertaschentücher und Parkmünzen in der Ablage, und da war der Schmutz, den Rons Schuhe nach einem Spaziergang auf der Matte hinterlassen hatten. Sie fuhr nur ein paar Kilometer, hielt an einer Ausbuchtung am Waldrand an und ließ die Scheibe herunter. Sie wollte kurz nachdenken, mit einem Fazit wieder zu Hause ankommen. Dr. Smith hätte es vielleicht in der Hand gehabt, die Bombe platzen zu lassen. Aber andererseits hatte er nur vermuten können, dass die Sache mit dem Mädchen, das die MacLeans mitgebracht hatten, nicht mit rechten Dingen zugegangen war. Eine falsche Anschuldigung hätte ihn seine Existenz gekostet. Wenigstens hätte er darauf drängen können, dass die Kopfverletzung von einem Facharzt begutachtet wird. Diese Unterlassung musste man ihm vorwerfen. Hatte er sich deshalb beinahe rührend um ihre alten Eltern gekümmert, als sie nach Edinburgh gegangen war? Wollte er etwas wiedergutmachen und ihr den ungeliebten Job abnehmen? Adoptionspapiere hatte Anne im Nachlass der MacLeans nicht gefunden. Ihre Geburtsurkunde wies sie als Tochter von Connor MacLean und Sarah MacLean, geborene Blau, aus. Die Urkunde war so falsch wie das eingetragene Geburtsdatum.

Man hatte sie betrogen. Schwer betrogen. Ein unangenehmes Gefühl machte sich in ihrer Magengegend breit. Wer war sie eigentlich? Anne Klinger oder Marie MacLean? Sie hätte das im Augenblick nicht so einfach sagen können.

Die Uhr im Auto zeigte 14:30 an. Sie musste zurück, um drei kamen die Küchenhilfen, um mit ihr das heutige Abendessen vorzubereiten.

Punkt 18 Uhr wehte eine Staubwolke um die Hausecke vor das Küchenfenster. Die Küchenhelferinnen grinsten und warfen sich wissende Blicke zu. Charles war gekommen. Marie lief ihm entgegen, warf unterwegs das Küchenhandtuch auf die Theke und bedeutete ihm mit einer Handbewegung, nach oben in die Wohnung zu gehen.

„Neue Nachrichten!", rief er noch auf der Treppe so atemlos, als habe er den Weg aus Edinburgh zu Fuß zurückgelegt. Er fläzte sich auf eines der Sofas. Marie blieb stehen, sie war viel zu aufgeregt, um sich zu setzen.

„Von vorn!", Charles holte tief Luft. „Ich habe den Mai 1972 in deutschen Zeitungen recherchiert. Von Entführungen wurde nicht berichtet, aber, halt dich fest, ich habe gleich mehrere Artikel gefunden, in denen stand, dass es in der Nähe von Herford in Ostwestfalen einen spektakulären Verkehrsunfall gegeben hatte. Der war so außergewöhnlich, dass die überregionale Presse darüber berichtet hat. Um Näheres zu erfahren, hätte man die Archive der regionalen Käseblättchen einsehen müssen. Das ist aber nicht so ohne Weiteres möglich, weil die meistens nicht digitalisiert sind. Ich dachte schon, ich komme nicht weiter, habe aber dennoch, eigentlich ohne Hoffnung auf Erfolg, einen Bibliothekar um Hilfe gebeten. Ich dachte, vielleicht gibt es noch Möglichkeiten, an die ich als privater Nutzer nicht herankomme. Dabei muss ich den Ortsnamen Herford fallen lassen haben, denn der Bibliothekar horchte auf und sagte, dass er das deutsche Städtchen Herford persönlich kenne. Seine High School habe nämlich von 1969 bis 1979 einen Schüleraustausch mit dem Herforder Friedrichs-Gymnasium unterhalten. Und stell dir vor: Unsere Unibibliothek hatte tatsächlich Mikrofiches von zehn Jahrgängen des Herforder Tageblatts im Keller! Mit einem mittelalterlichen Lesegerät, das nichts als eine Riesenlupe ist, kann man die Zeitungsseiten durchsehen. Das ist natürlich viel Material, und eine genaue Sichtung hätte ich auf morgen verschieben müssen, aber ich war neugierig und habe einfach mal in eine Ausgabe von Ende Mai 1972 reingeschaut. Ich dachte, ich trau meinen Augen nicht! Bingo! Volltreffer! Ich war völlig von den Socken …"

Charles platzte bald vor Eifer und wedelte die ganze Zeit mit bedruckten Seiten herum, die er in der Hand hielt, während Anne ihn mit angehaltenem Atem anstarrte.

„Und? Und? Und? Nun sag schon, was du gefunden hast!"

Charles sprang auf und hielt seiner Mutter triumphierend zwei Blätter mit Kopien von Zeitungsartikeln aus dem Herforder Tageblatt hin. Anne nahm die Blätter in die Hand, setzte sich mechanisch aufs Sofa und las.

Herforder Tageblatt
Sonnabend, 27. Mai 1972

Gestern Nachmittag ereignete sich gegen 16 Uhr auf der A2 ein schwerer Verkehrsunfall. Kurz hinter der Ausfahrt Exter in Fahrtrichtung Dortmund kam es im dichten Verkehr zur Explosion eines Tanklastwagens aus Osteuropa. Der LKW sowie mehrere PKW brannten vollständig aus. Mindestens 10 Menschen kamen dabei ums Leben. Weitere 19 Personen wurden nach Herford und Bad Oeynhausen in die Krankenhäuser gebracht. Es handelt sich um einen der schwersten Verkehrsunfälle in der Region.

Bei Redaktionsschluss war noch nicht bekannt, ob die Explosion in Zusammenhang mit dem gestrigen Terroranschlag der RAF steht.

Auf der A2 entstanden Staus in beide Fahrtrichtungen von mehr als 20 km Länge. Der Verkehr wurde am Abend über die umliegenden Straßen und Feldwege abgeleitet. Der Streckenabschnitt bleibt bis auf Weiteres voll gesperrt.

Herforder Tageblatt
Montag, 29. Mai 1972

Die Ermittlungen zu dem verheerenden Unfall, der sich am vergangenen Freitag auf der A2 bei Exter ereignete, dauern an. Wie aus Polizeikreisen verlautete, wird ein Zusammenhang mit den Anschlägen der RAF der vergangenen Wochen immer unwahrscheinlicher.

Spezialisten aus München und Braunschweig sind zurzeit vor Ort, um die Unfallursache aufzuklären. Dabei werden auch Antworten auf die Frage zu suchen sein, mit welchem Ziel und in wessen Auftrag der osteuropäische LKW mit einer hochexplosiven Flüssigkeit auf der bundesdeutschen Autobahn unterwegs war.

Augenzeugen berichten, dass sehr wahrscheinlich ein geplatzter Reifen Auslöser einer Karambolage gewesen sei, in deren Folge der Tanklaster explodierte. Zahlreiche Fahrzeuge wurden durch die entstandene Druckwelle ineinandergeschoben. 31 Fahrzeuge wur-

den schwer beschädigt, sieben von ihnen brannten vollständig aus.

Die Zahl der Todesopfer hat sich inzwischen auf 14 erhöht, acht Personen, darunter fünf Kinder, schweben weiter in Lebensgefahr. Wie erst heute bekannt wurde, sind unter den Todesopfern auch vier Herforder. Der Generalmusikdirektor der Nordwestdeutschen Philharmonie Albert Klinger, eine Tochter sowie seine Schwiegereltern waren auf der Rückfahrt vom Flughafen Hannover, als ihr VW Käfer Cabriolet von den Flammen erfasst wurde. Ihr Wagen hatte sich zum Zeitpunkt der Explosion vermutlich direkt neben dem Tanklaster befunden. Alle Insassen waren sofort tot.

Die Wiederherstellung des Autobahnabschnitts wird voraussichtlich noch die ganze Woche in Anspruch nehmen. So lange bleibt die Vollsperrung bestehen. Eine Umleitung ist eingerichtet.

Annes Unterkiefer wanderte während des Lesens immer weiter nach unten, bis ihr Mund offenstand. Sie musste zwei Mal schlucken, ehe sie sprechen konnte:

„Das ist ja furchtbar. – Ich gehörte zu den Todesopfern", flüsterte sie, „jedenfalls dachte man das. Wie konnte ich das überleben, wenn alle anderen in unserem Auto verbrannten?"

„Vielleicht riss das Verdeck des Cabrios auf und du wurdest im Gegensatz zu den anderen aus dem Auto katapultiert, sie haben dich gefunden und mitgenommen, gekidnappt, verschleppt, wie auch immer das praktisch vonstatten gegangen sein mag. Sicher waren es die MacLeans selber. Vielleicht waren sie am Rande in den Unfall verwickelt, ich könnte mir aber vorstellen, dass sie zufällig an der Unfallstelle vorbeigekommen sind und erste Hilfe leisten wollten, er war ja Arzt, sie Krankenschwester, dabei haben sie dich gefunden und mitgenommen. – Hast du übrigens etwas von Dr. Smith erfahren?"

Charles war zur Küchenzeile gegangen, füllte ein Glas am Wasserhahn, trank es in einem Zug leer und angelte sich eine von den geputzten Möhren, die Anne für das Abendmenü vorbereitet hatte. Geräuschvoll biss er hinein – und schloss erschrocken den Mund. Es kam ihm plötzlich pietätlos vor, in diesem Moment genussvoll eine knackige Möhre zu kauen, und er versuchte, den Bissen möglichst unauffällig in den Magen zu befördern. Für ihn war diese ganze Sache so spannend, dass er immer wieder vergaß, was sie für seine Mutter bedeuten musste.

„Was Dr. Smith gesagt hat, passt zu deiner Theorie", antwortete Anne, „die MacLeans sind eines Tages mit einem verletzten Kind, mit mir, von einer Deutschlandreise zurückgekehrt."

Charles legte die angebissene Möhre zurück zu den anderen. Minuten vergingen, in denen beide schwiegen.

„Ich bleibe dabei, ich lasse dich mit dieser Sache nicht allein, Mum", versprach Charles schließlich und nahm seine Mutter in den Arm. Seine sonst so starke Mutter kam ihm plötzlich klein, zart und verunsichert vor. „Wir fliegen nach Deutschland, ich begleite dich natürlich. Ich habe mich schon nach Flügen umgesehen. Wenn du bereit bist, dir eine Nacht um die Ohren zu schlagen, können wir morgen Abend los."

5

Connor MacLean und Sarah Blau

England/Palästina/Israel/Schottland
1944 bis 1972

Seit Stunden tauchte der junge Dr. Connor MacLean seine Hände in menschliches Blut, amputierte Arme und Beine oder vernähte klaffende Wunden. Im Akkord sozusagen. Bei der verheerenden Bombardierung Londons in der vergangenen Nacht hatten die Deutschen ganze Arbeit geleistet. Seine Assistentin war eben entkräftet zusammengebrochen, was nicht nur an Überarbeitung, sondern auch am Hunger gelegen hatte. Die eine der beiden jungen Schwestern half ihm nun so gut sie konnte, die andere versuchte, die geschundenen Patienten mit Worten zu beruhigen, mehr als dies konnte sie nicht tun. Das Morphium war längst aufgebraucht, der Nachschub konnte dauern, wenn er überhaupt kam, und die kleine medizinische Notfallversorgung, die man im Keller der Musikschule eingerichtet hatte, war heillos überbelegt. Die momentane Situation war das blanke Chaos. Dass immer wieder Lieferungen von Verbandmaterial, Medikamenten, Nahrung und Wasser eintrafen, grenzte für Connor an ein Wunder. Dass diese Wunder aber geschahen, war für ihn der Antrieb weiterzumachen. Und doch hatte er schon öfters nach Tagen, wie dieser einer war, die

Lust verspürt, sich im Dunkel der Nacht einfach irgendwo hinzulegen, das unwürdige Leben hinter sich zu lassen, um mit dem Nichts zu verschmelzen. Die Ruhe und der Frieden müssten grenzenlos sein. Von Natur aus war Connor eher ein Mann der Tat. Er hatte den Eid des Hippokrates voller Ehrgeiz geschworen. Die Hoffnung, dass irgendwann gute Tage wiederkehren, richtete ihn immer wieder auf und verlieh ihm Haltung – hier, in diesem nach Blut stinkenden Schlachthaus.

Von der Helferin Sarah sah Connor nur die schreckgeweiteten Augen. Der Rest ihres Körpers war mit einem viel zu großen Kittel, Haube und Mundschutz verhüllt. Konzentriert reichte sie ihm die Instrumente und fasste an, wo es notwendig war. Endlich kam der letzte Patient an die Reihe, jedenfalls für den Augenblick. Wimmernd hatte er darauf gewartet, versorgt zu werden. Ein junger Bengel, höchstens achtzehn Jahre alt, der sich nur das Wadenbein gebrochen hatte. Die Haut seiner linken Hand, mit der er sich an Connors Kittel festkrallte, leuchtete unter dem Schmutz rotglänzend, was von frischem Narbengewebe herrührte, der Ringfinger fehlte. Sarah, die es bisher tapfer ertragen hatte, schlimme Verwundungen und Unmengen verspritzendes Blut zu sehen, wich erschrocken zurück, als Connor den Jungen ins Licht der über dem Operationstisch baumelnden Glühbirne hob. Sie versuchte sich zusammenzureißen, aber ihre Hände zitterten so sehr, dass Connor Schiene und Verband selbst anlegte. Die Arbeit, die er hier verrichtete, war nicht jedermanns Sache, das war ihm klar, und wahrscheinlich war die Schwester, wenn sie denn überhaupt schon eine war, einfach zu jung für dieses Grauen. Sie kauerte elend im Halbdunkel einer Kellerecke, als Connor schließlich zu ihr trat.

„Ich denke, Sie brauchen jetzt ein Stück Wurst und ein Brot, dann wird es schon wieder", sagte er. „Wenn Sie mögen, können Sie mich begleiten."

„Der Junge", brachte Sarah stotternd hervor und wies mit dem Finger zaghaft in Richtung des letzten Patienten, „ich kenne ihn, er wohnte bei uns nebenan, ‚Klavierspieler' nannten wir ihn spöttisch, aber in Wirklichkeit waren wir neidisch darauf, dass er so schön Klavier spielen konnte. Seine Eltern waren so stolz auf ihn …"

Als Sarah ihren großen Kittel und die Haube ablegte, sah Connor erst, wie jung sie wirklich war, wahrscheinlich selbst kaum achtzehn Jahre alt. Sie trug ein verschlissenes Kleid von undefinierbarer Farbe, und ihre bloßen Beine steckten in Wollsocken und Sandalen. Die dunklen Haare hatte sie zu Zöpfen geflochten und um den Kopf gewickelt – und sie war dünn, ganz schrecklich dünn.

Sie liefen durch die zerstörte, rauchende Stadt. Hier und da flackerten kleine Feuer aus den Trümmern. Menschen waren unterwegs: alte, junge, eilige, hinkende, gebückte, mit von Sorge zerfurchten Gesichtern. Mütter hatten Kinder an der Hand, einige zerrten

Karren, beladen mit verbliebenen Habseligkeiten, hinter sich her.

Connor zog Sarah in den dunklen Flur eines halb zerstörten, ehemals mehrstöckigen Gebäudes. In der ersten Etage schloss er eine Wohnungstür auf. Die Räume waren unversehrt. Er bewohnte hier ein Zimmer bei einer älteren Dame, die ihre kranke Tochter pflegte. Er zweigte Medikamente aus den ohnehin kärglichen Lieferungen für diese Tochter ab und wurde dafür reichlich belohnt. Woher und wofür die Alte die Lebensmittel bekam, wollte er lieber nicht wissen. Von moralischen Grundsätzen konnte man in diesen Zeiten nicht leben. Das Arrangement lief gut und sicherte Connor die Kraft für seine körperlich und psychisch belastende Arbeit.

Sarah hatte seit gestern Morgen nichts mehr gegessen und fragte auch nicht, wie er an die Wurst und das beinahe frische Brot kommen konnte. Es war früher Abend und draußen herrschte Ruhe. Connor bot Sarah die wuchtige Couch zum Ausruhen an, auf der ihr kleiner Körper bequem Platz finden würde. Er selbst legte sich auf sein Bett und schloss die Augen. Die süße Vorfreude, gleich mit dem Schlaf in ein Nirgendwo abzutauchen, um dem Anarchischen, Willkürlichen und der täglichen Angst zu entkommen, stellte sich heute nicht ein. Dort auf seiner Couch lag ein tapferes kleines Mädchen, das er keinesfalls seinem Schicksal überlassen wollte. Sie brauchte ihn, sie musste essen, sie war so zerbrechlich.

Gegen Mitternacht schlichen sie durch die leeren Straßen zur nächsten Schicht in den Musikschulkeller zurück. Sie waren kaum angekommen, als die Sirenen erneut einen Angriff auf die Londoner Innenstadt verkündeten. Wo sollten sie nur mit den zu erwartenden Verletzten hin? Gott sei Dank war Connors Assistentin wieder auf den Beinen. Mit schmalem Gesicht und dunklen Ringen unter den Augen ging sie von Bettstelle zu Bettstelle und sprach mit denen, die wach lagen, ein paar Worte, strich den Jüngeren auch mal übers Haar. Adrienne war fast fünfzig. Das Einfamilienhaus, das sie in der Vorstadt mit ihrem Mann gebaut hatte, war ausgebrannt. Sie lebte jetzt mit drei anderen obdachlos gewordenen Frauen in einem winzigen Zimmer ohne jede Privatsphäre. Ihr Mann galt seit Monaten als vermisst. Eigentlich hätte auch sie ein bisschen Trost nötig gehabt. Aber wer hatte das nicht.

Sarah half noch eifriger und selbstloser als zuvor. Sie hatte gedacht, dass es eine solche Fürsorge, wie sie ihr Dr. MacLean in den vergangenen Stunden hatte zuteilwerden lassen, nicht mehr gebe. Er war bestimmt schon dreißig, und sie hatte sich von ihm beschützt gefühlt. Wider Erwarten blieb die Nacht ruhig, die Bomben mussten anderswo niedergegangen sein. Und auch in den folgenden Nächten blieb London von Angriffen verschont. Der Krieg sei bald vorbei, hörte man munkeln.

Die zarte Zuneigung zwischen Sarah und Connor wurde im Keim erstickt, als er zu einem großen Lazarett bei Folkstone abkommandiert wurde. Zuerst dachte er oft an die kleine Sarah, haderte damit, dass die Umstände es verhindert hatten, sie näher kennenzulernen. Aber die Arbeit ließ ihm kaum Zeit zum Denken, und die Erinnerungsbilder verblassten bald. Ein dreiviertel Jahr später war der Krieg zu Ende, und Sarahs Spur verlor sich endgültig. Connor kehrte in seine schottische Heimat zurück und eröffnete die Landarztpraxis seines Vaters neu, die schon ein paar Jahre leergestanden hatte. Seine Ambitionen, als Facharzt für Orthopädie in London Karriere zu machen, hatte er nach allem, was er in diesem furchtbaren Krieg gesehen hatte, gründlich aufgegeben. Nichts wollte er lieber, als in das beschauliche Roslin zurückkehren, Knochen einrenken oder auch Halsschmerzen kurieren, Rosen züchten und in Frieden leben.

Sarah Blau dachte noch lange an Dr. MacLean und hätte ihn gerne wiedergesehen. Aber daran, ihn zu suchen, dachte sie nicht. Kinder suchten ihre Eltern, Eltern ihre Kinder, Ehefrauen ihre Männer, Tausende waren auf der Suche nach Nahestehenden. Welch ein Ansinnen, jemanden suchen zu wollen, der einem zu einem Wurstbrot verholfen hatte! Außerdem hatte sie eine Pflicht zu erfüllen. Sie musste ihre beiden jüngeren Brüder an den Ort bringen, den die Eltern für die Familie ausgesucht hatten. Ihre Eltern waren verschollen. Sie hatten sich vor vier Jahren auf den Weg gemacht, um die aus Nazi-Deutschland geflohenen Großeltern väterlicherseits in Frankreich abzuholen, und waren nicht zurückgekehrt. Die Verwandten, die sich um die Brüder gekümmert hatten, machten ihr keine Hoffnung, dass die vier überlebt hatten. Nach Palästina hatten die Eltern mit ihr, den Brüdern und den Großeltern gehen wollen. Sarah war noch ein Kind gewesen, als dieser Plan reifte, und sie hatte sich das ferne Land unter südlicher Sonne als ein Paradies mit Oliven- und Zitronenbäumen vorgestellt und mit Menschen, die mit braunen Gesichtern in weißen Gewändern friedvoll vor ihren kleinen Häusern sitzen, während fröhliche Kinder mit Ziegen durch blitzsaubere Gassen toben. Was sie hingegen in den letzten Monaten über das Land ihrer Träume gehört hatte, machte ihr Angst. Der Antisemitismus in weiten Teilen Europas hatte schon vor Jahrzehnten eine gewaltige Welle jüdischer Auswanderungen in Bewegung gesetzt. Und jetzt, nach Kriegsende, machten sich Tausende Überlebende des Holocausts auf den Weg in das gelobte Land. Das war inzwischen an die Grenze seiner Aufnahmekapazität gestoßen. Konflikte mit der ansässigen arabischen Bevölkerung, die blutig ausgetragen wurden, waren an der Tagesordnung, so hörte man. Im November 1945 sah sich die britische Mandatsregierung, welche das palästinensische Gebiet verwaltete, gezwungen, eine Seeblockade einzurichten, um das Anlanden weiterer Flüchtlingsschiffe zu verhindern.

In jenen Novembertagen stand die achtzehnjährige Sarah Blau im Londoner Hafen am Kai und blickte in das schwarze Wasser der Themse, das schnell an ihr vorüberfloss. Ihr Traum war ausgeträumt. In der Hafenkommandatur hatte man sie gefragt, wie naiv sie eigentlich sei, es gebe keine regulären Schiffspassagen nach Palästina zu kaufen.

Hohl und ausgebrannt standen die Häuserruinen wie ein schwarzer Scherenschnitt unter dem bedeckten Himmel. Wohin die Schiffe wohl reisten, die hier vor Anker lagen? Wohin floss das Wasser der Themse so eilig? Ins Meer natürlich, fort, fort. Die Wohnung der Eltern im Stadtzentrum gab es nicht mehr. Sarah hatte mit ihren kleinen Brüdern, die inzwischen zehn und elf Jahre alt waren, bei einer Tante Unterschlupf gefunden, aber dort konnten sie nicht länger bleiben. Zu siebt lebte die Familie jetzt in der Zweizimmerwohnung, und für Sarah gab es nur ein Bett im Kellerverschlag. Es war einfach kein Platz für alle, und satt wurden sie schon lange nicht mehr. Sie trug die Verantwortung für die Brüder, sie musste sie durchbringen. Aber wie und wo, wenn nicht in Palästina, dem Land, in dem Milch und Honig fließen, wie die Eltern ihr versprochen hatten. Das Gefühl der Ausweglosigkeit ließ sie einen Augenblick lang taumeln. Das Wasser war bestimmt eiskalt. Wenn man hineinspränge, würde man sofort einen Herzschlag bekommen und gar nicht merken, wie man ertrank. Sie fröstelte bei dem Gedanken, zog den Gürtel ihres dünnen Mantels enger um die Taille und machte sich auf den Heimweg.

Es gebe schon lange keine legalen Wege mehr, um nach Palästina emigrieren zu können, auch von England aus nicht, erklärte ihr der Onkel. Und er sei auch nicht sicher, ob es wirklich eine gute Idee wäre, diesen

Plan weiter zu verfolgen. Wenn es jedoch ihr unbedingter Wille sein sollte, könne er möglicherweise weiterhelfen.

Schon vier Wochen später, an einem kalten, regnerischen Abend im Dezember 1945, gingen die Geschwister Blau im Schutz der Dunkelheit in Haifa von Bord eines Versorgungsdampfers, der den Angehörigen der britischen Verwaltung das Nötige für ein europäisches Weihnachtsfest lieferte. Die Reise war wenig komfortabel, aber teuer gewesen. Jeder der drei besaß das, was in seinem Rucksack steckte, sowie 65 Pfund. Mehr war von dem Geld, das die Eltern für die Reise nach Palästina gespart hatten, nicht übriggeblieben. Versteckt hinter Kisten voller Weihnachtsdekorationen und Lebensmitteln fuhren sie auf einem Lastwagen unbehelligt vom Hafengelände und die Küstenstraße entlang in Richtung Süden. Nach ungefähr einer Stunde bog der Lastwagen auf eine unbefestigte Straße ab. Die Geschwister wurden ausgeladen und zu einem großen Baum geführt, der wenige Meter entfernt stand. Dort sollten sie warten, sie würden abgeholt, hieß es. Der Lastwagen rumpelte zur Straße zurück, und als seine Scheinwerfer in der Ferne schließlich verschwanden, war nichts als die tiefschwarze Nacht und der unaufhörlich rinnende Regen um die drei herum. Ob da neben ihnen die Wüste begann? Außer dem Baum war nichts auszumachen, unter ihren Füßen spürten sie nur Geröll. Sie hörten das Meer, das laut rauschte und an eine Küste schlug, die ganz nah sein musste. Ob ihre

Glieder vor Angst oder vor Kälte schlotterten, wussten sie nicht, als sie sich eng an die raue Borke des Baumes drückten. Der kleinere der Brüder weinte leise vor sich hin. Eine kleine Ewigkeit später sahen sie die Scheinwerfer eines Autos von der Straße abschwenken und langsam auf sie zukommen. Das Auto hielt bei ihnen an, ein Mann und eine Frau stiegen aus.

„Wir sind Herr und Frau Adler", sagte die Frau freundlich. „Ihr werdet die nächste Zeit bei uns unterkommen. Schnell auf die Rückbank mit euch, ihr seid ja schon ganz durchgeweicht."

Der Mann verstaute die Rucksäcke im Kofferraum und setzte sich wieder hinter das Steuer. Die Frau wandte sich um, als das Auto losfuhr und sagte beruhigend: „Es wird jetzt alles gut."

Mit ängstlichen Gesichtern fuhren die drei in dem warmen Auto mit den weichen Sitzen durch die dunkle Nacht in eine neue Ungewissheit. Es hatte aufgehört zu regnen, und im Licht des Mondes, der ab und zu durch die Wolkendecke lugte, konnten sie rechts neben der Straße das Meer sehen. Es war ein anderes Meer als jenes, das sie von zu Hause kannten. Frau Adler erklärte ihnen während der Fahrt, dass ihr Mann und sie die Geschwister gegen einen Obolus, der schon von England aus entrichtet worden war, für ein Jahr aufnehmen, ihnen Papiere beschaffen und beim Neustart behilflich sein würden.

Sie hatten es gut angetroffen bei den Adlers, die in Tel Aviv ein großes Haus in der Nähe Jaffas bewohnten. Ihre beiden Söhne waren im selben Alter wie

Sarahs Brüder, und die vier Jungs verstanden sich von Anfang an prima.

Bis die Einwanderungszertifikate eintrafen, durften die Blau-Geschwister als Illegale das Haus nicht verlassen. In dieser Zeit erholte sich Sarah von all den psychischen Strapazen, die sie in den letzten Jahren ertragen musste. Sie half im Haushalt und ließ sich mit Vorliebe von den Romanen, die zahlreich in einem Wohnzimmerregal standen, in andere, bessere und sichere Welten entführen.

„Sie sind gefälscht", sagte Herr Adler im Februar 1946, als er Sarah die Zertifikate überreichte, „aber sie sind im Moment unabdingbare Eintrittskarten in dieses Land, das bald für alle Juden eine unabhängige Heimstatt sein wird."

Frau Adler brachte die Brüder in der Klasse ihrer Söhne an einer englischen Schule unter, und Sarah besuchte einen viermonatigen Crashkurs in Hebräisch. Danach gelang es Frau Adler, ihr einen Ausbildungsplatz in ihrem Wunschberuf als Krankenschwester sowie ein Zimmer im Schwesternwohnheim zu besorgen. Es hätte perfekt sein können, wenn Sarah, bei aller Freundlichkeit und Hilfe, die ihr in diesem Land zuteilwurde, nicht auch so vieles als irritierend empfunden hätte. Es waren nicht nur die unbekannten jüdischen Sitten und Gebräuche, die Familie Adler zelebrierte, es waren vor allem das allgegenwärtige Militär sowie die Ressentiments und Aggressionen gegenüber Andersdenkenden. Durfte die jüdische Bevölkerung wirklich ein Recht auf dieses Land einklagen und die

Araber, die hier seit Generationen lebten waren, vertreiben? Für Sarah ging es weniger um Politik als um Menschlichkeit. Sie fühlte sich zunehmend unwohl damit, zu denen zu gehören, die sich hier rücksichtslos breit machten.

Ihre freien Tage verbrachte sie mit den Brüdern bei den Adlers, und in deren Haus waren die politischen Verhältnisse ein ständiges Thema. Es hatte ihr ganz und gar nicht gefallen, als ihr jüngster Bruder laut verkündete, er sei jetzt auch ein Zionist, auch wenn er wahrscheinlich kaum wusste, was das hieß.

Sarahs Brüder blieben auch nach dem bezahlten Jahr bei den Adlers wohnen und wurden von ihnen wie ihre eigenen Söhne behandelt. Die Familie bejubelte im Mai 1948 die Gründung des Staates Israel auf palästinensischem Boden. Sarah nahm es hin, es war ihr eigentlich egal, ob das Land, in dem sie sich noch immer nur als Gast fühlte, Palästina oder Israel hieß. Als jedoch der Radiosprecher am anderen Morgen, während sie beim Frühstück saß, verkündete, dass in der Nacht sechs arabische Staaten aus der Nachbarschaft dem neugeborenen Staat Israel den Krieg erklärt hatten, war sie starr vor Schreck. Nein, dies war nicht mehr das Land, in dem Milch und Honig flossen, hier floss Blut.

Sarah bezog keine Stellung zu dem, was um sie herum geschah, sie verrichtete ihre Arbeit beflissen, war still und unauffällig. Nach Abschluss ihrer Ausbildung wurde sie auf die Unfallstation versetzt. Von dem Gehalt, das sie nun bezog, leistete sie sich eine dieser winzigen anonymen Schuhkartonwohnungen in einem Häuserblock in der Nähe ihres Arbeitsplatzes. Es blieb ihr nicht verborgen, dass es sich bei den Verletzungen, die auf ihrer Station versorgt wurden, um typische Kriegsverletzungen handelte. Auch das kommentierte sie nicht.

Die sozialen Kontakte Sarahs waren über die Jahre mager geblieben. Ihre Brüder hingegen hatten sich voll integriert. Bald würde der ältere zusammen mit dem älteren der Adler-Söhne seiner Armeepflicht nachkommen, und er würde es mit Begeisterung tun. Die Brüder waren ihr entwachsen, sie waren bei den Adlers zu Hause, es ging ihnen gut, sie hatten ihre eigenen Interessen und kaum noch Zeit für die große Schwester. Sie waren Israelis geworden.

Sieben Jahre war Sarah nun schon hier und sie sehnte sich heimlich nach England zurück. Nach kühlen Tagen, nach dem Duft des Waldes, nach der Einsamkeit im Nebel, nach Schnee und Schmuddelwetter. Sie dachte immer häufiger darüber nach, ob sie den Schritt wagen sollte, noch einmal alles hinter sich zu lassen, um nach Hause zurückzukehren. Und dann ging plötzlich alles ganz schnell. Sie saß mit Kolleginnen beim Mittagessen in der Kantine, als Rebecca erzählte, dass sie ihre Reise nach Rotterdam dummerweise nicht mehr kostenfrei stornieren könne, denn der Flug gehe schon in wenigen Tagen. Eigentlich sei sie nur die Begleitung ihrer Freundin gewesen, die ihre Großeltern in den Niederlanden besuchen wollte, aber die Freundin habe sich vorgestern einen komplizierten Beinbruch zugezogen und liege im Krankenhaus. Unfall sei zwar ein Stornierungsgrund, das gelte aber leider nur für die Freundin, nicht für sie.

„Was soll ich denn allein bei den Großeltern meiner Freundin in den Niederlanden?", jammerte Rebecca. „Da bleibe ich doch lieber hier."

Die Kolleginnen bedauerten Rebecca aufrichtig.

„So ein Pech!"

„Das schöne Geld!"

„Schade!"

„Hat vielleicht eine von Euch Lust auf die Niederlande und möchte mir das Ticket abkaufen? Gibt es heute zum halben Preis!", murrte Rebecca und zog ein pikiertes Gesicht.

Sie erwartete keine Antwort auf diese rhetorisch gemeinte Frage und stellte klappernd ihr Geschirr aufs Tablett. Es dauerte eine Weile bis sie bemerkte, dass sich alle Augen auf die unscheinbare Sarah gerichtet hatten. Denn die hatte den Finger gehoben und sagte zaghaft:

„Ja, ich."

London im Herbst, Anfang der fünfziger Jahre. Die Luft war heimatlich, aber sonst nichts. Das England, nach dem sich Sarah so sehr gesehnt hatte, war das ihrer Kindheit gewesen, das jetzige Leben hier war ihr so fremd wie das in Tel Aviv. Sie nahm eine Stellung in einer Tagesklinik an und bekam ein Zimmer im Schwesternwohnheim. Wenigstens hätte sie sich ein bisschen mehr Herzlichkeit unter den Kolleginnen gewünscht, aber davon war man in der hierarchischen Struktur der Schwesternschaft dieser Klinik weit entfernt. Wer ganz unten rangierte, und zu denen gehörte sie als Neue, hatte es nicht leicht. Der Druck an ihrer Arbeitsstelle spannte sie an und powerte sie aus. So hatte sie sich ihr Leben in England nicht vorgestellt. Wenn sie in ihrer knapp bemessenen Freizeit träumen konnte, dann träumte sie davon, im Vorzimmer einer Landarztpraxis der Dreh- und Angelpunkt zu sein, Ansprechpartnerin für Arzt und Patienten gleichermaßen. Einen randvollen Arbeitstag scheute sie nicht, sie würde gern in ihrer Arbeit aufgehen wollen, aber ein bisschen mehr Achtung erwartete sie schon. Sie wollte nicht der kleine unbedeutende Fisch im großen Teich sein, sondern der große Fisch im kleinen Teich, sie wollte Verantwortung übernehmen, selbständig arbeiten. Sie war jetzt Mitte zwanzig, es würde noch alles möglich sein. Sie würde gern eine eigene Familie gründen. Mit Kindern. Irgendwann. Aber diesen Wunsch traute sie sich kaum einzugestehen, er war noch aussichtsloser als alle anderen.

Als sie an diesem Morgen zur Schicht erschien, herrschte unter den Kolleginnen ein aufgeregtes Getuschel. Elisa hatte gekündigt. Von heute auf morgen war sie einfach verschwunden.

„Sie hat sich nicht wohl gefühlt", wusste eine, „weder in London noch in unserer modernen Klinik."

„Sie sah ja auch wie eine Landpomeranze aus", meinte eine andere schnippisch, „sie passte nicht hierher; ich weiß von der Oberschwester, dass sie sich von der Doc-Agentur in die Highlands hat vermitteln lassen, da gehört sie auch hin."

„Wohl in einen Schafstall!", grölte eine dritte, woraufhin alle kreischend lachten.

Nur Sarah nicht. Fieberhaft suchte sie nach Feierabend auf der Post im Telefonbuch nach der Adresse der Doc-Agentur und machte für ihren nächsten freien Tag telefonisch einen Termin aus.

Wohin sie denn möchte, wurde sie gefragt, außerhalb der großen Städte könne sie sich den Arbeitsplatz praktisch aussuchen, es herrsche großer Mangel an Pflegepersonal auf dem Land. Man breitete eine Karte vor ihr aus, in die rote Punkte eingeklebt waren. Bei jedem Punkt gab es Ärzte oder Krankenhäuser, die über die Agentur nach medizinischem Personal suchten. Je höher es in den Norden der Insel ging, umso dichter waren die roten Punkte gesät. Ihr fiel MacLean ein, als sie mit dem Finger auf einen Punkt ganz oben im schottischen Norden zeigte. MacLean – sie hatte ihn fast vergessen. Der Mitarbeiter der Doc-Agentur zog eine Karteikarte aus einem Kasten und reichte sie Sarah.

„Hier steht, was sie wissen müssen", sagte er. „Sie werden in Roslin bei Edinburgh eingesetzt. Ein Landarzt sucht eine tatkräftige Person, die ihn in seiner Praxis bei allem, was anfällt, unterstützen soll. Sie können erst telefonieren oder auch gleich hinfahren, nach

Schottland will niemand, da haben Sie keine Konkurrenz zu befürchten. Eine Unterkunft wird gestellt. Die Bewerberin soll von der Poststelle Roslin aus, die gleich gegenüber der Bushaltestelle liegt, die angegebene Telefonnummer anrufen. Der Arzt holt Sie dann mit dem Auto ab."

Sarah nahm die Karteikarte, und es lief ihr siedend heiß den Rücken hinab, als sie die Adresse las:

Dr. Connor MacLean,
Greenhill 2, Roslin, Edinburgh,
Midlothian, Scotland.

Kaum hatte der Bus die Stadtgrenze von Edinburgh verlassen, säumte hügeliges grünes Land den Weg. Darüber groß der Himmel, in dem sich graue Wolken türmten. Kleine Ansiedlungen, einzelne Häuser, Baumgruppen und Wiesen voller Schafe lagen in der weiten Landschaft verstreut. Eine gute Stunde war der Bus unterwegs gewesen, als sie an der Poststelle von Roslin ausstieg. Sie war aufgeregt. Wahrscheinlich war MacLean verheiratet. Hatte einen Haufen Kinder. Was sollte er denken, wenn sie nach all den Jahren so plötzlich bei ihm auftauchte? Würde er sie überhaupt wiedererkennen? Dabei war alles bloß Zufall gewesen.

„Praxis Dr. MacLean", hörte sie seine Stimme sagen, erschrocken, dass sie noch wie damals klang.

„Hier ist Miss Blau. Ich bin die Bewerberin auf die Stelle in ihrer Praxis", stotterte Sarah. „Ich habe Ihre Adresse von der Doc-Agentur und bin an der Poststelle in Roslin."

„Schön, dass das so schnell geklappt hat", sagte MacLean erfreut, „ich bin in ein paar Minuten bei Ihnen."

Aus den großen grauen Wolken begann es zu tröpfeln. Sarah spannte ihren Schirm auf. Verfehlen konnte MacLean sie nicht. Außer ihr war weit und breit niemand unterwegs. Ein großes, klappriges Auto brauste schon nach wenigen Minuten heran. Ein hagerer Mann stieg aus und kam auf sie zu. Connor hatte sich nicht verändert, vielleicht war sein Haar etwas lichter geworden. Er hielt den Blick fest auf sie gerichtet, während er näherkam. Sarah lächelte verlegen und blickte zu Boden.

„Dr. MacLean", stellte Connor sich vor, „und Sie sind meine neue Assistentin?"

„Ja", hauchte Sarah schüchtern, „Schwester Sarah."

Er sah sie aufmerksam an. „Sarah? Täusche ich mich oder sind Sie die Sarah, die ich vor Jahren in einem Musikschulkeller in London kennengelernt habe?" Verwunderung lag in seiner Stimme.

„Doch, die bin ich", sagte Sarah und lachte nun erlöst, weil der Akt des Wiedererkennens glücklich vorübergegangen war.

Connor fiel in ihr Lachen ein und umarmte sie steif. „Solch eine Überraschung! Ich brauche dringend Unterstützung, und zwar in allem! Steig ein, wir fahren gleich zu mir."

Connor zeigte Sarah sein Elternhaus, das neben seiner Wohnung auch die Praxis beherbergte. Sein Großvater hatte das Haus selbst aus dem grauen Gestein der

Gegend gebaut. Die kleine Einliegerwohnung, die Sarah beziehen durfte, war erst kürzlich hinzufügt worden.

„Meine Haushälterin hat nicht nur mich und das Haus versorgt, sie hat auch Wartezimmer und Telefondienst übernommen. Aber sie ist alt, hat den Ruhestand schon längst verdient. Die Patientenzahlen steigen ständig, und ich brauche dringend jemanden, der vor allem für die Arbeit in der Praxis qualifiziert ist. Ich hoffe, du hast nicht schon nach einer Woche die Nase voll – wie du siehst, geht es bei mir drunter und drüber. Ich fände es schön, wenn wir wieder so effektiv Hand in Hand arbeiten würden wie früher."

Connor bewohnte das Haus allein, eine Mrs. MacLean gab es also nicht.

Sarah wurde das, was sie sich gewünscht hatte: die Seele einer Landarztpraxis. Bei ihr liefen alle Fäden zusammen, sie organisierte und plante und Connor freute sich, eine so umsichtige Person wie Sarah an seiner Seite zu haben. Die alte Zuneigung zwischen beiden flammte wieder auf, und vier Jahre, nachdem Sarah schüchtern in Roslin an der Bushaltestelle gestanden hatte, heiratete sie ihren Doktor. Sarah hatte gerade das dreißigste Lebensjahr vollendet und Connor war schon Mitte vierzig.

Ihr Glück schien vollkommen, als sie in das weiß gestrichene Haus am Waldrand einzogen, das sie nach eigenen Entwürfen hatten bauen lassen. Sie tauften es Whitecottage. Die Räume hatten bodentiefe Fenster, damit viel Licht einfallen konnte, und wurden ausschließlich mit hellen Möbeln bestückt. Vom alten Mobiliar von Connors Eltern durfte einzig der honigfarbene Sekretär seiner Mutter in das neue Haus einziehen. Das ehemalige Wohnhaus ließ Connor zu einer großzügigen und modernen Praxis umbauen. Er stellte einen jungen Assistenzarzt ein und auch zwei neue Helferinnen, die Sarah entlasten sollten.

Die Zukunft mit Sarah war in Connors Vorstellung ein sonniger Sommer. Er sah sich an der Seite einer umsichtigen Hausfrau, die gleichzeitig eine Diskussionspartnerin für fachliche Dinge sein konnte, während ein halbes Dutzend Kinder im Garten herumtollte.

Es dauerte auch nicht lange, und Sarah wurde schwanger. Doch die große Freude darüber schlug in bittere Enttäuschung um, als es in der zwölften Woche zu einer Fehlgeburt kam.

„Kein Grund zu verzweifeln", sagte Sarahs Gynäkologe aufmunternd. „So etwas passiert, dann kommen Ihre Kinder eben ein bisschen später."

Doch Jahr um Jahr verstrich, und Kinder wollten sich nicht einstellen. Die allmonatliche Enttäuschung zermürbte und frustrierte die MacLeans. Ohne ein eigenes Kind erschien ihnen alle Arbeit, alles Streben umsonst. Inzwischen ging Connor bereits auf die sechzig zu und Sarah würde in ein paar Tagen ihren fünfundvierzigsten Geburtstag feiern. Im Gegensatz zu Connor hatte Sarah nach über zehn Jahren, in denen der Zeitpunkt ihres Eisprungs zu den wichtigsten

Terminen gehört hatte, die Hoffnung auf ein Baby aufgegeben. Für sie war es ein Witz, in diesem Alter, in dem andere Großeltern werden, selber noch ein Kind in die Welt setzen zu wollen. Sie nahm ihren Geburtstag zum Anlass, den Kinderwunsch endgültig und offiziell zu begraben. Sie backte zwei Kuchen und lud in der Mittagspause die ganze Belegschaft der Praxis zum Geburtstagskaffee ein. Am Abend wollte sie mit Connor reden – zur Feier des Tages hatte sie sich von ihm ein schickes Abendessen in Edinburgh gewünscht.

„Was ist mit dir los?", scherzte Connor, als sie in dem feinen Restaurant am Dom St Giles die Speisekarte lasen. „Seit wann hast du Lust auf ein großes Steak? Bist du etwa schwanger?"

Das Lächeln gefror auf Sarahs Lippen. „Darüber wollte ich heute Abend mit dir sprechen. Nein, ich bin nicht schwanger, und ich denke, ich werde es auch nicht mehr. Es ist an der Zeit, dass wir das akzeptieren. Es ist nicht das Ende unserer Hoffnung, das ich mit dir heute Abend feierlich begehen möchte, sondern den Beginn einer Zeit, in der wir den Blick wieder auf uns beide richten sollten. Wir sind eben ein kinderloses Paar. Na und? Davon geht die Welt nicht unter, auch wenn wir das lange gedacht haben. Wir sind nicht die einzigen, denen es so geht."

Connor sah sie wehmütig an. „Eigentlich stirbt die Hoffnung doch zuletzt. Wir könnten einem Kind so viel bieten", sagte er enttäuscht.

„Ach, Connor", Sarah griff nach seiner Hand. „Es ist doch viel zu spät für uns. Lass uns etwas Verrücktes unternehmen, etwas, das man mit einem Kleinkind nicht so leicht machen kann. Wir reisen nach Machu Picchu, besteigen den Kilimandscharo oder touren durch die Wüste Gobi. Lass uns wieder frei sein, frei dafür, die Zukunft einfach kommen zu lassen, mit all den Überraschungen, die sie vielleicht bereithält, ohne Rücksichten nehmen zu müssen, aber dafür mit den Möglichkeiten, spontan zu sein, für was auch immer."

„Und unser Besitz? An wen soll denn das Land fallen, das meine Altvorderen im Schweiße ihres Angesichts hier erarbeitet haben? Mein Vater würde sich im Grabe umdrehen, wenn er wüsste, dass mit mir seine Linie erlischt."

Sarah antwortete nicht darauf. Der Kellner kam just in diesem Augenblick, und sie gaben einsilbig ihre Bestellungen auf.

Die Einladung zum Ärzteball in Edinburgh, die den MacLeans am anderen Morgen ins Haus flatterte, kam Sarah gerade recht. Sie und Connor würden hingehen, sie würden ein schönes Paar sein. Ein Paar, das war doch etwas anderes als zwei Menschen, die verzweifelt darum bemüht sind, Eltern zu werden. Es würde nur ein kleiner Schritt sein, und sie würden die jungen Eltern nicht mehr beneiden, die abgehetzt auf dem Ball erschienen, weil sich der Babysitter verspätet hatte, oder deren Babys noch kurz vorm Weggehen säuerlich auf das Seidenkleid gespuckt hatten.

Lange hatten sie sich nicht mehr so fein gemacht. Sarah sah in ihrem dunkelgrünen Samtkleid sehr elegant aus. Sie legte dazu die Kette aus silbergrauen Südseeperlen um, die Connor ihr zum vierzigsten Geburtstag geschenkt hatte. Die ersten grauen Strähnen in ihrem schwarzen Haar, das sie seit der Zeit in Tel Aviv im Pagenschnitt trug, harmonierten perfekt mit der Farbe der Perlenkette. Connor hatte seinen alten Smoking wieder hervorgeholt, aber der saß noch tadellos. Die beiden konnten sich sehen lassen. Sie hatten Connors jungen Assistenten Dr. Smith im Schlepptau, der sich im Ballsaal ehrfürchtig unter den anwesenden Koryphäen der medizinischen Zunft bewegte. Sie fanden an einem großen Tisch für zwölf Personen ihre Plätze, und die ersten vorsichtigen Sondierungsgespräche ergaben, dass sie zusammen mit zwei anderen niedergelassenen Ärzten und deren Gattinnen sowie einem Ärzteehepaar vom Städtischen Krankenhaus zusammensaßen. Zu ihnen gesellten sich kurze Zeit später drei Männer, die sich ihren Tischgenossen als Dr. Mulligan, Dr. Mill und Dr. Fraser von der Medical School der Universität vorstellten.

Die Unterhaltungen plätscherten dahin, als Connor auf das Gespräch, das die drei Ärzte von der Universität führten, aufmerksam wurde.

„Ich habe mir den Vortrag von Berthold Wiesner geschenkt", hörte er Mill zu Fraser sagen. „Die haben den doch bloß eingeladen, weil er früher am Animal Breeding Research Department unserer Fakultät gearbeitet hat. Vielleicht gibt es da noch alte Weggenossen. Seine Methoden sind jedenfalls inzwischen vollkommen überholt."

„Ich bin hingegangen", entgegnete Fraser süffisant lächelnd. „Ich wollte mir den Superman einfach mal ansehen. Sechshundert Kinder soll er gezeugt haben. Wer kann schon von sich behaupten, kinderreichster Mann der Menschheitsgeschichte zu sein."

Die beiden jungen Wissenschaftler lachten dröhnend.

„Habe ich etwas verpasst?", fragte Dr. Mulligan. Er war älter als seine beiden Kollegen, ein seriöser Herr mit angegrauten Schläfen und im Smoking, während die beiden Jüngeren Sakko und offene Hemdkragen trugen.

„Letzte Woche hat der Wiesner aus London bei uns einen Vortrag gehalten, haben Sie das nicht mitbekommen?", fragte Mill. „Das ist der, der seinerzeit in seiner Fruchtbarkeitsklinik Inseminationen mit dem eigenen Sperma durchgeführt hat."

„Ach der! Ein ziemlich eitler Kerl, ich habe ihn mal kennengelernt." Mulligan grinste. „Ich war leider die ganze letzte Woche dienstlich unterwegs, aber ich denke, den Vortrag hätte ich auch geschwänzt."

„Touché!", rief Mill und alle drei wollten sich ausschütten vor Lachen, während sie in Richtung des Buffets verschwanden.

Connor war hellhörig geworden. Es gab eine Fruchtbarkeitsklinik in London? Hatte er das hier oben im Norden verschlafen?

Die drei kamen mit vollbeladenen Tellern zurück, und Connor spitze die Ohren, um mitzubekommen, worüber sie kauend und schmatzend fachsimpelten.

„Edwards ist da ein ganz anderes Kaliber!" Dr. Mill schluckte, bevor er weitersprach. „Der hat bei uns in der Tiergenetik promoviert. Seit zehn Jahren forscht er schon an den Vorgängen rund um die Fortpflanzung und an Methoden der künstlichen Befruchtung. Wir haben uns mal auf einer Party unterhalten; er hat erzählt, dass er versucht, menschliche Eizellen in vitro zu befruchten und die Embryonen dann in den Uterus einzusetzen ..."

„Ich bin gegen solche Versuche!", unterbrach Dr. Mulligan entschieden. „Das ist ethisch nicht vertretbar! Keiner kann sagen, was das für Folgen für die so gezeugten Kinder hat und wie die Eltern psychisch auf sie reagieren werden. Wir wissen noch viel zu wenig über die hormonelle Steuerung dieser ganzen Fortpflanzungsvorgänge, als dass wir es wagen sollten, extrakorporale Befruchtungen vorzunehmen. Da fehlt Grundlagenforschung, meine Herren! Ganz zu schweigen davon, ob sich solch ein Embryo überhaupt einnistet und eine Schwangerschaft zu Ende geführt werden kann." Mulligan fuchtelte während seiner Rede mit der Gabel herum und echauffierte sich sichtlich.

„Die sind mit ihren Forschungen schon weiter, als man denkt", warf Fraser nüchtern ein. „Künstliche Befruchtungen an sich sind ja im Prinzip nichts Neues, die wurden schon siebzehnhundertsoundso vorgenommen."

„Genau!", pflichtete Mill bei. „Künstliche Befruchtung an sich ist nicht der Punkt. Aber manchmal kann eine Befruchtung aus physiologischen Gründen nicht im Uterus stattfinden und deshalb will Edwards versuchen, Spermien mit reifen Eizellen im Reagenzglas zusammenzuführen, und das Produkt in das natürliche Umfeld zurücksetzen."

„Das Produkt, das Produkt! Zum jetzigen Zeitpunkt ist das doch alles Utopie, meine Herren!", schnauzte Mulligan und schüttelte den Kopf. „Die Menschen wollen Gott spielen. Ich sehe die Gefahr des Missbrauchs solcher Forschungen. Frankenstein lässt sowieso schon grüßen. Wir wissen schließlich alle ganz genau, was unsere Kollegen in der Veterinärmedizin in Roslin treiben."

Die beiden Jüngeren warfen sich verstohlene Blicke zu und schwiegen. Eine Bedienung kam, sammelte die leeren Teller ein und schenkte Wein nach. Inzwischen tummelten sich nicht wenige Paare auf der Tanzfläche. Sarah unterhielt sich angeregt mit der Arztgattin zu ihrer Rechten, und Dr. Smith hatte sich aufgemacht, um eine einzelne Dame zu finden, die er zum Tanzen auffordern konnte. Connor war still geworden. Er war ja auch Mediziner, hatte auch an der Universität in Edinburgh studiert. Das war zwar lange her, und er hatte sich damals auf Orthopädie und Unfallmedizin spezialisiert, selbst wenn er als Landarzt in Roslin jetzt alles behandelte, was man an ihn herantrug – aber da war offensichtlich etwas an ihm vorbeigegangen. Den Andeutungen hatte er entnommen, dass in den neuen Instituten, die in seiner Nachbarschaft aus dem Boden gewachsen waren, hochinteressante Forschungen im Gange waren. Genetik. Frankenstein. Künstliche Befruchtung. Sein eigener unerfüllt gebliebener Kinderwunsch hatte ihn nie dazu gebracht, dieses Problem medizinisch zu hinterfragen. Wäre ihm ein Patient oder eine Patientin damit gekommen, hätte er sich wahrscheinlich gekümmert, sich weitergebildet oder eine Überweisung an einen kompetenten Kollegen ausgestellt. In eigener Sache war er blind und taub gewesen. Wieso war er nie auf die Idee gekommen, sich untersuchen zu lassen? Vielleicht lag es ja an ihm, dass es mit einem Kind nicht geklappt hatte? Ob er die drei einfach mal ansprechen sollte? Sagen, dass er zufällig ihr Gespräch mit angehört hatte? Fragen, ob sie ihm Näheres und Konkreteres erzählen könnten?

Junge Männer in Sakkos und mit offenen Hemdkragen, offensichtlich Kollegen aus der Medical School, kamen mit lautem Hallo an den Tisch und zogen Mill, Fraser und Mulligan mit sich fort.

In den Wochen darauf fuhr Connor fast täglich nach Edinburgh und setzte sich in die Universitätsbibliothek. Er beschäftigte sich mit den neueren Publikationen seiner ehemaligen Fakultät, ging den Querverweisen nach und kopierte sich vor allem die Artikel zu Forschungen auf einem ganz neuen Gebiet, das sich Reproduktionsmedizin nannte. Er las über die Bestrebungen, die Bedingungen für eine erfolgreiche Fortpflanzung zu durchschauen, um sie dann künstlich nachzubilden. Edwards, dessen Namen er auf dem

Ärzteball gehört hatte, war dabei, Pionierarbeit auf diesem Gebiet zu leisten.

Immer wieder stolperte Connor bei seinen Recherchen über den Namen Mergentheim. Er fand heraus, dass Professor Mergentheim eine Privatklinik in Deutschland führte und darauf spezialisiert war, auch Paaren im fortgeschrittenen Alter noch zu Nachwuchs zu verhelfen. Das war nicht unumstritten. Die Regenbogenpresse stellte gern die meist begüterten Paare vor, die noch nach ihrer fruchtbaren Lebensphase mit Hilfe Professor Mergentheims an einen leiblichen Erben gekommen waren. Seriösere Zeitschriften verurteilten ihn dafür aufs Heftigste. Waren es die ewig Gestrigen, die da aufschrien? In Roslin hatte Connor total überhört, wie weitreichend die Diskussionen waren, welche der Wind der 68er-Bewegung angefacht hatte. Natürlich hatten er und Sarah Bilder von den Demonstrationen in den Nachrichtensendungen verfolgt. Sie wussten, dass es besonders an den Universitäten rumorte. Aber sie hatten die Thesen der Jungen nicht wirklich an sich herangelassen, sie waren viel zu sehr mit sich selber beschäftigt gewesen. Die Demonstranten, zumeist Studenten, hatten Freiheit für Forschung und Gesellschaft gefordert. Und erst jetzt verstand Connor, worum es ihnen eigentlich ging. War nicht Professor Mergentheim, der sozusagen zwischen die Fronten der Diskutanten geraten war, ein praktisches Beispiel dafür, dass die Zeit reif war für Veränderung? Reif für den Abschied von nicht mehr zeitgemäßen Moralvorstellungen?

Connor hatte plötzlich das erhebende Gefühl, mitten in einer Zeitenwende zu stehen. Und er wollte am Fortschritt teilhaben, ihn ausnutzen! Er sah hier eine Chance für Sarah und sich, eine allerletzte Chance. Zu verlieren hatten sie nichts, sie konnten nur gewinnen – wenn sie den Mut aufbrachten, an die neuen Forschungen auf dem Gebiet der Reproduktionsmedizin und an moderne, vielleicht nur erst experimentelle Methoden zu glauben.

Connor hatte Feuer gefangen. Aber wie sollte er das an Sarah herantragen? Es war ja gerade mal drei Monate her, dass sie ihm mitgeteilt hatte, dass das Thema Fortpflanzung für sie abgeschlossen war. Sie hatte sehr entschieden gewirkt. Und er hatte auch gesehen, wie sehr sie sich darüber freute, dass er sich nach dem Ärzteball wieder so engagiert der medizinischen Forschung zugewandt hatte. Er erzählte daher auch nicht, dass er sich einen Termin bei einem Urologen am Universitätsklinikum besorgt hatte, um mit ihm über das Thema der Fruchtbarkeit bei älteren Männern, also über sich, zu sprechen.

Dr. Murray schien ein aufgeschlossener und aufgeklärter Arzt zu sein, der Connors Wunsch, nämlich seine Zeugungsfähigkeit überprüfen zu lassen, ohne mit der Wimper zu zucken nachkam. Das Ergebnis dieser Untersuchung war indes niederschmetternd.

„Die Wahrscheinlichkeit, dass sich die fünf Spermien, die sich eventuell in ihrem Ejakulat befinden, zu einer reifen Eizelle vorkämpfen können, liegt praktisch bei null", brachte es Dr. Murray nicht sehr zartfühlend auf den Punkt. „Aber in ihrem Alter ist das auch nicht so ungewöhnlich. Die Trefferquote liegt bei Sechzigjährigen unter zehn Prozent."

Connor sah Dr. Murray deprimiert an. „Ich habe immer geglaubt, dass Männer bis an ihr Lebensende Kinder zeugen können."

„Im Prinzip stimmt das auch, aber eben nur im Prinzip. Der eine kann, der andere kann nicht, der dritte landet einen Zufallstreffer. Es ist aber eher die Regel, dass die Zeugungsfähigkeit im Alter rapide abnimmt."

Im Alter, hatte Dr. Murray gesagt, dabei war der höchstens zehn Jahre jünger! Es verschlug Connor für einen Augenblick die Sprache, er fühlte sich nicht alt. Und obwohl er sich ärgerte, wollte er keinesfalls die Praxis verlassen, ehe er nicht alle Fragen gestellt hatte, die ihm auf den Nägeln brannten.

„Angenommen, meine Frau ist normal fruchtbar, nur ich nicht. Könnte man da was machen?"

„Theoretisch ja", entgegnete der Urologe, „aber praktisch nicht, noch nicht. Es gibt zwar klinische Forschungen, die versuchen, qualitätsvolle Spermien direkt an ihrem Entstehungsort zu extrahieren, aber das ist momentan noch Zukunftsmusik. Ich glaube nicht, dass sie in England einen Arzt finden, der so etwas schon kann."

„Und wie ist das in anderen Ländern? In Deutschland zum Beispiel?"

Dr. Murray legte den Kopf schief und sah Connor in die Augen. Er sah aus, als überlege er, ob er etwas sagen sollte oder nicht, und dann beugte er sich über seinen Schreibtisch, dicht zu Connor hinüber, und dämpfte die Stimme: „Es gibt einen Kollegen in Deutschland, der angeblich sehr erfolgreich Paaren zu Nachwuchs verhilft, auch älteren Paaren noch." Dr. Murray richtete sich wieder kerzengerade auf und sagte in tadelndem Ton: „Das wird unter uns allerdings sehr kontrovers diskutiert. Weniger wegen seiner Methoden, die offensichtlich funktionieren, als aus moralischen Gründen. Ein Kind sollte schon wenigstens zwanzig Jahre lang Eltern haben können, die nicht schon völlig vergreist sind."

Dr. Murrays Meinung, auch die, in welchem Alter für ihn die Vergreisung beginnt, interessierte Connor wenig, daher fragte er nur spitz: „Ist das Professor Mergentheim in Hannover?"

„Ja, so heißt der", bestätigte Dr. Murray widerwillig. „Eine Empfehlung war das nicht, Herr Kollege!"

Er rief dies laut hinter Connor her, der sich nur sehr knapp verabschiedet hatte und im Begriff war, das Sprechzimmer zu verlassen.

Am Abend fasste sich Connor ein Herz und erzählte Sarah von seinem Arztbesuch, auch davon, was er auf dem Ärzteball mit angehört hatte, und dass dies der Grund für seine Nachforschungen der letzten Wochen gewesen war.

„Ich denke, das Problem hat die ganze Zeit ausschließlich bei mir gelegen." Er fasste Sarah bei den Schultern und schüttelte sie leidenschaftlich. „Sarah, das Problem ist eingekreist, es ist kein gesichtsloses Phantom mehr, nicht einfach nur unabänderliches Schicksal. Es gibt eine konkrete Chance!"

Sarah blickte ihn unwillig an. „Kannst du denn an nichts anderes denken? Ich mag nicht mehr. Ich dachte, du hättest das verstanden und akzeptiert. Und außerdem hast du doch selber gerade gesagt, dass alles erst in der Forschung ist und dass der Urologe dir keine Hoffnung gemacht hat. Was für eine Chance siehst du also?"

„Der deutsche Arzt, von dem ich erzählt habe, setzt die neuen Erkenntnisse bereits praktisch um. Und zwar sehr erfolgreich." Connor nahm ihre Hände und sah sie flehend an. „Sarah, ich bitte dich, lass es uns einmal versuchen. Nur einmal. Wir gehen das Ganze experimentell an, es ist nur ein Versuch. Wir machen uns nicht verrückt. Wir verbinden den Besuch bei Professor Mergentheim mit ein paar netten Urlaubstagen in Deutschland, wir können an den Rhein fahren, das wolltest du doch schon immer gerne. Entweder es klappt oder es klappt nicht. Eine Fünfzig-Prozent-Chance ist so viel mehr, als wir jemals hatten. Bitte."

Sarah zog langsam ihre Hände zurück und blickte ratlos auf ihre Schuhspitzen. Sie erbat sich Bedenkzeit. Sein Ansinnen komme zu überraschend für sie, denn sie habe innerlich mit dem Thema abgeschlossen, sagte sie seufzend und ließ ihn im Wohnzimmer stehen.

Eigentlich wollte Sarah die psychischen Strapazen von Hoffnung und Enttäuschung kein einziges Mal mehr ertragen. Aber es sollte ja nur ein Versuch sein, hatte Connor versprochen. Einer. Ein unverbindlicher Versuch, der allerletzte. Sein Kinderwunsch war offensichtlich stärker, als sie angenommen hatte. Konnte sie ihm das abschlagen? Es würde nicht klappen, da war sie sicher. Aber danach hätten sie beide endlich Ruhe, vor allem Connor, der dann die Gewissheit hätte, nichts unversucht gelassen zu haben. Also stimmte sie schließlich zu.

Professor Mergentheim hatte am Anfang seiner Karriere vier Jahre in der Fruchtbarkeitsklinik in London gearbeitet und sprach fließend Englisch. Das erleichterte Connor die Kontaktaufnahme und ebenso die Schilderung der prekären Details. Der Professor forderte vorab einen gutachterlichen Bericht von Sarahs Gynäkologen sowie den Arztbrief des Urologen, der Connor untersucht hatte, einschließlich der Laborergebnisse.

Und schon acht Wochen später, an einem kalten, aber sonnigen Februartag, setzte die British Airways-Maschine mit den MacLeans an Bord spätvormittags auf der Landebahn des Hannover Airport auf. Sie hatten noch genügend Zeit bis zu ihrem Termin bei Professor Mergentheim an diesem Nachmittag, aber sicherheitshalber ließen sie sich vom Flughafen aus mit dem Taxi direkt zu seiner Praxis bringen.

Das elegante Entrée und die luxuriöse Ausstattung der Privatklinik verriet viele reiche und dankbare Klienten des Professors. Er selbst, ein sympathischer älterer Herr, schätzungsweise in Connors Alter, empfing sie nach zweistündiger Wartezeit in seinem Sprechzimmer, das schlicht, aber stilvoll, ganz in weiß eingerichtet war. Die lila Orchidee auf dem überdimensionierten Schreibtisch war der einzige Farbtupfer im Raum. Sarah und Connor nahmen in weißen Freischwingern vor dem Schreibtisch Platz. Professor Mergentheim kam sofort zur Sache und erklärte, dass er die beiden Arztberichte studiert habe, und lobte den ausführlichen und klaren Bericht des Urologen sowie die gute Vorbereitung durch Sarahs Gynäkologen, die es ermögliche, schon in wenigen Tagen mit dem medizinischen Procedere zu beginnen.

„Den Unterlagen konnte ich entnehmen, dass eine einfache In-Vitro-Fertilisation bei Ihnen beiden nicht zum Erfolg führen wird", sagte der Professor, „dazu sind ihre Geißeltierchen zu rar und zu unbeweglich, Herr MacLean, da werden wir in die Trickkiste greifen müssen. Wir werden bei Ihnen eine sogenannte testikuläre Spermienextraktion vornehmen, das heißt, wir werden Spermien direkt aus dem Hoden ziehen. Die Spermien werden tiefgefroren, das stimuliert sie, und zum exakten Zeitpunkt des Eisprungs aufgetaut. Wir suchen dann unter einem speziellen Mikroskop das beweglichste Spermium aus und injizieren es direkt in die Eizelle. Die Befruchtung wird damit außerhalb des Körpers durchgeführt werden. Da Ihre Gattin noch über einen regulären Zyklus verfügt, könnte man die aufbereitete Spermienflüssigkeit auch direkt in die Gebärmutter einleiten, aber ob es dann tatsächlich zur Befruchtung kommt, ist ungewiss, und wir wollen doch auf Nummer sicher gehen, nicht wahr? Sie, gnädige Frau, müssten sich in jedem Fall einer Hormonstimulation unterziehen, damit möglichst viele Eibläschen heranreifen. Ihr Gynäkologe wird sie darüber aufgeklärt haben, nicht wahr? Weltweit ist unsere Klinik die einzige, die mit einer neuartigen Apparatur, die Reifung der Eibläschen im sonografischen Verfahren verfolgen kann. Daher können wir punktgenau medikamentös einen Eisprung herbeiführen, eine Eizelle entnehmen, sie in einer Nährlösung befruchten, eine Woche bebrüten und dann den Embryo zurück in die Gebärmutter implantieren, wo er sich im natürlichen Umfeld entwickeln kann."

Sarahs, wie auch Connors Gesichtsmuskeln hatten sich verkrampft. Beklommen sahen sie einander an. Auf was hatten sie sich da eingelassen? Connor hatte nicht damit gerechnet, dass auf ihn eine Prozedur zukommen würde, bei der sich allein beim Gedanken daran schon alle Eingeweide zusammenzogen.

„Machen Sie sich mal keine Sorgen", sagte der Professor aufmunternd zu Connor, „wir machen das alles unter Vollnarkose. Sie bleiben körperlich unversehrt und werden nichts spüren." Er rieb sich die Hände, darum bemüht, Zuversicht zu verbreiten. „Es müsste mit dem Teufel zugehen, wenn es keinen Treffer gäbe! Aber – man sagt auch, der Teufel stecke im Detail."

Professor Mergentheim hob kurz einen Zeigefinger in die Höhe und legte die Stirn in Falten. „Und die Details, die bei einer Befruchtung über Erfolg oder Misserfolg entscheiden, kennen wir noch nicht genau. Aber das wird schon, nicht wahr? Ich hatte schon kompliziertere Fälle als Sie. Das Wichtigste ist, dass Sie die Sache ganz entspannt angehen. Haben Sie noch Fragen?"

Nein, Fragen hatten sie keine, sie würden das jetzt alles auf sich zukommen lassen, ohne übersteigerte Hoffnungen zu haben. So sah es Sarah jedenfalls. Aber dann sagte Professor Mergentheim den entscheidenden Satz, der Sarahs Vorbehalte und den Vorsatz, sich innerlich nicht zu sehr auf diese Unternehmung einzulassen, augenblicklich zunichte machte.

„Wenn alles gut läuft, und davon gehe ich aus, können Sie das nächste Weihnachtsfest schon zu dritt feiern."

Die Vorstellung, in ihrem Schaukelstuhl am weihnachtlich geschmückten Kamin zu sitzen und ein Baby im Arm zu wiegen, legte in Sarah einen Schalter um. Und während sich auf ihrem Gesicht der typische Ausdruck einer seligen Schwangeren ausbreitete, ohne dass etwas geschehen war, raunte Professor Mergentheim Connor mit einem verschwörerischen Augenzwinkern zu: „Gehen Sie heute Abend noch einmal schön essen, es kann sein, dass die Hormonbehandlung ihrer Gattin ein bisschen auf den Magen schlägt, und ein gutes Stück Fleisch wird Ihre kleinen

Geißeltierchen außerdem ordentlich auf Trab bringen."

Skeptisch, aber doch voller Hoffnung machten sie sich auf den Weg zur Pension am Stadtwald Eilenriede, in der sie ein kleines Studio mit Kochgelegenheit gemietet hatten. Ihnen war, als stünde eine aufregende, aber ungewisse Reise bevor, die sie zu einem unbekannten und dennoch heiß ersehnten Ziel führen würde.

Die Ernüchterung folgte bald. Sie hatten es sich in den zwei bis drei Wochen in Hannover schön machen wollen, sie wollten die Gegend erkunden, Museen und Ausstellungen besuchen. Aber so schön, wie sie sich die Zeit vorgestellt hatten, wurde sie nicht. Connor litt noch Tage nach dem Eingriff unter Schmerzen, sodass er unnötige Bewegungen vermied, und Sarah wurde durch die tägliche Hormondosis antriebsarm, müde und appetitlos. Ihr war häufig speiübel, sie aß kaum etwas, und trotzdem ging sie auseinander wie ein Hefekloß. Nach einer Woche war die mitgebrachte Kleidung schlichtweg nicht mehr zu gebrauchen. Sie kauften einen bequemen Hausanzug, der nicht gerade geeignet war, um sich damit in die Öffentlichkeit zu wagen, aber nach Öffentlichkeit war Sarah sowieso nicht zumute. Dafür lief technisch alles glatt. Es konnten vier aktive Spermien isoliert werden, und die Befruchtung verlief erfolgreich. Endlich kam der große Tag des Embryotransfers. Für neun Uhr waren sie in die Klinik bestellt, um elf war schon alles vorbei. Eine

Stunde sollte Sarah noch liegen bleiben, dann durfte sie gehen.

Berauscht und so erwartungsvoll wie Kinder vor der Bescherung verließen die beiden die Klinik. Sarah war schwanger. Sie wusste es ganz sicher, selbst wenn der Test zum Beweis erst in ein paar Tagen anstand. Ein ganz neuer Lebensabschnitt würde nun beginnen. Alle Pläne, die vor allem Sarah zuvor geschmiedet hatte, wurden uninteressant und unwichtig. Sie würden ein Kind haben. Nichts anderes zählte! Sie fuhren fünf Stationen mit der Straßenbahn und tanzten die zweihundert Meter durch die noch winterliche Eilenriede bis zu ihrer Pension.

Am Nachmittag fuhren sie in die Stadt und kauften ein neues Kleid für Sarah, eines, das nach vorn noch Potential hatte. Glücklich spazierten sie durch die Straßen und hatten beide das Gefühl, dass der Frühling schon ganz spürbar in der Luft lag.

„Die Knospen der Bäume werden bald anfangen zu schwellen", sagte Sarah übermütig lachend, „so wie ich. – Apropos: Ich darf ja jetzt für zwei essen, ich habe große Lust, mal wieder ein Restaurant unsicher zu machen."

Auch Connor lachte: „Mrs. MacLean hat Gelüste? Die werden wir umgehend befriedigen."

In der Nacht bemerkte Sarah ein leichtes Ziehen im Unterleib. Sie schwor, in den nächsten Monaten abends nur noch etwas Leichtes zu essen. Am Morgen war das Ziehen schmerzhafter geworden, es kam nun in rhythmischen Abständen. Mit dem üppigen Abendessen konnte das nichts zu tun haben. Ob das normale Folgen der Implantation sein konnten? Sarah wollte sich erstmal nichts anmerken lassen, ihr graute vor Connors Panik, wenn sie sich ihm offenbarte. Sie aß nichts zu Mittag und täuschte vor, sich infolge der medizinischen Prozeduren müde und abgeschlagen zu fühlen, und legte sich ins Bett. Das Ziehen im Unterleib steigerte sich am Nachmittag zu einem unangenehmen Dauerschmerz. Sarah drehte sich zur Wand und zog die Bettdecke bis zur Nasenspitze hoch. Gegen Abend setzte sich Connor auf die Bettkante und befahl energisch, dass sie jetzt die Suppe essen müsse, welche die nette Vermieterin ihnen schon am Mittag hingestellt hatte. Behutsam drehte er Sarah zu sich um und sah erschrocken, dass sie glühte. Aus glasigen, angsterfüllten Augen sah sie ihn an. Connor geriet außer sich! Ohne Worte zu verlieren, wählte er mit zitternden Fingern die Nummer der Klinik. Der Professor sei schon außer Haus, teilte ihm die Empfangsdame mit, heute sei niemand mehr zu erreichen, am besten komme er morgen um zehn Uhr mit seiner Gattin vorbei.

„So lange können wir nicht warten", schrie Connor in den Hörer. „Geben Sie mir die private Nummer von Professor Mergentheim, es ist dringend!"

Das gehe leider nicht, antwortete die Dame kühl, der Professor sei heute in der Oper, wenn es dringend sei, müsse er sich an einen ärztlichen Notdienst wenden.

Sarah hatte sich aufgesetzt und versuchte abzuwiegeln. Connor solle doch nicht die Pferde scheu machen, es sei sicher nicht so schlimm, wie er denke, wahrscheinlich nur ein Wundfieber wegen des Eingriffs und morgen wieder verschwunden. Sie aß von der Suppe, um sich und Connor zu signalisieren, dass alles halb so schlimm sei. Aber schon das kurze Aufsitzen hatte sie angestrengt. Sie fiel in ihr Kissen zurück und bald darauf in einen kurzen tiefen Schlaf. Noch vor Mitternacht erwachte sie wieder, gepeinigt von höllischen Schmerzen im Unterleib. Connor, der neben ihr eingenickt war, wurde von ihrem Stöhnen geweckt. Ohne Zeit zu verlieren, wählte er hektisch die Notrufnummer, und bereits zehn Minuten später stand die Ambulanz vor der Tür. Mit Blaulicht und Martinshorn wurde Sarah umgehend zur Klinik für Frauenheilkunde der Medizinischen Hochschule Hannover transportiert.

„Zustand nach Embryotransfer in der Klinik Mergentheim!", riefen die Sanitäter den Krankenhausärzten und Pflegern zu, die Sarah in der Notaufnahme in Empfang nahmen. Sie schoben die Trage eilig in einen Behandlungsraum, dessen Tür sich dumpf und schwer vor Connors Nase schloss. Er blieb mit fahlem Gesicht zurück, unfähig, sich vom Fleck zu rühren. Hatten sich alle Blicke entsetzt auf ihn gerichtet, als der Name Mergentheim fiel? Hatte er ein abschätziges Kopfschütteln bemerkt? Er wusste nicht, wie lange er vor der Tür, hinter der Sarah verschwunden war, gestanden hatte, draußen wurde es schon hell, als eine

Schwester kam und ihn zu einem der Ärzte brachte, die Sarah in der Nacht aufgenommen hatten.

„Unterleibsentzündung und toxischer Schock", sagte der Arzt knapp und mit strafendem Blick, „die Sache ist ernst."

Eine Infektion also. Woher sollte die kommen? Die Frage war noch nicht zu Ende gedacht, da erschienen schon die möglichen Antworten in Connors Hirn. Verunreinigte Gerätschaften bei dem Eingriff vorgestern? Fehlende Sterilität? Eine Schlamperei? Seine Angst konnte kaum größer werden, als sie ohnehin schon war. Er stand auf und ging. Einfach so. Ohne Gruß. Der Arzt sagte noch etwas, aber das Blut rauschte so laut in Connors Ohren, dass er nichts verstand. Er fühlte keinen Boden unter den Füßen, fühlte seinen Körper nicht. Er war nur ein Geist, nur ein Gedanke: Sarah.

Sarahs Zustand blieb kritisch, das Antibiotikum griff nicht. Nach einer Woche entschlossen sich die Ärzte, trotz Sarahs schlechter Verfassung, zur Operation. Gebärmutterentfernung.

„Hysterektomie, Sie wissen sicher, was das bedeutet, anders geht es leider nicht", sagte der Stationsarzt zu Connor.

Sarah überstand die Krise, erholte sich aber nur langsam. Deprimiert blickte sie die meiste Zeit an die weiße Zimmerdecke. Der Traum vom Baby war ausgeträumt. Endgültig.

Professor Mergentheim war für Connor nicht mehr zu sprechen. Komplikationen könnten immer auftreten, ließ er lediglich ausrichten, auf diese Gefahr habe er hingewiesen.

Connor war täglich bei Sarah. Meistens saß er stumm an ihrem Bett. Was sollte er auch sagen? Dass alles wieder gut würde? Sie würde ihn für verrückt halten. Wenn sie das nicht sowieso tat.

Eines Abends, auf dem Weg durch das Univiertel in die Pension, sah Connor im Schaufenster der kleinen Buchhandlung, die medizinische Fachliteratur in Fremdsprachen führte, ein englisches Buch mit dem Titel ‚Kinderlos glücklich – Ein psychologischer Ratgeber'. Er kaufte es und las Sarah nun jeden Nachmittag daraus vor. Sie sollten lernen, so hieß es da, dass beide jegliche Hoffnung auf ein eigenes Kind und auch die Trauer darüber, dass sie keines hatten, vollständig aufgeben müssten, ehe ein gemeinsamer Neuanfang für sie als Paar möglich würde. Sie sollten ihre Kinderlosigkeit annehmen und ihr Leben mit anderen Inhalten füllen, die auch schön sind. Sie sollten reisen, ein gemeinsames Hobby entwickeln, vielleicht einen Tanzkurs machen, Paten werden. Gerade Paare, die noch im fortgeschrittenen Alter einer ungewollten Kinderlosigkeit hinterhertrauerten, sollten sich klar machen, dass die Kinder der anderen ihres Alters schon bald das Haus verlassen würden oder es gar schon getan hätten. Und die verlassenen Eltern müssten dann auch wieder zu einer Zweisamkeit finden und lernen, sich auf das eigene Leben, in dem die Kinderaufzucht doch nur eine Episode sei, zu konzentrieren und es erfüllend zu gestalten.

Ihm dämmerte, dass Sarah ihm am Abend ihres fünfundvierzigsten Geburtstages genau dieses hatte sagen wollen. Allein für ihn hatte sie sich auf diese Sache hier in Hannover eingelassen. Sie hatte das nicht mehr gewollt. Aber dann, als sie für kurze Stunden guter Hoffnung war, hatte sie ein solches Leuchten in ihren Augen gehabt. Trotzdem, es war seine Schuld, dass sie hoch geflogen und tief gestürzt war. Er hatte sie in Lebensgefahr gebracht. Das war unverzeihlich!

Fast drei Monate waren sie schon in Hannover, als der persische Stationsarzt Connor um ein Gespräch bat.

„Wir werden Ihre Frau nächste Wochen entlassen", sagte er. „Sie hat sich inzwischen gut erholt. Körperlich. Eine Heilung der seelischen Wunden können wir hier nicht leisten. Aber Ihre Frau ist stark, sie wird es schaffen. Unterstützen Sie sie."

Er empfahl, ein paar positive Erlebnisse zwischen den Klinikaufenthalt und den häuslichen Alltag einzuschieben. Ob es nicht die Möglichkeit gebe, die Rückreise in mehreren Stationen zu absolvieren, fragte er Connor, damit seine Frau auf andere Gedanken komme, und so vielleicht mehr Abstand gewinnen könne.

Das war in der Tat eine gute Idee. Connor hatte selber schon mit Schrecken daran gedacht, auf demselben Flughafen ankommen zu müssen, auf dem er so hoffnungsvoll abgeflogen war. Für Sarah musste das alles noch viel schlimmer sein. Sie sollten mit dem Auto zurückfahren, mit der Fähre nach England übersetzen, vielleicht von Rotterdam aus, oder von Calais, unterwegs ein paar Städte besichtigen, auch in London waren sie lange nicht. Um diese Jahreszeit würde das eine schöne Reise werden.

Aber schon am Ende des Tages, als Connor in die Pension zurückkehrte, war sein Enthusiasmus gedämpft. Er hatte nicht eine einzige Autovermietung gefunden, die es ermöglichte, mit einem Leihwagen one way nach Schottland oder auch nur nach England zu fahren.

Unten, im Flur der Pension, traf er auf Gerhard, den Mann seiner Vermieterin. Gerhard, ein Englischlehrer, sprach gerne ein paar Worte mit Connor. Connor erzählte ihm von der Empfehlung des Arztes, von seiner Idee, ein Auto zu leihen, und davon, dass diese Idee wohl nicht umsetzbar sei.

„Wenn ich es wäre", antwortete Gerhard, „ich würde einfach einen Gebrauchten kaufen, das wird dich nicht teurer kommen."

Connor war etwas überrascht, diese Möglichkeit hatte er gar nicht in Erwägung gezogen, aber warum nicht. Wenn er es richtig besah, war dieser Vorschlag geradezu genial.

Gerhard begleitete Connor am folgenden Nachmittag zu einem Gebrauchtwagenhändler, und schon am Abend fuhren sie gemeinsam in einem silbernen Ford Taunus 15M Turnier zum Treffen der Deutsch-Englischen-Gesellschaft, deren Mitglied Gerhard war.

„Da gibt es immer einen, der sich mit speziellen Fragen zu den deutsch-britischen Beziehungen auskennt", hatte Gerhard versprochen.

Und so war es. William erklärte den beiden die Einfuhrbedingungen für private Kraftfahrzeuge, die erleichtert worden waren, seit England vor wenigen Monaten der Europäischen Wirtschaftsgemeinschaft beigetreten war. Es war also alles noch einfacher als gedacht. Gerhard half bei der Erledigung der nötigen Formalitäten, und Connor holte ihn dafür in den nächsten Tagen mit dem Auto von der Schule ab. Sie fuhren stets einen kleinen Umweg nach Hause, damit Connor Übung im Rechtsverkehr bekäme. Aber Connor war ein passionierter Autofahrer, schnell fühlte er sich sicher auf der rechten Straßenseite.

Und dann war es soweit. Sarah wurde aus der Klinik entlassen, sie hatte ihre alte Form zurückgewonnen und warf Hausanzug und Umstandskleid in den Müll. Am Abend waren sie bei Gerhard und seiner Frau zu einem Abschiedsessen eingeladen, und bereits am anderen Tag brachen Connor und Sarah zu ihrer Tour auf, auf die sich Sarah tatsächlich zu freuen schien. Das Kapitel Hannover, das ihr rückblickend wie eine Fahrt in der Geisterbahn vorkam, wollte sie so schnell wie möglich abschließen.

Es war früher Nachmittag, als sie an einem schönen Maitag auf die A2 auffuhren. Bis Köln wollten sie heute kommen. In Köln hatten seinerzeit Sarahs Großeltern gelebt, und ihr Vater hatte hier seine Kindheit verbracht. Sie war noch nie dort gewesen und daher gespannt auf die Stadt, die sie nur aus Erzählungen kannte.

Kaum, dass sie Hannover hinter sich gelassen hatten, wurde es ländlich. Die Rapsfelder, welche die Autobahn säumten, standen in voller Blüte, und durch die Lüftungsschlitze drang süßer Honigduft zu ihnen herein. Sarah fragte sich, wie ihr Garten wohl aussehen mochte. Nach der Rückkunft würde sie als Erstes den Garten auf Vordermann bringen müssen. Die Hecken und vor allem der Rasen hätten längst geschnitten werden müssen. Connor dachte darüber nach, wie es zu Hause weitergehen sollte. Sollte er die Praxis seinem jüngeren Kollegen übergeben? Vielleicht sollten sie künftig mehr Zeit zu zweit verbringen. Vielleicht nach Israel reisen und Sarahs Brüder besuchen. Die hatten beide Familien mit Kindern. Neffen und Nichten können doch auch eine Freude sein. Vielleicht würden sie sich ja mit einem der Kinder besonders gut verstehen. Vielleicht sollten sie mal eines nach Roslin einladen. Oder waren sie gar schon erwachsen? Sarah telefonierte gelegentlich mit ihren Brüdern, schrieb ihnen zu den Geburtstagen Briefe, aber er, Connor, war nicht auf dem Laufenden.

Sie hatten das hügelige Weserbergland erreicht und fuhren durch die Porta Westfalica, den tiefen Einschnitt, den die Weser nacheiszeitlich in den Höhenzug gegraben hatte. Am rechten Hang thronte Kaiser Wilhelm I. in seinem Denkmal. Zwischen Vlotho und Bad Oeynhausen überquerten sie die Weser, die sich wie ein silbernes Band unter der Autobahnbrücke dahinschlängelte.

Eine Stunde waren sie jetzt schon in dem recht bequemen Ford unterwegs, aus dem Radio rieselte leise Schlagermusik, als ein durchdringend lauter Knall scharf in ihre Gedanken fuhr. Vor ihnen schoss eine gewaltige Flamme in den Himmel. Im Nu fraß sich loderndes Feuer über alle Fahrstreifen der Autobahn. Ein Inferno, ein Höllenschlund tat sich unmittelbar vor ihren Augen auf. Eine schwarze Rauchwolke verschluckte die grell leuchtenden Bremslichter der vor ihnen fahrenden Autos. Reflexartig riss Connor das Steuer nach rechts. Sie waren auf Höhe einer Ausfahrt – aber an der Möglichkeit, dort abzubiegen, eben vorbei! Sie schleuderten auf die rot-weiß-gestreifte Bake zu, welche die endgültige Trennung von Autobahnspur und Ausfahrt markierte. Egal, das kleine Blechding würde Connor einfach umfahren. Der Wagen touchierte die Bake mit dem Heck, die leider kein Blechding war, bekam einen harten Stoß, stellte sich kurz auf die Seite, krachte dann wieder auf seine vier Räder zurück und kam zum Stehen. Links neben sich spürten sie die nahe, anschwellende Hitze des Feuers, rechts verlief die Ausfahrtsstraße, glücklicherweise ohne Leitplanke, die ein schnelles Entkommen verhindert hätte. Connor war bleich vor Schreck. Am ganzen Körper bebend legte er hastig den ersten Gang ein. Nur weg hier! Er ließ den Wagen im Schritttempo über die bucklige Grasnarbe einer Wiese rumpeln, sodass sie in ihren Sitzen wild hin und her geworfen wurden. Sie erreichten die Spur der Ausfahrtstraße, die nach ungefähr fünfzig Metern eine Landstraße kreuzte. Die gelben Wegweiser wiesen links nach Herford und rechts nach Vlotho-Exter. Connor bog links ab. Sie waren von der Unfallstelle nur durch die Wiese getrennt, über die sie eben gekommen waren. Die Bäume, die am Wiesenrand standen, hatten sich in brennende Fackeln verwandelt. Rechts der Landstraße befand sich eine Böschung, das Gelände stieg steil an. Oben am Hang, etwas zurückgesetzt, standen zwei Häuser. Connor stoppte den Wagen in der Ausbuchtung einer Bushaltestelle und sah Sarah an. Die saß leichenblass in ihrem Sitz und klammerte sich am Haltegriff fest. Aber ihre Anspannung löste sich schnell. Keine Frage, was jetzt zu tun war. Sie griff nach der Trinkflasche, goss Wasser über Connors Kopf und verrieb es in seinen Haaren, dann feuchtete sie ihr Taschentuch an und reichte es ihrem Mann, der schon dabei war auszusteigen. Er riss die Notfalltasche, die er als Handgepäck immer bei sich hatte, vom Rücksitz, hielt sich das feuchte Tuch vor Mund und Nase und rannte zurück über die Wiese in Richtung des Feuers. Jetzt konnte er sehen, dass ein LKW brannte, ein Tankwagen, wie es aussah, auch einige PKW standen inmitten des Flammenmeers, sie brannten lichterloh und waren zum Teil nur noch blecherne Gerippe. Das konnte keiner ihrer Insassen überlebt haben! Autos stauten sich in beiden Fahrtrichtungen, einige standen quer, es musste zu Auffahrunfällen gekommen sein. Aufgerissene Taschen, Kleidungsstücke, Gegenstände und Autoteile lagen herum. Menschen irrten dazwischen umher, mit verzerrten Gesichtern, wohl schreiend, aber das heftige Prasseln des Feuers übertönte alles.

Der Rauch biss Connor in den Augen, nahm ihm die Luft zum Atmen, das feuchte Taschentuch vor der Nase nützte nichts. Die Hitze war schier unerträglich. Funken sprühten. Immer wieder bliesen Verpuffungen heißen Rauch zu ihm hin. Aber er kämpfte weiter vorwärts über die Wiese, die plötzlich ganz sumpfig wurde. Er musste an den Rand des Feuers, wenn er Hilfe leisten wollte, im Zentrum gab es nichts mehr zu tun. Eine weitere kleine Explosion schleuderte etwas gegen seine Schulter und warf ihn zu Boden. Seine Hände gruben sich in Schlamm, als er aus schmalen Sehschlitzen etwas Gelbes im Gestrüpp vor sich sah. Er robbte näher heran, das Gesicht immer dicht am feuchten Boden, anders ließ sich nicht atmen. Das war doch ein Mensch, der dort lag, kein Zweifel, ein Kind, ein Mädchen in einem zerfetzten gelben Kleid. Mit verrenkten Gliedmaßen, mit Blut und Morast im Gesicht und an den bloßen Armen und Beinen lag es unter dem dornigen Busch. Die Dornen zerrten an seinen versengten Haaren und rissen Connors Hände auf, als er nach dem Kind griff und es vorsichtig hervorzog. Er hob den schlaffen Körper hoch und lief keuchend zurück über die Wiese. Die Notfalltasche hing nur an seinem kleinen Finger und drohte ihn abzureißen. Mit letzter Kraft erreichte Connor die Straße. Sein Gedanke war, das Kind zu den Häusern zu bringen und eine Ambulanz zu rufen. Aber er würde es jetzt nicht mehr schaffen, den Hang hinaufzusteigen. Hilflos stand er mit dem bewusstlosen Kind in den Armen mitten auf der Straße. In seinem nassen, schlammverschmierten Anzug klafften Risse, sein Gesicht war schwarz, die Hände blutig. Die Bewohner der Häuser liefen mit offenen Mündern an ihm vorbei zum Rand der Wiese. Autos stauten sich jetzt in der Ausfahrt. Die Fahrer hielten an und gafften, anstatt Platz zu machen, damit weitere Autos die Autobahn über die Ausfahrt verlassen konnten. Trotz der gefährlichen Nähe zum Feuer stiegen einige aus, um einen besseren Blick auf die Katastrophe zu haben. Niemand nahm Notiz von Connor. Der dichte Rauch verdunkelte die Sonne und tauchte die Szene in ein gelbliches Licht. Da sah er, wie Sarah aus dem Auto ausstieg und die Heckklappe des Kombis öffnete. Wie von selbst bewegte er sich auf das Auto zu und legte die Kleine im Kofferraum ab. Blaulichtgewitter und ein Konzert heulender Sirenen näherten sich von hinten.

„Keine Überlebenden in den brennenden Autos", keuchte Connor, „nur die Kleine, sie muss herausgeschleudert worden sein."

Keiner von den Schaulustigen blickte sich um, als Connor den Wagen startete und losfuhr. Sie fuhren bis zu einem Waldstück, wo sie im Schutz der Bäume anhielten und Connor sich notdürftig Gesicht und Hände säuberte. Die beiden wussten, was zu tun war. Sie hatten die Handschuhe übergestreift und arbeiteten konzentriert Hand in Hand. Das Kind war noch immer bewusstlos, hatte Verbrennungen an Armen und Beinen und blutete aus vielen kleinen Wunden. Das Schlüsselbein war offensichtlich gebrochen. Die Platzwunde am Kopf konnte Connor an Ort und Stelle nicht beurteilen. Sie versorgten die Kleine, so gut das mit den dürftigen Mitteln, die sie bei sich hatten, ging, legten sie dann auf die Rückbank und deckten sie mit der Kaschmirdecke zu, die Connor für Sarah am Anfang ihres Aufenthaltes in Hannover gekauft hatte. Sie packten eine Tasche mit Sachen für eine Nacht, nahmen frische Kleidung für Connor aus dem Koffer und polsterten mit ihren Wintermänteln den Kofferraum aus. Ihre nächste Station war eine Autobahnraststätte. Sarah beobachtete das Kommen und Gehen vor den Waschräumen und gab grünes Licht, als niemand mehr in der Nähe war. Dann huschte Connor hinein, benutzte die Fernfahrerdusche und zog die saubere Kleidung an.

Sie fuhren an diesem Abend bis Amsterdam, wo kurz vor Mitternacht die Fähre nach Newcastle abging. Um diese Jahreszeit war problemlos ohne Reservierung ein Ticket im Fährhafen zu kaufen.

Bevor sie auf das Hafengelände fuhren, betteten sie das Mädchen in den Kofferraum um und zogen die Abdeckung zu.

Die Kleine blieb ruhig, sie wurde auch nicht wach, als sie über die metallenen Stege in den Bauch des Schiffs einfuhren. Sie blieben so lange im Auto sitzen, bis sich die anderen Passagiere an die oberen Decks begeben hatten. Dann wagte Connor etwas, das er sich selber nicht zugetraut hätte. Er bestach ein in eine weiße Uniform gekleidetes Besatzungsmitglied, vielleicht ein Offizier, vielleicht ein Steward, mit einer höheren dreistelligen Summe, um mit dessen Hilfe das Kind in die Kabine und vor Ankunft in Newcastle auch wieder zurück zum Auto zu bringen. Sarah wollte nicht wissen, was für eine Geschichte sich Connor ausgedacht hatte, um plausibel zu erklären, warum sie das Mädchen unbemerkt ein- und ausschiffen wollten.

Die Kleine bewegte sich, als sie hochgehoben wurde, sie stöhnte und wimmerte, aber sie wachte nicht auf.

Die Schiffspassage dauerte sechzehn Stunden. Am nächsten Morgen musste Connor wegen des Autoimports noch einig Formulare ausfüllen und er besorgte Getränke und Sandwiches, während Sarah bei dem Kind blieb, das immer mal wieder wimmernd den Kopf hin und her warf, aber nicht zu Bewusstsein kam.

Am Nachmittag, ungefähr eine Stunde vor Ankunft in Newcastle, holte der weiß Uniformierte, sicher ein Stuard, die MacLeans an ihrer Kabine ab. Er führte sie durch eine Tür mit der Aufschrift ‚Zutritt verboten' und half dabei, das Kind über eine steile schmutzige Personaltreppe zu bugsieren und zurück zum Auto zu bringen. Die breiteren Treppen, über welche die Passagiere später zu ihren Autos gelangen würden, waren noch gesperrt, und auch die schweren Türen, die zu den Autodecks führten, waren noch verriegelt, denn es war strengstens verboten, sich während der Passage hier unten aufzuhalten.

Eine Hürde, nämlich die Einreise nach Großbritannien, stand ihnen noch bevor. Die Kleine lag wieder im Kofferraum auf den dicken Wintermänteln unter der Abdeckung. Sarah und Connor hatten das Radio eingeschaltet, um eventuelle Laute des Kindes mit einer Geräuschkulisse zu übertönen. Am Kontrollpunkt standen Grenz- und Zollbeamte und blickten dem Auto entgegen. Connor kurbelte die Scheibe herunter und reichte mit einem übereifrigen ‚Good afternoon!' die Papiere nach draußen.

Der Beamte, der die Pässe kontrollierte, zog eine Augenbraue hoch und sagte befremdet: „Ein bisschen laut, nicht wahr?"

Sarah und Connor wollten über die Bemerkung entschuldigend lachen, verzogen ihre Gesichter aber nur zu einer Fratze.

Die beiden Kollegen vom Zoll blätterten die Zolldeklaration durch und grinsten kopfschüttelnd. Ein vierter Beamter trat nahe an den Wagen heran und leuchtete mit der Taschenlampe durch die hintere Seitenscheibe auf den Rücksitz. Sarah und Connor hielten den Atem an, jeden Augenblick rechneten sie damit, dass sich das Kind bemerkbar machen und sie in Teufels Küche bringen würde.

„Willkommen zu Hause", sagte der Grenzbeamte jedoch nur und reichte die Papiere in das Auto zurück, in dem jetzt das Schlagzeug eines einfach gestrickten Rocksongs wummerte.

Connor trat etwas zu heftig aufs Gas, um der schmalen Gasse der Kontrollstation schnell zu entkommen.

„Links!", rief Sarah schrill. „Fahr links!"

Von Newcastle aus brauchten sie keine drei Stunden bis nach Hause. Connor telefonierte von unterwegs mit seinem Assistenten Dr. Smith.

„Schließen Sie die Praxis heute pünktlich", sagte er, „wir kommen mit unserer verletzten Tochter, die eine umfassende Diagnostik benötigt. Ich möchte, dass sie mir assistieren. Alles Weitere erkläre ich Ihnen später."

Nach Ankunft in Roslin verloren die beiden Männer keine Zeit. Sie säuberten, behandelten und verbanden alle Wunden neu und legten einen Rucksackverband an, um die Schlüsselbeinfraktur ruhig zu stellen. Es hatte die halbe Nacht gedauert, bis sie sicher waren, dass die Kleine keine gefährlichen inneren Verletzungen davongetragen hatte. Die Gehirnerschütterung, die für ihren Dämmerzustand verantwortlich war, würde sie überstehen, ohne dass man Spezialisten hinzuziehen musste. Das war Connors Meinung. Der junge Dr. Smith äußerte hingegen Bedenken, er fand, dass man ein Schädelhirntrauma ausschließen sollte, aber er insistierte nicht darauf. Er fragte auch nicht, wieso Dr. MacLean mit einer verletzten Tochter, von der nie zuvor die Rede gewesen war, von seiner Deutschlandreise heimkehrte. Als Connor das Kind aus dem Behandlungszimmer trug, wandte er sich in der Tür noch einmal um und sagte:

„Sie denken an ihre ärztliche Schweigepflicht, ja?"

Die angekündigte Erklärung folgte nie.

In den nächsten Tagen drehte sich alles um das fremde Kind. Natürlich hatten sich bei den MacLeans Schuldgefühle eingestellt, aber da war es schon zu spät gewesen. Connor hatte es für Sarah getan, und Sarah hatte es für Connor getan. Beide hatten sie nicht nachgedacht, sondern waren einem inneren Zwang gefolgt.

Connor schätzte die Kleine anhand von Körpergröße und Gebissstatus auf ungefähr elf Jahre, obwohl sie schon sichtbar in die Pubertät eingetreten war.

Wenn sie zu sich kam, würde sie Deutsch sprechen. Sie würde Fragen stellen. Sie würde nach Hause wollen, vielleicht davonlaufen. An so etwas hatten sie nicht gedacht, als sie das Kind entführten. Ja, sie hatten das Kind entführt. Man musste das klar so sehen. Sie hatten sich strafbar gemacht. Es würde alles herauskommen. Früher oder später.

6

Annemarie

Heidelberg 2010

Ich bin Annemarie. Annemarie Gerloff, geborene Klinger, verheiratet, eine Tochter, von Hause aus Kunsthistorikerin, jetzt freischaffende Künstlerin – und ich möchte hier meinen Gedanken freien Lauf lassen. Ich werde das Papier, vor dem ich sitze, nicht bemalen, sondern beschreiben. Ich will nichts vertuschen, sondern bloßlegen. Klingt einfach, ist es aber nicht, jedenfalls nicht für mich. Ich bin nämlich auch eine Verdrängungskünstlerin.

Ich wurde in Herford, einer Kleinstadt im Ravensburger Land im Nordosten Nordrhein-Westfalens, geboren und bin vor elf Jahren mit Ehemann und Tochter hierher nach Heidelberg übergesiedelt. Seit unsere Tochter Charlotte zum Studieren nach Berlin gegangen ist, bewohnen wir unser Haus nur noch zu zweit. Ron, mein Mann, und ich. Er hatte hier in Heidelberg eine Professur für Anglistik bekommen, und ich war sehr froh darüber. Nicht nur wegen seines Karrieresprungs, sondern vor allem, weil ich meiner Heimat den Rücken kehren durfte. Mit meiner Heimat verbinde ich Schmerzliches. Das zu vergessen, ist mir in der räumlichen Distanz besser gelungen. Nach dem Umzug wurde das Leben leichter für mich. Dafür habe ich es gern in Kauf genommen, dass ich in Heidelberg in meinem Beruf nicht wieder Fuß fassen konnte. Ich habe die Suche nach einem passenden Job schnell aufgegeben und mich stattdessen intensiver um unsere Tochter gekümmert, die früher, während meiner depressiven Phasen, häufig zu kurz gekommen ist. Ich habe auch an der Gestaltung von Haus und Garten Gefallen gefunden. Wir haben uns von dem Erbe meines Schwiegervaters ein großzügiges Haus leisten können.

Es ging und geht mir hier gut – vor allem auch, seit ich male. Ich konnte das schon immer gut, das Künstlerische liegt in unserer Familie, aber ich habe mir lange nicht zugetraut, dass ich etwas schaffen kann, das allgemeine Akzeptanz findet. Die produktive Kreativität, die ich jetzt auslebe, hat meine Gefühlswelt positiv beeinflusst.

Wir haben den Wintergarten zu einem geräumigen Atelier ausgebaut, und hier verbringe ich die meiste Zeit des Tages, wenn ich nicht gerade im Garten bin. Heute ist ein kühler Maitag, weiter im Norden ist es in diesem Frühjahr viel wärmer als bei uns. Die Vegetation ist ein wenig zurück, und es fühlt sich draußen österlich an. Ostern ist für mich mit einer feierlichen Stimmung verbunden, und die spüre ich jetzt. Ostern verheißt Aufbruch und Anfang. Das Fest markiert den Wendepunkt im Jahr, an dem man den winterlichen Pelz ablegt und darauf wartet, dass die Sonne zu wärmen beginnt. Das hat natürlich mit unausrottbaren kindlichen Prägungen zu tun. Ostern war schon für uns Kinder immer der Frühlingsbeginn – drinnen und draußen duftete es nach Narzissen und Hyazinthen. In manchen Jahren lugten zu Ostern nur erst Schneeglöckchen oder Krokusse durch eine schmelzende Schneedecke, aber manchmal waren die Tulpen schon aufgeblüht und setzten viele Farbpunkte in den Garten, den bunten Ostereiern zum Verwechseln ähnlich. Unabhängig vom Wetter durften wir Ostern zum ersten Mal im Jahr Kniestrümpfe anziehen.

Weiße Kniestrümpfe.

Wir.

Aus. Den Gedanken kann ich nicht denken. –

Doch, ich muss diesen Gedanken denken, ich will den Gedanken an das ‚Wir' denken. Deswegen habe ich mich doch heute an den Schreibtisch gesetzt. Ich muss mich immer noch überwinden, um nicht in alte Denkmuster zurückzufallen. Eigentlich bin ich bereit, mich zu öffnen. Ich verspüre den Wunsch, etwas zu verbalisieren, das mir jahrzehntelang das Leben vergiftet hat. Nein, sprechen möchte ich nicht gleich darüber, aber ich möchte es aufschreiben, es dem Papier anvertrauen, es auf Papier fixieren, das ist doch ein Anfang. Und ich denke, ich kann auch bald darüber sprechen. Aber jetzt schreibe ich erstmal, ich bin in der nächsten Woche allein und ungestört. Heute morgen ist Ron zu seiner Dienstreise nach Edinburgh aufgebrochen. Es erstaunt mich ein bisschen, dass er plötzlich diese intensiven Kontakte mit der dortigen Universität pflegt. Er fliegt nun schon zum vierten Mal nach Schottland. Aber vielleicht sind es gar nicht so sehr die Kollegen der Universität, die ihn locken, sondern die

Tatsache, dass er seine alte Heimat wiederentdeckt hat. Vielleicht ist es ein natürlicher Vorgang des Älterwerdens, dass man sich auf seine Wurzeln besinnt. Ich spüre das ja auch. Ich bin seit einer Weile dabei, Erinnerungen an früher zuzulassen, schöne und schmerzhafte. Ich merke, dass ich für das Unartikulierte und Verdrängte, das ich in die hinterste Ecke meines Gedächtnisses verbannt hatte, Worte finden möchte. Und wenn es mir gelungen ist, mir selber meine Geschichte zu erzählen, ohne Auslassungen, dann kann ich sie sicher auch anderen erzählen, vor allem meiner Tochter und dann auch den Enkeln, die ich vielleicht haben werde.

Meine Tochter wird eines Tages das Haus meiner Familie in Herford erben. Das Haus wird seit Generationen über die weibliche Linie unserer Familie weitergegeben. Das ist Zufall, es wurden einfach mehr Mädchen geboren. Noch lebt meine Mutter dort, aber in nicht allzu ferner Zukunft wird das Haus meiner Tochter gehören. Sie kennt die Geschichten der Menschen, die vor uns dort ein und aus gingen, wahrscheinlich gut. Oft habe ich sie mit ihrer Großmutter vor den Bildern unserer Ahnen, die auf einer Kommode im Wohnzimmer aufgereiht sind, gesehen. Die Geschichten, die im und um unser Haus spielten, hat Mutter sicher detailreich vor Charlotte ausgebreitet, so wie sie das früher auch schon bei uns getan hat. Über meine Geschichte wird sie dabei nicht gesprochen haben, das brauchte ich ihr nicht zu verbieten.

Meine Geschichte kennt Charlotte nicht.

Ich habe den Eindruck, dass es ihr mit ihrem neuen Freund ernst ist. Seit sie mit Julius zusammen ist, hat sie sich spürbar entwickelt. Sie ist erwachsen geworden. Nicht lange, und sie wird an die Gründung einer eigenen Familie denken. Wann wäre der richtige Zeitpunkt, Charlotte von dem wegweisenden Ereignis im Leben ihrer Mutter zu erzählen, wenn nicht jetzt? Jetzt, zu dem bevorstehenden besonderen Datum und bevor sie selber Ehefrau und Mutter wird. Bevor sie das Haus in Herford übernimmt, sollte sie wissen, warum ich dort nicht gut leben konnte, warum es mir mit jedem Kilometer, den ich mich von meinem Elternhaus entfernte, besser ging. Warum ihr als Kind in diesem Haus Türen verschlossen blieben. Ich wollte das so, weil dahinter Zeugnisse meines früheren Lebens lagerten. Ich wollte niemandem Erklärungen schulden oder Fragen beantworten müssen. Ihr nicht und auch meinem Mann nicht. Aber meine Geschichte, die auch die Geschichte meiner Herkunftsfamilie ist, gehört zum Haus dazu – irgendwann müssen wir sie erzählen, Mutter und ich.

Fünfundzwanzig Jahre bin ich jetzt schon mit Ron Gerloff verheiratet. Es gab Jahre, da hätte ich es nicht für möglich gehalten, dass wir eines Tages zusammen Silberhochzeit feiern. Damals, als unsere kleine Familie noch in Herford bei meiner Mutter wohnte, habe ich es meinem Mann nicht immer leicht gemacht. Meine Stimmungsschwankungen haben unsere Ehe belastet. Aber ich konnte nicht aus meiner Haut. Vielleicht wollte ich es auch nicht. Vielleicht habe ich gedacht, ich dürfe nicht glücklich sein. Vielleicht, vielleicht. Sicher ist aber, dass ich meinem Problem nicht genügend mit Vernunft begegnet bin. – Was rede ich? Ich bin ihm überhaupt nicht mit Vernunft begegnet.

Ron und Charlotte wissen von dem schweren Unglück, das während meiner Kindheit über uns hereingebrochen ist. Viel mehr wissen sie allerdings nicht. Sie wissen nicht, was es ist, an dem ich so schwer trage.

Wenn ich zurückdenke an die ersten Jahre nach dem Unglück, das meiner Mutter und mir die Familie raubte, war da nichts als Schmerz. Ich habe funktioniert und getan, was man von mir erwartete, war aber doch irgendwie leblos. Ich habe versucht, meine Zeit als Zwilling und ihr tragisches Ende auszublenden, und mich geweigert, darüber zu sprechen. Ich wollte nicht einmal daran denken. Es machte mir nichts aus, dass die Verdrängung überdimensionale Kraft kostete und mich schwächte, denn ich war sicher, ohnehin eines Tages an der Wunde, die mir innerlich und äußerlich geschlagen worden war, zugrunde zu gehen.

Meine Angst und mein Unvermögen, das Traumatische zu erinnern, ging so weit, dass ich später selbst meinem Ehemann verschwieg, dass es nicht nur meine Schwester war, die bei dem Unfall getötet wurde, sondern meine Zwillingsschwester. Auch Charlotte weiß das nicht. Sie ist sowieso keine, die gern in der Vergangenheit kramt.

Ich war eine Zwillingsschwester und habe meinen Zwilling verloren. Ich war die eine Hälfte eines gedoppelten Menschen. Und nur in dieser Doppelung sei ich lebensfähig, dachte ich. Niemand würde das verstehen, der nicht selber solch ein besonderer Mensch ist; daher habe ich gar nicht erst versucht, mit jemandem über mein Leid zu sprechen. Meine Zwillingsschwester, mein Spiegelbild, ist verbrannt. Vollständig. Man hat nichts mehr von ihr gefunden. Mit ihr kamen mein Vater und die Großeltern ums Leben. Es war ein Verkehrsunfall mit einem Tanklaster, der neben Vaters Auto explodierte.

Ich habe nie einen zusammenhängenden Bericht darüber gehört, was genau damals passiert ist. Ich wollte das nicht. Mir reichte es zu wissen, dass alle unabänderlich tot waren. Doch einmal habe ich zufällig gehört, wie Mutter der Nachbarin über den Gartenzaun erzählte, dass bei dem Inferno auf der Autobahn Temperaturen von tausend Grad entstanden waren. Ein unsensibler Gerichtsmediziner habe ihr erklärt, dass man sich in historischer Zeit viel Mühe gegeben habe, um durch ein besonderes Holz und besondere Schichtungen solch hohe Temperaturen auf Scheiterhaufen zu erzeugen. Die Toten der Gesellschaften, in denen Brandbestattung Sitte war, sollten vollständig verbrennen, damit nur weiße, stark geschrumpfte Knochen in die Urnen gelangten. Von den zarten Knochen toter Kinder sei manchmal nur Asche übriggeblieben. So sei es zu erklären, dass man in dem ausgebrannten Wagen ihres Ehemannes keine Teile eines Kinderskeletts habe identifizieren können. Mutter weinte, als sie das erzählte, die Nachbarin war erschüttert. Ich fühlte, wie mir das Blut aus dem Kopf wich, ich wollte das nicht hören, um keinen Preis, und doch war ich unfähig, vor diesen Worten davonzulaufen. Auch im Augenblick fällt es mir unbeschreiblich schwer, die Bilder, die bei der Erinnerung an diese Begebenheit erscheinen, auszuhalten.

Dass die Zeit alle Wunden heilte, ist eine gemeine Lüge.

Man hat damals versucht, mich in einer Einrichtung für Kinder mit einer, wie sie es nannten, posttraumatischen Belastungsstörung zu therapieren. Im Bayrischen Wald, fernab der Zivilisation. Alle zwei Wochen kam Mutter für ein paar Tage. Was sie in der Zwischenzeit tat, wie sie mit dem Verlust umging, weiß ich nicht. Wir haben nie darüber gesprochen. Es muss sie eine unmenschliche Kraft gekostet haben, ihr eigenes Leid so weit zurückzustellen, dass sie mir tröstende Mutter sein konnte. Da sie mir gegenüber so stark schien, dachte ich, sie litte weniger als ich.

Für mich konnte nichts furchtbarer sein als das, was geschehen war. Daher ertrug ich die Zeit im Bayrischen Wald klaglos. Alle Versuche der Therapeuten, mich aus der Schockstarre zu lösen, misslangen. Ich sprach nicht. Nicht, dass ich es nicht gekonnt hätte, ich wollte es nicht. Für mich gab es einfach nichts zu sagen.

Das einzige, was ich bei diesem Aufenthalt gelernt habe, war, die Welt zu betrachten, ohne das Betrachtete automatisch zu teilen. Alles aus zwei, anstatt aus vier Augen zu sehen. Was ich sah, sah ich allein, auch wenn Mutter bei unseren Spaziergängen auf der Bank neben mir saß und wir beide in dasselbe Tal hinabblickten. Ich war damals sehr dankbar für ihre häufigen Besuche, sie brachte immer einen Anflug von Geborgenheit mit, aber sie konnte nie die Verbündete neben mir werden.

Nach acht Monaten brach Mutter meinen Aufenthalt im Bayrischen Wald auf eigene Verantwortung ab. Sie hatte den Eindruck, ich würde dort eingehen. ‚Du vertrocknest mir hier wie eine Primel', hatte sie gesagt, als sie meine Reisetasche packte. Keine Therapie hatte angeschlagen, ich war immer magerer und immer stiller geworden. Wir fuhren von Süddeutschland aus mit einem Busunternehmen direkt an die Nordsee. Dort blieben wir zusammen den ganzen Monat Mai, in den unser dreizehnter Geburtstag und der erste Todestag unserer Familienmitglieder fiel. Jeden Tag unternahmen wir stundenlange Wanderungen am Strand. Bei Wind und Wetter. Das Wetter war in jenen Wochen nicht besonders angenehm. Regen peitschte uns oft ins Gesicht, das Meer toste und schäumte, und wir mussten uns gegen den Wind stemmen. Wir empfanden das Wetter als angemessen. An den ruhigeren Tagen sprach Mutter mit mir. Darüber, dass wir beide stark sein müssten, dass wir es auf jeden Fall versuchen müssten, denn für uns gehe das Leben weiter, so schwer das auch sei. Wir hätten kein Recht, es wegzuwerfen. Jedes Leben sei etwas sehr sehr Kostbares. Und natürlich sei es ungeheuer schmerzlich für die Hinterbliebenen, wenn es ein geliebter Mensch durch die Schuld anderer verliere. Sie wolle stark sein und für mich weiterleben, weil Papa das von ihr erwartet hätte. Und ich müsse zukünftig auch einen Weg finden, mit dem Verlust umzugehen. Ich solle darauf vertrauen, dass der Schmerz irgendwann milder würde, auch wenn ich mir das nicht vorstellen könne.

Am Todestag stellten wir Kerzen ins Fenster. Das haben wir auch in den folgenden Jahren beibehalten. Es ist kaum zu glauben, wie wichtig und wie tröstlich solche Rituale sein können.

Die Wochen mit Mutter an der rauen See hatten mehr bewirkt, als die langen Monate im Bayrischen Wald. Als wir den Todestag unserer Lieben und den ersten Geburtstag, an dem ich ohne meine Schwester war, überstanden hatten, war ich bereit, nach Herford zurückzukehren.

Mutter hatte unser Kinderzimmer ausgeräumt. Sie hatte alles, was an uns als Zwillingspaar erinnern würde, auf den Dachboden gebracht und dort in einer Kammer verschlossen. Die Fotografien, die meine Schwester und mich oder unsere Familie in Viererkonstellation zeigten, waren von der Kommode im Wohnzimmer verschwunden. Das erleichterte mir die Rückkunft in unser Zuhause, das nur noch das traurige Zuhause von Mutter und mir war, ungemein. Zuerst schlief ich bei Mutter im Ehebett, das bekam uns beiden gut. Nach ein paar Monaten zog ich ins Gästezimmer. Wir gingen in ein Möbelhaus, wo ich mir eine moderne Einrichtung aussuchen durfte, aber im Prinzip war mir alles egal. Wir richteten unser ehemaliges Kinderzimmer als wohnliches Jugendzimmer ein, ich schlief jedoch weiterhin im Gästezimmer. Mutter meldete mich in einem anderen Gymnasium unten in der Stadt an; in den Tennisclub ging ich nie wieder.

Wenn ich zurückdenke, dann erinnere ich nichts, was mir nach dem schrecklichen Unfall in meiner Jugend Freude bereitet hätte, ich blieb innerlich leer. Ohne meine Schwester bedeutete alles nichts. Das änderte sich erst, als ich Ron traf. Mit ihm begann die eisige Leerstelle, die ich neben mir spürte, zu schmelzen. Ich hatte ihn in Bielefeld an der Uni kennengelernt. Vom Sehen kannten wir uns schon länger, er saß in der Mensa meist in der Nische, in der auch ich mir einen Platz suchte. Ron war nie allein, sondern immer von einer Schwadron Mädchen umgeben. Er war ja auch eine auffällige Erscheinung mit seinen roten Haaren und den strahlend blauen Augen. Mir gefiel er auch, aber niemals hätte ich ihn angesprochen. Niemals. Ich habe mich auch nicht so leicht erobern lassen, denn eigentlich wollte ich mir eine Beziehung zu einem Mann versagen. Damit wollte ich sühnen. Ich dachte, das sei ich meiner Schwester schuldig. Aber ich musste feststellen, dass mir Rons Gegenwart guttat. Wahnsinnig gut. Ich war glücklich, wenn ich ihn sah. Nicht selten plagten mich deswegen Gewissensbisse.

Ron kam nicht aus der Gegend, er beendete in Bielefeld sein Studium, das er in Frankfurt begonnen hatte. Seine Schulzeit hatte er in einem Internat bei Hamburg verbracht. Ron wurde in der Nähe von Edinburgh, geboren und ist mütterlicherseits schottischer Abstammung. In Schottland ist er nur die ersten sechs Jahre seines Lebens geblieben. Seine Mutter starb, als er fünf war, und solange ich ihn kenne, hat er nie den Wunsch geäußert, seine alte Heimat zu besuchen, um sozusagen auf den Spuren der Vergangenheit zu wandeln. Nun ja, mit der Vergangenheit haben wir eben beide so unsere Probleme. Dass wir beide in der Kindheit Verluste durch den Tod nahestehender Menschen verkraften mussten, verband uns. Ron hat mir erzählt, wie schlimm der Tod seiner geliebten Mutter für ihn gewesen war, und wie alleingelassen er sich danach gefühlt hatte. Dieses uneingeschränkte Vertrauen, das er zu mir gefasst hatte, beeindruckte mich. Ich hingegen habe fast nichts von mir erzählt, ich konnte es nicht, und er hat das akzeptiert. Ich wollte in der Gegenwart mit ihm leben. Gut ist mir das nicht immer gelungen, vor allem nicht, solange wir noch in Herford bei Mutter wohnten.

Rons plötzlich aufgetauchtes Interesse an Schottland irritiert mich schon ein bisschen, vor allem auch, weil er kaum etwas von seinen Besuchen dort erzählt. Aber darüber sollte gerade ich mich nicht beschweren. Vielleicht hätte ich ihn ja diesmal begleitet, wenn er mich gefragt hätte. Er hat mich aber nicht gefragt. Es hätte jetzt sowieso nicht gut gepasst. Vielleicht fahre ich das nächste Mal mit und lasse mir von ihm seine alte Heimat zeigen.

Als sich damals, knapp zwei Jahre nach unserer Hochzeit, Charlotte ankündigte, schien unser Glück vollkommen. Ich genoss die Schwangerschaft. Diese Symbiose mit unserem werdenden Kind, so nah bei mir, wie es näher nicht ging, war bestechend schön. Ron trug mich auf Händen, ständig war er in Sorge. Eine Schwangerschaft sei immer sehr risikoreich, meinte er. Aber ich versicherte ihm, dass es heutzutage Mittel und Wege gebe, die verhinderten, was seiner Mutter widerfahren war. Und dann kam unsere Tochter zur Welt. Komplikationslos. Eine ungeheure und intensive Erfahrung, auf die ich um nichts in der Welt verzichten möchte. Zwei Tage später erwischte mich eine schwere postpartale Depression. Ich fühlte mich wie eine seelenlose Hülle ohne das Kind im Bauch, so furchtbar leer, so ähnlich wie damals, als mir meine Schwester so unbeschreiblich fehlte.

Und wieder stellte Mutter sich selber hintan und kümmerte sich. Um mich, um das Kind und auch um Ron und unseren Haushalt. Ich glaube, dass sie diese Aufgabe gerne übernommen hat.

Von der Depression habe ich mich jahrelang nicht richtig erholt. Ich stolperte von einer in die nächste schwierige Phase. Die Sehnsucht nach meiner Schwester war plötzlich wieder allgegenwärtig. Ich wollte mich weigern an uns, an unsere gemeinsame Zeit zu denken, aber das gelang nicht gut. Wenn ich meine kleine Tochter im Garten spielen sah, dachte ich an mich, wie ich in diesem Garten gespielt hatte, und unweigerlich daran, dass ich nie allein gewesen war. Es gab Tage, da ertrug ich es nicht. Ich heulte, wenn ich sah, dass sich Charlotte unter der roten Trauerbuche mit ihren Puppen einrichtete oder Gänseblümchen zum Kranz flocht. Die Gartenlaube, in der wir so oft gespielt und einen großartigen letzten Geburtstag verlebt hatten, hatte Mutter mit Gartengeräten zugestellt und verschlossen. Ich war ihr dankbar dafür und für vieles andere, aber ich glaube, dass ich nie habe wirklich abschätzen können, was sie alles für mich getan hat. Sie war immer für mich da, immer, und ist es noch. Sie hat mich getröstet, obwohl sie selber Trost gebraucht hätte. Sie hat durch das schreckliche Unglück Eltern, Ehemann und ein Kind verloren. Für mich sind sie Großeltern, Vater und Zwillingsschwester. Ich war sicher, dass mein Verlust schwerer wog als der meiner Mutter. Seit wir nach Heidelberg gezogen sind, ist sie ganz allein. Nie hat sie gejammert, obwohl ich sehen konnte, dass sie einsam war. Aber es war *ihr* Leben, das sie in Herford führte, so dachte ich, und es war *ihr* Schicksal, dass sie allein war und blieb. Ich hatte an meinem eigenen Leben genug zu tragen. Als meine Mutter ist sie für mich verantwortlich gewesen. Sie hat diese Verantwortung übernommen, ganz selbstverständlich, als ich Kind war, als ich Jugendliche war und auch noch in meinen Erwachsenenjahren. Hat man als Kind, als Tochter, als ungefragt Geborene, umgekehrt auch Verpflichtungen den Eltern, der Mutter gegenüber? Ich weiß es nicht – vielleicht nicht in demselben Maße.

Mir ging es, fern von dem Ort, der mir diese unsäglichen Schmerzen bereitet hatte, mit jedem Tag besser. In Heidelberg ebbten meine depressiven Stimmungen ab, und ich konnte mich problemlos um meine Familie kümmern. Charlotte hingegen wäre gerne bei ihrer Oma geblieben. Jeden Ferientag hat sie in Herford verbracht.

Es mag ungefähr zwei Jahre her sein, dass ich realisiert habe, welch positiven Einfluss das Wandern auf mich ausübt. So oft es geht, fahre ich mit dem Auto eine Viertelstunde zu einem Parkplatz am Waldrand, von dem gleich mehrere Rundwanderwege ausgehen. Der Wald empfängt mich wie ein lichtes hohes Gebäude, das mich schützend umgibt. Ich marschiere stramm, mit ausladenden Schritten und rudernden Armen. Die anstrengenden, rhythmischen Bewegungen des Gehens, die den ganzen Körper fordern, sind ein befreiendes Zeremoniell für mich. Während der Wanderungen kann ich Erinnerungen an meine Kindheit zulassen, das war eine ganz neue Erfahrung. Im Wald werde ich wieder zu Marie. Marie ist der Name, auf den ich getauft wurde. Zusammen mit Anne, meiner Schwester. Auf den Wanderungen durch den Wald kann ich an unsere gemeinsame Zeit und ihr abruptes Ende denken, ohne krank zu werden. Die körperliche Anstrengung ist dabei wichtig, weil sie mir Energie entzieht und die Vehemenz meiner Gefühle bremst. Je schmerzlicher die Erinnerungen sind, desto mehr strenge ich mich an. Ich arbeitete den Schmerz ab, der mich überfällt, wenn ich an Anne denke. Auf diesen Wanderungen ist ein Prozess in Gang gesetzt worden, den ich nicht erwartet hätte. Anne, die ich mir einverleibt hatte, indem ich mich Annemarie nannte, war auf einmal wieder neben mir, sie gesellte sich zu mir. Die Erinnerung an sie tat mit jeder Wanderung weniger weh. Und als die Erinnerung schließlich schmerzfrei gelang, gab Anne zu verstehen, dass es nun genug sei. Sie wolle nicht, dass ich weiterhin so schwer an ihr trüge, ich solle loslassen, dann könne sie leichter neben mir sein. Keine Schuldzuweisungen von ihrer Seite, keine Schuldgefühle auf meiner Seite. Es war plötzlich schön, an meine Schwester zu denken. Also bin ich täglich gelaufen, stundenlang, um mit ihr zu sein.

Die Bäume und Sträucher an den Wegen wurden mir zu Vertrauten, die sich mit den Jahreszeiten wandeln und dabei doch dieselben bleiben. Auch in mir ging ein Wandlungsprozess vonstatten, den ich jetzt abschließen möchte. Ich spüre Vorfreude. Das ist vielleicht verrückt, denn indem ich jetzt hier sitze und dies aufschreibe, koche ich das Qualvolle noch einmal bewusst hoch. Ich werde den Topf zum Überlaufen bringen und mich schmerzhaft verbrühen – aber dann kann die Wunde heilen. Darauf freue ich mich.

Ich glaube heute, dass es nicht richtig war, die Geschehnisse von damals einfach zu verdrängen. Ich hätte mich früher damit auseinandersetzen sollen. Schließlich war ich ein Kind. Vielleicht wiegt kindliche Schuld nicht so viel. Vielleicht hätte ich das lernen können. Psychologen haben sich auch in späteren Jahren noch die Zähne an mir ausgebissen. Niemandem habe ich etwas erzählt, niemand sollte meine Schuld am Tod meiner Schwester kleinreden können. Niemand. Anne wurde nur zwölf Jahre alt. Es ist logisch, dass ich nach ihrem Tod nicht mehr nur Marie, sondern Annemarie war, ich lebte jetzt für uns beide, wir waren ja sowieso eigentlich eins.

Anne und ich sind zusammen auf der Sonnenseite des Lebens gegangen. Wir wuchsen behütet in der Villa unserer Großeltern am Stiftberg im ostwestfälischen Herford auf. Wir hatten einen schönen Garten mit alten Bäumen zum Spielen zur Verfügung, ein großzügiges Kinderzimmer, das keine Wünsche kleiner Mädchen offenließ, wir wurden geliebt, es ging uns gut.

Bis zum Schluss hatten unsere Eltern nicht damit gerechnet, dass sie zwei Kinder auf einen Schlag bekommen würden. Annemarie sollte ihr Kind heißen, wenn es ein Mädchen wäre. Nach unserer Geburt wurde der Name kurzerhand geteilt. Die Erstgeborene bekam den Namen Anne, und ich, die drei Minuten jüngere, sechzig Gramm leichtere und einen Zentimeter kürzere, den Namen Marie. Anlässlich unserer Geburt pflanzte Vater einen Baum neben das Haus, nicht irgendeinen, sondern einen Ginkgo biloba. Später hat er uns oft erzählt, dass der Baum so besonders und einzigartig sei wie seine beiden Töchter. Er sei ein lebendes Fossil aus dem fernen Osten, weder ein Nadelbaum noch ein Laubbaum. Die Blätter des Ginkgobaums, in der Mitte tief gebuchtet, aber nicht geteilt, symbolisierten unser Zwillingsdasein. Wir beide seien zwei besonders miteinander verbundene Menschen. ‚Eins und doppelt' hätte der Herr Goethe das genannt, sagte er. Noch bevor wir eingeschult wurden, konnten wir das Goethe-Gedicht zum Ginkgobaum auswendig und sagten es oft vor Gästen unserer Eltern auf: ‚... Ist es *ein* lebendig Wesen, / das sich in sich selbst getrennt? / Sind es zwei, die sich erlesen, / dass man sie als *eines* kennt? ...'

Mutter hat oft erzählt, dass sich unsere Unterschiede in Gewicht und Größe nach einem Jahr völlig ausgewachsen hatten und wir uns fortan wie ein Ei dem anderen glichen. Nur unsere Eltern konnten uns auseinanderhalten, besonders Mutter war überhaupt nicht zu täuschen. Es gab einen winzig kleinen Unterschied zwischen uns, und der lag in unseren Augen. In unsere blauen Iriden waren lauter kleine orangegelbe Pigmentflecke eingestreut. Bei hellem Licht mischten sich blau und orangegelb, und unsere Augen bekamen einen mächtigen Grünstich. Die Verteilung dieser kleinen Pigmentflecke war bei uns beiden nicht identisch. Das fiel niemandem auf, selbst Vater konnte sich das Muster, das in allen vier Iriden von uns verschieden war, nicht merken. Nur Mutter konnte das. Sie hatte sich angewöhnt, uns immer tief in die Augen zu schauen, wenn sie mit uns sprach.

Schon früh hatte unsere Mutter versucht, uns zu erklären, was es bedeutet, als Zwilling geboren zu sein. Dass wir zwar gleich aussähen, weil wir aus einer einzigen befruchteten Eizelle stammten und eine Laune der Natur diese verdoppelt hätte, dass wir aber doch als zwei einzelne Menschen in diese Welt gestellt worden seien und jede von uns diese Welt aus ihren Augen individuell betrachten müsse. Wir müssten nicht selbstverständlich immer dasselbe wollen, dasselbe gut oder schlecht finden. Es sei im Gegenteil wichtig, dass jede in sich hineinhorche, ob sie das auch wirklich wolle, was die Schwester will, oder vielleicht doch nicht. Es sei ganz normal, unterschiedliche Interessen zu entwickeln, deswegen blieben wir immer Zwillinge, die sich sehr nahestehen, das schließe sich nicht aus. Sie sagte auch, es sei eine gute Vorbereitung auf das spätere Leben, wenn jede von uns lernte, Eigenes zu pflegen. Irgendwann würden wir nicht mehr ständig zusammen sein können. ‚Irgendwann wird sich eine von euch verlieben', hatte sie gesagt, ‚ein Mann wird zwischen euch treten, der dann wichtiger sein wird als die Schwester, ihr werdet Kinder haben und jede in ihrer eigenen Familie leben'.

Sie hat es sicher gut gemeint, sie wollte, dass jede von uns zu einem Individuum heranwächst, das sich, wenn die Zeit kommt, ohne Probleme von der Schwester lösen kann. Aber damals verstanden wir nicht, was sie uns sagen wollte. Natürlich wollten wir immer dasselbe, natürlich fanden wir dasselbe gut oder schlecht, natürlich hatten wir dieselben Interessen, hatten zur selben Zeit Hunger und zur selben Zeit Durst, waren zur selben Zeit müde und erwachten gleichzeitig, wir liebten dieselben Sachen und Farben, und nichts und niemand würde uns trennen. Niemals. Das war undenkbar.

Aber dann, wir waren elf, kam Max in unsere Klasse. Die Lehrerin brachte ihn eines Tages mit und sagte, Max habe mit seinen Eltern die letzten fünf Jahre in Amerika gelebt, wir alle sollten ihm helfen, sich an unserer Schule einzugewöhnen. Max war ein Jahr älter als wir und kam aus New York. Alle Mädchen verknallten sich augenblicklich in ihn. Auch Anne und ich. Wir luden ihn nachmittags zu uns ein, und er uns zu sich. Wir drei verstanden uns prima, aber ich halte es heute für wahrscheinlich, dass ihn an uns faszinierte, dass wir im Doppelpack auftraten, als doppeltes Lottchen, als Mädchen mit Blaupause. Wir jedenfalls liebten ihn mit vorpubertärer Leidenschaft. Mit Max lernten wir eine ganz neue Gefühlsqualität kennen und erfuhren gleichzeitig viel Faszinierendes aus einer uns fremden Welt. Eines Tages nach New York zu fliegen wurde unser Zukunftsziel. Wir schwärmten gemeinschaftlich und dachten mit keinem Gedanken daran, dass die Nähe zu Max, die wir uns so sehr wünschten, zu dritt nicht funktionieren könnte. Wir waren eben doch noch Kinder.

Das neue Schuljahr nach den großen Ferien wurde wie jedes Jahr an der Königin-Mathilde-Schule mit einem Fest auf dem Schulhof eingeläutet. Wir durften bis halb neun dableiben und tranken Coca-Cola mit Strohhalmen aus kleinen Flaschen. Wir fühlten uns großartig in unseren neuen Schlaghosen aus dunkelblauem Samt und schielten unentwegt zu Max hinüber, der in einem Pulk von anderen Jungs stand. Um sieben wurde in der Pausenhalle zum Tanz aufgespielt, das heißt, ein Oberstufenschüler übte sich als Diskjockey. Die älteren Schüler bevölkerten schnell die Tanzfläche, wir jüngeren standen schüchtern herum, einige wurden schon von den Eltern abgeholt. Nach der ersten Tanzpause, der schnelle Rhythmen vorausgegangen waren, startete der Diskjockey mit einer langsamen Platte. ‚Suspicious minds' von Elvis, das stand in der Hitparade ganz oben. Dazu tanzte man Klammerblues.

Mir blieb beinahe das Herz stehen, als Max auf uns zukam. Ein wenig verlegen schaute er von einer zur anderen und … – forderte Anne auf. Ein Schreck für mich, nein, ein Schock! Anne ging lächelnd mit ihm, ich blieb allein zurück. Allein. Allein. So alleingelassen hatte ich mich noch nie im Leben gefühlt. Meine Schwester tanzte mit unserem Schwarm, sie standen dicht voreinander, hatten sich die Hände auf die Schultern gelegt und traten von einem Bein aufs andere, die Köpfe dicht an dicht, sie konnte sicher den warmen Geruch wahrnehmen, der aus seinem grünkarierten Hemdkragen strömte. Berührte nicht sein blondes Haar ihre Wange? Und ich stand am Rand, war ausgeschlossen, erlebte das nicht mit meiner Schwester zusammen, sondern musste es ansehen.

‚Why can't you see / What you are doing to me …', schluchzte Elvis durch die weit geöffneten Flügeltüren der Pausenhalle.

Das war der erste, winzig kleine Dorn, der in unsere enge Beziehung piekste. Ich gebe zu, Max hatte mit Blick auf mich gesagt: ‚Mit dir tanze ich gleich auch.' Aber das war im Augenblick bedeutungslos. Ich entfernte mich vom Rand der Tanzfläche, um mich auf die Treppe zu setzen, die nach oben zu den Klassenzimmern führte. Anne sah das, ließ Max sofort stehen und kam besorgt hinter mir her.

‚Mir ist plötzlich ganz übel', sagte ich, ‚vielleicht zu viel Coca? Ich glaube, ich muss nach Hause.'

Ich log. Zum ersten Mal belog ich meine Schwester. Wir wohnten nur einen Katzensprung von der Schule entfernt, Anne hakte mich unter, und wir machten uns gleich auf den Weg. Max begleitete uns ein Stück.

Mutter war nicht wenig überrascht, als wir Viertel vor acht schon wieder vor der Tür standen, wo wir doch so lange dafür gekämpft hatten, bis halb neun bleiben zu dürfen. Ich war mit Mutter allein in der Küche, als sie sagte, es sei wohl besser, wenn ich ein paar Magentropfen einnähme. Ich wehrte ab, die Tropfen schmeckten scheußlich. Mutter sah mich lange und durchdringend an, sagte aber nichts weiter. Ich halte es für durchaus möglich, dass unsere Mutter genau wusste, was unser Zwillingsdoppelleben regelte. Anne, ihre Erstgeborene, war die dominante in unserer Zweierbeziehung, nur leise, unauffällig, fast unmerklich. Wenn es für uns etwas zu entscheiden gab, entschied sie zuerst, natürlich nicht, ohne mich im Blick zu haben. Aber mir war es immer recht. Sie war sozusagen unsere Sprecherin im Geiste, und ich war gerne die Stillere. Das war eine Übereinkunft zwischen uns, die weder die eine hervorhob noch die andere bevormundete. Ich glaube, unsere Mutter hatte damals, nach dem Schulfest, den Verdacht, dass etwas vorgefallen sein musste, das nicht meine uneingeschränkte Billigung fand. Anne indes machte sich keinerlei Gedanken, sagte sogar, Max hätte genauso gut mich zum Tanzen auffordern können, für ihn wäre das egal gewesen, seine Wahl sei zufällig auf sie gefallen. So ist es wohl auch gewesen. Dennoch hatte ich in diesem Augenblick seiner Entscheidung für Anne einen Funken Eifersucht oder Neid oder was auch immer empfunden und mochte Anne das nicht anvertrauen. Allein schon diese Tatsache war mir schließlich tatsächlich auf den Magen geschlagen.

Ob Max eine Spur größerer Selbstsicherheit bei Anne bemerkt hatte? Jedenfalls sprach er häufiger mit ihr als mit mir. Dachte ich jedenfalls. Rächte sich hier, dass ich aus einer gewissen Bequemlichkeit heraus Anne gern das Wort überließ?

Der kleine Dorn, den ich seit dem Schulfest im Fleisch spürte, rumorte jetzt häufiger. Ich träumte davon, mit Max einmal allein zu sein, ihn nur für mich zu haben. Plötzlich sah ich einen gewissen Nachteil darin, dass Anne und ich so gleich waren. Ich konnte mich nicht interessanter machen als meine Schwester. Ich hätte mich mehr in den Vordergrund spielen können, aber das war nicht meine Art, ich konnte Anne nichts missgönnen. Und es gab auch nichts zu missgönnen, außer dem Tanz auf dem Sommerfest vielleicht.

Der Winter kam und ging, Max hatte eine Klasse übersprungen und war jetzt häufiger mit seinen Jahrgangsgenossen zusammen. Wir trafen ihn nur noch freitags beim Tennis oder auf dem Schulhof.

Unseren zwölften Geburtstag am 22. Mai konnten wir kaum erwarten. Wie jedes Jahr durften wir ein Fest für unsere Freunde und Freundinnen geben. Unsere Feiern hatten immer unter einem bestimmten Motto gestanden, und unsere Eltern gaben sich stets größte Mühe, dazu Passendes zu finden oder sich auszudenken, von der Auswahl der Tortendekoration bis hin zu den Spielen, die im Garten stattfanden. An unserem elften Geburtstag hatten wir eine Zaubershow veranstaltet, zu der ein echter Zauberer engagiert worden war. In diesem Jahr fiel der Tag auf den zweiten Pfingstfeiertag, und wir wollten wie richtige Teenager eine Party veranstalten, eine ‚Fete' mit Musik und Tanz. Und Coca-Cola in kleinen Flaschen sollte es geben, mit bunten Strohhalmen, und draußen sollte gegrillt werden. Zwar ist es im Mai abends immer lange hell, aber wir wollten trotzdem unbedingt Lampions im Garten aufhängen.

Es muss ungefähr eine Woche vor unserem Geburtstag gewesen sein, als Vater verkündete, dass die Großeltern in diesem Jahr nicht beim Geburtstagskaffee dabei sein würden. Sie hätten vor Pfingsten keinen Flug mehr bekommen, er würde sie erst am Freitag nach unserer Feier vom Flughafen in Hannover abholen können. Unsere Familie besaß ein Haus in der Toskana. Wir waren in den Sommerferien dort, unsere Großeltern im Frühjahr und im Herbst. Diesmal waren sie gleich nach Neujahr aufgebrochen und über vier Monate geblieben.

‚Wir kommen natürlich mit!', rief Anne fröhlich. Dass die Großeltern an unserem Geburtstag nicht da sein würden, fanden wir in Anbetracht der geplanten Party nicht schlimm, im Gegenteil. Wir liebten es aber, auf dem Flughafen zu sein, das wollten wir uns keinesfalls entgehen lassen. Wir fanden, dass der Duft der großen weiten Welt durch die langen Flure wehte, und bewunderten die Menschen, die gerade aus einem Flugzeug ausgestiegen waren oder gleich in ein Flugzeug einsteigen würden. Wir waren noch nie geflogen. Irgendwann würden auch wir durch die Absperrungen zu den Flugsteigen gehen und nach New York fliegen, da waren wir sicher.

‚Ihr beiden geht an dem Freitag brav zur Schule', hatte Vater mit gespielter Strenge geantwortet, aber Anne erinnerte jubilierend daran, dass jener Freitag schulfrei sein würde, weil die Lehrer einen Ausflug unternähmen. Aber Vater erklärte uns bedauernd, dass Oma und Opa diesmal mit zwei großen Koffern ankommen würden. Einer könne vorn unter die Haube, aber der andere müsse mit Oma auf die Rückbank. Da wäre allerhöchstens noch ein ganz schmales Plätzchen für eine von uns. Vater lächelte augenzwinkernd, er wusste, dass die Diskussion damit beendet war, denn niemals würde nur eine von uns mitfahren wollen, wenn die andere zu Hause bleiben musste. ‚Schade', sagten wir denn auch unisono. Anne zog eine Schnute, aber in meinem Hirn fing es an zu rattern. Wenn Anne allein mitführe, würde ich allein zum Tennis gehen. Für den schulfreien Tag war nachmittags ein Schülerturnier angesetzt worden. Wir waren nicht eingeteilt, wir waren nicht gut genug, aber Max spielte natürlich. Es war gewünscht, dass möglichst viele zum Zuschauen kommen sollten.

Ein kindlicher Plan, ein perfider Plan, ein verhängnisvoller Plan reifte in mir heran.

Abends im Bett bot ich Anne den freien Platz im Auto an. ‚Es macht mir nichts aus, zu Hause zu bleiben', sagte ich bemüht leichthin. Anne richtete sich auf. ‚Das glaube ich jetzt nicht', antwortete sie empört, ‚entweder beide oder keine!' Damit war die Sache für sie erledigt.

In den nächsten Tagen ließ ich öfters Bemerkungen über unsere Begeisterung für den Flughafen einfließen. Ich sprach davon, wie es war, die Flugzeuge starten zu sehen, wie sie sich in Position stellten, warteten, dann auf ein unhörbares Kommando hin Anlauf nahmen, schneller und schneller wurden, schließlich abhoben und höher und höher stiegen. Wir hatten uns vorgestellt, wie die Passagiere durch die Geschwindigkeit in die Sitze gepresst würden, wie sich der feste Boden, den sie eben noch unter den Füßen gehabt hatten, immer weiter entfernte. Unbeschreiblich müsste das sein. Oder ich sprach davon, wie wir die landenden Flugzeuge beobachtet hatten, wie sie langsam nach unten glitten, wie sie nur wenige Meter über dem Boden schwebten, ohne herabzufallen, wie sie taumelten und wir jedes Mal erwarteten, dass sie mit einer Flügelspitze den Boden berühren würden. Wie aufregend wir das alles fanden! ‚Ja, das war immer sehr aufregend', hatte Anne gesagt, ‚und deswegen werde ich nicht alleine mitfahren, alleine macht das keinen Spaß.' ‚Ach, Anne', entgegnete ich, ‚ich weiß doch, dass dich das viel mehr begeistert als mich, und deswegen überlasse ich dir gern den Platz im Auto. Mir genügt es vollkommen, wenn du mir hinterher alles haarklein erzählst.'

Ich hatte ein Zögern in Annes Augen gesehen. Warum eigentlich nicht, schien sie zu denken. Daher legte ich noch nach: ‚Ich schenke es dir zum Geburtstag, dass ich keinen Anspruch auf den Platz im Auto erhebe, damit du mit nach Hannover fahren kannst. Mensch, Anne – wir werden zwölf! Wir sind keine Babys mehr und werden doch mal getrennt etwas unternehmen können. Ich gehe zum Tennisturnier und verblüffe die anderen durch meinen Soloauftritt.'

Ich hatte den Spieß umgedreht. Anne war still geworden und ich hatte entschieden. ‚Ja, wenn du meinst, machen wir es so', sagte sie schließlich.

Unser Geburtstag wurde ein wirklich schöner Tag. Zum ersten Mal hatten wir uns gegenseitig ein kleines Geschenk gemacht, das wir uns am Morgen nach dem Aufwachen überreichten. Ich hatte Anne einen Brief geschrieben, in dem stand, dass ich ihr sehr gerne den Platz im Auto überließe und sie bitte, mir hinterher ganz genau zu erzählen, was sie gesehen und erlebt hatte. Und Anne hatte ein paar Münzen ihres Taschengeldes in Goldpapier eingewickelt. Für eine Coca im Tennisclub.

Es war nicht die Rührung darüber, sondern das schlechte Gewissen, das mir in diesem Augenblick Röte auf die Wangen trieb. Aber mittags war das wieder vergessen. Wir zogen unsere neuen gelben Kleider an, Mutter band jeder eine gelbe Schleife ins Haar, und dann gingen wir mit den Eltern ins Restaurant Lübbertor. Einen Hawaii-Toast bestellten wir, ich weiß es noch genau.

Der wichtigste Teil des Tages aber begann am Nachmittag. Wir saßen nicht wie sonst üblich mit Eltern, Großeltern und unseren Geburtstagsgästen um den Kaffeetisch, sondern diesmal war in der Laube ein Kuchenbuffet aufgebaut, und wir konnten uns wahlweise mit Kakao oder mit Limonade und Coca-Cola bedienen. Vierundzwanzig Gäste hatten wir, zwölf für jede von uns. Sie kamen aus unserer Klasse und aus dem Tennisclub. Max war natürlich auch dabei, er war unser heimlicher Hauptgast. Vater hatte drei hintereinander gereihte Verlängerungskabel zur Laube verlegt und ein Tonbandgerät aufgestellt, das hatten wir uns gewünscht. Aber tanzen wollte niemand so recht. Manchmal tanzten zwei oder drei Mädchen zusammen, aber die meiste Zeit vergnügten wir uns wie die Kinder im Garten. Mit zwölf ist man eben auch noch Kind. Einerseits. Aber andererseits ist das Gefühlsgemenge in dem Alter nicht mehr so einfach und komplikationslos strukturiert, nicht mehr so durchschaubar, weder für einen selbst noch für andere. Wer wüsste das besser als ich?

Am Abend gab es Kartoffelsalat und Vater half beim Grillen von Bratwürsten. Wir lümmelten uns im Gras, aßen von Papptellern und fanden das ‚spitze'.

Glücklich lagen Anne und ich am Ende des Tages in unseren Betten.

Vier Tage später, am Freitagmorgen beim Frühstück, fragte Vater scherzhaft, wer von uns denn nun mitkomme. Er erwartete gar keine Antwort, sondern hielt Mutter, die gerade die Kaffeekanne nahm, seine Tasse hin. Sie schenkte ihm ein, und die beiden begannen über Tagespolitik zu plaudern. Es ging um Baader-Meinhof, um Terrorismus, RAF, Begriffe, die die Eltern in der letzten Zeit häufig sorgenvoll diskutierten. Wir wussten so ungefähr Bescheid über das, was Deutschland in jener Zeit umtrieb, aber wenn man elf oder zwölf Jahre alt ist, hat man keine Zukunftsängste, wir jedenfalls nicht.

‚Anne fährt mit', sagte ich und bestrich mein Brot intensiv mit Butter. Die Eltern hielten unvermittelt in ihren Bewegungen inne und blickten uns ungläubig an. ‚Ach was', sagte Vater, ‚beide oder keine.' Mutter hingegen lobte unseren Entschluss. Anne sagte nichts dazu. Ich auch nicht. ‚Macht, was ihr wollt', sagte Vater schließlich, ‚Punkt zehn Uhr ist Abfahrt, freitags ist mit viel Verkehr zu rechnen.'

Uns war beiden ganz mulmig zumute. Ich glaube, Anne, meine liebe ältere und mutigere Schwester dachte, sie könne mich nicht allein lassen, sie war aber auch überrascht von der Energie, mit welcher ich dieses Experiment vorgeschlagen hatte, und wollte es daher respektieren, das merkte ich ihr wohl an. Und ich? Ich fieberte im Wechselbad meiner Gefühle. Ich belog mein Alter ego, ich war dabei, es zu hintergehen, und natürlich hatte ich auch Angst, mich ohne Anne irgendwie amputiert zu fühlen – und ich freute mich auf Max.

Um halb zehn meinte Anne, dass sie inständig hoffe, dass ich nicht traurig sei, zu Hause zu bleiben. Sie nahm ihre Kette ab und sagte: ‚Lass uns tauschen, dann haben wir uns immer dabei, ob wir zusammen oder getrennt sind.' Wir trugen jede eine goldene Kette mit einem runden Anhänger, in den der Anfangsbuchstabe unseres Namens eingraviert war. Wir hatten sie zur Taufe von unseren Eltern bekommen und trugen sie immer. Ich überreichte Anne meine Kette mit dem M im Anhänger, dem M für Marie, und ich nahm ihre mit dem A im Anhänger, dem A für Anne. Das war ein durch und durch feierlicher Augenblick, und ich hatte das Gefühl, dass mich nun wirklich nichts mehr von meiner Schwester entfernen könnte. Ihr ging es sicher genauso. Ganz sicher.

Dann traten wir aus dem Haus, bereit für das, was der Tag bringen mochte. Vater war noch dabei zu prüfen, ob das Verdeck unseres VW Käfer Cabriolets auch richtig dicht saß, das machte er immer, wenn eine Autobahnfahrt bevorstand. Er reagierte allergisch, wenn es durch irgendeine Ritze zog oder wenn etwas klapperte. Während er die Lehne des Vordersitzes nach vorn klappte und Anne auf die Rückbank kletterte, warf er mir einen langen bedauernden Blick zu. ‚Wir bringen dir was Schönes mit', rief er, und zu Mutter gewandt, ‚bis später Elly, pass gut auf unser Mariechen auf.' Durch die Heckscheibe sah ich Anne winken, als Vater davonfuhr. Ich stand mit Mutter am Eingangstor, und auch wir winkten und sahen dem sich entfernenden Auto nach.

Mutter kümmerte sich rührend um mich. Wir gingen zusammen zum Einkaufen, sie spendierte uns eine Bratwurst an der Bude in der Stadt und redete und redete, als müsse sie irgendetwas, das in der Luft hing, davonscheuchen. Das war ja auch so; es war aber etwas anderes, als sie vermutete. Am Nachmittag ging ich in den Tennisclub. Allein – ein ganz komisches und ungewohntes Gefühl, so, als hätte ich etwas vergessen. Max hatte schon gespielt, als ich ankam, diesmal war er früh ausgeschieden. Er staunte nicht schlecht, eine von uns allein zu sehen, sagte aber nichts dazu. Wir holten uns eine Coca und setzten uns auf die Terrasse des Clubhauses. Wir waren irgendwie befangen. Vielleicht war auch nur ich befangen. Ab und zu kamen ein paar Jungs vorbei und forderten Max auf mitzukommen. ‚Ich komme gleich', sagte er jedes Mal, rührte sich aber nicht vom Fleck.

Max fragte mich, ob ich in den Sommerferien verreist gewesen sei, ich sähe so braungebrannt aus wie die Mädchen am Strand von Santa Monica. Ich erzählte ihm, dass wir vier Wochen am Mittelmeer in

San Ettore gewesen waren. ‚Wow', sagte Max, ‚das Mittelmeer kenne ich noch nicht, vielleicht fahren wir nächstes Jahr hin.' Diese Sommerferien habe er wie jedes Jahr mit seinen Eltern und deren Freunden in Santa Monica in Kalifornien verbracht. Er erzählte von rasanten Fahrten mit dem Motorboot, die er mit den Männern unternommen hatte und von bunten Fischen, die im Meer schwammen, dass er sich beim Tauchen aber immer vor den gefräßigen Haien in Acht nehmen musste, und er schwärmte von den Eisbuden an der palmengesäumten Strandpromenade, auf der einem Kokosnüsse auf den Kopf fallen können, wenn man nicht aufpasst.

Ich hing an seinen Lippen. Das klang viel abenteuerlicher als unsere Reisen ans Mittelmeer.

Aus dem Clubhaus hörte man leise Musik. ‚Mamy Blue' von Ricky Shane sei sein aktueller Lieblingshit, sagte Max und erkundigte sich nach meinem. ‚Was ist *dein* Lieblingshit?', hatte er gefragt, nicht, was *unser* Lieblingshit sei. Er behandelte mich wie ein Einzelwesen, das war ganz ungewohnt und reizvoll. Anne und ich hörten im Moment Vicky Leandros am liebsten, sie hatte gerade mit dem Hit ‚Après toi' beim Eurovision Song Contest gewonnen, aber ich traute mich gar nicht, das zuzugeben, ich dachte, Max könne das hinterwäldlerisch finden, weil Vicky nicht in englischer Sprache sang. Dabei hatten wir mit dem Englischen kein Problem, Herford war voll von Engländern, da sich Teile der Britischen Rheinarmee vor bald dreißig Jahren am Stiftberg einquartiert hatten. Die Kinder der

Soldaten gingen auch auf unsere Schule und in unseren Tennisclub, außerdem begann jetzt schon das zweite Schuljahr, in dem wir Englisch lernten.

,,Mamy Blue' finden wir auch klasse', sagte ich.

Max sprach mich nicht mit Namen an, schielte aber ab und zu auf mein Kettchen mit dem A im Anhänger. Sollte er mich doch verwechseln! Sollte er doch denken, dass er Anne vor sich hatte! Sollte er doch! Ich jedenfalls war selig. Ich hatte bekommen, was ich wollte. Max exklusiv. Wir hingen den ganzen Nachmittag herum, viel länger als sonst, wenn Anne und ich im Doppelpack da waren. Einfach phantastisch!

Gegen sechs war das Turnier zu Ende. Wie auf Wolken schwebte ich nach Hause. Mein schlechtes Gewissen Anne gegenüber war wie weggeblasen. Ich wollte ihr ganz selbstverständlich erzählen, dass ich Max beim Tennis getroffen hatte, das würde sie nicht erstaunen. Ich wollte sagen, dass er total süß war, wir würden dann wieder zusammen schwärmen wie vorher.

Zu Hause angekommen, traf ich Mutter äußerst beunruhigt an. Vater hätte mit den Großeltern längst zurück sein müssen, meinte sie ein wenig kurzarmig, er würde doch um halb acht in der Philharmonie erwartet und müsse vorher noch zu Abend essen und sich umziehen. Meine gute Laune schlug jäh um. ‚Und mit Anne!', schrie ich in plötzlicher Panik, ‚und mit Anne!' Mutter sah mich erschrocken an, ja, natürlich, beeilte sie sich zu erklären, natürlich müsse er auch mit Anne zurück sein, das sei doch selbstverständlich. Sie zog mich in die Arme, aber ich ertrug die Sorge nicht, die sie ausströmte. Da half es wenig, dass sie Entschuldigungen und Erklärungen für die Verspätung erfand. Die Vermutung, dass ein Stau auf der Autobahn eine mögliche und naheliegende Ursache sei, hatte sie offensichtlich selber nicht beruhigen können.

Es wurde sieben, aber sie kamen nicht. Mutter rief in der Philharmonie an, damit sich der Konzertmeister darauf vorbereiten konnte, Vater zu vertreten. Auch um halb acht waren sie noch nicht da. Das Abendessen stand auf dem Tisch, Mutter war schon hundertmal vor die Tür gegangen, hatte schon hundertmal geprüft, ob das Telefon funktionierte. Es wurde acht, es wurde neun, es wurde zehn. Draußen dunkelte es, gegen halb elf rief Mutter auf der Polizeiwache an. Für eine Vermisstmeldung sei es viel zu früh, sagte jemand entnervt, alle Polizisten seien momentan in einem Großeinsatz und hätten anderes zu tun, als sich darum zu kümmern, dass ein Ehemann nicht rechtzeitig nach Hause gekommen sei. Elf war vorbei, wir saßen zusammen auf dem Sofa und bebten vor Angst. Keine Nachricht von Vater zu erhalten, war ein schlechtes Zeichen.

Es ging auf Mitternacht, als es endlich an der Haustür klingelte. Mutter sprang wie elektrisiert auf und rannte zur Tür. Ich war bewegungsunfähig am Sofa festgeklebt. Es konnten nicht Vater, Anne und die Großeltern sein, die vor der Tür standen. Es war inzwischen unmöglich geworden, dass sie jetzt noch nach Hause kamen, als sei nichts gewesen. Und doch, als ich fremde männliche Stimmen hörte, packte mich maßloses Entsetzen. Mein Herz schlug laut und heftig, es drosch von innen auf mich ein.

Jemand fragte nach dem Halter des Wagens mit dem Kennzeichen HF-AM, sehr wahrscheinlich sei die folgende Zahl 1960, das sei aber nicht hundertprozentig sicher. Mutter antwortete, tonlos, zitternd. Die Männer sagten noch ein oder zwei Sätze, ich verstand davon nur Wortfetzen, so laut schlug mein Herz – und dann schrie Mutter, wie ich es noch nie gehört hatte. Es riss mich in einer einzigen Bewegung vom Sofa in die Eingangshalle. In der Haustür erkannte ich zwei Uniformierte, die hilflos dreinblickten. Mutter aber schrie und schrie, schlug die Hände vors Gesicht, sank auf die Knie und hörte nicht auf zu schreien.

Mehr erinnere ich nicht. Starr vor Entsetzen geriet ich mit jedem Atemzug meiner Mutter, der ein langer jammervoller Schrei war, tiefer in eine Art Bewusstlosigkeit. Als ich daraus wieder auftauchte, waren Wochen vergangen. Die Welt war für mich eine andere, als ich begriff, dass Vater, die Großeltern und vor allem Anne, nie mehr nach Hause kommen würden.

Von da an zermürbte mich der Schmerz. Ich hatte meine Schwester, meine Zwillingsschwester, aus billigen und egoistischen Motiven heraus, in den Tod geschickt. Durch ihren Tod war mir etwas abgeschnitten worden, bei lebendigem Leibe, und diese Wunde schmerzte unerträglich. Jahre. Jahrzehnte. Meine Schuld wird niemals zu sühnen sein. Niemals. Und dennoch habe ich das irritierende Gefühl, meine Schwester sei mir so nah wie ehedem.

7

Elly

Herford, im Mai 2010

Unverschämt blau war der Himmel auch an diesem Morgen. Die Sonne stand noch schräg, und was sie beschien, warf lange Schatten.
Der Notarzt beugte sich über Elly, die der junge Mann vorsichtig auf den Boden und mit dem Kopf auf seine Jacke gelegt hatte. Blutdruck und Pulsfrequenz waren stark erhöht, aber das fand er nicht weiter schlimm, Sorgen machte dem Arzt vor allem die Verwirrtheit der Patientin.

„Ich werde Ihre Großmutter zur weiteren Abklärung vorsorglich ins Krankenhaus einweisen", sagte er zur Enkeltochter, die völlig aufgelöst die Hand der alten Frau hielt.

Zwei Sanitäter luden Elly, die zu wimmern begonnen hatte und immer wieder den Kopf zu den Umstehenden drehte, auf eine Trage und schoben sie in den Rettungswagen.

„Ich fahre hinter ihnen her", rief Charlotte eilig, „ich schließe nur eben die Haustür."

„Lassen Sie nur." Der Notarzt hob abwehrend die Hände. „Sie können jetzt nichts tun, es reicht, wenn sie in zwei Stunden kommen, so lange werden die Untersuchungen in der Aufnahme dauern. Und bringen sie ein paar Sachen mit, man wird ihre Großmutter erstmal dabehalten."

Panik drohte Charlotte zu ergreifen, als der Rettungswagen sein Blaulicht einschaltete und davonfuhr. Jetzt nur nicht die Nerven verlieren, dachte sie, cool bleiben, unbedingt cool bleiben. Es war keine Viertelstunde her, dass der fremde junge Mann in letzter Sekunde verhindert hatte, dass ihre Großmutter auf den Steinen des Plattenwegs aufschlug. Frau Schürmann, die nebenan zufällig am Fenster gestanden und gesehen hatte, wie Elly in sich zusammensackte, hatte sofort die Notrufnummer 110 gewählt. Charlotte blickte dem Wagen hinterher, bis er an der nächsten Biegung verschwand. Jetzt erst nahm sie Frau Schürmann wahr, die besorgt auf sie zukam und sie einlud, mit nach drüben zu kommen.

„Danke, es geht schon", sagte Charlotte angespannt, „ich muss ja gleich zu Oma."

Als sie sich umwandte, sah sie, dass die beiden Personen, die heute früh überraschend am Eingangstor gestanden hatten, noch immer dastanden. Die Frau in Gestalt ihrer Mutter hatte die Hände vors Gesicht geschlagen, der junge Mann hatte den Arm um sie gelegt und sprach leise auf sie ein.

Entweder sie ist jetzt durchgeknallt oder ich sehe Gespenster, dachte Charlotte und blickte kopfschüttelnd auf das Paar. Der junge Mann kam zwei Schritte auf sie zu. Widerwillig registrierte sie seine attraktive Erscheinung.

„Es tut uns sehr leid", sagte er mit einem starken englischen Akzent, aber mit echtem Bedauern. „Das haben wir nicht gewollt, ich möchte erklären, warum wir hier sind."

Er wandte sich zu der Frau um, die wie ein Häufchen Elend jetzt nach dem Zaun griff, um sich festzuhalten. „Sie ist die Tochter der alten Dame, sie ist hergekommen, um ihre Mutter und ihre Zwillingsschwester zu finden, sie hat sie vor achtunddreißig Jahren verloren."

Charlotte kniff die Augen zusammen, sie ignorierte den jungen Mann und seinen Vortrag und sah an ihm vorbei. Ungehalten fauchte sie: „Mama? Was soll die Maskerade? Was stehst du da sprach- und tatenlos herum? Oma wird ins Krankenhaus gefahren, weil du sie offensichtlich zu Tode erschreckt hast. Kannst du mir vielleicht verraten, was hier vorgeht?"

Wütend zeigte sie auf den Lockenkopf, der betreten von einer zur anderen sah. „Und wer ist der da? Von wessen Zwillingsschwester faselt er? Verdammt, das ist doch schlechtes Kino hier!"

Aber noch während Charlotte dies aussprach, dämmerte ihr, dass die aberwitzigen Behauptungen des jungen Mannes wahr sein könnten. Sah diese Frau so aus wie ihre Mutter, benahm sich aber nicht so wie sie, weil sie gar nicht ihre Mutter, sondern deren Zwillingsschwester war? Hatte das auch Elly erkannt? Hatte das den Schock bei ihr ausgelöst? Unsinn! Sie ließ die beiden stehen und ging zur Haustür, vorbei an den knospenden Beetrosen, welche in Reih' und Glied den Plattenweg flankierten.

Zu Hause anrufen, war ihr Gedanke. Aber nein, natürlich nicht anrufen. Was, wenn tatsächlich ihre Mutter abnähme? Was sollte sie sagen? Dass ihre Doppelgängerin vor der Tür gestanden hätte und Elly deswegen mit einem Schock ins Krankenhaus transportiert worden war? Das war keine gute Idee. Vielleicht sollte sie versuchen, ihren Vater im Büro zu erreichen? Ja, das sollte sie versuchen. Sie verlangsamte die letzten Schritte bis zur Haustür. Sollte sie die beiden einfach da stehenlassen? Nein, das sollte sie nicht. Sie waren ihr eine Erklärung schuldig.

„Dürfen wir hereinkommen?", hörte sie auch schon den jungen Mann hinter sich fragen.

Wütend dreht sie sich um und fixierte ihn. Er sah sie freundlich an, mit offenem Blick, und schien als einziger die Situation mit einem kühlen Kopf zu betrachten.

„Wer bist du eigentlich?", kam es abschätzig aus ihrem Mund.

„Oh, excuse me, Entschuldigung", sagte der junge Mann höflich lächelnd, „ich bin Charles Sandringham, ich bin der Sohn von Marie, …äh, Anne. Wir kommen aus Schottland hierher. Meine Mutter hat erfahren, dass ihre Eltern Elly und Albert Klinger heißen. Sie hat früher in diesem Haus gelebt. Dann hat sie die Familie verloren. Sie will sie wiederfinden."

„Das fällt ihr ja früh ein!", keifte Charlotte aufgebracht. „Will sie meine Großmutter umbringen, indem sie hier so ohne Vorwarnung auftaucht?"

„Sie hätten uns wohl nicht geglaubt, wenn wir uns telefonisch angemeldet hätten, nicht wahr? Seien Sie nicht wütend, hören Sie bitte …"

„Nein, hören Sie mal bitte! Es gibt hier keine andere Tochter mehr, die ist nämlich schon lange tot!"

„Das tut uns leid."

„Du wiederholst dich", schrie Charlotte nun und konnte nicht verhindern, dass ihr Tränen in die Augen stiegen. Langsam aber sicher drohte ihr diese unwirkliche Situation über den Kopf zu wachsen.

Da trat Charles' Mutter zwischen die beiden und richtete das Wort an Charlotte: „Elly Klinger ist meine Mutter, ob du das nun wahrhaben willst oder nicht. Ich denke, es geht in Ordnung, wenn wir drinnen weitersprechen, es muss ja nicht die ganze Nachbarschaft zuhören. Ich kann dir alles erklären."

Sie sagte dies in einem beinahe akzentfreien Deutsch, deutete ein Lächeln an und wollte Charlotte beschwichtigend eine Hand auf die Schulter legen. Die wich mit feindseligem Blick aus, blieb in der Haustür stehen und versperrte den Eingang. Aber das Bild der Frau, die aussah wie ihre Mutter, drückte unmissverständlich aus, dass hier keine Fremde stand und dass dies Haus ebenso sehr ihr Elternhaus gewesen sein musste, wie es das ihrer Mutter war. Entwaffnet trat sie schließlich zur Seite und bedeutete mit einer Handbewegung, dass die beiden eintreten sollten.

Charles und Charlotte bemerkten nicht, dass Anne um Fassung rang, als sie das Haus betrat. Sie zwang sich, ihre Blicke nicht neugierig umherschweifen zu lassen. Sie kam nach Hause. Nach all den Jahren in einem anderen Leben, das doch ihr Leben geworden war, kam sie jetzt nach Hause. Das Gefühl war unsagbar intensiv. Allein der Geruch, der ihr in der Eingangshalle entgegenschlug, vermittelte tiefste Geborgenheit. Nirgendwo hatte sie eine solche Geborgenheit empfunden wie hier in diesem Haus, das wusste sie jetzt. Die Jahre, in denen sie nicht Anne Klinger gewesen war, waren in diesem Moment ausgelöscht. Mutter hantierte bestimmt in der Küche, hörte sie es nicht klappern? Vater saß wohl mit einem Pfeifchen und der Zeitung auf dem Freisitz, und Marie war sicher oben. Marie! Sie konnte den Ruf, den Schrei nach der Schwester nur mit Mühe unterdrücken. Am liebsten wäre sie jetzt die Treppe hinaufgestürmt, ins Kinderzimmer, zurück in das leichte Kinderleben.

Charlotte hob Ellys Kostüm auf und hängte es an die Garderobe.

„Wir wollten jetzt eigentlich unterwegs nach Heidelberg sein", sagte sie, „meine Eltern geben am Samstag ein Fest. Silberhochzeit und fünfzigster Geburtstag meiner Mutter."

„Ich weiß", sagte Anne leise. „Du bist also die Tochter von Marie?"

Von Marie und Ron, hätte sie am liebsten gefragt, aber dass sie Ron kannte, wollte sie erstmal für sich behalten. Wie mit der Sache umzugehen sein würde, musste sich noch herausstellen.

„Ich bin Charlotte Gerloff, die Tochter von Annemarie, die in diesem Haus aufgewachsen ist", antwortete Charlotte mit einem noch immer etwas patzigen Ton.

„Hat deine Großmutter noch andere Kinder oder Enkelkinder?", fragte Anne vorsichtig. „Sie heißt doch noch Elly Klinger, oder …?"

„Warum sollte sie anders heißen? Sie hat eine Tochter, meine Mutter, ich habe keine Geschwister, folglich hat sie keine weiteren Enkel." Charlotte deutete mit finsterer Miene auf die offene Wohnzimmertür. „Geht meinetwegen hinein und erklärt mir, was das alles zu bedeuten hat, wenn ihr das könnt. Viel Zeit habe ich allerdings nicht zum Plaudern."

Anne duckte sich unter der Wucht, mit welcher sie jedes Möbelstück, jeder Gegenstand überfiel, als sie das Wohnzimmer betrat. Das war das Wohnzimmer ihrer Kindheit, es hatte sich kaum etwas verändert. Wie angewurzelt blieb sie stehen und schwieg überwältigt. Sorglos hatte sie damals dieses Haus verlassen, nicht im Traum hatte sie daran gedacht, dass sie es nicht wiedersehen sollte. Beinahe wäre es auch so gekommen.

„Wollt ihr da stehen bleiben?", erinnerte Charlotte an die Gegenwart. „Setzt euch."

Sie wies auf das Sofa und setzte sich selbst in den Sessel, der am weitesten davon entfernt stand.

„Entschuldigung", sagte Anne, „ich war einen Augenblick …, es ist keine lange Geschichte, die ich dir als Erklärung für unser unangekündigtes Auftauchen bieten kann."

Sie schluckte hörbar und fuhr dann mit belegter Stimme fort: „Wir waren Anne und Marie, die Zwillingstöchter von Elly und Albert Klinger. Kurz nach unserem zwölften Geburtstag habe ich unseren Vater auf einer Autofahrt begleitet, Marie blieb zu Hause. Da ist dieser Verkehrsunfall passiert, von dem ich auch nur aus einem Zeitungsartikel weiß, ich habe keine Erinnerung daran. Ich kam dabei nicht ums Leben, wie offenbar alle angenommen haben, sondern wurde verletzt nach Schottland verschleppt. Ich hatte mein Gedächtnis verloren. Bis vorige Woche wusste ich nicht um meine wahre Identität. Bitte versteh, dass ich sofort nach Hause wollte."

Charlotte verzog keine Miene, sie saß mit geradem Rücken in ihrem Sessel und blickte auf die Tapete zwischen Anne und Charles – obwohl ihren sämtlichen Nervenbahnen der Kollaps drohte. Was war das hier? Schmierentheater, schlechtes Kino, wie sie gleich vermutet hatte? War die Frau eine Doppelgängerin ihrer Mutter – oder war das ihre Mutter? Nein, das konnte nicht sein, solche schlechten Scherze würde die sich nicht erlauben. Also musste etwas dran sein an der Geschichte, die sie aufgetischt bekam. Sie hätte nachfragen können, was es denn gewesen war, das die Erinnerungen nach der langen Zeit in Unwissenheit plötzlich wach gerufen hatte, aber Charlottes Scharfsinn war im Moment blockiert.

„In diesem Haus gibt es keine Hinweise darauf, dass hier einmal Zwillinge gelebt hätten", sagte sie spitz. „Ich habe auch noch nie davon gehört, weder von meiner Oma noch von meiner Mutter."

Und wenn es denn so war, dachte sie, dann wurden alle Hinweise gründlich getilgt. Aber warum? Sie drehte den Kopf zur Seite und sah scheinbar desinteressiert aus dem Fenster in den Garten. Hinten bewegte die Trauerbuche sacht die dünnen Zweiglein und fegte damit über den Boden. Dort würde sie jetzt gern hingehen, sich unter das Gewölbe des Baumes setzen, um die Gedanken und Gefühle, und auch das real Geschehene, in eine Ordnung zu bringen. Aber das ging jetzt nicht. Sie schloss die Augen, um vielleicht klarer zu sehen. Die Zwillingsgeschichte war wegen der wirklich frappierenden Ähnlichkeit der Fremden zu ihrer Mutter, um nicht zu sagen wegen der Gleichheit der beiden, kaum von der Hand zu weisen. Und nannte ihre Großmutter ihre Mutter Marie, weil sie tatsächlich so hieß? War Marie gar nicht als Kurzform von Annemarie gedacht? Konnte es sein, dass die Melancholie, die so typisch für ihre Mutter war, nichts als Trauer über den vermeintlichen Verlust der Zwillingsschwester gewesen ist? Irgendetwas nagte an ihrer Mutter, das war nie zu übersehen gewesen, aber sie hatte keine Idee gehabt, was das hätte sein können. Warum war ein Geheimnis daraus gemacht worden, dass es eine Zwillingsschwester gegeben hatte? Ihre

Großmutter hatte sich furchtbar erschrocken und lag jetzt im Krankenhaus. Sie hatte ihre andere Tochter erkannt, davon musste Charlotte ausgehen. Elly schwach am Boden gesehen zu haben war das Schlimmste, was heute passiert war. Es hatte Charlottes Einschätzung, dass am Ende immer alles irgendwie gut wird, dass man alle Probleme mit gutem Willen lösen kann, selbst die Sache mit Julius, zerstört. Trennung und Verlust, Begriffe, die bisher keine Bedeutung in ihrem Leben gespielt hatten, standen auf einmal in übergroßen Lettern vor ihr. Es hatte sich etwas verändert, sie spürte, dass sie in dieser Sache Verantwortung übernehmen musste, für ihre Großmutter und für ihre Mutter. Egal, wie man es drehen und wenden wollte, es gab hier Tatsachen, denen sie ins Auge blicken musste, ihre Feindseligkeit war fehl am Platze. Sie sah die beiden Sandringhams an, die abwartend geschwiegen hatten.

„Wir fahren ins Krankenhaus", sagte Charlotte unvermittelt und sprang auf. „Ihr kommt mit; Klamotten bringe ich Oma später."

„Moment!", sagte Anne und griff Charlottes Arm, als sie an ihr vorbeilief. „Nicht so hastig, wir sollten sie nicht noch einmal überfordern und überlegt vorgehen. Zuerst müssen wir sehen, wie es deiner Großmutter geht, und wir müssen hören, was die Ärzte sagen. Es ist bestimmt besser, wenn du zuerst allein zu ihr gehst, erst danach entscheiden wir weiter. Ich begleite dich natürlich ins Krankenhaus. Charles, du musst nicht gleich dabei sein. Wir bleiben aber telefonisch in Kontakt."

Charlotte schlug die Augen nieder, es hätte ihre Mutter sein können, die so sprach.

Auf der Station, die Anne und Charlotte an der Information genannt worden war, erwartete man sie schon.
„Sind Sie die Angehörigen von Frau Klinger?", fragte eine Schwester.
„Ich bin die Enkelin", drängte Charlotte sich nach vorn.
Die Schwester wies Anne in einen Besucherraum und führte Charlotte zum Stationsarzt.
„Ihre Großmutter zeigte alle Symptome eines psychischen Schocks, als sie bei uns ankam", sagte der Arzt, lehnte sich in seinem Stuhl weit zurück und legte seine gespreizten Finger zu einem Spitzdach zusammen. „Das ist immer dann der Fall, wenn jemand bei einer plötzlich auftretenden psychischen Belastung nicht mit geeigneten Bewältigungsstrategien gegensteuern kann. Ihre Großmutter hat berichtet, ihre totgeglaubte Tochter habe plötzlich vor der Tür gestanden. Für solch einen Fall hat man natürlich keine Bewältigungsstrategien in petto." Der Arzt zog einen Mundwinkel nach oben, als müsse er sich das Grinsen verkneifen, kam auf seinem Stuhl wieder nach vorn und sagte in einem vertraulichen Ton: „Ich vermute, dass wir es hier mit einem Fall von Alterspsychose zu tun haben, die kennt viele Gesichter. Gerade beim Verlust von Nahestehenden kommt es häufig zu Visualisierungen der vermissten Person, manchmal gar zu Halluzinationen. Wie dem auch sei – für die nachfol-

gende Behandlung wäre es wichtig zu wissen, was der plötzlichen Ohnmacht ihrer Großmutter unmittelbar vorausgegangen ist. Der Notarzt sagte, Sie seien dabei gewesen, als ihre Großmutter kollabierte?"

„Ja, ich war dabei", antwortete Charlotte säuerlich. „Meine Oma leidet aber keineswegs an einer Alterspsychose, Herr Doktor, sie ist absolut bei Verstand. Die Situation, die zu dem Schock geführt hat, war nicht im Geringsten eingebildet, sondern real. Nach fast vierzig Jahren stand die Zwillingsschwester meiner Mutter, die wir für tot hielten, unangekündigt vor der Tür ihres Elternhauses. Meine Großmutter muss sie sofort erkannt haben. Glauben Sie mir, die Situation war auch für mich schockierend, denn diese Frau sieht meiner Mutter unglaublich ähnlich."

„Oh!" Ein erschrockener Ruck fuhr durch den Körper des Arztes. „Das ist in der Tat eine außergewöhnliche Situation." Verlegen begann er, die Gegenstände, die auf seinem Schreibtisch lagen, zu verrücken. „Entschuldigen Sie", sagte er schließlich und räusperte sich, „ich wollte Ihrer Großmutter nicht zu nahe treten. Die Situation, die Sie beschreiben, musste die alte Dame ja aus der Bahn werfen. Bei einem Schock hat sie auf jeden Fall eine günstige Prognose. Dennoch wird ein solches drastisches Ereignis nicht ganz folgenlos an ihr vorübergehen. Sie sollten darauf vorbereitet sein, dass eine mehr oder weniger lange Bearbeitungsphase erfolgen wird, die man beobachten muss. Gegebenenfalls wird eine längerfristige professionelle Begleitung nötig. Wir werden ihre Großmutter heute im

Auge behalten, und ich werde sie später selber noch einmal ansehen. Tut mir leid, ich muss los."

Noch während er sprach, war der Arzt aufgestanden, hatte Charlotte die Hand gereicht und war davongeeilt.

Elly war bereits aufs Zimmer gebracht worden. Mit verweinten Augen lag sie in ihrem Kissen, als Charlotte eintrat. In ihrer rechten Armbeuge steckte eine Kanüle, die über einen Schlauch mit einem Infusionsbeutel verbunden war, aus dem es stetig tropfte. Im Hintergrund surrte leise eine Maschine, welche die Herzfrequenz und den Blutdruck aufzeichnete. Ein trauriges Bild. Charlotte setzte sich vorsichtig auf die Bettkante und strich ihrer Großmutter über die Wange.

„Ich habe Anne gesehen", flüsterte Elly kaum hörbar, „meine andere Tochter. Du wolltest doch wissen, wie sie heißt. Sie ist jetzt eine erwachsene Frau. Es war nicht deine Mama, die heute Morgen gekommen ist, auch wenn es so aussah, es war Anne."

„Ich weiß", sagte Charlotte beruhigend, „ich habe sie auch gesehen, ich habe sogar mit ihr gesprochen."

„Du hast mit ihr gesprochen ...", sagte Elly, ohne dass sie den Satz als Frage formulierte. Aber dann richtete sie sich halb auf, und der Blick, den sie Charlotte zuwarf, war eine einzige dringende Frage. Charlotte sah auf dem Monitor, wie Ellys Herzschlag mit jeder Sekunde, die verstrich, schneller wurde. Sie musste das Wenige, das sie wusste, als Erklärung liefern.

Schnell, jetzt, schonend. Am besten, sie sagte es rundheraus.

„Ja, Oma, ich habe mit ihr gesprochen. Anne lebt. Sie wurde damals nicht getötet, sondern sie wurde entführt. Sie hatte ihr Gedächtnis verloren und hat bis vor ein paar Tagen als jemand anderes in Schottland gelebt."

„Was …?" Mehr brachte Elly nicht heraus. Erschrecken, Erstaunen, Entsetzen standen ihr gleichzeitig im bleichen Gesicht. Sie atmete schnell und flach. Charlotte drückte sie sanft in ihr Kissen zurück.

„Sie konnte nichts dafür, Oma, wenn sie eher gewusst hätte, dass es euch gibt, dann wäre sie eher gekommen."

Charlotte überlegte, ob sie eine Schwester rufen sollte. Elly richtete sich erneut auf, sie hielt sich am Stoff von Charlottes Jacke fest, ihr Kinn zuckte, ihre Mundwinkel zogen nach unten, und dann begann sie bitterlich zu weinen. Ermattet fiel sie zurück. Es schnürte Charlotte das Herz zusammen, Elly so zu sehen, aber sie versuchte nicht, ihre Großmutter zu trösten. Für diesen Irrtum und seine Folgen konnte es keinen Trost geben.

„Ich habe sie sofort erkannt!" Elly nahm ein Papiertaschentuch vom Nachttisch und schnaufte geräuschvoll hinein. „Ich habe sie sofort erkannt. An ihren Augen nämlich. Daran habe ich die beiden früher schon immer genau auseinanderhalten können."

„Es wird alles gut, Oma", sagte Charlotte liebevoll. „Wir werden über alles sprechen, aber du musst dich erst ein wenig von dem Schrecken erholen."

„Ich will sie sehen", sagte Elly entschlossen und richtete sich abermals auf. Ihre Augen leuchteten, als habe sie just in diesem Augenblick erkannt, dass die Ursache des morgendlichen Schocks nichts Entsetzliches, sondern etwas Schönes war. Sie durfte sich freuen, dass ihre Tochter Anne lebte, all den vergangenen Schmerzen, die der scheinbare Verlust ausgelöst hatte, zum Trotz. Anne war wieder da. Ein Wunder! Ein wunderbares Wunder! Aber sie wollte den Beweis, dass es Anne gewesen war und keine Fata Morgana.

„Je eher ich sie sehen und anfassen kann, je eher ich erfahre, wie es ihr ergangen ist, desto schneller werde ich mich von dem Schrecken erholen", versprach Elly.

Charlotte teilte diese Einschätzung vollkommen und ging, um Anne zu holen.

Zögerlich setzte Anne Fuß vor Fuß und bewegte sich langsam durchs Krankenzimmer auf Elly zu. Beide Frauen blickten sich dabei in die Augen, zuerst schüchtern fragend, dann immer zuversichtlicher und schließlich überwog die Freude. Anne setzte sich auf den Stuhl, denn Charlotte ihr hinschob, und Mutter und Tochter hielten einander lange bei den Händen und sahen sich nur stumm an. Dann beugte sich Anne vor und legte ihren Kopf auf Ellys Brust. Auf Zehenspitzen verließ Charlotte das Zimmer und schloss leise die Tür hinter sich. Da ging ein intimer Wiederfindungsprozess vonstatten, bei dem Zuschauer überflüssig waren. Sie musste ja sowieso noch am Stiftberg vorbei, um ein paar Sachen für Elly zu holen.

In Heidelberg wurden die letzten Vorbereitungen für das Fest getroffen. Rons dunkler Anzug hing bereits aufgebügelt im Schrank. Er holte im Seminar eine Veranstaltung nach, die in der vorigen Woche ausgefallen war, und Annemarie war dabei, ihren Schreibtisch im Atelier abzuräumen. Bevor sie das schmale Büchlein, das sie mit leeren Seiten gekauft hatte, in die Schreibtischschublade legte, blätterte sie es noch einmal durch. Beinahe alle Seiten hatte sie in der vergangenen Woche beschrieben. Durch ihre Hand war aufs Papier geflossen, was ihr lange schwer auf der Seele gelegen hatte. Jetzt fühlte sie sich erleichtert. Erleichtert um das, was zwischen den ledernen, mit Goldprägung verzierten Buchdeckeln steckte.

Am Nachmittag erwartete sie ihre Mutter mit Charlotte und Julius, bis dahin würde sie leicht schaffen, was noch zu erledigen war. Für die Feier am Samstag hatte sie diesmal, anders als in anderen Jahren, nicht viel vorzubereiten. Sie hatte vor allem den Garten hergerichtet und für die Tage vorgekocht, an denen sie zu fünft sein würden, damit sie nicht zu viel Zeit in der Küche opfern musste. Anlässlich des Doppelevents, Silberhochzeit und runder Geburtstag, würden Ron und sie am Samstagmittag einen Empfang im Garten ihres Hauses geben. Die Agentur FineEvent, die sie zur Ausrichtung der Feier gebucht hatten, würde sich um alles kümmern. Den Abend wollten sie dann im engeren Familien- und Freundeskreis im Heidelbergensis, dem Gasthaus ihrer Freunde Beate und Henning, bei einem festlichen Essen verbringen.

Annemarie war gerade dabei, die Holzplatte ihres Schreibtischs mit Politur einzureiben, als das Telefon klingelte. Charlotte war dran. Annemarie erschrak gehörig, als sie erfuhr, dass ihre Mutter mit einem Schwächeanfall ins Krankenhaus gebracht worden war. Es kostete Charlotte alle Überredungskünste, um sie davon abzuhalten, nicht sofort nach Herford aufzubrechen.

„Ich habe gerade mit dem Arzt gesprochen", sagte Charlotte, „es besteht keine Gefahr, aber sie soll zur Beobachtung dableiben. Es werden Langzeit-EKG und Langzeitblutdruckmessung vorgenommen. Ich finde das richtig. Bis Samstag ist sicher alles wieder gut. Mach dir keine Sorgen, ich kümmere mich um Oma, du kannst hier nichts tun."

Charlotte musste Annemarie hoch und heilig versprechen, sie über die weitere Entwicklung auf dem Laufenden zu halten. Die Leichtigkeit, die Annemarie den ganzen Morgen beflügelt hatte, war plötzlich verschwunden, sie sorgte sich um ihre alte Mutter.

Alles, was Elly brauchte, fand Charlotte in dem Rollkoffer, den ihre Großmutter für den Aufenthalt in Heidelberg gepackt hatte. Sie stopfte Morgenmantel,

Nachtwäsche und Kulturbeutel in die Einkaufstasche, die an der Garderobe hing, und rief Charles auf seinem Handy an, um sich mit ihm im Foyer des Krankenhauses zu verabreden.

Sie war vor ihm da und beobachtete durch die große Glasfront des Foyers, wie Charles die Treppe hochkam, immer zwei Stufen auf einmal nehmend. Eine sportliche, hochaufgeschossene, attraktive Erscheinung mit einem dunklen Lockenkopf. Er trug eine graue Jeans und eine zweireihig geschlossene, schwarze Jacke mit glänzenden Knöpfen. Lässig schwenkte er einen kleinen bunten Blumenstrauß. Und nett war er auch noch, ihr neuer Cousin.

Sie dachte daran, dass er sie für ein Rumpelstilzchen halten musste, so wie sie sich am Morgen aufgeführt hatte, und begrüßte ihn schüchtern lächelnd. Charles lächelte ebenfalls und nahm ihr wie selbstverständlich die Tasche mit Ellys Sachen ab. Zusammen machten sie sich auf den Weg durch die Etagen und Flure zu Ellys Zimmer. Charlotte klopfte an, und als niemand antwortete, steckte sie vorsichtig den Kopf zur Tür hinein. Im Krankenzimmer herrschte eine gute Stimmung. Es sah aus, als plaudere ihre Großmutter mit ihrer Mutter.

„Erratet Ihr, wen ich mitbringe?", fragte Charlotte und sah Anne an.

„Ich habe deine Oma schon darauf vorbereitet, dass du jemanden mitbringst, also herein mit euch beiden", antwortete Anne.

Charlotte winkte Charles herbei, der seinen kleinen bunten Blumenstrauß wie eine heiße Teetasse vor sich hielt, als er auf Elly zu ging.

„Granny, Oma", sagte er und verbeugte sich leicht, „ich bin Charles."

Elly strahlte übers ganze Gesicht. „Charles – wie schön dich kennenzulernen. Ach, und was für hübsche Blümchen du mir mitgebracht hast. Vielen, vielen Dank."

Charlotte legte Ellys Morgenmantel ans Fußende des Bettes, räumte umständlich die Nachtwäsche in den Schrank und brachte den Kulturbeutel ins Bad. Das war doch weitaus wichtiger als die blöden Blumen, wovon Elly reichlich im Garten hatte. Es gab nun also einen Konkurrenten um die Gunst der Großmutter, stellte sie verstimmt fest, und der buhlte sehr charmant.

Eine knappe halbe Stunde blieben sie noch zu dritt bei Elly. So überdreht wie im Augenblick kannte Charlotte sie nur nach dem dritten Gläschen Edelkirsch.

„Anne und Charles wohnen natürlich bei uns", sagte Elly resolut, als man sich zum Aufbruch rüstete. „Richtest du bitte oben die Zimmer her, Lotteken? Du weißt ja, wo du alles findest. Und vielleicht kannst du mit Charles etwas einkaufen? Ich hab ja nichts im Haus. Er kann dir Tragen helfen. Nicht wahr, Charles, das machst du doch gern, stimmt's? Hast du schon bei Mama angerufen und ihr gesagt, dass wir heute nicht kommen? Ogottogott, daran hab ich gar nicht mehr gedacht, was sagen wir denn, weshalb wir nicht kommen?"

Oma ist wieder die alte, dachte Charlotte beruhigt und lachte.

„Mach dir keine Sorgen, ich regele das, du ruhst dich jetzt aus. Ich schaue heute Abend noch einmal kurz bei dir rein."

Anne und Charles waren schon in aller Herrgottsfrühe auf dem Düsseldorfer Flughafen gelandet, einen zeitlich angenehmeren Flug hatten sie so kurzfristig nicht ergattern können. In Düsseldorf hatten sie ein Auto gemietet und waren damit nach Herford gekommen. Charles hatte den Wagen jetzt auf dem Parkplatz des Klinikums geparkt. Bevor sie sich aber zusammen zum Stiftberg aufmachten, aßen sie eine Kleinigkeit in der Cafeteria des Klinikums. An Berlin dachte Charlotte im Moment kaum. Die Ereignisse des Tages hatten die Berliner Probleme weit nach hinten gedrängt.

Sie fuhr die kurze Strecke zum Stiftberg voraus, und Charles und Anne folgten in ihrem Leihwagen. Gemeinsam richteten sie die Zimmer im oberen Stock des Hauses her und fuhren anschließend zum Supermarkt, um einzukaufen. Schließlich stand Pfingsten vor der Tür, und Elly hatte dafür gesorgt, dass während ihrer Abwesenheit nichts Verderbliches im Kühlschrank blieb.

Charlottes kurze Eifersucht auf Charles war verflogen, sie musste zugeben, dass man mit den beiden, denen sie eben noch so skeptisch gegenübergestanden hatte, gut auskam. Charles war wirklich ein sympathischer Bursche, und Anne, nun ja, es war schon merkwürdig, mit einer Frau umzugehen, die so aussah wie die eigene Mutter.

Am frühen Abend fuhr Charlotte noch einmal zu Elly. Auf dem Flur der Station kam ihr der Arzt mit wehendem Kittel entgegen.

„Ihre Großmutter ist ein Phänomen", sagte er lachend und streckte ihr schon von weitem die Hand entgegen. „Ich war gerade bei ihr. Sie haben es genau richtig gemacht, als Sie sie ein zweites Mal mit dem schockauslösenden Moment konfrontiert haben, ohne herumzureden. Ich würde sagen, es geht ihr gut. Die Messgeräte bleiben bis morgen früh dran, aber vermutlich wird nichts dagegensprechen, die Patientin anschließend zu entlassen, natürlich nur, sofern eine Betreuung gewährleistet ist."

„Es wird jemand da sein, der sich um sie kümmert. Selbstverständlich. Ich bin sehr froh, dass sie sich so schnell wieder gefangen hat", entgegnete Charlotte. „Wir waren heute Morgen übrigens im Begriff, zu verreisen, als …"

„Das hat ihre Großmutter erzählt. Es steht eine Silberhochzeitsfeier in Heidelberg an, ich weiß. Und Sie sind extra aus Berlin gekommen, um sie abzuholen. Ich würde allerdings im Augenblick davon abraten, dass Ihre Großmutter an der Feier teilnimmt. Sie braucht schon noch ein bisschen Ruhe. Der innere Aufruhr, den sie erlebt hat, braucht Zeit, um sich zu legen. Ein Fest mit vielen Menschen, das hochemotionale Wiedersehen ihrer Zwillingstöchter, das wäre jetzt alles sehr kontraproduktiv. Das habe ich ihr eben auch so gesagt."

Elly hatte den Arzt offensichtlich vollständig ins Bild gesetzt.

„Danke, das wollte ich von Ihnen hören, ich bin nämlich derselben Meinung", pflichtete Charlotte bei und verabschiedete sich von dem Arzt, der schon wieder im Gehen war und sich eilig davonmachte.

„War das ein Tag heute!", empfing Elly ihre Enkelin und die weißen Löckchen ihrer Dauerwelle wippten. „Mein Blutdruck ist noch etwas hoch, aber das sei in Anbetracht der Lage nicht schlimm, hat der Arzt gesagt. So ein netter junger Mann! Habt ihr die Zimmer hergerichtet? Ich kann morgen nach Hause, ich soll aber gleich nach Pfingsten bei meinem Hausarzt vorstellig werden, der muss einen ‚Check-up' machen. – Ich glaube, ich kann nicht mit nach Heidelberg fahren, Lotteken, ich habe das Gefühl, dass ich ein paar Tage brauche, um zur Ruhe zu kommen. Der Arzt meint das auch."

„Gut, dass du das so siehst, Oma. Wir werden in der Tat Ruhe bewahren und die Feier in Heidelberg vorübergehen lassen. Ich werde eine plausible Entschuldigung für dich finden, mach dir deswegen keine Sorgen. Wir können Mama sowieso erst nach ihrem Fest mit Anne konfrontieren, man kann schließlich nicht vorhersehen, wie sie reagieren wird. Und du kannst dich unmöglich in Heidelberg hinsetzen und so tun, als sei nichts gewesen."

„Lotteken ...", Elly lachte und hielt die gestikulierenden Hände ihrer Enkelin fest. „Dass das mal klar ist, deine Mama wird nicht das Gefühl haben, mit ihrer Schwester ‚konfrontiert' zu werden. Außerdem ist der Geburtstag deiner Mutter auch der Geburtstag von Anne, aber ...", sie schüttelte Charlotte, die gerade Luft holte, um weitere Einwände vorzubringen, „... du musst dich nicht unnötig beunruhigen, natürlich kenne ich Mama und weiß, dass wir vorsichtig sein müssen. Ich habe schon mit Anne darüber gesprochen, sie vertraut da ganz auf mich – und du solltest das auch tun."

Charlotte seufzte, war aber froh, dass Elly anscheinend wieder so pragmatisch wie früher dachte.

Als Charlotte am Stiftberg endlich einen Parkplatz gefunden hatte und das Haus betrat, lief jemand geschäftig in der Küche umher. Es war Anne, die bereits den Abendbrottisch für drei gedeckt hatte. Es war für sie kein Problem gewesen, sich zurechtzufinden. Geschirr und Besteck fand sie dort, wo es immer gewesen war.

Anne und Charles gingen früh zu Bett, sie hatten die Nacht zuvor kaum geschlafen und waren todmüde. Auch Charlotte zog sich nach dem Abendessen auf ihr Zimmer zurück. Sie wollte das Geschehene Revue passieren lassen und darüber nachdenken, wie es morgen weitergehen sollte. Sie sah sich in einer ungewohnten Rolle, nämlich als Regisseurin der kommenden Tage.

Draußen war es noch hell, ein letzter Sonnenstrahl fiel durchs Fenster auf Pu, ihren Teddybären, der in

Herford im Regal sitzengeblieben war, als sie hier auszog.

Ellys Befinden war Charlotte das Wichtigste, egal, welche zeitlichen Probleme damit verbunden sein würden. Ihrer Mutter Annemarie würde sie sagen, dass man Elly über Pfingsten sicherheitshalber in der Klinik behalten wolle, weil zu Hause nicht so schnell eine Betreuung gefunden werden konnte. Und das wäre ja auch eine gute Lösung gewesen. Die beiden sollten möglichst auch nicht miteinander sprechen, sie kannten sich zu gut. Selbst wenn Elly es schaffen sollte, sich zurückhalten, würde Annemarie dennoch sofort merken, dass um einen heißen Brei herumgeredet wurde. Ob sie die Situation mit ein paar Notlügen würde meistern können? Das Beste wäre, erst am Samstagmorgen nach Heidelberg aufbrechen und dann, in einem passenden Moment, zuerst ihren Vater zu informieren und mit ihm beraten, wie man verfahren solle. Elly würde über Pfingsten bei Anne und Charles gut aufgehoben sein, darum machte sie sich keine Sorgen.

Nachdem am Freitagmorgen die Elektroden von EKG und Blutdruckmessung abgenommen worden waren, entließ man Elly nach Hause, aber nicht ohne ihr noch einmal einzuschärfen, nach Pfingsten ihren Hausarzt zu konsultieren. Charlotte berichtete ihrer Mutter, wie geplant, dass Elly über das lange Wochenende in der Klinik bleiben würde, dass es sich dabei aber um eine reine Vorsichtsmaßnahme handele. Sie müsse sich schonen, von einer Reise und einer Feier habe man ihr abgeraten. Es sei ein Telefonapparat fürs Zimmer beantragt, und Annemarie könne bald selbst mit ihr sprechen. Die Benutzung von Mobiltelefonen sei in der Klinik leider verboten.

„Oma ruft dich an, sobald das Telefon installiert ist. Ich bleibe heute noch in Herford und fahre Samstagmorgen los. Ich bin auf jeden Fall rechtzeitig in Heidelberg."

Es beruhigte Annemarie, dass sie in Kürze von ihrer Mutter selbst, sozusagen aus erster Hand, erfahren würde, wie es ihr ging. Und vielleicht war es in Anbetracht der Lage wirklich besser, Elly würde im Krankenhaus gut versorgt, als dass sie gesundheitlich angeschlagen in Heidelberg oder gar allein zu Hause säße. Die Alternative wäre schließlich gewesen, dass Charlotte auf die Feier in Heidelberg verzichtete. Annemarie staunte insgeheim darüber, dass ihre Tochter die Situation in Herford vollständig im Griff zu haben schien, und verkniff sich vorläufig weitere Nachfragen. Sie ist also wirklich erwachsen geworden, stellte sie nicht ohne Stolz fest.

„Ach ja – ich komme allein, ohne Julius. Näheres erzähle ich später. Bis bald," schob Charlotte noch nach und legte auf.

Am Freitagnachmittag saßen Elly, Anne, Charlotte und Charles im Wohnzimmer des Herforder Hauses bei Kaffee und Kuchen beisammen. Anne erzählte aus ihrem Leben bei den MacLeans, von den Zweifeln, die sie als Kind und als Jugendliche geplagt hatten, von den Traumbildern, die sie nicht deuten konnte, die aber, wie sie jetzt wusste, nichts anderes als Erinnerungen gewesen waren, abgespeichert in einem nicht zugänglichen Winkel ihres Gehirns. Sie erzählte von ihren glücklichen Jahren mit Steven, von ihrer Arbeit als Malerin und davon, dass sie sich als Besitzerin eines Pubs mit Restaurant neu erfunden hatte, von Edinburgh, der schönsten aller Städte, und von den urwüchsigen Landschaften Schottlands. Ihre Begegnung mit Ron verschwieg sie jedoch geflissentlich.

Elly hörte gebannt zu, lachte, lächelte, staunte, und manchmal wurden ihre Augen feucht.

„Wer hätte das damals gedacht, dass jede von euch so konsequent ihr eigenes Leben führen würde. Ihr wolltet euch niemals trennen, und dann kam es, wie es schlimmer nicht kommen konnte. Marie ist damit nicht klargekommen, sie hat nie mehr über dich und unsere guten Zeiten gesprochen", sagte Elly traurig.

Charlotte sprang auf. „Du und Mama, Ihr habt versucht, die Vergangenheit zu ignorieren, warum nur?"

Sie lief zur Kommode und zeigte auf die Fotografien. „Gestern noch hast du mir Familiengeschichten erzählt. Aber zu Anne kam kein Wort. Hast du die Fotos von Deinen Zwillingen verschwinden lassen, um nicht an sie erinnert zu werden? Durfte ich nicht in deinen Alben blättern, damit ich eure Familie, wie sie wirklich war, nicht sehen sollte und keine Fragen stelle? Ich verstehe das nicht, Oma! Das tragische Geschehen gehört doch zu deinem Leben dazu, genauso wie die Zeit davor und danach!"

Charlotte hatte sich ereifert und schüttelte verständnislos mit dem Kopf.

„Du weißt ja gar nicht, wie recht du damit hast, Lotteken!" Elly seufzte. „Ich hab das vor allem für Deine Mama getan. Sie hat jede Erinnerung an früher kategorisch verboten. Ich wusste, dass es nicht richtig war, vor allem, weil ich sah, dass sie das Verdrängen krank machte, aber sie konnte nicht aus ihrer Haut. Glaub mir, ich hätte gerne über die schönen Jahre, die ich mit Albert und den Mädchen hatte, gesprochen. Ich hätte so gern ‚Weißt du noch …?' gesagt und mich mit jemandem zusammen erinnert. Für mein Empfinden hätten wir unsere Lieben damit in unsere Mitte geholt, aber für Marie war das anders. Sie wäre an der Erinnerung zugrunde gegangen."

Elly beugte sich dicht zu Anne hinüber, die neben ihr saß. „Ich habe jeden Tag an euch gedacht, Anne. An dich. An Papa. Und auch an Oma und Opa. Jeden Tag, glaube mir!"

„Das glaube ich dir. Ich mag mich gar nicht in deine oder in Maries Situation versetzen. Wie gut hatte ich es stattdessen. In meinem Kopf wurde einfach ein Vorhang zugezogen, hinter dem alles Frühere verschwand. Nur manchmal ist etwas durch den Spalt gedrungen. Es hatte keinen Kontext, aber es war sehr schön. Viele Jahre war ein schmerzhaftes Sehnen in mir, aber ich wusste nicht, auf wen oder was es sich richtete."

„Aber Mama wusste, wonach sie sich sehnte!", Charlotte ließ nicht nach, sie war aufgebracht. Sie hatte den Eindruck, die ganze Welt verhielte sich im Moment irrational. „Sie hätte sich helfen lassen können. Therapien machen. Konntest du denn nicht stärker sie einwirken, Oma?"

„Wenn ich mich damals anders verhalten hätte, hätte ich deine Mama auch noch verloren", antwortete Elly betrübt. „Ich war ständig auf der Hut und habe nur nach ihr, kaum nach mir selber geschaut. Acht Monate war sie im Bayrischen Wald in einem Haus für Kinder und Jugendliche, die ähnlich Schlimmes erlebt hatten. Ich kann nicht sagen, ob ihr das geholfen hat. Sie hat sich da verändert, sie ist stiller geworden. Ich habe sie oft besucht. Damals fing es schon an, dass ich sie nicht an die Großeltern, ihren Vater und besonders nicht an ihre Schwester erinnern durfte. Als sie nach Hause zurückkam, bezog sie das Gästezimmer, wechselte die Schule und nannte sich nicht mehr nur Marie, sondern Annemarie. Sie hat das sogar in ihrem Personalausweis ändern lassen."

Elly blickte Anne an. „Ich wusste nicht, was ich dagegen tun sollte. Sie hat jede Hilfe verweigert. Ich habe sie in Ruhe gelassen, es war ohnehin die einzige Möglichkeit. Eure Sachen hatte ich schon vor ihrer Rückkunft auf den Dachboden gebracht, sie sind dort unberührt geblieben, bis heute."

„Sie sind in der verschlossenen Dachkammer, stimmt's?", stieß Charlotte aufgeregt hervor und sprang aus dem Sessel hoch, in den sie sich eben erst gesetzt hatte. „Du musst wissen, Charles, hier im Hause gab es früher Dinge, die für mich immer tabu waren:

Schubladen in Omas Schlafzimmer, die Gartenlaube und eben Teile des Dachbodens. Du glaubst gar nicht, welche Blüten meine Phantasie deswegen getrieben hat! Eine Zeitlang dachte ich, dass in der Dachkammer Schätze versteckt seien, und verstand, dass das geheim bleiben musste. Manchmal habe ich mein Ohr an die Tür gelegt und gehorcht, ob dort vielleicht jemand eingesperrt ist."

„Och, Lotteken, das hast du ja nie erzählt", lachte Elly gequält.

„Well, I think, Nicht-Erzählen ist bei euch eine Familienkrankheit." Charles sah zustimmungsheischend in die Runde, aber niemand reagierte auf seine Bemerkung.

So leise, dass sie fast überhört worden wäre, sagte Anne: „Ich würde die Sachen gern wiedersehen."

„Oh ja, ich möchte sie auch sehen", rief Charlotte neugierig.

Elly nahm einen kleinen Schlüssel aus der Schnupftabakdose von Wilhelm Wiedebein, die auf der Kommode stand, und gab ihn mit einer entschuldigenden Geste ihrer Enkelin.

„Geh schon vor", sagte sie, „es wird Zeit – und nimm Charles mit."

Auch die Schnupftabakdose hatte sie nie anfassen dürfen, nicht mal gestern Abend. Aber jetzt überwog die Neugier. Charlotte nahm Charles bei der Hand und sprang mit ihm die Treppen hinauf. Am liebsten hätte Anne sich den beiden angeschlossen, es drängte mächtig in ihr, aber sie begleitete ihre alte Mutter langsam nach oben zum Dachboden.

Charlotte kam es so vor, als öffne sie wirklich eine Schatzkammer, die nicht nur jahrzehnte-, sondern jahrhundertelang lang verschlossen geblieben war, als sie erwartungsvoll den Schlüssel im Vorhängeschloss umdrehte.

„Sesam öffne dich!", sagte sie grinsend und machte eine beschwörende Handbewegung. Charles gab der Tür einen Stoß, so dass sie knarrend aufflog. Gleichzeitig traten die beiden in die Bodenkammer. Fahles Licht fiel durch ein kleines rundes, beinahe blindes Fenster auf die weißen Möbel eines Mädchenzimmers. Die beiden blickten sprachlos auf zwei Betten, überzogen mit rosa Tagesdecken, zwei Schreibtische mit zwei Schultaschen darauf, Bücherregale mit Büchern, Spielzeug und Puppen. Rosa und weiß gewürfelte Übergardinen hingen über einem Schreibtischstuhl, daneben standen zwei Wägelchen, in denen zwei Teddybären lagen. Es gab zwei Kleiderschränke und zwei Kommoden. Charlotte öffnete die Schranktüren und fand darin Mädchenkleidung, zwei von jedem Stück. Charles hatte sich in einen von zwei Sesseln fallen lassen, die wie die Vorhänge mit rosa und weiß gewürfeltem Stoff bezogen waren.

"Absolutely crazy!", sagte er amüsiert und schlug die langen Beine übereinander.

Inzwischen waren die beiden Frauen oben angekommen und blieben bewegt im Türrahmen stehen.

„Ich habe Euer Zwillingsleben hierhergebracht und verschlossen", sagte Elly ein wenig außer Atem. „Ich hatte gehofft, das würde Maries Trauer mindern. Ich hingegen wollte mit den Dingen, die ich mit eurem Vater hatte, weiterhin zusammen sein. An unserer Wohnung habe ich nichts verändert. Für mich war es so herum leichter."

Anne ging versonnen durch den Raum und ließ die Hand über die Möbelstücke gleiten. Bei einem der beiden Schreibtische blieb sie stehen und zog die mittlere Schublade auf. Sie nahm ein Kuvert heraus.

„Das hat mir Marie zum zwölften Geburtstag geschenkt", sagte sie, zog einen Zettel hervor und las vor:

Liebe Anne!   21. Mai 1972
Ich schenke Dir das Anrecht auf das Plätzchen in Papas Auto, damit du mit nach Hannover zum Flughafen fahren kannst. Unter der Bedingung, dass du mir hinterher ganz genau erzählst, was du gesehen und erlebt hast. Ich gönne dir die Fahrt von Herzen und bin nicht traurig, dass ich nicht mitkann.
Herzlichen Glückwunsch zum 12. Geburtstag!!
Deine Schwester Marie.

„Mein Gott!", Elly schlug erschrocken die Hand vor den Mund und taumelte leicht. „Das habe ich nicht gewusst!"

Charlotte und Charles waren sofort bei ihr.

„Das ist doch nur ein nett gemeintes Geburtstagsbriefchen", sagte Anne beruhigend, „ich hatte mich damals sehr darüber gefreut."

„Ja, versteht Ihr denn nicht?", rief Elly außer sich. „Es war nicht nur der Verlust, unter dem Marie so schwer gelitten hat, sie hat sich all die Jahre schuldig gefühlt! Mit der Autofahrt hatte sie ihrer geliebten Schwester den Tod geschenkt. Zum Geburtstag. – Das habe ich nicht gewusst."

Bestürzt ließ Anne die Arme sinken. Dann steckte sie das Briefchen wieder in den Umschlag und legte ihn zurück in die Schreibtischschublade. Nachdenklich folgte sie Charles und Charlotte, die Elly nach unten führten.

„Ich hätte es erkennen müssen", klagte Elly weinerlich, als sie wieder in ihrem Sessel saß, „ich bin doch ihre Mutter."

„Nein, Oma", sagte Charlotte, „niemand kann in den Kopf eines anderen schauen. Wenn Mama nicht über ihr Gefühl von Schuld sprechen wollte, war das ihre Entscheidung."

„Vielleicht hatte es auch damit zu tun, dass ich es war, die meistens für uns beide sprach? Allein konnte sie es vielleicht nicht, oder wollte es nicht. Vielleicht sind wir aber auch einfach so, ich habe meine Not in den ersten Jahren bei den MacLeans auch in mich hineingefressen, anstatt offensiv damit umzugehen", warf Anne ein.

„Jetzt hört aber auf", rief Charles mit Nachdruck aus und haute mit der flachen Hand auf den Tisch, dass die Frauen erschrocken zusammenfuhren, „keine von euch trägt Schuld an irgendetwas. Das Schicksal zu hinterfragen, is idle. Macht euch nicht verrückt!"

Samstags reiste Charlotte in aller Frühe mit ihrem kleinen Auto nach Heidelberg ab. Am Abend zuvor hatte sie ihrer Mutter mit gespielter Ärgerlichkeit erzählt, dass der Telefonanschluss im Krankenzimmer nicht funktioniere und jetzt vor Pfingsten kein Techniker mehr im Haus sei, um das Problem zu beheben. Die Oma habe gemeint, sie könne ganz gut auf das Telefon verzichten. Zum Geburtstag riefe sie aber auf jeden Fall an, in der Halle unten gebe es öffentliche Fernsprecher, und sie sei ja nicht ans Bett gefesselt.

Charlotte war schon eine Stunde unterwegs, als man sich in Herford an den Frühstückstisch setzte. Anne hatte schlecht geschlafen. Das Wiedersehen mit den Gegenständen ihres Kinderzimmers hatte sie sehr mitgenommen. Der Wunsch, endlich Marie in die Arme zu schließen, war danach übermächtig geworden.

Es war der Geburtstagsmorgen, und die gestrige Bestürzung über das Briefchen von Marie war Elly nicht mehr anzumerken. Dass Wunder, dass sie nun beide Kinder wiederhatte und so viel Leben in ihrem Hause war, schien alles andere zu überstrahlen. Gutgelaunt breitete sie die letzte gemeinsame Geburtstagsfeier der Zwillinge im Detail vor Charles aus. Anne lächelte dazu. Sie erinnerte sich an das Mittagessen mit den Eltern im Restaurant, an die neuen gelben Kleider, die sie bekommen hatten, an die Umstände, die es ihrem Vater bereitet hatte, Verlängerungskabel für das unabdingbare Tonbandgerät in der Laube zu finden, und an die kleinen Coca-Cola-Flaschen mit bunten Strohhalmen darin.

„Der Tag war wirklich schön", bestätigte sie die Erzählungen ihrer Mutter.

Jede Erinnerung aber, die wiederbelebt wurde, steigerte ihre Sehnsucht nach der Schwester. Denn sie erinnerte auch, wovon Elly nicht erzählen konnte: das Gefühl der Zusammengehörigkeit und der Untrennbarkeit, die Freude über die kleinen Geschenke, die sie sich am Geburtstagsmorgen überreicht hatten, und die Feierlichkeit des Moments, in dem sie ihre goldenen Halsketten tauschten, verbunden mit dem Versprechen, sich niemals zu verlieren.

„Marie hat schließlich an Eurem Geburtstag geheiratet", sagte Elly. „Ich habe nie verstanden, warum sie sich dieses Datum ausgesucht hat."

Sie frühstückte mit gutem Appetit, und ganz wie es ihre Art war, wechselte sie unvermittelt das Thema und redete drauflos, als sei jeder selbstverständlich ihren unsichtbaren Gedankengängen gefolgt.

„Das Kind war von dem, was die letzten Tage passiert ist, vollkommen überfordert. Sie war immer unser behütetes Prinzesschen, von dem alle Probleme ferngehalten wurden. Der Ernst des Lebens hat sie nun ziemlich plötzlich eingeholt. Erst gab es Probleme mit dem Freund in Berlin, er sollte eigentlich hier sein, und dann ist in ihrer Familie alles anders, als sie dachte. Sie macht sich Sorgen, dass ihre Mutter die Neuigkeiten nicht verkraftet. Ich wollte nicht mit Charlotte diskutieren, ich kann sie ja verstehen, bin aber der Meinung, dass du an eurem fünfzigsten Geburtstag bei Marie sein solltest, Anne. Sie wird überglücklich sein. Du bist doch das größte Geschenk, das man ihr machen kann. Charlotte sieht da ein bisschen zu schwarz."

Elly beugte sich über den Tisch und fügte mit einem Augenzwinkern an: „Wenn du mich fragst, nimm den nächsten Zug nach Heidelberg. Charles und ich kommen hier schon zurecht, nicht wahr, Charles?"

Sie leerte zufrieden ihre Kaffeetasse und köpfte mit Schwung ihr Ei.

Charles warf seiner Mutter einen langen Blick zu. Es war ja nicht nur die Begegnung der Schwestern, die bevorstand, sondern auch die Begegnung mit Ron. Dieses Wiedersehen konnte unmöglich vor den Augen der Festgesellschaft stattfinden. Mach das nicht, sagte sein Blick.

„Für mich persönlich ist dieser Tag nicht so wichtig", sagte Anne zögerlich zu ihrer Mutter. „Ich habe damit nichts verbunden, weil mein Geburtstag in Roslin an einem anderen Tag gefeiert wurde. Als Erwachsene habe ich aufgehört, meinen Geburtstag zu begehen. Ich will damit sagen, ich kann abwarten und sollte Maries Tag, der viel weniger meiner ist, nicht stören."

Das stimmte. Einerseits. Aber andererseits hatte die Heimkunft ins Elternhaus eine kaum zu zügelnde Ungeduld bei Anne ausgelöst, den letzten Schritt, der logischerweise jetzt folgen musste, zu tun. Auch Ron hätte sie gerne in die Arme geschlossen, aber als Ehemann ihrer Schwester war er nicht mehr derjenige, der sie vorige Woche verlassen hatte.

Charles stand am Hochbeet und pflückte ein paar Stängel Petersilie für das Stew, das er zur Feier des Tages in Ellys Küche zubereitete, als Anne zu ihm trat.

„Hör zu, Charles, ich habe mich entschlossen, nach dem Mittagessen nach Heidelberg aufzubrechen."

Charles wandte sich überrascht seiner Mutter zu, aber die kam den Einwänden, die er gerade erheben wollte, zuvor.

„Ich weiß, was du sagen möchtest, aber ich will und muss diesen Schritt jetzt tun. Allein. Ich verspreche dir, dass ich nichts überstürzen werde, und ich werde die Feier in Heidelberg auch nicht durch mein Auftauchen stören, keine Sorge, ich möchte nur meine Schwester in meiner Nähe wissen. Du kannst das nicht verstehen, aber ich bitte dich, das zu akzeptieren. Und ich bitte dich auch, dich so lange um meine Mutter zu kümmern. Ich lasse dir den Wagen hier und nehme den Zug, vielleicht unternehmt ihr einen Ausflug?"

„Ist schon okay, Mum", antwortete Charles resigniert. „Ich gehe mal davon aus, dass du weißt, was du tust."

8

Anne und Julius

Heidelberg, im Mai 2010

Jede Faser ihres Körpers vibrierte, als sie in Herford den Zug bestieg und es nun so weit war, dass sie den Weg zu ihrer Schwester antrat.
Gegen 19 Uhr erreichte sie Mannheim. Hier musste sie in die S-Bahn umsteigen, die noch einmal eine gute Viertelstunde bis Heidelberg brauchte. Auf dem Mannheimer Bahnsteig drängelten sich die Menschen. Wo wollten die an diesem Samstagabend nur hin? Über die Pfingsttage Heidelberg besuchen? Dafür war es vielleicht ein bisschen spät. Einige hatten größere Koffer dabei. Für sie war die S-Bahnfahrt wohl die letzte Etappe einer längeren Reise, spekulierte Anne. Hoffentlich ist nicht ganz Heidelberg ausgebucht, ging ihr durch den Kopf. Eine Familie mit quengelnden Kindern und Unmengen von Taschen und Tüten ließ sich neben ihr nieder. Anne ging ein paar Meter den Bahnsteig hinunter und stellte sich an einen Platz, wo weniger Leute waren. Ein Luftzug fegt über den Bahnsteig und kündigte das Einlaufen der S-Bahn an. Ein Haufen schwarzgelb uniformierter Fußballfans stürmte heran und schob sie in den Wagen hinein, dessen Türen sich direkt vor ihr geöffnet hatten. Handtasche und Reisetasche behielt sie in dem Gedränge nur mit Anstren-

gung dicht bei sich. Energisch fuhr sie ihre Ellenbogen aus, um sich ein wenig Platzvorteil und die Chance auf einen Sitzplatz zu verschaffen. Fast gleichzeitig mit einem jungen Mann warf sie sich in die erstbeste freie Sitzreihe, froh, den schiebenden und drängelnden Fans, die weiter durch den Wagen stapften, entkommen zu sein.

„Glück gehabt", sagte der junge Mann, der neben ihr zu sitzen gekommen war.

„Kann man wohl sagen", erwiderte Anne, „ich hätte wenig Lust gehabt, den Rest meiner Reise stehend und von Fußballfans eingekeilt zu verbringen."

Beide behielten ihre kleinen Reisetaschen vor die Brust gepresst, bis es neben ihnen ruhig geworden war. Dann hob der junge Mann zuerst seine, dann Annes Tasche in die Gepäckablage über ihren Köpfen und fragte, während er seinen Platz wieder einnahm: „Sind sie schon länger unterwegs?"

„Seit über vier Stunden. Über Bielefeld und Dortmund. Relativ umständlich. Und Sie?"

„Ich komme aus Berlin. Ich brauchte bis Mannheim nicht umzusteigen."

Der junge Mann nickte in Richtung einiger Männer, die am Ende des Ganges standen, Bierdosen in den Händen hielten und fröhlich krakelten. „Das Spiel scheint ja zur Zufriedenheit verlaufen zu sein."

„Sind das Fans des Heidelberger Fußballclubs?"

„Ja, Heidelberg spielt in Schwarzgelb, allerdings in der Kreisklasse. In der Bundesliga tragen die Spieler von Borussia Dortmund Schwarzgelb. Aber Borussen-

Fans sind das nicht, die Trikots sehen anders aus. Dass es Fans gibt, die den Heidelbergern in den Vereinsfarben hinterherfahren, ist schon witzig."

Es ruckte leicht, die Bahn hatte sich lautlos in Bewegung gesetzt.

Anne lachte. „Sie sind in Heidelberg zu Hause und kein Fan der Fußballmannschaft?"

„Nein, nein, meine Freundin kommt aus Heidelberg. Sie macht sich häufig über die Fußballer ihrer Heimatstadt lustig."

Das schräge Licht der Sonne, die noch am Himmel stand, vergoldete die Landschaft. Wiesen und Felder zogen am Fenster vorbei, dann wieder Häuser und Gärten. Dörfer. Alle paar Minuten hielt die S-Bahn, Leute stiegen aus und ein, nur die Schwarzgelben nicht, sie lärmten unbeirrt weiter.

Der junge Mann war schweigsam geworden, und Anne wagte einen kurzen Blick zur Seite. Er hatte den Kopf auf die Brust gesenkt und sah gedankenversunken vor sich hin. Er war nicht so groß wie Charles, hatte aber ein hübsches, glattrasiertes Gesicht mit hoher Stirn. Seine streichholzlangen dunkelblonden Haare standen strubbelig in alle Richtungen vom Kopf ab.

„Wenn Ihre Freundin Heidelbergerin ist, sind sie öfters dort, stimmt's?", knüpfte Anne an das Gespräch an.

„Nein, ich fahre zum ersten Mal hin." Der junge Mann sah sie flüchtig an.

„Ach so, schade, ich hatte gehofft, Sie könnten mir einen Tipp geben. Ich habe die Reise spontan angetreten und kein Hotel vorgebucht. Sie wohnen sicher bei ihrer Freundin, nicht wahr?" Anne lächelte freundlich.

Der junge Mann errötete, druckste verlegen herum und sagte schließlich: „Nein, ich übernachte im Hotel, im Hotel Ibis, gleich am Bahnhof."

Anne tat, als habe sie seine Verlegenheit nicht bemerkt, und fragte weiter: „Ist das ein großes Hotel? Meinen Sie, dass ich mich da auch nach einem Zimmer erkundigen könnte?"

„Da bekommen Sie bestimmt noch etwas", antwortete der junge Mann. „Besonders komfortabel sind die Zimmer in einem Ibis allerdings nicht. Sie sind klein, einfach, aber funktional."

„Das ist für mich ganz okay. Besten Dank."

Die Bahn lief in den Heidelberger Hauptbahnhof ein, Anne verabschiedete sich von ihrem Nebenmann, der ihr noch die Reisetasche herunterreichte, bevor er, beinahe fluchtartig, den Waggon verließ. Anne bemühte sich, ihre Bekanntschaft nicht aus den Augen zu verlieren, denn auch die schwarzgelbe Gruppe hatte nach draußen gedrängt und nahm die ganze Breite des Bahnsteigs ein.

„Kommen Sie." Der junge Mann war stehengeblieben und winkte ihr über die wippenden Köpfe der Davoneilenden zu. „Wir können zusammen gehen, das Hotel ist nur ein paar Schritte entfernt."

Anne bekam problemlos ein Einzelzimmer, brachte ihre Sachen in den dritten Stock und betrat nach zehn Minuten bereits wieder den Aufzug, um nach unten zu fahren. Sie wollte ein wenig durch die Straßen dieser Stadt laufen, solange es noch hell war, und irgendwo eine Kleinigkeit essen. Der Aufzug hielt im ersten Stock. Und als sich die automatische Tür öffnete, stand da der junge Mann aus der S-Bahn.

„Auch auf der Suche nach einem Abendessen?", fragte er schmunzelnd, als er zustieg.

„Ja, ich dachte, ich gehe mal Richtung Zentrum, da findet sich bestimmt etwas."

Der junge Mann schlief nicht nur nicht bei seiner Freundin oder deren Eltern, er traf sie offensichtlich auch nicht zum Essen, stellte Anne fest.

„Ich glaube, man muss in die Altstadt. Wir sollten mal fragen, wie weit die von hier entfernt ist", sagte der junge Mann, als sie unten angekommen waren, und steuerte auf die Rezeption zu.

Der Rezeptionist, der heute Abend Dienst tat, stand von seinem Computer auf und wandte sich den beiden zu. ‚Tonio' stand auf dem Namensschildchen, das an seinem Revers befestigt war. Tonio breitete einen Stadtplan vor ihnen aus, umkringelte die Lage des Hotels und strichelte den kürzesten Weg in die Altstadt.

„Schrecklich weit ist es nicht", sagte er, „aber ohne Reservierung werden sie es heute Abend nicht leicht haben, einen Tisch zu bekommen."

Der junge Mann sah Anne an. „Mir würde eine Bratwurst oder ein Döner genügen. Irgendein Imbiss wird schon aufhaben."

„Ich hätte auch nichts gegen eine Bratwurst einzuwenden", sagte Anne, wandte sich aber doch noch einmal an Tonio: „Oder würden Sie für uns mal telefonisch in einem netten Lokal nachfragen? Wir kennen uns hier leider gar nicht aus."

„Das kann ich machen, ich kann Ihnen aber auch einen Italiener ganz in der Nähe empfehlen, da haben sie sicher eher Glück als in der Stadt, und man isst da gut."

Anne hatte ‚wir' gesagt, sie hatte den jungen Mann nicht ausschließen wollen, er konnte sich ja überlegen, ob er eine Bratwurst oder einen Döner dem Besuch eines italienischen Restaurants vorziehen würde. Sie bemerkte aber, dass es ihr gefiele, den Abend nicht allein verbringen zu müssen, sie konnte auch morgen noch durch Heidelbergs Straßen laufen.

Tonio, der die beiden für Mutter und Sohn hielt, sah fragend von einem zum anderen.

Der junge Mann lächelte Anne verlegen an. „Wenn Sie nichts dagegen haben, würde ich gerne mitkommen."

Tonio griff zum Telefon und palaverte in italienischer Sprache mit jemandem am anderen Ende der Leitung, lachte und gestikulierte; man kannte sich offenbar.

„Im Ristorante Melagrana rossa wird man Ihnen gern einen Zweiertisch herrichten", vermeldete er schließlich, begleitete die beiden zur Eingangstür und wies mit der Hand die Richtung, die sie einschlagen mussten.

„Am Eingang hängt ein Schild mit einem Granatapfel", rief er ihnen hinterher, „sie können es nicht verfehlen."

Und so überquerte das ungleiche Paar die breite Straße vor dem Hotel und machte sich auf den kurzen Weg zum Lokal.

Im Melagrana rossa war nur noch der für die beiden reservierte Tisch frei, ein schöner Tisch am Fenster mit Blick auf die kleine Nebenstraße, in der das Restaurant gelegen war. Auf dem Gehweg waren nur wenige Leute unterwegs an diesem Samstagabend vor Pfingsten. Als sie Platz nahmen, sah eine Frau von draußen zu ihnen herein, während sie darauf wartete, dass ihr Hund mit dem Beschnüffeln der Platane fertig wurde.

„Buona sera, Signori", begrüßte sie die rundliche, südländisch aussehende Bedienung mittleren Alters und reichte ihnen die Speisekarten.

Noch während Anne darin las, erhob sich der junge Mann halb von seinem Stuhl und streckte die Hand über den Tisch.

„Ich habe mich noch gar nicht vorgestellt, ich bin Julius."

Anne nahm seine Hand. „Und ich bin Anne."

Fremd fühlte sich dieser Satz an. Jahrzehntelang war sie Marie gewesen. Tief in ihrem Innern war sie Anne, ohne Zweifel, und dennoch …

Sie bestellten Lasagne und einen halben Liter Frascati.

„Ich lade Sie ein. Widerrede zwecklos. Ich bin so froh, dass ich Sie getroffen habe, denn sonst hätte ich vermutlich noch immer kein Bett zum Schlafen und müsste außerdem den Abend allein verbringen", sagte Anne und fügte schelmisch lächelnd hinzu, „ich habe nämlich heute Geburtstag."

Die Bedienung brachte den Wein und schenkte beiden davon ein.

„Dann gratuliere ich Ihnen ganz herzlich zum Geburtstag und bedanke mich für die Einladung", erwiderte Julius und wunderte sich seinerseits darüber, dass sein Gegenüber den Abend des Geburtstags allein beziehungsweise mit einem Wildfremden verbrachte.

„Danke. Trinken wir auf einen schönen Abend in Heidelberg."

Sie stießen an, nippten am Wein, und als sie die Gläser wieder abgestellt hatten, fuhr sich Julius verschämt durch die Haare. Er überlegte, ob er sich irgendwie dafür rechtfertigen sollte, warum er nicht bei seiner Freundin war, sondern stattdessen mit einer älteren Dame, die Anne aus seiner Perspektive war, in einem Restaurant saß.

„Ehrlich gesagt, wie sich meine Angelegenheiten hier in Heidelberg entwickeln werden, weiß ich noch nicht so genau. Vielleicht wird dieser Abend das Einzige, was ich davon in guter Erinnerung behalte." Julius wischte mit dem Zeigefinger mehrfach über die Tischplatte, als müsse er einen imaginären Fleck entfernen.

In dem Augenblick kam das Essen, und die duftende Lasagne verhinderte, dass er auf der Stelle sein Herz ausschüttete.

Während sie aßen, erzählte Anne, dass sie in Schottland lebte und einen Pub mit Restaurant führte, dass sie einen Sohn ungefähr in Julius' Alter hatte, der in Edinburgh studierte und an den Wochenenden in ihrem Restaurant half. Sie entführte Julius in eine ihm fremde Welt, und der vergaß darüber beinahe, was ihm auf der Seele lastete, aber nur beinahe.

Es ging erst gegen zehn, und es war gemütlich im Melagrana rossa, die Pasta war längst verspeist, der Wein ausgetrunken, und keiner von beiden hatte Lust, allein auf sein zweckmäßig eingerichtetes Hotelzimmer zu gehen. Um den Aufenthalt im Restaurant hinauszuzögern, bestellten sie ein Dessert und noch einen halben Liter Frascati. Der Wein hatte sie erhitzt und die Spannung, unter welcher beide gestanden hatten, gelockert. Sie waren übereinstimmend der Ansicht, an diesem Abend eine nette Bekanntschaft gemacht zu haben.

„Warum überraschen Sie ihre Freundin eigentlich nicht schon heute Abend, gehen stattdessen mit mir essen und übernachten in einem Hotel?", fragte Anne in einem Anflug von neugieriger Direktheit.

Röte schoss wieder in Julius' Gesicht.

„Sie hat heute eine Familienfeier, da möchte ich nicht stören", stotterte er und wischte erneut mit dem Zeigefinger auf der Tischplatte herum.

Anne gab sich damit nicht zufrieden, bisher hatte sich ihr Gespräch fast nur um Schottland gedreht. Der Junge hatte doch Probleme mit seiner Freundin, das fühlte ein Blinder mit dem Krückstock.

„Sind Sie nicht mit von der Partie? Kennen Sie sich noch nicht lange?"

„Doch, schon, ich hatte abgesagt. Ich bin, ehrlich gesagt, hier, um einen großen Fehler auszubügeln, und hoffe inständig, dass mir das gelingt."

Julius wollte gerne über seine Probleme reden, er fand es sogar reizvoll, sich bei jemandem auszusprechen, den er nie wiedersehen würde. Es würde ihm helfen, wenn Anne, diese fremde, mütterliche und kluge Frau signalisierte, dass man ihm Verständnis entgegenbringen könnte, theoretisch wenigstens, vielleicht hatte sie ja sogar einen guten Rat für ihn.

Er holte tief Luft, blickte ihr offen ins Gesicht und sagte geradeheraus: „Ich habe vor drei Tagen Schluss gemacht – und bereue das zutiefst, es war unüberlegt."

„Oh ...", Anne zog die Augenbrauen hoch.

Julius biss sich zerknirscht auf die Lippen. „Der Grund dafür lag nicht in unserer Beziehung, ich dachte, die Sache mit Charlotte sei für immer."

„Was ist passiert? Möchten Sie darüber sprechen?"

Anne machte es Julius leicht, nun mit seiner Geschichte herauszurücken, und er ergriff diese Gelegenheit.

„Vor ungefähr vier Wochen hat mir Valentin, also mein Mitbewohner, erzählt, dass er meine Ex-Freundin getroffen hat. Sie hatte ein kleines Kind dabei. Ihr Kind, wie sich herausstellte – und meins."

Julius sah Anne an, aber die machte keinen entsetzten Eindruck, sondern schien weiterhin aufmerksam zuhören zu wollen, also fuhr er fort: „Kathrin und ich kannten uns seit der Schulzeit, wir gingen in dieselbe Klasse. Vor zwei Jahren haben wir uns getrennt. In beiderseitigem Einvernehmen. Kathrin ist eine tolle Frau, aber die Luft war aus unserer Schülerliebe irgendwie raus, und sie wollte in die USA gehen, um dort ihren Master zu machen. Das war ganz okay so, wir hatten eine schöne Zeit zusammen, aber die war nun vorbei. Sie ging in die USA, ihre Eltern bezahlten das, ich blieb hier. Sie hat Valentin erzählt, dass sie nur ein paar Wochen in den Staaten geblieben und dann nach Deutschland zurückgekehrt ist. Laura wurde in Berlin geboren. Ich wusste nichts davon. Kathrins Eltern waren außer sich, als sie erfuhren, dass ihre Tochter schwanger ist und das teure Studium in den USA geschmissen hatte. Sie haben Kathrin immer großzügig unterstützt, wollten aber auch Resultate sehen. Da es für eine Abtreibung schon zu spät war, als sie von der Schwangerschaft erfuhren, drängten ihre Eltern, das Kind nach der Geburt zur Adoption freizugeben, damit Kathrin sich ihre Zukunft nicht verbaue. Kathrin hat stattdessen den Kontakt zu ihren Eltern abgebrochen. Obwohl es ihr finanziell nicht gut ging, hat sie sich nicht bei mir gemeldet. Sie hatte die Entscheidung, das Kind zu behalten, allein getroffen und dachte wohl, sie sei auch allein für ihre Situation verantwortlich. Dass sie sich Valentin anvertraut und ihm auch ihre Adresse gegeben hatte, deutete ich als Zeichen, dass sie wohl doch gern Kontakt zu mir aufnehmen würde, dass sie sich aber nicht traute, weil ich neu liiert war. Ich bin dann also hin zu ihr. Sie lebte mit der kleinen Laura in einem möblierten Zimmer. Extrem improvisiert und extrem eng. Ganz traurig. Kathrin war das peinlich, und sie wollte mir zuerst weismachen, es sei alles gut so, wie es war, aber dann fing sie auf einmal an zu weinen. Sie war einfach fertig mit den Nerven. Sie tat mir leid, ich fühlte mich an ihrer Situation nicht unschuldig, und mir war klar, dass ich sie mit dem Kind nicht so einfach sitzen lassen konnte – und dass es mit einer finanziellen Beteiligung nicht getan war. Nein, ich musste Verantwortung übernehmen."

Julius machte eine Pause und blickte vor sich hin.

„Und dann haben Sie mit der aktuellen Freundin Schluss gemacht?"

„Ja, nein, nicht sofort. Ich gebe zu, dass mich der Gedanke, Vater der süßen kleinen Laura zu sein, irgendwie auch berauscht hat. Der Wunsch, sie aufwachsen zu sehen, war einfach da. Ich habe mich richtig verliebt in sie. Und damit geriet ich immer tiefer in die Zwickmühle. Täglich habe ich mir die Frage gestellt: Pflicht oder Kür? Ich war genauso an der Entstehung Lauras beteiligt gewesen wie Kathrin. Und was hatte Kathrin nicht schon alles für die Kleine auf sich genommen, jetzt war ich dran. Es war meine Pflicht. Wie konnte ich mit Charlotte ein unbeschwertes Leben führen und heimlich eine Tochter haben, die mit ihrer Mutter in Armut lebt?"

„Ja, aber wieso denn auch heimlich", warf Anne entrüstet ein. „So etwas kommt vor. Es gibt Schlimmeres. Haben Sie mit Ihrer Freundin gesprochen? Hat sie es nicht akzeptiert, dass Sie für etwas Verantwortung spüren, von dem Sie bisher nichts gewusst haben?"

„Das ist ja der Punkt." Julius holte wieder tief Luft und atmete langsam aus. „Ich habe es ihr nicht gesagt. Ich habe ihr gar keine Chance gegeben, Stellung zu beziehen. Ich war der Ansicht, Charlotte und Laura, das schlösse sich aus. Ich wollte wohl auch etwas wiedergutmachen, ich dachte, Kathrin und ich, wir müssten jetzt Eltern von Laura werden."

„Aber ihr seid und bleibt die Eltern der kleinen Laura, egal ob ihr zusammenlebt oder nicht …!"

„Das weiß ich jetzt auch", beeilte sich Julius zu bekräftigen. „Ich war kurzsichtig, und ich war voreilig. Zwei Tage bevor ich mit Charlotte verreisen wollte, kam Laura ins Krankenhaus. Masern. Die sind heutzutage gefährlich, wissen Sie? Da konnte ich doch nicht einfach wegfahren und so tun, als ginge mich das nichts an! Mir brach alles über dem Kopf zusammen. Ich habe Charlotte nichts erklärt, ich habe ihr gesagt, ich bräuchte eine Auszeit, unsere Beziehung verliefe in zu festen Bahnen, ich ertrüge das nicht und zöge erstmal aus unserer WG aus. Und es stimmte ja auch, dass ich jetzt Zeit zum Nachdenken brauchte. Ich dachte, ich schaffe es nicht, Kathrin, Laura und Charlotte parallel zu haben. Explizit Schluss gemacht habe ich eigentlich nicht, glaube ich jedenfalls, aber sie hat das so aufgefasst. Ich habe mich auch noch feige aus der Affäre gezogen. Wir wollten zusammen nach Herford zu ihrer Großmutter fahren und dann weiter hierher, nach Heidelberg, zu einer größeren Feier bei ihren Eltern. Ich habe ihr erst am Abend vor der Abreise gesagt, dass ich nicht mitkomme und erstmal ins Studentenwohnheim zöge."

Anne hatte erschrocken die Augen aufgerissen und beide Hände vor den Mund geschlagen. Julius bezog ihr Entsetzen auf sich und bekannte:

„Ja, es stimmt, ich war ein ausgemachter Feigling. Ich habe alles falsch gemacht, ich habe Charlotte nicht ins Vertrauen gezogen, und wahrscheinlich wird sie mir das niemals verzeihen können."

Anne lehnte sich zurück, ihre Augen wanderten unruhig im Raum umher. Charlotte, Herford, Heidelberg, eine größere Feier, heute. Sie war nicht mehr bei der Sache, als Julius weitersprach.

„Ich habe nur kurz gebraucht, um zu erkennen, dass meine Entscheidung falsch war. Kathrin war geradezu entsetzt, als sie erfuhr, dass ich aus der WG ausgezogen bin und meine Freundin aufgegeben habe, um mich um sie und Laura zu kümmern. Sie hat mir erklärt, dass sie das gar nicht von mir erwartet hat und auch nicht will. Sie habe einfach nur gewollt, dass Laura ihren Vater kennenlernt. Erst danach konnte ich wieder einen klaren Gedanken fassen. Aber da war es zu spät. Charlotte war weg, ihr Handy ausgeschaltet. Wahrscheinlich hätte sie Verständnis dafür gehabt, dass das Problem für mich ja eigentlich gar keines ist, sondern etwas Schönes. Wahrscheinlich hätte sie geholfen, Lösungen zu finden, mit denen alle zufrieden sind. Sie ist immer so positiv!"

Jetzt stiegen Julius doch Tränen in die Augen, er hatte sich lange dagegen gewehrt.

„Ich hab's vermasselt. Warum war ich bloß so entsetzlich dumm?"

„Weil du ein guter Mensch bist!", erwiderte Anne, sie konnte ihn nicht länger siezen. „Weil du ein moralischer Mensch bist! Weil du dein persönliches Glück nicht über dein Kind stellen wolltest. Weil du verantwortungsbewusst bist!"

Julius sah sie ungläubig an, seine Unterlippe zitterte.

„Das ist die eine Sache." Anne sprach in demselben Ton, den sie Charles gegenüber anschlug, wenn sie streng mit ihm umgehen wollte. „Die andere ist, dass du Charlotte nicht ins Vertrauen gezogen hast. Das ist unverzeihlich! Entsagen, Verzicht üben zu wollen, sozusagen als Sühne dafür, leichtfertig ein Kind in die Welt gesetzt zu haben, war, entschuldige, wirklich dumm! Wenn Charlotte dir dein Verhalten dennoch verzeihen sollte, musst du andere, überirdische Eigenschaften haben. Gut aussehen und nett sein, reichen da nicht aus!"

„Waschen Sie mir ruhig ordentlich den Kopf!", bat Julius. „Ich habe das verdient, sagen Sie mir schonungslos, was Sie denken, es kann mir nur nützen."

„Ich denke als Erstes, dass wir aufhören sollten, uns zu siezen. Es ist schier unglaublich, aber die Gründe, weshalb wir beide hier in Heidelberg sind, sind miteinander verquickt. Und ich denke als Zweites, dass es sich bei deiner Charlotte um meine Nichte handelt."

Julius blickte überrascht hoch. „Um Ihre Nichte? Wieso denn das?"

„Das ist eine abendfüllende Geschichte und der Abend ist in 20 Minuten vorbei. Nur so viel: Ich bin hier in Heidelberg, um meine Schwester zu treffen, die glaubt, ich sei vor achtunddreißig Jahren bei einem Unfall ums Leben gekommen. Aber ich hatte überlebt und wurde nach Schottland entführt. Die Erinnerung an mein früheres Leben war ausgelöscht. Erst durch Zufall habe ich herausgefunden, dass meine Ursprungsfamilie in Deutschland lebt. Meine Mutter in Herford, meine Schwester, genauer gesagt meine Zwillingsschwester, in Heidelberg. Sie feiert heute, an unserem fünfzigsten Geburtstag mit ihrem Mann Silberhochzeit im Heidelbergensis, einem Gasthof in der Altstadt. Ihre Tochter Charlotte habe ich schon kennengelernt, und zwar bei ihrer Großmutter in Herford. Charlotte ist zuerst ohne dich und dann ohne ihre Großmutter nach Heidelberg gefahren, denn die musste mit einem Schock ins Krankenhaus eingeliefert werden, nachdem ich vorgestern bei ihr aufgekreuzt bin. Kannst du dir vorstellen, wie die letzten Tage für Charlotte gewesen sein müssen?"

Julius sah Anne aus kugelrunden Augen an.

„Das ist ja der Wahnsinn! Was für eine Geschichte! Und wir beide hier an einem Tisch. – Unglaublich!"

„Ja, wir beide hier an einem Tisch, das ist wirklich kurios. Ich wollte erst nach der Feier nach Heidelberg kommen, ich wollte nicht stören, wie du. Aber ich habe es nicht mehr ausgehalten, ich wollte wenigstens schon mal in der Nähe meiner Schwester sein."

„Stimmt, mir geht es genauso", gab Julius kleinlaut zu. „Ich konnte beim besten Willen nicht warten, bis Charlotte wieder nach Berlin kommt."

Beide schwiegen eine Weile. Mitternacht war vorüber, die letzten Gäste verließen das Lokal. Zeit zu gehen. Anne zahlte an der Theke, und Julius wartete draußen auf sie. Die kühle Nachtluft legte sich wohltuend auf seine erhitzten Wangen.

Als Anne durch die Tür trat, sagte er: „Wir können doch morgen unmöglich beide bei den Gerloffs auflaufen."

„Ich weiß", antwortete Anne. „Wie wir beide in dieser Sache vorgehen, sollten wir morgen mit klarem Kopf beim Frühstück besprechen, okay? Ich habe eben ein Taxi bestellt und lasse mich jetzt zum Gasthof Heidelbergensis bringen. Ich werde nicht hineingehen, aber vielleicht kann ich durch die Fenster spähen, vielleicht kann ich sie sehen. Ich will einfach nur da sein."

„Ich komme natürlich mit!", sagte Julius in einem Ton, der keinen Widerspruch duldete. „Du kannst unmöglich mitten in der Nacht allein vor dem Gasthof herumlungern."

Das Taxi fuhr vor.

Anne lachte. „Das hatte ich gehofft, steig ein."

Sie setzen sich beide auf die Rückbank. Es roch nach kaltem Zigarettenrauch. Der Taxifahrer war schwarz. Als sie durch eine dunkle Unterführung fuhren, sah es einen Augenblick so aus, als fehle der Kopf auf der Jacke. Aber schon bogen sie in eine hellerleuchtete Straße ein. Aus dem Autofenster sah Anne das malerisch angestrahlte Schloss, das über den Dächern der Häuser in der Dunkelheit hing.

„Der Gasthof ist da vorn links", sagte der Taxifahrer in akzentfreiem Deutsch. „Steigen Sie auf dieser Seite aus, oder soll ich eine Schleife fahren und Sie direkt vor der Tür absetzen?"

„Fahren Sie bitte am Gasthof vorbei und halten sie bei der nächsten passenden Gelegen…"

„Ist der verrückt!", schrie der Taxifahrer entsetzt und trat mit voller Kraft auf die Bremse. Die Reifen quietschten und die Fahrgäste wurden ruckartig in die Sicherheitsgurte gepresst. Gleißendes Licht blendete sie von vorn, und schon klatschte etwas Großes, Dunkles auf die Windschutzscheibe. Im selben Augenblick, in dem das Taxi zum Stehen kam, vernahmen sie einen lauten Knall mit dem Nachhall von splitterndem Glas und zerknautschendem Blech.

Dann herrschte Stille. Totenstille.

9

Die Feier

Heidelberg, im Mai 2010

In Heidelberg verlief alles nach Plan. Selbst das Wetter hätte nicht besser sein können. Charlotte kam eine halbe Stunde vor den anderen Gästen an, und so blieb nicht viel Zeit, um die Fragen ihrer Mutter zu beantworten. Julius habe Schluss gemacht, konnte sie nur kurz berichten, und der Oma gehe es wieder gut, sie genieße den Krankenhausaufenthalt regelrecht, weil sie den ganzen Tag umsorgt werde.

Elly hatte schon am Morgen von Charles' Handy aus angerufen und ihrer Tochter zum Geburtstag gratuliert. Sie riefe vom Telefon einer Schwester an, hatte sie gelogen, und müsse sich daher kurzfassen. Sie sei wohlauf und nach Pfingsten wieder zu Hause. Der Besuch in Heidelberg würde nachgeholt, ganz bald sogar. Annemarie war sehr erleichtert gewesen, dass ihre Mutter so munter parlierte wie immer und alles in Ordnung schien.

Erst unmittelbar vor Eintreffen der Gäste zog Annemarie sich um. Ron hielt den Atem an, als seine Frau in einem eleganten silbernen Kleid die Treppe herunterkam. So, wie sie aussah, würde sie heute jede ausstechen.

Und dann kamen die Gäste Schlag auf Schlag. Sie wurden vom mitgelieferten Personal von FineEvent in den Garten geführt und dort von Annemarie und Ron empfangen. Das Buffet eröffneten die beiden noch gemeinsam, aber danach tauchten sie getrennt in der Gästeschar unter und absolvierten stundenlang Smalltalk, stießen unzählige Male mit einem Schlückchen Sekt auf den fünfzigsten Geburtstag und fünfundzwanzig Ehejahre an und waren, nachdem die Gäste gegangen waren, rechtschaffen müde. Drei Stunden Pause blieben ihnen, ehe sie zum Heidelbergensis aufbrechen wollten. Annemarie entschuldigte sich, sie sei ein bisschen beschwipst und müsse sich dringend einen Augenblick hinlegen. Draußen war das Personal von FineEvent damit beschäftigt, Garten und Terrasse in den Urzustand zurückzuversetzen, und Ron und Charlotte zogen sich mit einem Kaffee ins Wohnzimmer zurück. Charlotte wollte die Gelegenheit nutzen, um ihrem Vater endlich zu berichten, was sich in Herford zugetragen hatte. Sie brannte geradezu darauf.

„Papa, ich muss Dir etwas erzählen. Du wirst es nicht glauben, aber es gibt eine Doppelgängerin von Mama. Sie ist vorgestern unvermittelt in Herford bei Oma aufgetaucht, als wir gerade abfahren wollten, und hat behauptet, sie sei Mamas Schwester. Du weißt, die, die damals bei dem Unfall ums Leben gekommen sein sollte. Ich war völlig perplex, hielt sie zuerst wirklich für Mama, denn sie ist ihre Zwillingsschwester und sieht genauso aus wie Mama. Für Oma war das ein Schock, das ist der wahre Grund, warum sie ins Krankenhaus musste. Anne heißt die Zwillingsschwester. Sie hat bald vierzig Jahre in Schottland gelebt, ohne etwas über ihre Herkunft zu wissen…"

Ron war wie vom Donner gerührt. Marie in Deutschland! Bei Elly! Alles ohne sein Zutun! Gerade erst hatte er Marie verlassen, und nichts hatte darauf hingedeutet, dass sie um ihre deutsche Familie wusste. Sollte sie die Fotos gefunden haben? Er hatte sich gewundert, als sie nicht mehr in seiner Brieftasche steckten, hatte den Grund ihres Verschwindens aber bei sich gesucht – und dann hatte er die Fotos vollkommen vergessen. Ihm wurde abwechselnd heiß und kalt, Schweißperlen traten ihm auf die Stirn. Natürlich konnten sie jetzt nicht im Anschluss an die Feier drei Tage nach Venedig reisen, sein geheim gehaltenes Geburtstagsgeschenk für Annemarie. Er musste unbedingt mit Marie sprechen, bevor sich die Schwestern trafen, er musste ihr erklären, dass er schon vorige Woche seine Entdeckung hatte offenlegen wollen, dass er es einfach nicht gekonnt hätte, weil die Zeit mit ihr so schön gewesen war, dass er es aber noch getan hätte, ganz bald hätte er es getan, auf jeden Fall. – Ach was, er bräuchte nichts zu sagen, wahrscheinlich war es völlig egal, was er sagte, alles wäre bedeutungslos angesichts des Zusammentreffens der Zwillingsschwestern. Anne hieß die totgeglaubte Schwester also. Marie hieß eigentlich Anne. Und Annemarie hieß wahrscheinlich wirklich Marie, so wie Elly sie sowieso nannte. Was sollte dieses Namenverwirrspiel überhaupt? Bestimmt war Charles mitgekommen. Peinlich, wie er vor ihm dastehen würde.

„… Papa?", Charlotte beugte sich fragend vor und sah ihrem Vater ins Gesicht. „Ist dir nicht gut? Du bist auf einmal ganz blass."

„Ich weiß …", quälte Ron heiser hervor, „ich weiß von der Zwillingsschwester, ich habe sie zufällig in Schottland entdeckt."

Charlotte brauchte einige Sekunden, um zu begreifen, was ihr Vater da gesagt hatte.

„Was hast du? Sag das nochmal!", zischte sie verwirrt.

„Ich wollte das längst aufgeklärt haben." Ron versuchte nur schwach, sich zu verteidigen. „Es kam immer etwas dazwischen. Nach der Feier wollte ich es Mama aber erzählen. Das hatte ich mir fest vorgenommen. Du weißt doch, wie empfindlich sie ist, ich wollte einen günstigen Augenblick abwarten."

Ron war am Boden zerstört. Er blickte seine Tochter nicht an, wollte nicht sehen, ob gar Verachtung in ihrem Gesicht zu lesen war.

„Anne hat mit keinem Wort erwähnt, dass sie dich kennt", bemerkte Charlotte. „Sie hat uns offensichtlich nicht die ganze Geschichte erzählt. Sie wird ihre Gründe gehabt haben."

Eine Weile noch blieb Charlotte im Sessel sitzen, verblüfft und überrascht darüber, dass auch ihr Vater eine Rolle in diesem verrückten Spiel spielte. Dann schlug sie mit einem Mal die Hände auf die Lehnen ihres Sessels, sprang auf und bellte aufgebracht:

„Was sind wir nur für eine Familie! Jeder macht sein eigenes Ding. Keiner spricht mit dem anderen, mit mir schon mal überhaupt nicht. – Und mein Freund macht es genauso. Ihr könnt mich alle mal!"

Sie rannte hinaus, knallte die Tür hinter sich zu und verschwand nach oben in ihr Zimmer.

Ron war erschrocken. So hatte er seine Tochter noch nie reden hören. So anklagend, so laut. Hoffentlich hatte Annemarie nichts davon mitbekommen. Der üppige Strauß aus fünfundzwanzig roten Rosen, den er ihr heute Morgen geschenkt hatte, protzte auf dem Sideboard. Jetzt kam es ihm so vor, als habe er mit jeder einzelnen Rose um Entschuldigung bitten wollen, um Entschuldigung für etwas, das seine Frau ihm wohl niemals würde verzeihen können.

Um halb acht verließen sie das Haus und fuhren im Taxi in die Stadt zum Abendessen. Annemarie hatte sich erholt und war guter Dinge. Dass Ehemann und Tochter einsilbig blieben und ernst dreinblickten, kommentierte sie damit, dass eben nicht jeder schon am helllichten Tag Sekt vertragen könne. Sie bräuchten wohl dringend ein neues Gläschen, damit sie wieder munterer würden. Annemarie lachte dabei, Ron und Charlotte verzogen nur den Mund. Sie hatten die stille Übereinkunft getroffen, sich zusammenzureißen und den Tag wie geplant zu Ende zu bringen.

Der feine Gasthof am Rande der Altstadt gehörte Beate und Henning, welche die Gerloffs vor Jahren bei einem Winterurlaub auf Teneriffa kennengelernt und mit denen sie sich angefreundet hatten. Außer Beate und Henning waren die Freunde Tina und Hans, Clara und Johannes sowie Ines und Klaus eingeladen, den Tag mit einem festlichen Abendessen zu beenden.

Tina war eine Kommilitonin von Annemarie aus Bielefelder Studienzeiten, die in Ostwestfalen hängen geblieben war und dort den Postbeamten Hans geheiratet hatte. Tina und Annemarie trafen sich unregelmäßig, aber wenigstens einmal im Jahr, wenn Annemarie ihre Mutter in Herford besuchte, manchmal kam Tina mit ihrem Mann aber auch nach Heidelberg. Ines und Klaus waren Nachbarn und Johannes und Clara Kollegen von Ron aus der Universität. Die Paare feierten gelegentlich zusammen, intime Freunde waren sie nicht. Weder hatte Ron einen besten Freund noch Annemarie eine beste Freundin, eigentlich stand ihr Tina, die sie am seltensten traf, am nächsten.

Beate hatte Ines schon vor zwei Wochen hinter vorgehaltener Hand erzählt, dass Ron im Gasthof ein Zimmer für die Nacht nach der Feier reserviert hatte, aber schnell hinzugefügt, dass es wahrscheinlich für die Schwiegermutter gedacht sei, damit die sich früher zurückziehen könne; sie wolle nicht spekulieren. Ines hatte die Information begierig aufgenommen und war sicher, dass Ron mit Annemarie die Silberhochzeitsnacht in diesem Zimmer verbringen wollte. ‚Wie romantisch', hatte sie gesagt und dabei die Augen verdreht. Umgehend hatte sie Clara angerufen und dafür geworben, das Zimmer mit allerlei Scherzartikeln zu präparieren. Tina erfuhr von dem Vorhaben erst nach ihrer Ankunft in Heidelberg und konnte das Schlimmste verhindern. Sie war aber nicht dagegen, das nüchterne Zimmer ein wenig romantisch aufzupeppen. Sie drapierten also Tüllstoff als Himmel über das Bett, ließen fünfundzwanzig silberne Luftballons unter die Decke steigen, stellten eine Flasche Champagner in die Minibar und verteilten Tausende roter Deko-Herzchen über Fußboden, Bett und das übrige Mobiliar. Treibt es nicht zu weit, hatte Beate gebeten, ich muss das nachher alles wieder beseitigen. Clara fand das, was sie da taten, unmöglich, aber sie wollte keine Spielverderberin sein. Auch Tina war mächtig unwohl bei der Sache. Sie dachte daran, wie es wäre, wenn jemand auf die Idee käme, bei ihrer Silberhochzeit im nächsten Jahr einen solchen Budenzauber zu veranstalten und sie dadurch zwingen würde, mit Hans in einem solchen Zimmer zu übernachten. Der Gedanke ließ ihr einen Schauer des Ekels über den Rücken laufen. Seit sie vor Jahren beim Aufräumen einen Stapel obszöner Hochglanzmagazine mit abgegriffenen Lieblingsseiten im Schreibtisch ihres Mannes gefunden hatte, hatten sie keinen Sex mehr. Hans hatte ihre Verweigerung dankbar angenommen. Es war ihm sowieso zu anstrengend gewesen. Er ließ sich mehr und mehr gehen, popelte in ihrer Gegenwart in der Nase, stocherte unappetitlich mit einem Fingernagel zwischen den Zähnen herum, und stank zuweilen mangels Körperpflege. Tina hatte krampfhaft versucht, darüber hinwegzusehen, aber das hatte es mit sich gebracht, dass sie über den ganzen Menschen hinwegsah. Hans war sich sowieso selbst genug. Tina war für ihn wie ein Arm oder ein Bein: selbstverständlich da und unverzichtbar. Dass er sich ein Leben ohne sie nicht vorstellen konnte, war seines Erachtens der Beweis dafür, dass er sie liebte. Die Beziehung zu Tina aktiv zu pflegen, wäre ihm nie in den Sinn gekommen. Sie war seine Frau.

Während Tina eine Handvoll Plastikherzchen über das Bett warf, in dem ihre beneidenswerte Freundin mit Ihrem Mann nächtigen sollte, reifte ihr Entschluss, Hans zu verlassen. Die Kinder führten schon lange ihr eigenes Leben, und sie wollte jede Zukunft in Kauf nehmen, nur nicht die mit Hans.

Tina kannte die anderen eingeladenen Freunde von früheren Feiern bei den Gerloffs. Sie hatte sich schon oft gefragt, was diese bunt zusammengewürfelte Gruppe einte. Es war wohl nur die Geselligkeit, ernste Themen oder gar Problematisches waren bei den Treffen nie auf den Tisch gekommen. Dazu waren auch die Welten, aus welchen die Paare stammten, zu verschieden. Dennoch wusste jeder über jeden Bescheid. Jedenfalls so ungefähr. Es war zum Beispiel ein offenes Geheimnis, dass Ines und Klaus über ihre Verhältnisse lebten. Sie hatten sich von einer Erbschaft ein viel zu teures Haus gekauft. Klaus, ein Autoverkäufer, war ein kleiner, aber netter Angeber, der dauernd erklärte, dass er Porschefahrer sei, so, als handele es sich dabei um eine besondere Spezies. Sein Porsche war sein Hauptlebensinhalt. Ines verbrachte ihre meiste Zeit im Fitnessstudio, beim Friseur oder bei der Kosmetikerin.

Zwei Vormittage in der Woche führte sie die Bücher eines kleinen Malerbetriebes. Dass sie mit ihrem Chef andauernd Dienstreisen unternahm, fanden alle absurd. Klaus offenbar nicht. Der Druck der Schulden ließ ihn immer häufiger in den Alkohol flüchten. Alles geschah aber hinter der Fassade zufriedener und freundlicher Nachbarn, die, wann immer nötig, den Gerloffs hilfsbereit zur Seite standen.

Clara und Johannes waren ein gänzlich anderes Paar: gebildet, erfolgreich und wohlhabend. Johannes und Ron verstanden sich ausgesprochen gut. Beide arbeiteten am selben Institut und waren von ähnlich leichtlebigem Charakter und jungenhaftem Charme. Auch Johannes erlag gern und oft dem Werben hübscher Studentinnen, die sich Vorteile im Studium, möglichst eine gute Note, erhofften. Längst hatte sich herumgesprochen, zu welch einem Tier der smarte Herr Professor im Bett mutierte. Clara, seine intelligente Gattin, unterrichtete ebenfalls an der Universität. Der gemeinsame Sohn hatte es ihr ein bisschen schwer gemacht, in ihrem Beruf am Ball zu bleiben. Zwar hatte sich Johannes tatkräftig an der Versorgung des Kleinkindes beteiligt, aber die Verantwortung hatte stets Clara tragen müssen. Der clevere Bengel hatte schnell gelernt, die Konzeptionslosigkeit der väterlichen Erziehung gegen die mütterliche Konsequenz auszuspielen. Schweren Herzens hatten sie sich daher entschlossen, ihren einzigen Sprössling für die letzten Jahre des Gymnasiums in ein Internat zu geben, um das Nötigste zu retten.

Als Paar schienen die beiden perfekt aufeinander abgestimmt: gleich groß, gleich schlank, gleich teuer und elegant gekleidet. Innerhalb ihrer Beziehung gab es aber genügend Konfliktpotential. Clara war für Johannes das Wichtigste. Er brauchte sie wie ein Baby die Mutter, weil er sie als stark und beschützend empfand. Seine Affären sah er als Spielerei und ging ganz naiv davon aus, dass Clara sie ihm gestatten müsse. Clara ahnte zuweilen die Eskapaden ihres Mannes. Es machte sie traurig, aber sie wollte ihn nicht verlieren und hatte sich lange eingeredet, das sei alles halb so schlimm. Im Moment hatte sie aber das Gefühl, dass sie das nicht länger aushalten könne. Wenn Johannes abends zu ihr ins Bett stieg, roch sie, wenn er bei einer anderen Frau gewesen war. Er war in ihren Augen in einem nicht mehr tolerierbaren Maße indiskret. Was sie nicht wusste, nicht einmal im Traum ahnte, war, dass ihr Mann und Beate zurzeit eine Affäre unterhielten. Die beiden hatten sich schon immer gemocht.

Beate und Henning, die jüngsten in der Freundesrunde, waren wie Ines und Klaus kinderlos geblieben. Vor neun Jahren hatten sie den Gasthof Heidelbergensis übernommen und auf Vordermann gebracht. Das Geschäft lief gut, aber die Arbeit, die praktisch rund um die Uhr zu leisten war, hatte zur Entfremdung der Ehepartner geführt. Meistens trafen sie sich erst im Schlafzimmer, wenn der andere längst schlief. Die Silberhochzeit der Freunde war für Henning Anlass gewesen, über seine Ehe mit Beate nachzudenken. Die Erkenntnis, dass sie ihr gemeinsames Ziel wahrscheinlich viel zu sehr in den Vordergrund gestellt hatten und das gemeinsame Leben darüber zu kurz gekommen war, machte ihm Bauchschmerzen. Er wollte unbedingt mit Beate darüber sprechen, ehe es zu spät war. Heute wäre eine gute Gelegenheit, sie hatten den Gasthof geschlossen, um mitfeiern zu können. Der Alkohol, den Henning wie alle anderen reichlich genossen hatte, machte ihn ungeduldig und fegte jegliche Sorge darüber, nicht den richtigen Moment abzupassen, hinweg. Gegen Mitternacht, das Personal hatte längst Feierabend, standen Beate und Henning in der Küche an der Kaffeemaschine, als er ihr plötzlich von hinten die Arme um die Taille legte und sie zärtlich ansprach. Seit sich zwischen Beate und Johannes diese Liaison angebahnt hatte, war es heute das erste Mal, dass die befreundeten Paare alle beisammen waren. Johannes' Anwesenheit machte Beate sowieso schon nervös, ein Beziehungsgespräch mit ihrem Mann fehlte ihr gerade noch. Sie reagierte völlig überzogen, riss sich los und schrie Henning an, er solle sie in Ruhe lassen, sich lieber um den Kaffee kümmern, immer bleibe alles an ihr hängen. Henning war beleidigt, ließ sie und den Kaffee stehen und ging nach oben in die Wohnung. Mit hochrotem Kopf trug Beate das Tablett mit den vollen Tassen in die Gaststube.

Die Stimmung, die dort herrschte, war schwer zu definieren. Vordergründig war es laut und lustig, es wurde gelacht, alle waren angeheitert. Hintergründig brodelten Gefühle. Ein Gemisch aus Leidenschaften, Neid und Hass, Wut und Trauer, auch Angst. Jeder dachte vom anderen, der hätte das bessere Los gezogen. Einzig Annemarie war davon ausgenommen, sie, die sonst immer die Beladene gewesen war. Sie genoss die überschwängliche Aufmerksamkeit, mit der Ron sie bedachte. Er hatte heute Abend so etwas Getriebenes an sich, so etwas Erregtes in den Augen, das Annemarie gefiel. Es erinnerte sie an ihr erstes Rendezvous in dem Café am Teutoburger Höhenweg in Bielefeld.

Charlotte war den Abend über wortkarg geblieben. Ines und Klaus tanzten betrunken zu den alten Schnulzen ihrer Jugendjahre, die aus dem Lautsprecher tönten. Sie wollten allen zeigen, dass sie trotz der Gerüchte, die sich um sie und ihre finanziellen Probleme rankten, ein funktionierendes Team waren. Ines' Armschmuck, so übertrieben wie unecht, klapperte. Klaus konnte sich kaum noch auf den Beinen halten. Die beiden gaben ein groteskes Bild ab.

Tina konnte an nichts anderes denken, als an ihr verpfuschtes Leben. Hätte sie die Kinder ohne Hans aufgezogen, wäre alles leichter gewesen. Gleich nächste Woche wollte sie damit beginnen, nach einer kleinen Wohnung zu suchen. Wut und Trauer wichen Freude und Erleichterung darüber, dass sie diesen Gedanken, den sie nie zu Ende gedacht hatte, nun endlich in die Tat umsetzen würde. Während Beate die Kaffeetassen austeilte, beugte sich Tina zu Hans hinüber, der sich schläfrig und gelangweilt auf seinem Stuhl ausgestreckt hatte, und teilte ihm sachlich, aber entschieden mit, dass sie ihn verlassen würde. Hans reagierte nicht, er verharrte zwei oder drei weitere

Minuten reglos in seiner Position, dann stand er auf. Er wollte sich zum Gehen umwenden, aber Beate stand ihm im Weg und hielt ihm eine Kaffeetasse hin. Er ging wortlos an ihr vorbei und verließ das Lokal. Beate knallte die Tasse demonstrativ auf den Tisch, so dass der Kaffee überschwappte. Ignoranter Kerl, dachte sie. Johannes, der die Szene beobachtet hatte, nahm seine Tasse grinsend in Empfang. Beate kam ihm dabei so nah, dass ihr Busen seine Nasenspitze streifte. Man hätte blind sein müssen, um nicht zu bemerken, dass die beiden miteinander flirteten. Auch Clara blieb das nicht verborgen, und sie hatte es auf einmal satt, ewig gute Miene zu den Spielchen ihres Gatten zu machen. Sie überlegte, einfach nach Hause zu gehen. Den Anblick des Jubelpaares mit seiner wohlgeratenen Tochter ertrug sie sowieso kaum. Fürs Erste würde sie Johannes das Gästezimmer herrichten. Da könnte er in Ruhe von Beate oder wem auch immer träumen. Eine Trennung von Tisch und Bett wäre ihre gerechte Rache.

„Seid vorsichtig", raunte Ron im Vorbeigehen Beate zu. „Und ehe ich es vergesse: Wir brauchen das Zimmer nicht, meine Schwiegermutter konnte ja nicht kommen."

Beate stöhnte kaum hörbar, sie sollte den Frauen die Beseitigung des Dekomülls aufbrummen. Auf Extraarbeit im Gasthof hatte sie nicht die geringste Lust. Klaus und Ines boten mehr und mehr ein Bild des Jammers. Ines konnte ihren Mann nicht mehr halten und versuchte, ihn zu einem Sessel zu bugsieren. Er widersetzte sich und lallte aggressiv, dass er keine Hilfe und kein Mitleid brauche, nur weil der Porsche geliehen sei und seine Frau fremdgehe. Er riss sich von Ines los und torkelte nach draußen. Niemand ging ihm nach.

Henning war mit beleidigter Miene wieder aufgetaucht, nahm den teuren Grappa ganz oben aus dem Regal der Bar, schnappte sich vier Gläser und zog Ron an den Tisch. Wo denn Hans und Klaus geblieben seien, erkundigte er sich und baute die Grappagläser vor sich auf.

„Wohl frische Luft schnappen", meinte Ron. Er dachte daran, dass er im Moment auch nichts anderes lieber täte, als an der frischen Luft tief durchzuatmen. Allein. Vielleicht sollten sie die Veranstaltung langsam auflösen, es war spät genug. Charlotte, die einzige, die an diesem Abend halbwegs nüchtern war, trat von hinten an ihren Vater heran. Sie beugte sich herab und flüsterte ihm ins Ohr:

„Papa, du solltest nach Klaus schauen, setz ihn am besten in ein Taxi, das ihn nach Hause bringt, aber lass ihn nicht so sturzbetrunken draußen herumlaufen."

Ron wusste, dass ab einem bestimmten Alkoholpegel mit Klaus nicht mehr zu reden war, deshalb war es müßig, sich um ihn zu kümmern. Aber es war eine Gelegenheit, vor die Tür zu flüchten. Er stand auf und sagte zu Ines, die am Kopf des Tisches saß, dass es wohl das Beste sei, wenn sie Klaus jetzt zu Bett brächte. Aber Ines sah ihn nur mit glasigem Blick an und schenkte sich Wein nach. Henning hatte inzwischen die vier Gläser mit dem alten Grappa gefüllt und hielt Ron eines hin.

„Komm her, Ron, den genehmigen wir uns jetzt. Zehn Jahre alt."

„Gleich", sagte Ron, „ich sehe nur kurz nach Hans und Klaus."

Schnellen Schrittes verließ er den Raum. Henning legte den Kopf in den Nacken und ließ sich den goldbraunen Grappa aus dem hohen Glas genüsslich in die Kehle rinnen, auch den zweiten und dritten verleibte er sich mit ruhigen Bewegungen selber ein.

Von Klaus keine Spur. Ron lehnte sich an die Hauswand des Gasthofs und schloss die Augen. Die Gedanken rasten nur so durch seinen Kopf, keinen davon konnte er fassen und vernünftig durchdenken. Viel zu spät realisierte er, dass irgendwo ein Motor laut aufheulte. Als er die Augen öffnete, sah er, dass von links aus dem Dunkel ein Auto mit quietschenden Reifen heranraste und sich schon in gefährlicher Nähe zu ihm befand. Jetzt blendete es die Scheinwerfer voll auf. Im gleißenden Licht erkannte Ron die Konturen einer Gestalt, die, fast zu Greifen nahe, mitten auf der Straße stand. Das war doch Klaus! Wo kam der plötzlich her? Das Auto versuchte, der Gestalt in letzter Sekunde auszuweichen, geriet dabei heftig ins Schleudern und prallte mit Wucht von der hohen Bordsteinkante des gegenüberliegende Fußwegs ab, drehte sich halb herum und versetzte der Person, die einfach auf der Straße stehengeblieben war, mit der Flanke einen Stoß, so dass sie durch die Luft flog. Jetzt schoss der Wagen direkt auf Ron zu. Der Schrei, den er voller Entsetzen ausstoßen wollte, blieb ihm im Halse stecken. Aus den Augenwinkeln nahm er gerade noch ein Taxi wahr, das von rechts um die Kurve kam.

„Ist der verrückt!", schrie der Taxifahrer und trat mit voller Kraft auf die Bremse. Anne und Julius wurden mit Macht in die Sicherheitsgurte gepresst. In dem Licht, das grell zu ihnen hereindrang, sahen sie das verzerrte Gesicht des Taxifahrers, als etwas Großes, Dunkles auf die Windschutzscheibe klatschte. Den Bruchteil eines Augenblicks später krachte es draußen furchtbar, man hörte Blech zerknautschen und Glas splitterten. Danach trat für ein paar endlos lange Sekunden Stille ein.

Das Auto, welches den Taxifahrer geblendet hatte, war mit Vollgas frontal in den Gasthof gekracht. Es hatte zuerst Klaus auf die Motorhaube des Taxis katapultiert – und dann Ron an der Hauswand des Heidelbergensis zerquetscht.

Das alles war so rasend schnell gegangen, dass Ron das Gesehene gar nicht mehr hatte in eine Beziehung setzen können. Seine letzte Wahrnehmung war ein Knacken, mit dem sein Körper zerschmetterte.

Beate und Johannes, die hinter Ron hergegangen waren, um im Flur ein paar verstohlene Zärtlichkeiten auszutauschen, gingen in die Knie, als eine Detonation die Wand neben ihnen beinahe zum Einsturz brachte. Der gläserne Windfang zerbarst klirrend und die Scherben prasselten auf ihre Köpfe. Drinnen hatten sie den lauten Knall auch gehört und die Erschütterung gespürt. Erstauntes Aufhorchen. Aus dem Lautsprecher rieselten sanft die Stimmen der Beatles mit ‚Yesterday – all my troubles seemed so far away …'

Beates gellender Schrei riss alle von den Stühlen: Ines, Clara, Tina, Annemarie, Charlotte und Henning. Ein Berg von Glasscherben türmte sich im Eingangsbereich und verhinderte, dass alle nach draußen stürzten. Durch die offenstehende Gasthaustür sahen sie, wie ein Taxifahrer mit weichen Knien aus seinem Wagen stieg und Unverständliches stammelte. Wie weiße, punktierte Tischtennisbälle stachen seine vor Schreck geweiteten Augen aus dem schwarzen Gesicht hervor. Die Wand links neben dem Eingang war nach innen eingebeult, Mauersteine wurden im aufgeplatzten Putz sichtbar. Geistesgegenwärtig drängte Johannes die Gruppe zurück in den Gastraum und suchte in seinen Taschen nach dem Handy. Hatte er es überhaupt mitgenommen?

„Beweg dich, ruf die Polizei!", raunzte er Henning an, der bleich und wie gelähmt mitten im Raum stand.

Aber schon hörten sie einen Chor von Sirenen nahen, Augenzeugen hatten Polizei und Rettungswagen längst alarmiert.

Ines war nun doch unruhig geworden.

„Klaus ist nicht da", lallte sie mit schwerer Zunge und stakste auf den Scherbenhaufen zu, „ich muss nach draußen."

„Papa ist rausgegangen, um nach Klaus zu sehen", flüsterte Charlotte tonlos ihrer Mutter zu. Indem sie dies aussprach, kroch Panik in ihr hoch.

„Bleib hier!", herrschte Annemarie Ines an. „Wahrscheinlich stehen die Männer draußen, du störst da jetzt nur. Ich werde mit Johannes nachschauen, was los ist, und dann geben wir euch Bescheid."

„Soll ich den Hinterausgang aufschließen?", fragte Henning zaghaft.

Aber Johannes reagierte nicht auf die Frage, er zerrte zwei Tische heran und warf sie mit der Platte nach unten über die Scherben.

„Da gehen wir jetzt drüber", sagte er zu Annemarie und reichte ihr die Hand. Sie hielten sich an den Tischbeinen fest und balancierten zusammen zur Eingangstür.

Draußen sah es aus wie auf einem Kriegsschauplatz. Links neben dem Eingang bog sich ein Haufen dampfenden und zischenden Blechs an der Hauswand empor, von Steinen und Staub umkränzt. Die blauen Lichtblitze von Polizei, Feuerwehr, Notarzt- und Rettungswagen zuckten im Dunst. Die Fahrgäste des Taxis, ein Mann und eine Frau, stiegen aus und wurden von einem Polizisten auf die gegenüberliegende Straßenseite geführt. Annemaries Blick wollte sich an der Frau festheften, aber sie konnte sie in dem Halbdunkel, in das die Gruppe zurücktrat, nicht richtig erkennen. Schrie sie? Sie hatte den Mund weit aufgerissen und sah herüber.

„Machen Sie den Weg frei!", wurde Annemarie von einem gereizten Sanitäter angeblafft. Sie presste sich in den Rahmen der Eingangstür. Männer in roten Schutzanzügen und mit hellen Helmen hetzten umher, Kommandorufe wurden hin und her geworfen, Werkzeuge eilig herbeigeschleppt.

„Wo bleibt die Rettungsschere?", brüllte ein Feuerwehrmann.

Ein Dutzend Männer machte sich an dem Autowrack zu schaffen. Sie schnitten das Blech auseinander und bargen einen Menschen. Den Fahrer. Vier Männer legten seinen schlaffen Körper auf den Gehweg. Notfallsanitäter beugten sich über ihn und hantierten an ihm herum, dann zog einer die Folie, mit der man ihn zugedeckt hatte, über seinen Kopf. Annemarie spürte, wie das Grauen ihre Haare am ganzen Körper aufrichtete. Wo war Ron? Er musste das doch auch gehört haben. Stand er auf der anderen Seite im Dunkeln? Warum kam er nicht? Er konnte sich doch denken, dass sie in Sorge war.

Die Feuerwehrmänner versuchten, mit schwerem Gerät den Blechhaufen aus der Mauer zu ziehen, stellten den Versuch aber schnell wieder ein. Sie befürchteten, dass die Hausmauer vollständig einstürzen könnte. Blech und Mauersteine hatten sich ineinander verkeilt. Stückweise schnitten sie nun die Blechteile heraus. Plötzlich löste sich das Nummernschild des Unglücksautos ab und schlitterte Annemarie vor die Füße. BI war als Kennzeichen zu erkennen, BI für Bielefeld. Es war das Auto von Hans, das man aus der

Wand schnitt. Der tote Fahrer war Hans. Wie entsetzlich! Zwei Sanitäter knieten neben dem Taxi und verbanden jemanden. Annemarie lief hin, schob energisch die Männer zur Seite, um zu sehen, ob das Ron war. Es war Klaus. Die Männer halfen ihm hoch.

„Er hat mindestens zehn Schutzengel gehabt", sagte jemand.

Lautes Getöse hinter ihnen. Annemarie wandte sich um, Teile des Unglücksautos krachten auf den Gehweg – und ganz plötzlich veränderte sich die Stimmung unter den Feuerwehrmännern. Man hielt kurz inne. Rufe. Schreie. In Windeseile umringten alle Männer den Einsatzbereich, hielten Decken hoch.

Reflexartig machte Annemarie ein paar Schritte in Richtung des Wracks. Erneut packte sie jemand und versuchte, sie in den Eingang zu schieben, wo Johannes stand und um Fassung rang. Sie wehrte sich heftig.

„Lassen Sie mich los, ich suche meinen Mann!", schrie sie hitzig, und Tränen schossen ihr in die Augen. Und dann, während sie mit aller Kraft versuchte, sich aus der Umklammerung des Uniformierten zu winden, blieb die Welt stehen. Durch den Schleier ihrer Tränen sah sie den verbeulten Kühlergrill des Unglücksautos. Darin hing eine Hand – sie trug den Ehering von Ron am Finger.

Extro

Herford 2015

Es sind häufig die nicht beeinflussbaren Zufälle, welche entscheidende Weichen auf der Lebensbahn eines Menschen stellen. Auch wenn ein Weg breit und zielgerichtet in die Zukunft zu führen scheint, ist er doch nur einer von vielen möglichen Wegen. Entscheidungen, es müssen nicht die eigenen sein, bestimmen Richtung und Geschwindigkeit des Fortgangs, können auf Umwege, Neben- oder Abwege führen, zuweilen gar in Abgründe. Manch einer geht zeitlebens auf der Sonnenseite, manch einer bleibt immer im Schatten.

Schon die eigene Existenz verdankt sich dem Zufall, welcher die Eltern zusammengeführt hat, und deren Entschluss, in einem ganz bestimmten Moment das zu tun, was neues menschliches Leben erzeugt. Wenn es aus der Menge von Abermillionen Spermien einem gelingt, in eine reife Eizelle einzudringen, dann zerfallen im Akt der Befruchtung die auf einer Perlschur angeordneten mütterlichen und väterlichen Erbinformationen, purzeln herum und reihen sich in einer neuen Ordnung wieder auf. Dadurch entsteht etwas Drittes. Wie sich die väterlichen Gene mit den mütterlichen in einem bestimmten Augenblick mischen, ist zufallsbedingt, nicht vorhersehbar und könnte im nächsten

Augenblick ganz anders ausfallen. Das aus dem zufälligen Mischungsverhältnis heranwachsende Dritte, das neue menschliche Wesen, ist die Realisation nur einer von unzählbaren Möglichkeiten, welche bei der Verschmelzung von Ei- und Samenzelle potentiell vorhanden sind.

Am Anfang des neuen Lebens schnürt sich die befruchtete Eizelle, Zygote genannt, samt Zellkern in ihrer Mitte durch. Es entstehen zwei gleiche Teile, zwei Zellen, die genetisch gleich sind. Die eine ist die Kopie der anderen und umgekehrt. Und diese zwei Zellen teilen sich gleichmäßig in vier und diese in acht und diese in sechzehn Zellen und so weiter. Es entsteht ein durch gallertige Plasmabrücken zusammengehaltener Klumpen genetisch identischer, omnipotenter Zellen. Risse man sie willkürlich auseinander, könnten aus allen diesen identischen Zellen identische Menschen entstehen. Manchmal, eher selten, will es der Zufall, dass sich der Zellklumpen in einem frühen Stadium seiner inneren Zellteilerei versehentlich tatsächlich durchschnürt. Dann wachsen aus den beiden getrennten Zellhaufen, die keine Plasmabrücke mehr verbindet, zwei Menschen heran, die gleich sind.

‚*Ein* lebendig Wesen, das sich in sich selbst getrennt,' sagte J.W. von Goethe in seinem Gedicht ‚Ginkgo biloba' dereinst, hatte aber von Genetik noch keine Ahnung.

Ab einer bestimmten Größe des Zellverbundes, der aus einer Zygote hervorgegangen war, verlieren seine einzelnen Zellen ihre Omnipotenz, sie spezialisieren sich und bilden die verschiedenen Organe des Körpers. Waren zuvor durch eine zufällige Durchschnürung zwei gleiche Zellverbünde entstanden, erfolgt diese Spezialisierung bei beiden in gleicher Weise nach den gleichen inneren Vorgaben, bis zwei identische Embryos entstanden sind. Sie entwickeln sich entsprechend ihrer identischen genetischen Ausstattung zu zwei gleichen Babys gleichen Geschlechts, die geboren werden und heranwachsen. Zwei Ichs werden entstehen in zwei Körpern, mit identischem Mischungsverhältnis väterlicher und mütterlicher Erbinformationen. Die Einzigartigkeit einer jeden Zygote ist in einem solchen Fall verdoppelt worden. Jeder so entstandene Paarling ist ein Klon des anderen: ein monozygoter, ein eineiiger Zwilling.

Auf jeden Menschen, der in Jahrzehnten durch sein Leben geht, wirken Umwelteinflüsse, die ihn verändern und immer wieder vor die Entscheidung stellen, seinen Weg so oder anders fortzusetzen. Bei einem monozygoten Zwillingspaar ist auch die Realisation von Möglichkeiten, die auf dem Lebensweg auftauchen, verdoppelt. Zu zweit haben sie doppelt so viele Optionen zur Verfügung wie ein Einzelwesen, und sie könnten als Paar doppelt so viele ausleben.

Wachsen die Paarlinge getrennt auf, kann zwar die unterschiedliche Umwelt ihr Denken, Handeln und Fühlen unterschiedlich beeinflussen, aber sie werden sich dennoch nie weit voneinander entfernen.

Und so wenig Sinn es macht, als Zwilling zu hinterfragen, warum ein Zufall dazu geführt hat, dass es noch jemanden gibt, der so ist wie man selbst, so wenig Sinn ergibt es, im späteren Leben die Zufälle zu hinterfragen, die das persönliche Geschick eines Einzelnen prägen.

Anne und Marie haben es mühevoll gelernt, nicht mehr zu fragen, ob Rons Tod vielleicht ein zu hoher Preis dafür war, dass sie sich wiedergefunden haben. Fünf Jahre intensiver Therapie und unzählige Gespräche hat es dafür gebraucht. Sie fragen auch nicht mehr, was gewesen wäre, wenn ihre Großeltern damals einen früheren Flug bekommen hätten, um zu ihrem zwölften Geburtstag zu Hause sein zu können und ihr Vater daher an dem verhängnisvollen Tag nicht nach Hannover gefahren wäre. Wenn Anne sich geweigert hätte, ihn allein zu begleiten, wenn sich die berufliche Zukunft von Max' Eltern in New York anders entwickelt hätte und sie Max nie kennengelernt hätten, wenn der Tankwagenfahrer nur zehn Minuten früher oder später losgefahren wäre, wenn die MacLeans nicht just zu jenem Zeitpunkt an der Unfallstelle vorbeigekommen wären, wenn Sarah MacLean schwanger geblieben wäre, wenn …

Aber hätte Marie dann Ron geheiratet? Ohne Ron gäbe es Charlotte nicht. Ganz sicher aber wäre Anne nicht auf Steven gestoßen, und sie wäre daher nie die Mutter von Charles geworden. Und wenn Tina nicht ausgerechnet am Silberhochzeitsabend mit Hans

Schluss gemacht hätte? Wenn Klaus sich nicht so sinnlos betrunken hätte? Wenn Charlotte ihren Vater nicht aufgefordert hätte, nach ihm zu schauen?

Es war müßig, solche und ähnliche Gedanken zu denken, aber sie hatten sich lange Zeit immer wieder eingeschlichen. Es war vor allem Marie, die nichts mehr verdrängen wollte. Die Zwillingsschwestern hatten daher jeden noch so abwegig erscheinenden Gedanken ausgesprochen, diskutiert und schließlich gut verpackt in der Sammlung der verwandten Gedanken abgelegt.

Heute können Anne und Marie ihr Leben, so wie es gewesen ist, als ihr persönliches Los annehmen. Sie sind heute, fünf Jahre nach dem tragischen Ereignis, das sich vor dem Gasthof Heidelbergensis abspielte, mit sich und der Welt im Reinen. Zwar trauert noch immer jede auf ihre Weise um Ron, das hat er verdient, aber sie sind sich einig, dass sie zusammen das Beste aus den vor ihnen liegenden Jahren machen wollen.

Charles war auf dem Rückflug von Deutschland nach Edinburgh mit seiner Sitznachbarin, einer jungen Französin, ins Gespräch gekommen – zwei Jahre später heirateten sie. Die Hochzeitsfeier fand natürlich im Blue Horseshoes statt. Charlotte, Anne und Marie reisten mit Elly an, die darauf brannte, Schottland kennenzulernen. Im vorigen Jahr ist Anne Großmutter geworden. Das Blue Horseshoes hat sie längst an Charles und seine Frau Claudine übergeben, sie weiß es bei den beiden in den besten Händen. Charles wohnt mit

Claudine und Söhnchen Alex in seinem Elternhaus am Portobello in Edinburgh, die obere Etage des Blue Horseshoes hat Anne behalten, so dass sie mit Marie jederzeit in dieses Zuhause kommen kann. Wann immer Charles neben seinem Beruf als Lehrer für Biologie und Kunst die Zeit findet, steht er im Pub hinter der Theke. Noch einmal hat sich das Blue Horseshoes verändert: Claudine, eine gelernte Köchin, hat mit den Rezepten ihrer Heimat an der Loire den Duft der Cuisine française ins Restaurant gebracht.

Marie hatte lange gezögert, aber vor drei Jahren hat sie das Heidelberger Haus dann doch verkauft. Es ist ihr sehr schwergefallen, sich davon zu trennen.

Die Verletzung, die Julius Charlotte zugefügt hatte, heilte nur langsam. Der unerwartete Verlust des Vaters überschattete lange ihr Vermögen, sich mit der Berliner Situation auseinanderzusetzen. Kathrin war es schließlich, die bei Charlotte um Verständnis für Julius' Kurzschlussreaktion warb. Die beiden Frauen freundeten sich an und irgendwann war tatsächlich Gras über die Sache gewachsen. Laura ist gerade eingeschult worden. Ihr Papa und Charlotte haben sich sehr um die aufgeweckte Kleine gekümmert, so dass Kathrin Zeit bekam, ihr Studium zu Ende zu bringen.

Im vorigen Jahr, nachdem Julius sein zweites Staatsexamen bestanden hatte, übersiedelte er mit Charlotte nach Herford. In einer großen Bielefelder Kanzlei kann er sich erste Sporen als Rechtsanwalt verdienen. Charlotte hat in Herford ihre dreijährige Praxisausbildung begonnen, die als Voraussetzung für eine selbstständige Architektentätigkeit zu absolvieren ist. Das junge Paar bekam die Wohnung in der oberen Etage im Haus am Stiftberg, in der sich zuvor Anne und Marie eingerichtet hatten. Die Zwillinge zogen nun nach unten zu Elly. Ellys körperliche Fitness hatte mehr und mehr nachgelassen, und sie war überaus dankbar, ihre Töchter bei sich zu wissen. Mit dem Einzug Charlottes in ihr Haus hatte sich für Elly ein großer Wunsch erfüllt.

Im Sommer sollte am Stiftberg Hochzeit gefeiert werden, aber das Schicksal fuhr mal wieder dazwischen. Bei Charlotte und Julius hatte sich Nachwuchs angekündigt. Charlotte wollte aber weder ihre Hochzeit durch die Schwangerschaft noch die Schwangerschaft durch das Hochzeitsfest stören lassen, daher wurde das Projekt Hochzeit kurzerhand ins nächste Jahr verschoben.

Am zweiten Advent wurde Charlotte von den Zwillingstöchtern Mimmy und Henny entbunden, zwei süße kleine Mädchen, die sich wie ein Ei dem anderen gleichen.

Zum Weihnachtsfest rückten auch die drei aus Schottland an. Elly konnte ihr Glück kaum fassen, als sich Heiligabend ihre auf zehn Personen angewachsene Familie am Weihnachtsbaum versammelte. Wie damals, als Albert noch lebte, stand eine große Tanne in der Eingangshalle, behängt mit dem Christbaumschmuck, den die Altvorderen in hundert Jahren gesammelt hatten.

Julius bemerkte scherzhaft, dass die Männer an der weihnachtlichen Festtafel deutlich in der Unterzahl seien. Elly lächelte nur dazu und sagte: „Das war hier im Hause schon immer so."

Auch am ersten Weihnachtsfeiertag zog sie sich, wie sie es gewohnt war, zu ihrem Mittagsschläfchen zurück. Glücklich träumte sie ihre Lieblingsträume. Sie war jung, so jung, sie trug das himmelblaue Sternenkleid aus Perlon, und Albert spielte nur für sie eine wunderbare Melodie auf der Geige. Ihre kleinen Mädchen hüpften in weißen Kniestrümpfen und weißen Kleidchen durch den sommerlichen Garten. Sie hatten fragile Kränze aus Gänseblümchen geflochten und sie sich gegenseitig aufs Haar gedrückt. Sie kamen auf sie zu gelaufen und riefen: ‚Sieh mal, Mama, Mama, Mama …'

Charlotte steckte den Kopf zu Tür herein und rief: „Oma, Oma, Oma. Du wolltest vor einer halben Stunde schon aufstehen. Der Kaffee ist fertig."

Aber das hörte Elly nicht mehr, sie war mit ihren Träumen für immer fortgegangen.

Das Haus am Stiftberg ist im Augenblick eine Baustelle, denn es wird ein großer, über beide Stockwerke angelegter Wintergarten gebaut, den Charlotte konzipiert hat. Anne und Marie werden wieder in die obere Wohnung ziehen, zu der auch ein lichtdurchflutetes Atelier im Anbau gehören wird.

Das junge Paar wird mit Mimmy und Henny künftig unten wohnen. Der Freisitz soll in eine Terrasse verwandelt werden, damit die Zwillinge später von dort aus in den Garten laufen können.

Den Gemüsegarten wird Charlotte wieder aktivieren und sie wird jedes Frühjahr die italienischen steinernen Schalen, die auf dem hinteren Mäuerchen stehen, mit bunten Dauerblühern bepflanzen.

Eine neue Geschichte nimmt ihren Ausgang. Mit neuen, der Zeit angepassten Requisiten vor der gleichen, nur leicht veränderten Kulisse.

Nachwort

Die Idee, einen Roman über Zwillinge zu schreiben, wurde bereits vor Jahrzehnten, während der Befundaufnahme zu meinem Promotionsprojekt, geboren. Ich untersuchte als Wissenschaftliche Mitarbeiterin Hunderte mono- und dizygoter Zwillingspaare im damaligen Institut für Humanbiologie, Abt. Anthropologie der Technischen Universität Braunschweig zu Fragen der Vererbung. Obwohl die naturwissenschaftlichen Erhebungen im Vordergrund standen, führte der Umgang mit den genetisch identischen Zwillingspaaren zu faszinierenden Einblicken in die besondere Psychologie solcher Menschen, die ja stets einen Klon von sich an ihrer Seite wissen.

Dass die Gegenwart des Romans im Jahre 2010 angesiedelt ist, zeigt, dass die Textentwürfe lange in der Schublade schmorten – und es ist vielleicht der zeitlichen Distanz zu jener Zwillingsstudie geschuldet, dass die anderen im Roman auftretenden Akteure an Profil gewinnen konnten.

Ich danke allen Zwillingspaaren, die seinerzeit den Weg in unsere Institutsräume nicht scheuten, und die mich zu diesem Roman inspirierten. Die Arbeit daran hat mir großen Spaß bereitet.

Auch danke ich meinem Mann Armin Burkhardt für sein kritisches Lektorat.

Angelika Burkhardt, im Herbst 2020